HEYNE BÜCHER

W0400725

SCIENCE FICTION

Herausgegeben
von Wolfgang Jeschke

Von **Timothy Zahn** erschien in der Reihe
HEYNE SCIENCE FICTION & FANTASY:

Astra · 0604645
Totmannschaltung · 0604737
Kriegspferd · 0604941
Zeitbombe · 0605084

BLACKCOLLAR ZYKLUS:

Die Blackcollar-Elite · 0604586; auch 0607003
Die Backlash-Mission · 0604587; auch 0607004

Science Fiction WARP 7 zum Kennenlernen

herausgegeben von
WOLFGANG JESCHKE

TIMOTHY ZAHN

DIE BACKLASH MISSION

Roman

WILHELM HEYNE VERLAG
MÜNCHEN

HEYNE SCIENCE FICTION & FANTASY
Band 0607004

Titel der amerikanischen Originalausgabe
THE BACKLASH MISSION
Aus dem Amerikanischen von
HILDE LINNERT
Das Cover ist von
MELVYN GRANT

Dieser Roman erschien
erstmals als Heyne Taschenbuch
unter demselben Titel
mit der Nummer 0604587

Umwelthinweis:
Dieses Buch wurde auf
chlor- und säurefreiem Papier gedruckt.

Redaktion: Wolfgang Jeschke

Printed in Germany Juli 1997
Umschlaggestaltung: Atelier Ingrid Schütz, München
Technische Betreuung: M. Spinola
Satz: Schaber Satz- und Datentechnik, Wels
Druck und Bindung: Elsnerdruck, Berlin

ISBN 3-453-12806-0

Prolog

DER WIND, DER VON NORDEN über die Ralston Buttes wehte, hatte im Laufe der Nacht aufgefrischt und nach West gedreht, also würde das Wetter schlecht werden. Lonato Kanai lag unter einer der Fichten auf dem Bauch, hörte zu, wie die Zweige über seine Flexarmor-Kampfhaube kratzten, und spähte durch die Düsternis zu dem direkt vor ihm liegenden dunklen Haus. In einer Stunde, vielleicht auch früher, würde das Gewitter losbrechen, das gesamte Denverplateau durchtränken und den Hang, auf dem sich Kanai befand, in besonders scheußlichen Schlamm verwandeln. Doch lang bevor es soweit war, würden sich Kanai und die übrigen Blackcollars* bereits auf dem Heimweg befinden. Sie hatten sechs Stunden gebraucht, um über die letzten hundert Meter des Waldes zu robben, aber jetzt hatten sie alle Frühwarn-Bewegungssensoren hinter sich, und das Ziel lag offen vor ihnen.

Halbwegs offen. Es gab noch die auf dem Dach montierten Kettengeschütze, die Sperrminen, die automatisch gesteuerten Infrarot- und Ultraschallsysteme, die nur darauf warteten, daß die Eindringlinge die Deckung der schwankenden Baumzweige verließen und den kunstvoll angelegten Rasen betraten. Und natürlich befanden sich ein Dutzend oder mehr bewaffnete Männer in der Villa.

Kanai griff nach seinem linken Unterarm, löste die zusammengelegte Scharfschützenschleuder aus der

---

* Blackcollars: ›Schwarzkragen‹ – so genannt nach dem schwarzen Rollkragen ihrer Flexarmor-Rüstungen, die sie unter ihren Kampfanzügen tragen: eine Elitetruppe der ehemaligen Föderation der von Menschen besiedelten Welten (TDE). Nach der Niederlage des TDE gegen die Ryqril gingen die ›Schwarzkragen‹ in den Untergrund, um als Guerillas weiterzukämpfen. – Siehe auch ›Die Blackcollar-Elite‹ (06/4586).

Halterung, klappte sie auf, stützte den Bügel auf seinen Arm und legte eine kleine Bleikugel in die Mulde. Während des Krieges hatte er es nur mit Mühe zum Scharfschützen gebracht, aber dreißig Jahre Übung hatten seine Treffsicherheit wesentlich verbessert. Der nächste Ultraschall-Projektor – ein kleines, dreiteiliges Horn – befand sich unter dem Dachgesims. Die Wolken reflektierten die Lichter von Denver, das im Osten jenseits der Hügelkette lag, und in ihrem Schein konnte man den Projektor gerade noch ausmachen. Kanai ließ ihn nicht aus den Augen, beobachtete auch den Rand seines Gesichtsfeldes, brachte seine Ellbogen in eine weniger unbequeme Stellung und wartete auf das Signal.

Er mußte nicht lang warten. Der Pocher an seinem rechten Handgelenk meldete sich unvermittelt und klopfte die Punkte und Striche des Blackcollar-Kampfcodes auf zwei Hautstreifen: *Angriff!*

Kanai hörte sogar durch das Pfeifen des Windes das Krachen, als seine Bleikugel tief in den Ultraschall-Projektor eindrang. Während er das Krachen anderer, ebenfalls zerstörter Sensoren vernahm, machte er sich rasch zum zweiten Schuß bereit. Ihr Ziel, die Seitentür, war plötzlich von roten Warnlichtern umgeben. Der Chef der Nachtwache verstand sein Geschäft, obwohl es ihm nichts nützen würde. Kanais zweiter Schuß beschrieb einen gemächlichen Bogen auf die Tür zu: die Kugel flog so langsam, daß die Bewegungssensoren sie wahrnehmen mußten ...

Und am Gesims oberhalb der Tür explodierte eine tödliche Wolke von Flechettes.

Die winzigen Metallpfeile prallten noch von den Steinplatten des Patios ab, als die beiden schwarzgekleideten Männer neben Kanai ihre Deckung verließen und im Zickzack auf die Villa zurannten. Auf dem Dach begann ein Kettengeschütz zu rattern; im nächsten Augenblick ging seine Salve ins Leere, weil Kanais Schuß seine Zielrichtung um einige Grad veränderte. Neben der Tür glitt eine Schießscharte auf, und ein Schauer von Flechettes ergoß sich über die beiden laufenden Männer. Natürlich erfolglos, denn die wenigen Pfeile, die ihr Ziel erreichten, prallten vom Flexarmor ab. Einer der Angreifer bewegte die Arme wie Windmühlenflügel und schleuderte dabei schwarze Wurfsterne in die Schießscharte. Die *shuriken* fanden ihr Ziel, und der Gewehrlauf senkte sich. Dann waren die Läufer an der Tür; einer kauerte neben ihr, während der zweite winzige Sprengladungen in einem X-Muster auf das nächste Fenster drückte. Wenn sie Glück hatten, würde die Tatsache, daß Kanai einige der automatischen Abwehreinrichtungen an der Tür außer Gefecht gesetzt hatte, die Verteidiger des Hauses zu der Annahme verleiten, daß der Hauptangriff hier erfolgen würde.

Die Angreifer warfen sich zu Boden, und auf dem Fenster explodierten Blitze.

Es zerbrach nicht – dazu war das Glasstik zu dick –, doch als die Nachbilder abklangen, sah Kanai das Gewirr von Sprüngen. Ein paar kräftige Schläge mit einem *nunchaku* würden genügen, und dann waren nur noch die Verteidiger im Innern des Hauses übrig.

Die Angreifer waren inzwischen aufgesprungen, standen zu beiden Seiten des Fensters und schlugen mit ihren *nunchakus* auf das Glasstik ein. Kanai legte eine weitere Kugel in seine Schleuder ein und versuchte, die gesamte Umgebung gleichzeitig im Auge zu behalten, weil unweigerlich ein Gegenangriff erfolgen mußte.

Die erste Warnung erhielt er durch den Pocher: *Banditen kommen von Nordseite.* Eine Sekunde später waren sie da: Drei Männer in schweren Schutzanzügen mit schußbereiten Flechette-Repetiergewehren. Zwei ließen sich sofort nach der Ecke auf die Knie fallen, und ihre Repetiergewehre begannen unpräzise aber bedrohlich zu feuern. Der dritte, der eine Splitterhandgranate in der Hand hielt, trat zwischen sie.

Dilettanten. Kanai verzog hinter seinem Glasfilter verächtlich das Gesicht. Im Nahkampf stellten die Nadeln der Splitterhandgranaten selbst für Flexarmor eine Gefahr dar; da die Verteidiger in schweren Schutzanzügen steckten, konnten ihnen die Wurfsterne und *nunchaku* der Angreifer kaum Schaden zufügen ... und ihr eklatant übertriebenes Selbstbewußtsein würde allen dreien den Tod bringen. Der Mann mit der Handgranate machte sie scharf, holte zum Wurf aus – und Kanais winzige Kugel prallte gegen sein Handgelenk.

Infolge seines Schutzanzugs verletzte sie ihn natürlich nicht. Aber der Schlag war kräftig genug, um ihm die Granate aus der Hand zu schlagen, so daß sie auf den Boden fiel.

Kanai sah nicht, wie sie explodierte: er wollte nicht einmal auf diese Entfernung das Risiko eingehen, daß die Splitter seine Schutzbrille trafen, und drückte das Gesicht ins Gras, bis der tödliche Hagel nicht mehr gegen die Bäume um ihn prasselte. Als er wieder aufblickte, lagen alle drei Verteidiger regungslos auf dem Boden. Daraufhin sah er zu dem zerbrochenen Fenster hinüber, durch das gerade der zweite Angreifer ins Haus verschwand.

Unterstützung im Innern signalisierte sein Pocher. Er sprang auf und sprintete über den Rasen. Das Kettengeschütz auf dem Dach blieb stumm; offenbar war die Bedienungsmannschaft anderweitig beschäftigt. Während er lief, steckte Kanai die Schleuder in ihre Hülle, zog seinen *nunchaku* und stellte sich geistig vom Kampf aus größerer Entfernung auf den Nahkampf um.

Doch der Kampf war, zumindest für den Augenblick, vorüber. In der Nähe des Fensters lagen vier Leichen auf dem Fußboden, doch ihre Waffen waren im ganzen Raum verstreut. Die vier Gesichter waren vertraut: Straßenläuse, der billigste und am leichtesten ersetzbare Teil von Regers Organisation. Sie wurden den Angreifern einzig dazu in den Weg gestellt, um deren Tempo zu verlangsamen ... was bedeutete, daß die echten Soldaten irgendwo warteten. Kanai ging gespannt und wachsam weiter.

Den ›echten Soldaten‹ war es nicht besser ergangen als ihren dilettantischen Kameraden. Kanai kam an drei weiteren Leichen vorbei, von denen zwei noch im Tod ihre Pistolen umklammert hielten. Alle drei hatten offensichtlich aus einer Deckung heraus gefeuert, und alle drei waren an lebenswichtigen Stellen von *shuriken* getroffen worden. Kanai wechselte den *nunchaku* in die linke Hand und zog zwei Wurfsterne heraus – für alle Fälle –, bevor er weiterging.

Der Korridor führte zu einem Zimmer; auf halbem Weg dorthin vernahm er Stimmen. Es war ein normales Gespräch, die Stimmen klangen ruhig und paßten nicht zu dem Blutbad. Kanai erreichte das Zimmer und blickte hinein.

In den letzten Jahren hatte er das Bild, das sich ihm bot, unzählige Male gesehen. Zwei schwarzgekleidete Männer standen lässig ihrem Opfer, einem Mann in mittleren Jahren, gegenüber. Die fünf Leichen auf dem Teppich straften das friedliche Bild allerdings Lügen. Die Angreifer waren immer die gleichen, auch die Leichen unterschieden sich nicht sehr voneinander; nur das Opfer war immer ein anderes.

Der da bettelt wenigstens nicht, dachte Kanai.

Manx Reger bettelte nicht. Er stand neben seinem Bett, hatte einen Schlafrock umgehängt und sprach im ruhigen Ton eines Mannes, der auf den Tod gefaßt ist. »Ich gehe also zuweit«, sagte er gerade zu einem der beiden Männer. »Ist Ihnen vielleicht schon eingefallen, Bernhard, daß Sie zuweit gehen?«

»Ich halte mich an den Vertrag, Reger«, antwortete Bernhard kühl. »Nicht mehr und nicht weniger. Im Augenblick besteht meine Aufgabe darin, Ihnen mitzuteilen, daß Sie nach Ansicht unseres Kunden einen zu großen Teil des Schwarzen Marktes in diesem Gebiet für sich beanspruchen.«

»Ihr Kunde? Ich nehme an, daß es sich um Sartan handelt. Schon wieder?«

Bernhard überhörte die Frage. »Ich habe es Ihnen also mitgeteilt und würde vorschlagen, daß Sie etwas unternehmen.« Seine Hand gab ein unmerkliches Zeichen, und die beiden Schwarzgekleideten begannen sich zurückzuziehen.

»Soll das heißen, daß das alles war?« erkundigte sich Reger vorsichtig.

»Man hat mir aufgetragen, Ihren Ehrgeiz zu stutzen«, antwortete Bernhard ruhig, »und hat es mir überlassen, wie ich das tue. Wenn ich allerdings wiederkommen müßte, würden die Folgen anhaltender sein.«

»Aha. Mit anderen Worten, Sartan glaubt nicht, daß er jetzt schon einen regelrechten Krieg führen kann. Ich will ihm als Dank für seine Aufmerksamkeit einen kleinen Rat erteilen: Seit über zweihundert Jahren hat niemand es fertiggebracht, Denver als sein privates Jagdgebiet einzuzäunen. Weder im Frieden noch während der dreißig Jahre Ryqrilbesatzung. Wenn Sartan glaubt, daß er es schaffen kann, schaufelt er sich sein eigenes Grab – und wenn Sie sich zu eng an ihn anschließen, geht es Ihnen genauso.« Er blickte zu Kanai hinüber, der sogar von der anderen Seite des Raums aus die Spuren des Alters um Regers Augen wahrnahm. Wenn Reger regelmäßig Idunin nahm, war sein Aussehen kein Hinweis auf sein Alter, so wie Kanais geschmeidiger Körper seine sechs Jahrzehnte nicht ahnen ließ. Wie alt war Reger wirklich? War er so alt, daß er bereits vor der Besatzung durch die Ryqril versucht hatte, die Kontrolle über die Verbrecherwelt von Denver an sich zu reißen? Möglich. Vielleicht sogar wahrscheinlich.

Aber es spielte ohnehin keine Rolle. Vor dreißig Jahren hatte sich die Welt verändert, und Leute wie Bernhard und Kanai hatten sich auf die neuen Gegebenheiten eingestellt. Reger und seinesgleichen waren die zum Aussterben verurteilten Dinosaurier.

»Ich werde Sartan Ihre weisen Worte übermitteln«, meinte Bernhard sarkastisch. »Zwingen Sie uns nur nicht wiederzukommen.«

Wieder ein Handzeichen, und Kanai ging den gleichen Weg zurück, den er gekommen war, um eventuelle Fallen wegzuräumen, die Regers Leute vielleicht inzwischen errichtet hatten. Doch falls es weitere Verteidiger im Haus gab, so waren sie offenbar zu eingeschüchtert, um noch einmal Widerstand zu leisten. Die drei schwarzgekleideten Männer marschierten zur Tür und hinaus in den Wald, der Regers nun leicht mitgenommenen Besitz umgab. Kanai spürte mehr, als daß er sie sah, wie die vier Männer, die ihnen Rückendeckung gegeben hatten, sich ebenfalls zurückzogen; alle sieben trafen gleichzeitig bei ihren versteckten Wagen ein.

»Also?« fragte einer von ihnen.

»Er wird sich fügen.« Bernhard nahm Schutzbrille und Kampfhaube ab und massierte sich müde den Nasenrücken. »Und sobald er sich dazu entschließt, werden es ihm alle kleinen Unternehmer auf dieser Stelle von Denver nachmachen.«

»Dann werden wir endlich eine eigene Spielwiese haben«, bemerkte ein anderer.

»Sartan wird sie haben«, mahnte Bernhard. »Vergeßt nicht, daß Sartan hier das Sagen hat!«

Eine Minute später waren alle nach Südosten in die Großstadt Denver unterwegs. Kanai saß hinten, lehnte sich an die rechte Tür und starrte verdrießlich hinaus, als die ersten Regentropfen fielen. Der große Konsolidierungsplan funktionierte also. Er versprach eine bessere Zukunft ... – und um sie zu erreichen, mußten sie nur weiterhin der elitärste Schlägertrupp bleiben, den die kriminelle Welt je gekannt hatte.

Wie tief die Blackcollars doch gesunken sind, dachte er.

Das Universum schien sich seiner Ansicht anzuschließen. Der Himmel weinte eimerweise Tränen über Krieger, die sich mit Schande bedeckt hatten.

1. Kapitel

»Die Streitkräfte der Blackcollars sind die Elitetruppe in dem bevorstehenden Konflikt – die beste Chance des Terranischen Demokratischen Empires, die Kriegsmaschinerie der Ryqril zu überleben, die auf uns losgelassen wird.«

Diese Worte fielen Allen Caine ohne besonderen Grund ein, während er allein in der Dunkelheit lauerte. Hoffnungsvolle Worte, die der oberste militärische Führer des TDE im Jahr 2416 im ersten Ausbildungszentrum für Sondereinheiten gesprochen hatte. Die Hoffnung war natürlich nur von kurzer Dauer gewesen. Zwei Jahre später hatte der Krieg begonnen; nach weiteren dreizehn Jahren hatte die Erde kapituliert und die Demütigung einer Besetzung durch die Ryqril sowie die Schaffung von Marionettenregierungen erduldet.

Caine selbst fühlte sich im Augenblick keineswegs besonders elitär. Und eigentlich auch nicht wie ein Krieger.

Mit der Weisheit der Vergangenheit war es auch nicht weit her.

Ein leises, kratzendes Geräusch brachte ihn in die Gegenwart und zu dem Problem zurück, vor dem er stand. Zwischen vier und zehn Männer – nach den Geräuschen schloß er auf sieben – waren im schütteren Wald unterwegs und umzingelten ihn mit schußbereiten Laser- und Betäubungspistolen. Angesichts einer solchen Feuerkraft wirkten Caines *shuriken, nunchaku* und Schleuder etwas kümmerlich.

Vor allem, wenn man bedachte, daß seine Gegner nicht blind waren.

Seine Augen wehrten sich automatisch gegen die undurchsichtige Schutzbrille. *Verdammt, Lathe, das ist lä-*

cherlich, dachte er. Dann atmete er tief durch und zwang seinen Geist, sich zu entspannen und zu konzentrieren.

Die Standorte von vier seiner Gegner hatte er ausgemacht: Zwei rechts vor ihm, einer rechts hinter ihm und einer genau vor ihm. Bei den übrigen drei war er nicht so sicher, aber er wußte wenigstens, daß sie sich irgendwo links von ihm herumtrieben. Ob sie genau wußten, wo er sich befand, war ihm nicht klar; ihm war jedoch klar, daß ihm einige von ihnen für seinen Geschmack viel zu nahe waren.

Da Caine blind war, mußte er die Initiative ergreifen, bevor sie über ihn stolperten.

Er griff lautlos mit der linken Hand in die *shuriken*-Tasche an seinem linken Schenkel und zog fünf Sterne heraus. Einen davon nahm er in die rechte Hand, holte tief Luft, richtete sich auf die Knie auf und schleuderte vier Sterne in rascher Folge auf die Ziele, die er erkannt hatte.

Im nächsten Augenblick rief jemand links von ihm, daß er ihn entdeckt hatte. Caine schleuderte seinen fünften *shuriken* in die Richtung, aus der die Stimme kam, und rollte sich in dem Augenblick, in dem die Betäubungspistole feuerte, nach vorn ab. Die Pfeile flogen weit an ihm vorbei, und das Geräusch der Pistole bot ihm ein weiteres Ziel. Er kam aus der Rolle heraus auf die Knie, holte einen *shuriken* aus der Gürteltasche und warf ihn. Jemand gab ein gurgelndes Geräusch von sich, und Caine ließ sich wieder flach auf den Boden fallen.

Er horchte. Im Wald war es still geworden. Waren es vielleicht nur sechs und nicht sieben Angreifer gewesen?

Unvermittelt meldete sich Caines Pocher: *Bandit auf fünfundzwanzig Grad, in Deckung.*

Es gab also einen siebten Mann, aber wenn die Information Caine helfen sollte, dann mußte er sich daran erinnern, wo Norden war. Dabei konnte ihm das kinästhetische Gedächtnis helfen, doch dazu mußte er sich soweit entspannen, daß er mit der entsprechenden Psychotechnik darauf zurückgreifen konnte. Dort? ... *dort.* Fünfundzwanzig Grad östlich davon ... dort. Zehn Grad links von genau geradeaus. Caine schob einen Finger unter seinen rechten Ärmel und benützte seinen Pocher: *Erbitte Information über Deckung des Banditen.*

Keine Antwort, also vermutlich ein kleiner Busch. Große Bäume waren in diesem Gebiet selten, und ein Busch bot zumindest Sichtschutz. Sichtschutz vor einem Blinden. Obwohl ein dichter Busch auch ein wenig Schutz vor den Wurfsternen bieten würde. Caine griff gerade nach seiner Schleuder, als ein plötzliches Geräusch in einer Entfernung von nicht einmal einem Meter bei ihm eine sofortige heftige Reaktion auslöste.

Er zog den Kopf ein, stieß sich zu einem flachen Überschlag ab, rollte auf die Schultern und trat nach der unsichtbaren Gestalt, die sich vor ihm befand, wie seine Ohren ihm verraten hatten. Seine Absätze prallten gegen etwas Festes und stießen es zurück. Er sprang hinterher, zog den *nunchaku* aus der Hülle und schwang ihn in die Richtung, aus der das Geräusch gekommen war. Der dreißig Zentimeter lange Hartholzstock, der an seiner Kunststoffkette wie eine Kreissäge summte, traf deutlich hörbar das Ziel; als Caine einen *shuriken* mit drei Zacken herauszog und ihn wie ein Messer in die Hand nahm, ertönte ein schriller Pfiff. Caine nahm die Schutzbrille ab, blinzelte im Sonnenlicht und blickte auf seinen Gegner hinunter, der gerade wieder auf die Füße kam.

Rafe Skyler war an und für sich ein großer Mann, und sah in seinem schweren Schutzanzug wie ein Monster aus. »Ich bin froh, daß ich Sie nicht sehen konnte«, bemerkte Caine. »Sie sehen wie die riesige Statue eines Käfers aus.«

Skyler lachte. »Ein unbedeutenderer Mensch könnte diese Äußerung als Beleidigung betrachten.« Er schnallte seinen Helm ab und untersuchte ihn. Quer über das Oberteil verlief eine leuchtend rote Spur. »Ein guter Schuß«, sagte er anerkennend. »Genau getroffen, und die Wucht hätte ausgereicht, um sogar den Schädel eines Ryq zu spalten.« Dann blickte der Riese auf seine Brustplatte hinunter, auf der Caines Absätze ebenfalls rote Spuren hinterlassen hatten. »Gut«, bemerkte er.

Hinter Caine meldete sich eine neue Stimme. »Natürlich hätten Sie ihn im Idealfall nie so nahe herankommen lassen dürfen.«

Caine drehte sich um und empfand wieder die gemischten Gefühle, die für seine Zusammenarbeit mit Lathe kennzeichnend waren. Lathe war der Kommandant – kurz Comsquare genannt – eines Blackcollarkommandos, und der Doyen der auf Plinry noch vorhandenen Blackcollars. Lathe hatte Caine mindestens zweimal das Leben gerettet und hatte es geschafft, den ersten Widerstandsauftrag des jungen Mannes aus einem hoffnungslosen Fall in einen Erfolg zu verwandeln.

Andererseits hatte er Caine auch wiederholt belogen, hatte ihn für Caines Geschmack viel zu oft auf eine falsche Spur gehetzt und hatte ihn bei der gleichen Mission wie eine Figur auf seinem Schachbrett benutzt. Und zu guter Letzt hatte er ihn während der vergangenen sieben Monate durch die Ausbildung in Plinrys brandneuer fliegender Blackcollarschule gehetzt.

Diese Ausbildung umfaßte eine Menge solcher knochenbrechender Tests. Lathe trat neben Caine und musterte Skylers Schutzanzug.

»Nicht schlecht. Außerdem haben Sie mit Ihren *shuriken* drei Leute schnell und zwei langsam getötet. Den letzten haben Sie allerdings beinahe verfehlt. Gehen wir in die Lodge und sehen wir uns die Bänder an.«

Skyler blickte zum Himmel empor. Caine blickte ebenfalls auf und entdeckte den winzigen schwarzen Punkt hoch über ihnen. »Lächeln Sie doch in die Kamera des Sicherheitsdienstes«, schlug Skyler vor.

Caine hätte eine obszöne Geste vorgezogen, beschloß

aber, überhaupt nichts zu tun. Er steckte seine *shuriken* wieder ein und folgte Lathe durch den Wald, während rings um ihn die »Toten« zum Leben erwachten und auf ihr nächstes Opfer warteten.

Es war wirklich ernüchternd, wenn man seine Leistung auf Band sah.

Er saß vor dem Bildschirm, erlebte im Geist die Szenen noch einmal und hörte Lathes begleitende Kritik: »... hier haben Sie mit dem Rückhandwurf unter Schulterhöhe eine halbe Sekunde verloren ... gute Rolle, aber eigentlich hätte er Sie mit seinem nächsten Schuß erledigen müssen ... Sklyer hat sich zwar geräuschlos genähert, aber sie hätten es spüren müssen ... spät, aber trotzdem eine gute Reaktion.«

Das Band war zu Ende, und Caine öffnete die geballten Fäuste. »Wie lautet also das Urteil? Haben wir jetzt bestanden, oder muß ich warten, bis die *Novak* die Erde das nächste Mal ansteuert?«

Lathe stützte die Ellbogen auf den Tisch und fuhr mit den Fingern über den Ring, den er am Mittelfinger der rechten Hand trug. Caine betrachtete ihn unwillkürlich: ein silberglänzender Drachenkopf, dessen Kamm in Form eines Fledermausflügels bis über den Knöchel reichte und dessen rubinrote Augen seinen Besitzer als Blackcollar-Comsquare auswiesen. Ein Symbol für Befähigung, Einsatzbereitschaft und Kampfkraft ... und für Caine auch ein Symbol dafür, was er mit seinen neu erworbenen Kenntnissen erreichen wollte.

»Sie möchten gern den Drachen tragen, nicht wahr?« unterbrach Lathe seine Gedanken.

»Nur wenn ich ihn verdiene.«

Lathe sah Caine nachdenklich an. »Wir könnten Ihnen eine Sondergenehmigung erteilen, vorausgesetzt, wir finden einen Ring, der Ihnen paßt.«

»Was würde mir das nützen?« meinte Caine verächtlich. »Ich möchte ein Blackcollar *sein,* nicht nur ihre Kleidung tragen.«

Lathe schob die Lippen vor. »Sie wären der erste, dem wir Backlash geben würden, falls wir welches besäßen; das wissen Sie.«

Caine nickte. Backlash – der Codename für die Droge, die dem gesamten Blackcollarprojekt zugrunde lag. Wenn sie in genau bemessenen Quantitäten eingenommen wurde, veränderte sie das Nervensystem eines Menschen für immer und verdoppelte seine Geschwindigkeit und seine Reflexe in Kampfsituationen. Nur Backlash hatte es den Blackcollars ermöglicht, ihre primitiven, unauffälligen Waffen erfolgreich gegen die *high tech*-Ausrüstung der Ryqril einzusetzen und in vielen Fällen die Überhand zu behalten. *Shuriken* und *nunchaku* konnten von Detektoren, die auf Laser und Gewehre mit Spezialstahlgeschossen programmiert waren, nicht entdeckt werden; dank der Reaktionsschnelligkeit durch Backlash und der Zielsicherheit der Blackcollars wurden sie zu weitaus tödlicheren Waffen, als man ihnen zutraute.

Doch auf Plinry gab es kein Backlash, und es gab auch keinen Hinweis darauf, daß es noch irgendwo im TDE vorhanden war ... und wenn das zutraf, dann würde die erste Generation der Blackcollars zugleich die letzte sein.

Lathe hatte wieder zu sprechen begonnen, und Caine wandte ihm seine Aufmerksamkeit zu. »Sie und Ihr Team sind jedoch soweit einsatzbereit, wie es ohne Backlash möglich ist. Wenn Sie also mit Lepkowski über Fahrkarten sprechen wollen, ist jetzt der richtige Augenblick.«

Caine fuhr sich mit der Zunge über die Lippen. Auf diesen Augenblick hatte er ein Jahr lang hingearbeitet ... den Augenblick, wenn er die relative Sicherheit von Plinry verließ und auf sich selbst gestellt die Marionettenregierung auf der Erde angriff.

Doch er würde Lathe nie zeigen, daß er sich unsicher fühlte. »Gut.« Er stand auf. »Ist der General noch hier?«

»Noch zwei Stunden. Dann bringt ihn ein Shuttle wieder hinauf.«

»Okay«, nickte Caine. »Auf Wiedersehen.«

General Avril Lepkowskis Zimmer in der Hamner Lodge war klein und spartanisch eingerichtet, wie es sich für einen Mann gehörte, der im letzten Jahr vielleicht insgesamt sechs Tage hier verbracht hatte. Ein Feldbett, ein Schreibtisch, zwei Stühle, ein Computer mit Zerhacker und Verschlüßler – dieser stammte von einem der Nova-Kriegsschiffe, die Lathe und seine Blackcollars ein Jahr zuvor vor der Schnauze der Ryqril aus ihrem jahrzehntelangen Dornröschendasein befreit hatten. Natürlich gab es auch einen der allgegenwärtigen ›Wanzenstörer‹, die um die Lodge und in der weiteren Umgebung aus dem Boden schossen wie die sprichwörtlichen Pilze, denen sie ähnlich sahen. Als Caine den Raum betrat, musterte er das Gerät mißtrauisch. Im Augenblick war ein guter Wanzenstörer der beste Schutz vor allen bekannten elektronischen Abhörgeräten, aber das mußte sich eines Tages ändern. Wenn dieser Augenblick eintrat, würde unglücklicherweise niemand etwas davon erfahren.

»Einen Augenblick, Caine.« Lepkowski betrachtete unverwandt seinen Monitor. Caine nickte schweigend und wählte den Stuhl auf der anderen Schreibtischseite, von dem aus man den Monitor nicht sehen konnte. Was immer Lepkowski tat ... es ging Caine vermutlich nichts an, und sowohl Lathe als auch Lepkowski hielten ihre Geheimnisse eisern unter Verschluß. Wenn jemand etwas nicht wissen mußte, erfuhr er es nicht. Und keiner fragte zweimal.

Eine Minute später lehnte sich der alte Mann seufzend zurück. »Zum Teufel mit Ihnen«, murmelte er.

»Schwierigkeiten?« erkundigte sich Caine.

»Ja, aber bis jetzt sind sie nur ärgerlich.« Er zeigte auf seinen Monitor. »Die letzte Überwachungsrunde der *Karachi* durch das TDE hat ergeben, daß sich im Krieg gegen die Chryselli die Front und mit ihr die Nachschublinien der Ryqril wieder einmal verlagert haben. Das bedeutet, daß wir einen Umweg über Navarre und vielleicht sogar Neu-Marokko machen müssen, wenn wir nicht auf Schlachtschiffe stoßen wollen.«

Caine verzog das Gesicht. Die riesige Kriegsmaschinerie der Ryqril, die die Erde vor dreißig Jahren überrannt hatte, stand zur Zeit mit dem Mutterland der Chryselli im Kampf, und die Pelzkugeln mit den kurzen Beinen hetzten die Ryqril nach allen Regeln der Kunst durch die Gegend. Das war der Grund dafür, warum Lepkowskis drei Novas unbehindert herumstreifen konnten – die Ryqril konnten es sich einfach nicht leisten, Raumschiffe für längere Zeit von der Front abzuziehen, um die Novas zu jagen. Das bedeutete jedoch nicht, daß ein Ryqril-Schiff, das zufällig auf eine Nova stieß, nicht auf sie feuern würde. »Wird es Ihnen schwerfallen, die Erde zu erreichen?«

Lepkowski schüttelte den Kopf. »Überhaupt nicht, die Erde liegt weit abseits von den Konvoi-Routen. Wie ich gehört habe, wird Ihr Team mich begleiten.«

»Das hat sich aber rasch herumgesprochen«, bemerkte Caine. Natürlich hatte Lathe darüber unterrichtet, daß das Team die Ausbildung absolviert hatte. »Haben Sie vielleicht eine Ahnung, General, ob es irgendwo auf der Erde eine Stelle gibt, die noch militärische Geheimnisse aufbewahrt?«

Lepkowski zog die Augenbrauen hoch. »Denken Sie an ein bestimmtes Geheimnis?«

Caine holte tief Luft, denn er hatte plötzlich Angst, daß seine Antwort dumm oder anmaßend oder beides zugleich klingen würde. »Um die Wahrheit zu sagen – ich möchte die Formel für Backlash, die Blackcollar-Droge, finden.«

Falls Lepkowski dieses Vorhaben lächerlich fand, zeigte er es nicht. Er betrachtete Caine eine Zeitlang schweigend, und sein Gesichtsausdruck war undurchschaubar. Dann zuckte er die Achseln. »Sie suchen sich tatsächlich das oberste Ziel auf der Prioritätenliste aus. Trotzdem werden Sie vielleicht auf den Gedanken gekommen sein, daß im Lauf der letzten dreißig Jahre schon andere vor Ihnen auf die Schatzsuche gegangen sind, ohne daß einer von ihnen fündig geworden wäre.«

Natürlich hatte Caine daran gedacht, sogar häufig. »Das stimmt. Aber vielleicht haben sie am falschen Ort gesucht.«

»Und Sie erwarten, daß *ich* den richtigen Ort kenne?«

»Sie haben diesen Sektor geleitet, bevor ihn die Ryqril eroberten. Sie müssen über die meisten sicheren Briefkästen des Militärs auf der Erde und anderswo informiert gewesen sein.«

Lepkowski lächelte schmerzlich. »Sichere Briefkästen. Ich habe diesen Ausdruck seit Jahren nicht mehr gehört. Ihre Ausbilder hatten sichtlich eine Vorliebe für den Geheimdienst.«

»Einer meiner Ausbilder war General Morris Kratochwil.«

»Kratochwil.« Die Falten um Lepkowskis Augen schienen tiefer zu werden. »Ein mutiger Mann ... Nein, Caine, die Formel für Backlash ist bestimmt in keinem sicheren Briefkasten deponiert worden. Wenn sie wirklich noch vorhanden ist, muß es in einer der Sieben Schwestern sein.«

Caine hatte diesen Ausdruck bereits früher gehört. »Das waren die sieben obersten Kommando/Verteidigungs-Basen, nicht wahr? Ungefähr eine pro Kontinent.«

»Richtig. Dort wurden die unterschiedlichsten wichtigen Geheimnisse aufbewahrt. Leider ... Moment, vielleicht kann man das überprüfen.« Er beugte sich vor und bearbeitete seine Tastatur.

»Vor einigen Monaten haben wir bei unserer letzten Erdumkreisung einige Orbital-Karten angefertigt. Dreißig Jahre sind eine lange Zeit, aber die Energie, die erforderlich war, um eine der Schwestern zu zerstören, muß bleibende Narben hinterlassen haben.«

Wenige Minuten später wurde diese Annahme schmerzlich bestätigt. Sechs von den sieben Stellen, auf die Lepkowski zeigte, befanden sich entweder in der Mitte von langsam erodierenden Explosionskratern oder von unnatürlich entlaubten Wildnissen. Oder von beiden.

Die siebente ...

»Beinahe vollkommen unberührt«, murmelte Lepkowski, während er das Bild vergrößerte und es mit topografischen Rekonstruktionen versuchte. »Unglaublich. Wieso haben sie es übersehen?«

»Wo genau befindet sich die Basis?« erkundigte sich Caine.

Lepkowski betätigte wieder einige Tasten, und das Orbitalfoto wurde von einer topografischen Darstellung überlagert.

»Hier.« Er zeigte auf einen ziemlich breiten Berggipfel.

»Der Aegis, etwa dreißig Kilometer westlich von Denver in Nordamerika. Im Norden führt eine wichtige Autobahn vorbei; der Eingang zur Basis befindet sich ungefähr an dieser Stelle.«

Caine musterte das Bild scharf. Keine Entlaubung; kein sichtbarer Krater. »Was ist das da im Norden?« Er zeigte auf zwei leicht verfärbte Stellen.

Lepkowski drückte neuerlich Tasten. »Narben von Neutronenraketen, würde ich sagen. Wahrscheinlich aus dem Krieg – sie sehen nicht frisch aus.«

»Wäre es möglich, daß die Basis durch ein Neutronenbombardement bis zur Saturierung neutralisiert wurde?«

»Nein, damit wäre die Abschirmung von Aegis fertiggeworden. Aber Sie haben recht – die Basis wurde neutralisiert. Die Ryqril hätten bestimmt keine voll bemannte und bewaffnete Basis an der Schwelle eines

Gebietes mit wichtigen Großstädten am Leben gelassen.«

»Vielleicht haben sie sie gar nicht zerstört«, warf Caine ein. »Vielleicht sind sie hineingelangt und haben sie erobert.«

»In diesem Fall können Sie Ihren Plan vergessen.« Lepkowski rieb sich das Kinn. »Es fällt mir allerdings schwer, so etwas zu glauben. Sobald die Basis dichtgemacht hatte, mußte jeder Versuch, in sie einzudringen, einen Bergrutsch von ungeahnten Ausmaßen auslösen.«

Caine biß sich auf die Lippen. »Vielleicht wurde sie aufgesperrt. Ergab sich den Ryqril.«

Lepkowski schwieg lange, dann schüttelte er den Kopf. »Nein, auch das ist nicht wahrscheinlich. Kratochwil hätte Aegis nie aufgegeben, genausowenig wie der örtliche Kommandant.«

Wieder trat Stille ein. »Wie schätzen Sie also meine Chancen ein?« fragte Caine schließlich. »Hat es einen Sinn, wenn ich dort nach Backlash suche?«

»Ihre Chancen sind bestenfalls gering. Ganz gleich, ob Aegis versperrt, ausgebrannt oder von den Ryqril besetzt ist – Sie haben beinahe keine Möglichkeit hineinzugelangen. Vielleicht wenn Ihnen jemand hilft, aber ich weiß nicht einmal, ob Sie in diesem Gebiet Hilfe finden könnten.«

»Es wäre möglich. Angeblich haben irgendwo in der Mitte des Kontinents Blackcollars gearbeitet. Und die Ausbilder im Widerstand unterhielten begrenzten Kontakt zu einer nordamerikanischen Gruppe, die sich ›Fackel‹ nannte.«

»Waren sie ernstzunehmen?«

Caine überlegte. »Als ich abflog, gab es sie jedenfalls noch. Soviel ich gehört hatte, waren sie kompromißlose Fanatiker und bereit, alles zu unternehmen, um die Ryqril zu vertreiben.«

Lepkowski schüttelte den Kopf. »An Ihrer Stelle

würde ich ihnen nicht in die Nähe kommen. Vertrauen Sie Fanatikern nie mehr als unbedingt nötig.«

»Weil sie blödsinnige Risiken eingehen?«

»Und weil sie sich in dem Augenblick gegen Sie wenden, in dem Sie nur einen halben Schritt von dem Weg abweichen, den sie für ›richtig‹ halten.«

Caine sog zischend die Luft ein. »Gibt es noch eine Stelle im TDE, an der ich bessere Chancen habe? Was ist mit Centauri A?«

»Dem Ausbildungszentrum der Blackcollars? Das ist zerstört. Es wurde so gründlich bombardiert, daß dem Planeten eine Eiszeit bevorsteht. Die Ryqril hatten damals schon soviel Erfahrung mit Blackcollars, daß ihnen jedes Mittel recht war, wenn nur keine mehr von Centauri kamen.«

Natürlich hatten die Ryqril genug von den Blackcollars. Caine hatte selbst gesehen, was Blackcollars gegen die Aliens und ihre loyalitätskonditionierten menschlichen Verbündeten ausrichten konnten ... und dabei fiel ihm ein, warum er sich überhaupt für dieses Ziel entschieden hatte. »Also gut, dann ist es die Basis Aegis«, erklärte er. »Können Sie mir etwas über sie erzählen – Anlage, Verteidigungseinrichtungen, Sonstiges?«

Lepkowski sah ihn an. »Ich kann Ihnen allgemeine Hinweise geben, nicht mehr.« Er zeigte auf eine Stelle auf dem Foto. »Die Einfahrt befindet sich hier in der Nähe der Autobahn. Sie führt unter den etwa drei Kilometer entfernten Gipfel des Berges. Der Tunnel ist so breit, daß durch ihn Kampfflugzeuge zum Start auf die Autobahn gerollt werden konnten.«

»Wie viele Flugzeuge waren dort stationiert?«

»Mindestens hundert, vielleicht auch mehr. Aber es sind bestimmt keine mehr vorhanden – als es zu Ende ging, befanden sich alle im Einsatz und griffen die Landefähren der Ryqril an.«

»Keiner der Überlebenden besitzt die Codes, mit denen man hineingelangen kann?«

»Es gibt keinen Code, um eine für den Kampf dichtgemachte Festung von außen zu öffnen. Als ich gesagt habe, daß niemand hineingelangen konnte, war es mir damit ernst. Wenn die Leute die Festung nicht von innen aufschließen, bleibt sie zu. Gehen wir weiter. Unterhalb der Hangarebene gibt es acht Personalebenen, dann eine, auf der sich die Fusionsgeneratoren, die Gasturbinen und die Reservetanks mit Treibstoff befinden. Das Wasser kommt aus mehreren unterschiedlich tiefen artesischen Brunnen, die Luft durch lange Belüftungstunnels mit einem Dutzend verschiedener Filteranlagen. Die Festung enthielt genügend Nahrungsmittel, Brennstoff und Ersatzteile, um mindestens fünfzehn Jahre überleben zu können. Das gilt natürlich für das gesamte Kontingent von zweitausend Offizieren und Mannschaften.«

Caine schüttelte staunend den Kopf. »Aegis muß riesig sein. Gibt es Fluchttunnels?«

»Einer mußte vorhanden sein, aber rechnen Sie nicht damit, daß Sie ihn verwenden können. Er wäre automatisch zum Einsturz gebracht worden, nachdem etwaige Überlebende ins Freie gelangt waren.«

»Oder er wäre von den Leuten, die dringeblieben waren, zum Einsturz gebracht worden?«

»Das ist möglich«, gab Lepkowski zu. »Ein kleines Kontingent hätte bis heute überleben können. Falls ihre Waffen nach der letzten Schlacht unbrauchbar waren, hätten die Ryqril die Abrechnung mit ihnen auf später verschieben können ... Nein, das ergibt keinen Sinn. Sie hätten in ihrem Rücken keine potentiellen Rebellen in einer funktionierenden militärischen Basis geduldet.«

»Außer, sie hätten den Eingang nicht gefunden. Wenn es einen kleinen Felssturz gegeben hätte ...«

»Jeder Mann in Denver hätte ihnen zeigen können, wo sich der Eingang befindet«, unterbrach ihn Lepkowski. »Man hatte ihn keineswegs getarnt.« Er blickte noch einmal auf den Monitor. »Ich habe sogar den Eindruck, daß neben dem Tor ein kleines Lager entstanden ist.«

Caine glaubte ihm, obwohl er es nicht genau erkennen konnte. »Ein Checkpoint der Ryqril? Oder nur eine Sekte, die die tote Basis anbetet?«

»Lachen Sie nicht – es könnte ohne weiteres etwas so Verrücktes sein.« Lepkowski zeigte auf eine Stelle, die einige Kilometer westlich davon lag. »Auch diese Stadt sieht bewohnt aus, obwohl der Tunnel, der sie mit der Autobahn nach Denver verbunden hat, eingestürzt ist. Ich weiß nicht, wie Sie darüber denken, aber ich möchte bestimmt nicht so isoliert leben.«

»Es sei denn, die Ryqril haben ihnen Lufttaxis bewilligt – ja, ich weiß, wie wahrscheinlich das ist. Was ist mit den Belüftungstunnels, die Sie erwähnt haben? Könnte jemand auf diesem Weg hineingelangen?«

»Nur, wenn er mehr Leben als eine ganze Katzenfamilie besitzt. In diesen Tunnels gibt es mindestens acht verschiedene Arten von Sensoren, die mit drei getrennten aktiven und passiven Abwehrsystemen verbunden sind. Tödlichen Abwehrsystemen.«

»Nach dreißig Jahren ...?«

»Einige von ihnen werden noch ein oder zwei Jahrhunderte aktiv bleiben.«

Caine schob die Lippen vor. Das Ganze klang von Minute zu Minute aussichtsloser ... Er wollte gerade diese Erkenntnis aussprechen, als Lepkowski ihm zuvorkam. »Wissen Sie, Caine, je länger ich darüber nachdenke, desto mehr halte ich die Mission für gefährliche Zeitvergeudung. Wenn es den Ryqril nicht gelungen ist hineinzukommen, gelingt es Ihnen auch nicht: und wenn es ihnen gelungen ist, dann haben Sie dort nichts verloren. Vielleicht entscheiden Sie sich für ein etwas weniger ehrgeiziges Ziel.«

Etwas Leichteres für Anfänger? Obwohl Lepkowski es nicht so gemeint hatte, ertrug Caine den Gedanken nicht. »Danke für den Rat, Sir, aber ich vergeude *meine*

Zeit. Es kann nicht schaden, wenn ich es mir einmal ansehe.«

»Es ist Ihr Team und Ihre Mission. Trotzdem sind Sie total verrückt, wenn Sie es auch nur in Betracht ziehen.«

Caine mußte lächeln. »Würden Sie das auch von Ihnen behaupten, wenn Sie in Ihrer fliegenden Zielscheibe im TDE herumschwirren? Aber wenn es Ihnen recht ist, lassen wir meinen Wahnsinn unser kleines gemeinsames Geheimnis bleiben.« Er warf automatisch einen Blick auf den summenden Wanzenstörer. »Sogar mein Team wird das Ziel erst erfahren, wenn es notwendig ist, und ich möchte nicht, daß es außer uns jemand kennt.«

»Nicht einmal Lathe?«

»Nein. Jedes Geheimnis muß in der Abteilung bleiben, in die es gehört.«

Lepkowski sah ihn durchdringend an. »Bei Lathe ist es etwas anderes – er führt hier den Befehl.«

»Hier, aber nicht auf der Erde.«

Der General runzelte die Stirn, dann zuckte er die Achseln. »Ich kann Sie verstehen. Schließlich ist es Ihr erstes Kommando. Also dann ... viel Glück. Wenn ich Ihnen irgendwie helfen kann, lassen Sie es mich wissen.«

»Danke, Sir, aber im Augenblick brauchen wir von Ihnen nur die sichere Überfahrt zur Erde. Der Rest ist unsere Angelegenheit.«

Der Rest muß unsere Angelegenheit sein, überlegte Caine, während er in sein Zimmer zurückkehrte. Alle Einzelheiten über Denver, die Lepkowski oder die Blackcollars einmal gewußt hatten, waren seit mindestens dreißig Jahren überholt. Sein Team würde sie sich selbst besorgen müssen, sobald sie unten waren.

Sie konnten nur hoffen, daß der örtliche Sicherheitsdienst eine lange Leitung hatte.

2. Kapitel

OBWOHL DIE AUFZEICHNUNG aus einigen Kilometern Höhe gemacht und bei der Übertragung künstlich verstärkt worden war, wirkte Caines Test als Blinder noch immer verdammt eindrucksvoll. Präfekt Jamus Galway, Leiter des Sicherheitsdienstes auf Plinry, ließ das Band zweimal ablaufen, bevor er sich an seinen Adjutanten wandte. »Haben die Ryqril eine Kopie dieses Bandes gesehen?«

Ragusin zuckte hilflos die Achseln. »Dieses und alle anderen Bänder. Sie haben den Befehl noch immer nicht geändert.«

Der Befehl – Ragusin mußte ihn nicht näher spezifizieren. *Zeichnen Sie alle Aktivitäten im Ausbildungslager der Blackcollars auf, ohne sie jedoch zu unterbrechen.* Galway hatte zweimal dagegen berufen, aber die Ryqril hatten konsequent abgelehnt, und die unsinnige Situation ging ihm allmählich auf die Nerven. Ließen sich die Aliens durch die drei Novas so sehr einschüchtern, daß sie eine Militärschule im besetzten Gebiet duldeten? Noch dazu eine von Blackcollars betriebene Schule?

»Es könnte schlimmer sein«, unterbrach Ragusin Galways Gedankengang. »Sie produzieren wenigstens keine echten Blackcollars – laut der Analyse sind Caines Reflexe nur um einige Prozent besser als zu Beginn seiner Ausbildung. Für die übrigen Rekruten gilt das gleiche.«

Galway wußte das alles wahrscheinlich besser als jeder andere Bewohner von Plinry. In den letzten Monaten hatte das Ausbildungszentrum seine Aufmerksamkeit viel zu sehr in Anspruch genommen und ihn von den üblichen Routineangelegenheiten abgelenkt. Er hatte Berichte über das Entstehen von Teenager-Gangs in den ärmeren Vierteln von Capstone erhalten und sie nur rasch überflogen; die Schutzmauer um die Nabe wurde verstärkt, und er sollte sich eigentlich näher mit den Einzelheiten befassen. Und solange Lathe nur außergewöhnlich gute Guerillas produzierte, und solange die Ryqril über die Schule und ihre Absolventen auf dem laufenden waren, stellten sie kaum eine Gefahr für Plinry oder das Ryqril Empire dar, das mußte er zugeben.

Das waren die logischen Argumente. Galway glaubte kein Wort davon.

Er spielte das Band noch einmal ab. Sie besaßen bis jetzt nur wenige Daten über die Ausbildung, aber er hatte das Gefühl, daß Caine bestanden hatte. »Caine ist hier also fertig. Haben Sie eine Ahnung, wann er Plinry verlassen wird? Und mit wem?«

»Wir besitzen nur Hinweise, aber sie sind sehr deutlich«, Ragusin zog aus dem Papierstoß, den er in letzter Zeit ständig mit sich herumschleppte, ein Blatt heraus. »Die *Novak* startet in vier Tagen zu einem Rundflug um diesen Teil des TDE – Zwischenlandungen sind auf Hegira, Juniper, Neu-Calais, Erde, Shiloh, Magna Graecia, Carno und Bullhead vorgesehen. Caine wird sich voraussichtlich an Bord befinden.«

»Passagiere?«

»Beim Abflug sind es dreißig Geschäftsleute, und unterwegs werden zweifellos etliche aus- und zusteigen. Die von Plinry kommenden sind überprüft worden und in Ordnung.«

Galway nickte verdrossen. Vor Caine und seinen Novas hatten nur Regierungsbeamte und eine Handvoll loyalitätskonditionierter Geschäftsleute interstellare Reisen unternehmen dürfen. Jetzt gehörte dank General Lepkowskis Raumschiffen und den Konzessionen, die er bei den Ryqrils herausgeschunden hatte, dieses Prinzip zum alten Eisen, und Galways Sicherheitsprobleme waren von Besorgnis zum Alptraum eskaliert. Lepkowski würde sich kaum damit begnügen, Kleinunternehmer durch das TDE zu befördern, und Galways Abteilung verfügte einfach nicht über genügend Beamte, um die Spione, Saboteure und Waffen auszusieben, die irgendwann durch die Pipeline hereinströmen würden.

Doch auch dagegen konnte er nichts unternehmen. »Also gut«, seufzte er. »Potentielle Angehörige seines Teams?«

»Eigentlich kommt nur eine Gruppe in Frage. Woody Pittman, Stef Braune, Doon Colvin und Mal Alamzad. Caine hat beinahe alle Übungen mit ihnen durchgeführt.«

Die Namen waren Galway vertraut: alle vier stammten aus Capstone und hatten den anderen gegenüber einen Vorsprung, weil sie an den geheimen Kursen in den asiatischen Kampfsportarten teilgenommen hatten, mit denen die Blackcollars vor vielen Jahren begonnen hatten. Einer der Namen war ihm auch aus einem zweiten Grund bekannt. »Was ist mit den Blackcollars selbst? Glauben Sie, daß Lathe Caine einen seiner Leute mitgibt?«

»Es wäre zwar möglich, aber nichts weist darauf hin. Es gibt auch keinen Hinweis darauf, auf welchem Planeten Caine landen wird.«

»Auf der Erde.« Galway war in dieser Beziehung seiner Sache sicher. Caine war auf der Erde geboren, aufgewachsen und von dem europäischen Widerstand ausgebildet worden, und würde bestimmt nach Hause zurückkehren, um dort seinen persönlichen Krieg zu beginnen. Acht Parseks von Galways Zuständigkeit entfernt ... was bedeutete, daß der Präfekt seinen Bericht ablegen, Caine beim Besteigen des Shuttle beobachten und dann das ganze vergessen konnte.

Nur – er konnte es nicht, das wußte er.

Er drückte auf seiner Gegensprechanlage den Knopf, durch den er mit dem Überwachungsoffizier der Blackcollars verbunden wurde. »Ich möchte wissen, wo sich vier Rekruten befinden«, sagte er, als sich der andere meldete. »Pittman, Braune, Colvin und Alamzad.«

Nach einer kurzen Pause berichtete der Offizier: »Alle vier befinden sich im Hamner Lodge Camp, Sir. Braune seit heute fünf Uhr früh, die übrigen drei seit sieben Uhr.«

Galway sah auf seine Uhr. Beinahe fünf: sie waren seit fünfzehn, respektive dreizehn Stunden dort. Wenn sich Lathe an seinen üblichen Stundenplan hielt, würden sich die Jungen bald auf den Weg nach Capstone machen. »Verständigen Sie mich sofort, wenn einer der vier Leute von Caines Team herauskommt«, befahl er dem Offizier und unterbrach dann die Verbindung. »Organisieren Sie zwei Wagen mit Fahrern, Ragusin«, sagte er zu seinem Adjutanten, »und warten Sie draußen auf mich! Wir holen sie zu einer Abschiedsplauderei zu uns.«

»Alle, Sir?«

»Das ist sicherer. Außerdem möchte ich aus der Nähe sehen, wie sehr sich Caine in den letzten sieben Monaten verändert hat.«

Ragusin nickte und verließ das Zimmer. Galway öffnete eine Schublade, holte Laser und Halfter heraus und schnallte sie sich um. Wenn die Rekruten nicht freiwillig kamen, würde die Waffe auch nicht mehr viel nützen, aber es konnte interessant sein, wie sie in ihrer heimatlichen Umgebung auf die Anwesenheit von bewaffneten Sicherheitsmännern reagierten.

Voraussichtlich würden die Reaktionen nicht tödlich sein. Wenn sie es trotzdem waren ... auch das war etwas, das er wissen mußte.

Caine befand sich im Eßzimmer der Lodge und studierte die Orbit-Landkarten von Denver, die Lepkowski für ihn hatte kopieren lassen, als Chelsey Jensen mit der Neuigkeit hereinkam.

»Galway will mit *mir* sprechen?« Sein Magen verkrampfte sich. »Warum?«

Jensen fuhr sich mit den Fingern durch sein blondes Haar. »Er hat uns nur wissen lassen, daß er Sie und Ihr Team zu einer Routinebefragung in die Nabe bringen will, bevor Sie zur Erde abfliegen.«

Caine verzog das Gesicht. »Es ist wirklich gut, wenn man vor der Opposition Geheimnisse hat.«

Jensen zuckte die Achseln. »Galway war immer schon ein guter Gedankenleser. Das gehört zu den Dingen, mit denen wir uns abfinden müssen.«

»Ja. Glauben Sie, daß ich hinfahren soll?«

»Das ist Ihnen überlassen. Aber er hat bereits Ihr Team vergattert.«

»Richtig.« Caine stand auf. Im letzten Jahr war die persönliche Loyalität für Jensen beinahe zu einer fixen Idee geworden, und es gehörte sich nicht, daß Caine seine Teamkollegen den Wölfen überließ. »Würden Sie bitte diese Karten durch jemanden auf mein Zimmer bringen lassen? Es wäre unvernünftig, dem Sicherheitsdienst jetzt schon zu verraten, wo wir hinwollen.«

»Selbstverständlich.« Jensen nahm den Stoß entgegen. »Geben Sie auf sich acht und viel Glück!«

Galway stand neben einem der beiden Wagen, als Caine die abschüssige Staubstraße zu der Stelle hinunterging, an der der Präfekt geparkt hatte. Im zweiten Fahrzeug saßen auf dem Rücksitz drei seiner Teamkollegen und auf dem Vordersitz zwei Männer in den graugrünen Uniformen des Sicherheitsdienstes. Der vierte Rekrut saß hinten in Galways Wagen.

Galway nickte, als Caine zu ihm trat. »Jensen hat Ihnen vermutlich gesagt, was ich möchte.«

»Ja. Und es wäre besser, wenn es nicht zu lange dauert.«

»Ich verstehe. Die Vorbereitungen für Ihre interplanetarische Reise halten Sie bestimmt in Atem.«

Caine hätte beinahe das Gesicht verzogen. »Genauer: wenn wir zu lange in der Nabe bleiben, unternimmt Lathe etwas.«

»Höchstens zwei Stunden«, meinte Galway unbeeindruckt. »Gehen wir?«

Caine, der neben Pittman und hinter Galway und einem Fahrer des Sicherheitsdienstes saß, schwieg während der sechzehn Kilometer Fahrt nach Capstone, der Hauptstadt von Plinry, frostig. Auch die anderen sprachen nicht; doch als sich die Wagen durch die Straßen der Stadt zur Nabe schlängelten, drehte sich Galway halb um und musterte seine Passagiere. »Sie haben beide in den letzten Monaten beachtliche Fortschritte gemacht. Vor allem der Kampf als Blinder muß mörderisch sein, und Sie haben sich beide sehr gut gehalten.«

Caine hielt die Hände im Schoß gefaltet und gab jetzt das Blackcollar-Zeichen *Ruhe.* Daraufhin schwieg Pittman.

Die graue Mauer, die die Nabe begrenzte, war inzwischen in Sicht gekommen; sie wirkte wie ein düsteres Symbol für die Herrschaft der Ryqril, doch auch – nach Caines Ansicht – für die Grenzen ihrer Macht. Lathes Blackcollars hatten diese Mauer trotz ihrer Sensoren, automatischen Abwehreinrichtungen und menschlichen Wächtern einmal überklettert. Wenn es notwendig war, würden sie es wieder schaffen.

Das persönliche Geplauder trug dazu bei, daß Caines Puls beinahe wieder normal war, als sich das Metalltor hinter ihnen schloß.

Galway drehte sich nochmals um. »Soviel ich weiß, brechen Sie in einigen Tagen auf. Welchen Teil der Erde haben Sie sich als Ziel ausgesucht?«

»Die Antarktis«, erwiderte Caine. »Genauer das Hollick-Kenyon-Plateau. Aber wenn Sie sich mit uns nur unterhalten wollten, hätten wir das auch in der Lodge erledigen können.«

»Das stimmt, aber es gibt andere Dinge, die wir dort

nicht erledigen können. Zum Beispiel neue Fotos von Ihnen, Fingerabdrücke, Netzhautmuster – für unsere Unterlagen.«

»Und für den Export?«

Galways Lippen verzogen sich zu einem grimmigen Lächeln. »Die Ryqril interessieren sich sehr für Sie, Caine – für Sie alle«, fügte er hinzu und sah Pittman an. »Sie möchten einfach gern wissen, welche Fortschritte Sie machen.«

Caine antwortete nicht.

Die fünf Rekruten wurden nacheinander in das Verhörzimmer gebracht. Ragusin fotografierte sie und verewigte ihre Fingerabdrücke und Netzhautmuster, während Galway unaufhörlich Fragen stellte. Dabei handelte es sich größtenteils um einen Monolog, und Galway war bei Caine und drei seiner Teamkollegen darauf gefaßt gewesen. Wenn man die richtige Streßanalyse anwandte, konnten sogar die Antworten auf harmlose Fragen gelegentlich wertvolle Hinweise enthalten, und deshalb war es üblich, daß sich die Verhörten so wenig wie möglich um den Verhörenden kümmerten. Das wußte Caine, und Galway wußte, daß er es wußte, und deshalb war das Ganze Zeitverschwendung, wenn Galway nicht davon überzeugt gewesen wäre, daß das fünfte Gespräch etwas anders verlaufen würde.

Er wurde nicht enttäuscht.

»Sie reisen ebenfalls in fünf Tagen mit der *Novak* ab, nicht wahr?« Woody Pittman saß mit zusammengepreßten Lippen vor dem Netzhautscanner und nickte nur. Die Geste sagte mehr über seine Gefühle aus als Worte, und Galway emfpand etwas wie Mitleid mit dem Jungen. Aber der Präfekt mußte seine Aufgabe erfüllen, und seine persönliche Einstellung zu allem, was die Ryqril Pittman angetan hatten, durfte ihn nicht daran hindern. »Sie fliegen zur Erde – haben Sie eine Ahnung, wohin?«

»Nach Nordamerika. Wir werden das Shuttle nach

Denver nehmen, aber Caine sagt, daß wir abspringen werden, bevor es landet.«

Galway rief auf dem im Raum vorhandenen Monitor eine Karte des Gebiets ab und überflog sie rasch. Es war sinnlos; in der Gegend von Denver gab es viel zu viele Objekte, die für einen Saboteur oder einen Spion interessant sein konnten. »Haben Sie eine Ahnung, ob das Ziel Ihrer Mission in diesem Gebiet liegt?« fragte er. »Oder wäre es möglich, daß Sie nur so lange dort bleiben, bis Sie sich Papiere verschafft haben, und dann etwaige Verfolger abschütteln?«

Pittman schüttelte den Kopf. »Caine hat uns nichts gesagt, überhaupt nichts; Sie können also aufhören, die Frage immer neu zu formulieren. Er nimmt Lathes Vorträge über Geheimhaltung sehr ernst.«

Galway seufzte. »Irgendwie überrascht mich das nicht.« Er überlegte kurz und sah dabei zu, wie ein Foto und dann sicherheitshalber auch noch ein Schichtfoto von Pittmans Gesicht gemacht wurden. »Hat Caine besondere Ausrüstungsgegenstände erwähnt? Oder haben Sie eine unübliche Ausbildung erhalten?«

Pittman schüttelte wieder den Kopf. »Erst wenn wir auf der Erde sind, kann ich Ihnen etwas Neues berichten. Und vielleicht nicht einmal dann.«

»Also gut.« Galway gab auf. Es war unwahrscheinlich, daß Pittman ihm etwas verschwieg – obwohl der Junge nicht loyalitätskonditioniert war, und Galway deshalb seiner Sache nie hundertprozentig sicher sein konnte. »Ich werde im Büro des Sicherheitsdienstes von Denver einen Kontaktmann für Sie bereitstellen – wenn Sie anrufen, verwenden Sie den Codenamen Postern, um sich zu identifizieren.«

Pittman nickte und stand auf. »Noch etwas?«

»Im Augenblick nicht. Viel Glück!«

Als der Junge den Raum verließ, verzog sich sein Gesicht zu einem sardonischen Lächeln. Bevor die Tür zuging, sah Galway noch, wie sich der Wächter Pittman anschloß. Er seufzte und schaltete die Gegensprechanlage ein. »Begleiten Sie die Blackcollarrekruten aus der Nabe hinaus.«

»Caine will zu der Lodge zurückgebracht werden.«

»Teilen Sie ihm mit, daß er selbst zusehen muß, wie er hinkommt. Wir betreiben kein Fuhrunternehmen.«

»Ja, Sir.«

Galway schaltete die Anlage ab und wandte seine Aufmerksamkeit wieder der Karte von Denver zu. Ragusin trat zu ihm und blickte ihm über die Schulter. »Fällt Ihnen irgend etwas auf?« fragte ihn Galway.

»Nicht auf Anhieb. Dort gibt es unheimlich viel.«

»Genau das habe ich mir auch gedacht. Vielleicht sollten Sie hinuntergehen und dafür sorgen, daß Caine und Co. beim Verlassen der Nabe keine Schwierigkeiten machen. Ich gehe in mein Büro zurück und rufe die Ryqril an. Sie müssen erfahren, daß demnächst ein weiteres Team auf der Erde landen wird.«

Es war keine angenehme Aufgabe; und noch lange, nachdem Galway aufgelegt hatte, stand er an dem großen Fenster neben seinem Schreibtisch, blickte auf die Nabe hinaus und wartete, bis die Spannung in seinen zitternden Muskeln nachließ. Natürlich haßte er die Eroberer der Menschheit nicht; die Loyalitätskonditionierung, der er im Alter von achtzehn Jahren unterzogen worden war, hatte eine emotionelle Reaktion auf die Ryqril für immer ausgemerzt. Aber die Konditionierung unterdrückte nicht die Angst, und Galway fürchtete die gummihäutigen Aliens mehr als alles andere im Universum. Nicht nur wegen der Dinge, die sie ihm persönlich antun konnten, sondern weil sie gezeigt hatten, was sie ganzen Welten antun konnten.

Auch seiner Welt.

Galway blickte über die Gebäude von Capstone hinweg zu den Greenheart-Mountains, wo nicht einmal sechsunddreißig Jahre nach dem Bodenfeuer-Angriff der Ryqril die Vegetation auch nur annähernd die gleiche

Üppigkeit wie vor dem Krieg erreicht hatte. Plinry war durch seinen Angriff beinahe ausgelöscht worden, und es würde mindestens noch eine Generation dauern, bis der Planet ähnliche Verheerungen verkraften konnte.

Und wenn die Ryqril das Ausbildungslager der Blackcollars als zu große Bedrohung empfanden ...

Galway schauderte. Nein, er konnte nicht einfach Informationen über Caine weitergeben und dann alles vergessen. Es lag in seinem persönlichen Interesse, dafür zu sorgen, daß jedes Team, das Lathe und Lepkowski auf die Erde schickten, neutralisiert wurde, und zwar schnell. Unwillkürlich wanderte sein Blick wieder zu Capstone, der Nabe und der hohen schwarzen Mauer, die sich wie ein Berg ohne Spitze in der Mitte des Regierungsviertels erhob. Die Ryqril-Enklave. Die uneinnehmbare Festung innerhalb einer Stadt, in einer Stadt, von der aus die wahren Beherrscher von Plinry Marionetten wie Galway Befehle erteilten. Der Ort, an dem der Beschluß, die Blackcollars – und unter Umständen mit ihnen den ganzen Planeten – zu vernichten, vielleicht eines Tages gefaßt wurde.

Und zwischen Plinry und diesem Beschluß stand nur ein sachkundiger Präfekt, der seine Pflicht erfüllte.

Galway wandte sich vom Fenster ab, kehrte an seinen Schreibtisch zurück und machte sich entschlossen an die Arbeit.

»Backlash.«

Lathe sprach das Wort leise, beinahe ehrfürchtig aus, während seine Finger über den rotäugigen Drachenkopfring an seiner Hand glitten. Noch vor zwei Stunden waren seine Ziele klein und leicht erreichbar gewesen; er war froh, daß er das Ausbildungszentrum und Männer von Caines und Pittmans Kaliber besaß, mit denen er arbeiten konnte. Aber wenn Backlash wieder zur Verfügung stand, dann gab es plötzlich keine Grenzen mehr für die Taten, die er vollbringen konnte.

Er riß sich zusammen und zwang seine Aufmerksamkeit von den Zukunftsvisionen zu dem Mann zurück, der ihm gegenübersaß. »Wie stehen seine Chancen tatsächlich?«

Lepkowski schüttelte den Kopf. »Das weiß ich nicht. Ich könnte wetten, daß sich die Formel während des Krieges in den Geheimakten von Aegis befunden hat. Aber danach kann ich nicht einmal mehr auf gut Glück raten. Sie könnte noch immer dort drin liegen und langsam verstauben – die Ryqril wären bestimmt nicht daran interessiert, sie verschwinden zu lassen.«

»Ein durchschnittliches Widerstandsteam würde sich auch nicht besonders darum kümmern«, überlegte Lathe. »Vielleicht wäre nicht einmal hohen Militärs klar, wie sehr das Blackcollarprojekt von der Droge abhing.«

Lepkowski zog die Augenbrauen hoch. »Vielleicht finden sie auch nur, daß es nicht die Mühe lohnt, die Blackcollars auferstehen zu lassen.«

Lathe lächelte grimmig. »So leicht kann man meine Gefühle nicht verletzen, mein Freund – ich habe es ja gern, wenn man mich unterschätzt.«

Lepkowski erwiderte das Lächeln, das gemeinsame Erinnerungen weckte. Dann wurde er ernst. »Caine wird es nicht gern sehen, wenn man sich in seine Angelegenheiten mischt.«

»Das habe ich irgendwie erwartet.« Lathe überlegte kurz. »Wir haben ja noch fünf Tage, um uns etwas Kluges einfallen zu lassen.«

»Vergessen Sie aber nicht, daß dieser kluge Einfall unser Projekt Weihnachten nicht stören darf«, bemerkte der General.

»Verdammt«, murmelte Lathe. Das Projekt Weihnachten befand sich schon so lange in Ausarbeitung, daß ihm der offensichtliche Zusammenhang nicht sofort aufgefallen war. »Dadurch wird natürlich alles komplizierter«, gab er zu. »Obwohl es sich vielleicht gar zu unserem Vorteil auswirken könnte. Wir müssen nur dafür sorgen, daß Weihnachten glatt über die Bühne geht.«

»Wir haben schon Schwierigkeiten mit geringeren Fehlergrenzen durchgezogen – und wie Sie gesagt haben, bleiben uns noch fünf Tage. Also machen wir uns an die Arbeit.«

3. Kapitel

EINES DER GRÖSSTEN PROBLEME, vor dem Lepkowski und die Blackcollars von Plinry mit ihrem ein Jahr alten Shuttle für Geschäftsleute gestanden hatten, waren die Sicherheitsmaßnahmen gewesen, während sich Zivilisten an Bord des neuen Raumschiffes befanden. Es war ein schwerwiegendes Problem, denn solange der Sicherheitsdienst Loyalitätskonditionierungen durchführte, war es Saboteuren möglich, selbst durch die strengsten Kontrollen durchzuschlüpfen. Sie hatten die Gefahr schließlich dadurch auf ein Minimum reduziert, indem man einen Teil der *Novak* ausschließlich für zivile Passagiere abriegelte.

Das klang für die meisten Menschen sehr beengt, weil die meisten Menschen keine Vorstelllung von der wirklichen Größe der *Novak* besaßen.

Caines vier Teamkameraden wußten es genausowenig, denn sie erwarteten, daß sie auf einen besonderen Abschnitt des Schiffes beschränkt sein und keinen Kontakt zu der Mannschaft und den übrigen Passagieren haben würden, die alle nichts von ihrer Anwesenheit wußten. Caine hatte belustigt beobachtet, wie ihnen aufging, was ›ein kleiner, abgeschlossener Teil‹ wirklich bedeutete. Nach den engen Wohnungen im zivilen Teil Capstones, in denen beinahe jeder von ihnen aufgewachsen war, und dem noch engeren Quartier in der Hamner Lodge wirkte die *Novak* beinahe wie ein Urlaub in einem Luxushotel.

Ein Urlaub, der drei Tage vor der Landung auf der Erde mit dem Eintreffen von Lepkowski vorbei war. Er wollte ihnen letzte Anweisungen erteilen.

»Das Shuttle wird von Westen her in diesen Sektor hereinkommen.« Der General zeigte ihnen auf der Detailkarte, die er ihnen mitgebracht hatte, die Flugbahn über den Rockies. »Ihre Abstiegsbehälter werden hier, ungefähr fünfundzwanzig Kilometer vom Rand der Berge und der Zivilisation entfernt, ausgeklinkt werden.«

»Sieht ein bißchen weit aus«, meinte Stef Braune zweifelnd.

»Wir haben auf Argent dreißig Kilometer zurückgelegt«, erklärte Caine. »Noch dazu ohne Rückenwind.«

»Das sind aber richtige Berge«, wandte Doon Colvin ein, »und das bedeutet starke und oft gefährliche Luftströmungen, gegen die wir ankämpfen müssen.«

»Wie gefährlich?« fragte Caine. Im Gegensatz zu allen anderen einschließlich Caines besaß Colvin sehr viel private Erfahrung mit Hängegleitern.

Colvin zuckte die Achseln. »Das hängt von den Bergen und dem gerade herrschenden Wetter ab. Es könnte von einer relativ geringfügigen Störung bis zu einer plötzlichen Katastrophe reichen.«

Lepkowski und Caine blickten einander an. »Können Sie näher beim Stadtgebiet aussteigen?« fragte der General.

Caine schüttelte den Kopf. »Auf dem Radar des Sicherheitsdienstes wird man ohnehin einen zu großen Teil unseres Weges verfolgen können. Ich möchte mich *hier und hier,* auf der Denver abgewandten Seite der Berge, befinden, wenn wir herumschwenken und dann dieser Straße folgen. Wir müssen ihren ersten Gegenzug in die falsche Richtung lenken, damit wir in Denver untertauchen können, bevor sie ihren Fehler erkennen.«

Alamzad räusperte sich. »Ich will nicht drängen, Caine, aber weil wir jetzt alle beisammen sind – können Sie nicht Ihrem Herzen einen Stoß geben und uns verraten, was wir unternehmen werden, sobald wir dort sind?«

Caine spürte, daß Lepkowski ihn beobachtete. »Es tut mir leid.« Während er sprach, sah er die Männer seines

Teams der Reihe nach an. »Aber diese Mission ist zu wichtig, als daß ich auch nur das geringste Risiko eingehen könnte. Das heißt nicht, daß ich Ihnen nicht vertraue, aber es besteht immer die Möglichkeit, daß der Sicherheitsdienst einen von Ihnen schnappt, und mit der richtigen Art von Druck kann sogar eine Psychorkonditionierung gebrochen werden.«

Es gefiel keinem der vier, das konnte man leicht von ihnen Gesichtern ablesen. Aber sie akzeptierten es ohne weitere Diskussionen.

Einige Zeit später war in einem anderen Teil des Raumschiffs dieses Vertrauen ebenfalls offenkundig, aber in diesem Fall verfügten die Teilnehmer über wesentlich mehr Erfahrungen, auf die sie sich stützen konnten. Lathe hatte sich mit seinem Viermannteam zusammengesetzt und ging die Einzelheiten von Caines Plan durch. »... wir werden also ungefähr drei Kilometer hinter und einen Kilometer oberhalb von ihrem Abstiegspunkt aussteigen«, schloß er und bezeichnete den Punkt auf Lepkowskis Karte. »Colvin hat offenbar angenommen, daß wir mit dem Wind Schwierigkeiten haben werden, aber meiner Ansicht nach bleibt uns keine andere Wahl.«

»Wie wäre es, wenn wir aus einem anderen Shuttle aussteigen?« schlug Chelsey Jensen vor. »Wenn wir zuerst dran sind, können wir uns in der Nähe von Caines Landeplatz auf dem Boden befinden und ihnen auf der Spur bleiben.«

»Ich bezweifle, daß Lepkowski mit der Fracht so gut schwindeln kann, daß zwei Shuttles gerechtfertigt sind.« Dawis Hawking schüttelte den Kopf. »Außerdem würden zwei offensichtliche Ausstiege den Sicherheitsdienst nervöser machen, als wir uns leisten können.«

»Damit ist der Fall erledigt«, stimmte Lathe zu. »Der Sicherheitsdienst ist jetzt daran gewöhnt, daß wir uns immer an die gleiche Vorgangsweise halten, und wenn wir ihnen diese Illusion lassen, gewinnen wir Zeit.«

»Die ohnehin knapp werden wird«, fügte Rafe Skyler hinzu. »Das ist wahrscheinlich der verrückteste Plan, den Sie je ausgeheckt haben, Lathe. Unabhängig davon, in welchem Zustand sich die Basis Aegis befindet – Caines Chancen hineinzukommen stehen ungefähr Null zu Tausend – ganz gleich, ob wir ihn unterstützen oder nicht.«

»Vielleicht«, gab Lathe zu. »Also schön, wahrscheinlich. Aber ich halte es nicht für vollkommen hoffnungslos. Wenn Menschen aus einem Bauwerk herauskommen können, dann können andere auch dort hineinkommen. Es geht hauptsächlich darum, daß man die anderen Menschen findet.«

»Und hofft, daß die Ryqril sich in der Basis nicht schon häuslich niedergelassen haben«, murmelte Jensen.

Hawking lächelte. »Es wäre nicht das erste Mal, daß Blackcollars in eine Festung der Ryqril eindringen.«

»Es wäre nicht das erste Mal in diesem Jahr«, fügte Jensen scherzhaft hinzu. »Das heißt, falls Weihnachten noch auf dem Programm steht.«

»Es steht noch«, bestätigte Lathe. »Wir würden ungeheuer viel gewinnen, wenn wir diesen Plan irgendwie durchziehen können.«

»Ja«, sagte Mordecai, der fünfte Blackcollar, leise. Es war das erste Wort, das er seit dem Beginn der Zusammenkunft sprach. Lathe musterte sein dunkles Gesicht kurz, aber wie üblich fügte der kleine Mann nichts mehr hinzu. Es war jedoch genug. Mordecai sprach nicht viel, aber bei einer solchen Mission hatte sein Wort Gewicht.

»Überhaupt, wer will schon ewig leben?« meinte Skyler. »Hat jemand eine Ahnung, mit welchen Gegnern wir rechnen müssen?«

»Das Regierungszentrum liegt hier.« Lathe klopfte mit dem Bleistift auf eine Stelle zwischen dem südwestlichen Stadtrand von Denver und einer Bergkette, die der Computer als Hogback* bezeichnete. »Es war ursprünglich eine eigene Stadt, die Athena hieß und während des Krieges mit Außendienstpersonal und den Familien der Aegis-Besatzung vollgestopft war. Der Ort bot sich den Kollies geradezu als Arbeitsplatz an, und sie haben sich für ihn entschieden.«

»Wo liegt das Ryqril-Viertel?« Hawking betrachtete stirnrunzelnd das Foto.

»Merkwürdigerweise scheint keines vorhanden zu sein«, antwortete Lathe. »Es gibt jedenfalls in Athena keine eigene befestigte Enklave.«

»Das sind nur zwei Arten, das gleiche zu sagen«, brummte Skyler. »Ein schlechtes Zeichen, Lathe – wenn die Brut der Küchenschaben nicht dort ist, muß sie sich an einer Stelle befinden, die die Alten für sicher halten.«

»Zum Beispiel in der Basis Aegis?« schlug Jensen vor.

»Wenn man logisch überlegt, kommt man tatsächlich zu diesem Schluß«, gab Lathe zu. »Aber ich bin noch nicht bereit, hundertprozentig daran zu glauben. Es könnte in diesem Gebiet noch andere Rattenlöcher geben, die die Ryqril gefunden und sich angeeignet haben. Wir müssen abwarten.«

Das galt leider für beinahe jedes Detail dieser Mission. Doch Lathe mußte zugeben, daß sie bei anderen Missionen über weit weniger Vorausinformationen verfügt hatten. Diesmal wußten sie zumindest, daß es ihr Ziel noch gab.

Endlich war es an der Zeit aufzubrechen.

Caine hatte das merkwürdige, leicht abgewandelte Gefühl von déjà vu, als er Lepkowski zu dem Hangar folgte, in dem sie das speziell ausgerüstete Shuttle erwartete. Leicht abgewandelt deshalb, weil er beim letz-

---

* Schweinerücken – *Anm. d. Übers.*

ten Mal der Unerfahrenste in Lathes Team gewesen war, der Grünschnabel, dem man die Einzelheiten der Strategie und der Taktik verschwiegen hatte. Dieses Mal ...

Dieses Mal war er der Anführer, der Mann, der das ganze Unternehmen leitete. Der Mann, der die Befehlsgewalt und die Verantwortung für das Leben anderer Menschen trug. Ein ernüchternder Gedanke; doch im geheimen mußte er zugeben, daß er auch anspornend wirkte.

Das Shuttle war ein Standard Boden-Orbit-Vehikel, wies jedoch eine wesentliche Abweichung in der Konstruktion auf. An jeder Seite waren sowohl vorne wie hinten zwei Paare Abstiegsbehälter befestigt, die wie drei Meter hohe Kegelstümpfe aussahen. Jeder Behälter konnte vier Männer aufnehmen.

Als Lepkowski sie zu dem vorderen Behälterpaar führte, stellte Braune die naheliegende Frage: »Wozu sind die hinteren Behälter da?«

»Als Ablenkungsmanöver«, erwiderte Lepkowski. »Wir werfen sie ein oder zwei Kilometer vor den Ihren ab.«

»Werden sie nicht noch mehr Aufmerksamkeit erregen?« fragte Pittman.

»Wenn Sie zu diesem Zeitpunkt durch Fernrohe erfaßt werden können, ist es gleichgültig, ob wir einen Behälter oder sechzig abwerfen«, erklärte der General. »Auf diese Weise wird der Feind wenigstens etwas verunsichert.«

Im Innern der Behälter befand sich ein Gewirr von Kabeln, Gurten und Stangen. Caine bestieg mit Pittman, Braune und Alamzad den Behälter an der Steuerbordseite und überließ Colvin im Versorgungsbehälter sich selbst.

»Alles fertig«, meldete er Lepkowski, nachdem sich alle angeschnallt hatten. »Dichten Sie uns ab und schikken Sie uns auf die Reise.«

»Viel Glück«, antwortete Lepkowski, und dann ging die dicke Tür zu, und sie versanken in Dunkelheit.

Das Warten ist immer das Schwerste, sagte sich Caine; aber in diesem Fall war jemand so geschickt gewesen, die Wartezeit auf ein Minimum zu reduzieren. Caines Augen hatten sich gerade an das schwache Leuchten der im Behälter vorhandenen Instrumente gewöhnt, als jemand das Shuttle bestieg ... dann noch jemand und wieder jemand. Es waren die Passagiere, die auf die Erde wollten. Caine fragte sich kurz, ob sie bei ihrer Ankunft von einem unfreundlichen Sicherheitsmann in die Mangel genommen werden würden, doch dann verdrängte er diese Sorge. Keiner der Passagiere hat etwas damit zu tun, daß die Blackcollars illegal Ryqril-Gebiet betraten, und sobald diese Tatsache feststand, würde sich der Sicherheitsdienst bestimmt nicht weiter mit ihnen befassen. Das hoffte Caine jedenfalls.

Etwa eine Viertelstunde nachdem die Schritte verklungen waren, erhielt der Abstiegsbehälter einen kräftigen Ruck, und Caines Magen versuchte unvermittelt, die Speiseröhre hinaufzuwandern. »Jetzt geht's bergab«, murmelte Braune so beiläufig, daß man seine nervöse Anspannung kaum heraushörte.

»Bergab, aber nicht ins Freie«, antwortete Caine, der den Höhenmesser nicht aus den Augen ließ. Bei einer Höhe von fünf Kilometern würde der Pilot des Shuttle die Behälter ausklinken – es war beinahe soweit.

Ein dumpfes Dröhnen, das er mehr hörte als spürte, veranlaßte ihn, sich an den Gurten festzuhalten, bis ihm klar wurde, daß es die Ablenkungs-Behälter gewesen waren. »Jetzt geht es los«, sagte er, und einen Augenblick später befanden sie sich im freien Fall.

Jemand zischte etwas. Doch die Schwerkraft kehrte beinahe sofort zurück, als Caine zuerst den Brems- und dann den Hauptfallschirm auslöste, die den Behälter mit einem Ruck abbremsten. »Machen Sie sich fertig«, befahl er, als der Flug wieder gleichmäßig wurde. »Fünf

Sekunden bis zum Aussteigen – vier ... drei ... zwei ... eins ...«

Er riß den Hebel herunter, die Wände des Behälters platzten vom Boden bis zur Decke auf, der Boden löste sich, und die vier Männer wurden in die Dunkelheit hinausgeschleudert, als die Teile der Wand, an die sie angeschnallt waren, durch den Luftstrom auseinandergerissen wurden. Caine erblickte kurz und schwindelerregend die Sterne über und den schwarzen Boden unter sich, dann rasteten federgetriebene Verbindungen ein, Preßluft zischte, und der Teil des Behälters über ihm entfaltete sich zum Flügel eines Hängegleiters. Er spürte, wie er seitlich abrutschte, als der Gleiter sich stabilisierte, und dann flog er ruhig über die tief unter ihm liegende Landschaft dahin.

Es war seine zweite Erfahrung mit den Abstiegsbehältern der Blackcollars. Mit der Zeit gewöhnte man sich wahrscheinlich daran.

Er fuhr sich mit der Zunge über die Lippen und suchte den Himmel ab. Links von sich entdeckte er zwei sternenlose Flecken, die weitere Hängegleiter sein konnten. »Colvin, Bericht«, sagte er in das an seiner Haube befestigte Mikro.

»Ich sehe alle«, sagte Colvins Stimme in seinen Ohren. »Sie befinden sich ausnahmslos unterhalb und vor mir.«

»UV-Strahl nacheinander einschalten«, befahl Caine. »Pittman ... Braune ... Alamzad ... ich.«

»Ja, Sie sind alle mehr oder weniger beisammen«, berichtete Colvin. »Du wirkst etwas unruhig, Zad. Hast du Schwierigkeiten?«

»Das weiß ich nicht.« Sogar im Kopfhörer war Alamzads Besorgnis deutlich zu merken. »Entweder ist eine Verbindung locker, oder der verdammte Wind ändert ständig die Richtung.«

»Es liegt am Wind«, mischte sich Pittman ein. »Ich spüre ihn auch, und du bist dem Berg näher als ich.«

Berg? Caine spähte in die Dunkelheit. Tatsächlich erhob sich rechts von ihm ein schroffer Gipfel, den er vorher nicht bemerkt hatte. Er schirmte sie zwar vor dem Radar des Sicherheitsdienstes ab, aber als Caines Gleiter in einer plötzlichen Gegenströmung zu bocken begann, fragte er sich, ob dieser Schutz den Preis wert war. Wenn der Wind ihre Flugstrecke verkürzte ...

»Ich gerate tiefer«, meldete Alamzad plötzlich erschrocken. »Es muß ein Fallwind sein. Ich versuche zu steigen ...«

»Nein!« rief Colvin, bevor Caine reagieren konnte. »Laß dich tragen – wenn du versuchst zu steigen, schmierst du ab.«

»Zu spät«, antwortete Alamzad resigniert. »Ich sinke. Hoffentlich finde ich eine Lichtung.«

Caines Gehirn schien einzufrieren. In einem unbekannten Gebiet landen, in dem es weit und breit keine Bevölkerung gab, in der man untertauchen konnte ... Die Schrecksekunde ging vorbei, und seine Ausbildung im Widerstand und bei den Blackcollars brachte sein Gehirn dazu, wieder logisch und ruhig zu denken. »Schalten Sie Ihren UV ein, Alamzad!« befahl er. »Colvin, es muß in der Nähe eine Straße geben, die nach Südosten nach Denver führt. Können Sie sie sehen?«

»Ich habe sie. Zad, rede deinem Gleiter gut zu – wenn du es über die beiden Hügel vor dir schaffst, dann landest du wenigstens auf einem Hang, von dem aus du die Straße siehst.«

»Okay«, antwortete Alamzad gepreßt. »Wohin gehe ich von dort aus?«

»Folge der Straße nach Südosten«, erklärte Colvin. »Sie führt in Serpentinen durch die Berge, und je höher wir hinaufkommen, desto weniger müssen wir klettern. Was soll ich tun, Caine?«

»Fliegen Sie die Straße soweit entlang wie möglich«, antwortete Caine. »Pittman und Braune, begleiten Sie ihn. Versuchen Sie, zusammenzubleiben.« Unter ihm hatte der schwache rote Schimmer von Alamzads Ultraviolettstrahl die Berggipfel erfolgreich hinter sich gebracht und schwankte wie ein betrunkener Falter, während Alamzad einen Landeplatz suchte.

»Alamzad, östlich von Ihnen scheint sich zwischen den Bäumen eine Lücke zu befinden. Wenn wir es bis dorthin schaffen, sind wir relativ nahe bei der Straße.«

Den anderen fiel auf, daß Caine ›wir‹ gesagt hatte.

»Ich bleibe bei Ihnen«, schlug Pittman vor. »Drei Männer sind in gebirgigem Gelände sicherer als zwei.«

»Danke, aber nein. Sie würden wahrscheinlich an einem noch unwirtlicheren Ort landen. Außerdem möchte ich, daß Sie drei die Vorräte bereits in den Rucksäcken verstaut haben, wenn wir zu Ihnen stoßen.«

Der Lärm brechender Zweige in ihren Kopfhörern erstickte weitere Kommentare. Caine hielt den Atem an.

»Ich bin unten«, meldete Alamzad. »Doch der Gleiter ist wahrscheinlich im Eimer.«

Caine amtete auf. »Auf dem Boden sind Hängegleiter ohnehin nur beschränkt verwendbar.« Das UV des anderen leuchtete immer noch; Caine wendete vorsichtig und machte sich auf den Weg zu ihm. »Bewegt euch jetzt alle ein bißchen – wir treffen euch dann oben auf der Straße. Und schränkt den Funkverkehr ein.«

»Viel Glück«, wünschte Colvin, und dann herrschte Stille. Caine biß die Zähne zusammen und ging tiefer. Der Anfang war wirklich großartig.

Zwei Kilometer über ihnen schwebte Lathe in der kräftigen Brise und hörte so lange zu, bis er sicher war, daß Caines gesamtes Team gut gelandet war. Dann schaltete er auf die Frequenz der Blackcollars zurück. »Vorschläge?« fragte er.

»Wir haben ja kaum eine Wahl«, meinte Jensen. »Wir geben die Rolle als stumme Verstärkung auf und holen sie heraus.«

»Wo holen wir sie heraus?« erkundigte sich Hawking.

»Im Augenblick könnten wir kaum etwas anderes tun, als händchenhaltend mit ihnen durch den Wald zu latschen.«

Skyler mischte sich ein. »Meiner Meinung nach müssen wir ihnen entweder helfen, rasch nach Denver zu gelangen, oder ein Ablenkungsmanöver starten, um ihnen den Sicherheitsdienst vom Hals zu halten, während sie sich allein in die Stadt durchschlagen.«

Jensen schnaubte. »Das wäre eine verdammt teuflische Ablenkung. Selbst wenn sie endlich wieder alle beisammen sind, wären sie immer noch gute zwanzig Kilometer vom Stadtrand entfernt.«

»Das ist ein gutes Argument«, stimmte Lathe zu. Durch die Diskussion hatte er Zeit gehabt, seine Gedanken zu ordnen und sich für die beste Vorgangsweise zu entscheiden. »Also schön – wir organisieren den Transport. Begeben wir uns in die Zivilisation und sehen wir zu, daß wir einen Wagen ausleihen können.«

Der Sprechfunkverkehr verstummte, als die fünf Blackcollars sich darauf konzentrierten, mit ihren Hängegleitern eine möglichst große Strecke zurückzulegen. Lathe hegte den begründeten Verdacht, daß Caine mit seiner Vorgangsweise nicht einverstanden sein würde, aber verletzter Stolz stand im Augenblick ganz weit unten auf der Prioritätenliste. Während er auf die Lichter zusteuerte, die allmählich in den Lücken zwischen den Bergen auftauchten, durchsuchten seine Blicke die Dunkelheit nach den Fliegern des Sicherheitsdienstes, die bestimmt schon in der Luft waren. Er hoffte nur, daß er unterwegs nicht gegen etwas Festes fliegen würde.

4. Kapitel

In diesem Fall bestand die Zivilisation aus einer kleinen Stadt an der durch die Hügel führenden Straße; von Denver trennten sie die mächtigen Gipfel des Osthangs, der sich bis zum Stadtrand erstreckte. Wie so viele Gebirgsstädte besaß auch sie keinen scharf abgegrenzten Rand, sondern ihre Häuser verliefen sich allein und zu zweit zwischen Hügeln und Unterholz.

Sie landeten in der Nähe eines solchen abgeschiedenen Hauses auf einer Staubstraße und versteckten ihre Gleiter im Wald. »Was jetzt?« fragte Skyler, nachdem die Vorräte aufgeteilt waren. »Klopfen wir an die Tür und ersuchen wir sie, uns ihren Taxirufer zu leihen?«

»Ungefähr«, antwortete Lathe. Drei Fenster des Hauses waren erleuchtet, aber auf der Zufahrt waren keine Lichter eingeschaltet. Die Familie erwartete also offensichtlich keine Besucher. »Sie bleiben als Reserve draußen, Mordecai; Sie sehen sich nach Hinweisen auf ein Fahrzeug um, Hawking; und Sie bewachen das andere Ende der Zufahrt, Jensen.«

Die Gruppe trennte sich. Mit Skyler an seiner Seite ging Lathe durch die Bäume auf die Lichter zu; Mordecai folgte einige Schritte hinter ihnen. Oberhalb der Bäume im Westen erregte etwas Lathes Aufmerksamkeit, und er drehte gerade noch rechtzeitig den Kopf, um zu sehen, wie zwei ferne, blauviolette Lichter hinter ein paar Bergen verschwanden. »Sie haben eine etwas lange Leitung«, murmelte Skyler. »Die Kollies hätten die Patrouillenboote schon vor einer halben Stunde in der Luft haben müssen.«

»Vielleicht haben wir sie überrascht«, meinte Lathe, obwohl er genau wußte, wie unwahrscheinlich das war. Galway hatte bestimmt durch einen Ryqril-Korsaren die

Nachricht über Caines bevorstehende Ankunft übermittelt, und die Rundreise der *Novak* zu den verschiedenen Planeten hatte dreimal so lange gedauert wie die vier Tage, die der Korsar für den Direktflug benötigte. »Vielleicht wollten sie uns eine Zeitlang überwachen«, meinte er. »Vielleicht wollen sie herausbekommen, was Caine vorhat, bevor sie ihn sich schnappen. Es wäre nicht das erste Mal, daß sie dieses Spielchen versuchen.«

»Und es verlieren«, stimmte Skyler zu. »Schön, gehen wir weiter!«

Das Haus war ebenerdig und recht hübsch, aber die Bewohner gehörten vermutlich bestenfalls der unteren Mittelklasse an, falls die Maßstäbe von Plinry hier überhaupt anwendbar waren. Die Blackcollars hätten auf ein Dutzend verschiedene Arten einbrechen können, aber Lathe wollte es erst mit der höflichen Masche versuchen. Er trat an die Tür und klopfte.

Sie mußten kurze Zeit warten, während über dem Eingang Licht anging und ein Schatten innen kurz das Guckloch verdeckte. Dann wurde die Tür einen Spaltbreit geöffnet, und ein Mann schaute heraus. »Ja?«

»Entschuldigen Sie die Störung«, sagte Lathe, »aber wir haben uns verirrt und brauchen einige Auskünfte.«

Der Mann musterte ihre von Plinry stammende Kleidung, unter der sich Lathes Flexamor verbarg. »Es tut mir leid, aber ich glaube nicht, daß ich ...«

»Es tut mir ebenfalls leid.« Lathe schob die Enden seines *nunchaku* in den Spalt. Gleichzeitig lehnte sich Skyler an die Tür, und im nächsten Augenblick waren die beiden Blackcollars im Haus.

»Sie brauchen keine Angst zu haben«, beruhigte Lathe den Mann, dessen Gesicht grau geworden war. Hinter ihm im Wohnzimmer saßen seine Frau und ein kleines Mädchen. Die Frau sah genauso entsetzt aus wie der Mann, und auf das Gesicht des Mädchens trat allmählich der gleiche Ausdruck. »Wir wollen Ihnen wirklich nichts tun«, versicherte ihnen Lathe. »Wir brauchen nur ein paar Informationen und ...« – er warf einen Blick auf die Kleidung des Mannes – »etwas weniger Auffallendes als unsere Kleidung. Befindet sich außer Ihnen noch jemand im Haus?«

Die Frau hielt den Atem an, aber bevor jemand antworten konnte, schaltete sich Lathes Pocher ein: *Junger Mann im Hinterzimmer – kommt mit Pfeil und Bogen.* Skyler setzte sich in Richtung auf den aus dem Wohnzimmer führenden Korridor in Bewegung. Die Frau beobachtete ihn mit angstgeweiteten Augen. »Sagen Sie ihm, daß er den Bogen weglegen und hereinkommen soll«, forderte Lathe den Vater auf. »Er erreicht nur, daß er verletzt wird.«

Der Mann gehorchte. »Sean?« rief er mit leicht bebender Stimme. »Tu lieber, was er ...«

Ein Teenager stürzte mit einem Karate-Schrei ins Zimmer, spannte den Bogen, zielte auf Lathe und schoß ...

Der Pfeil grub sich nicht einmal einen Meter vor ihm in den Teppich, weil Skylers *nunchaku* durch die Luft zischte und ihn hinunterschlug.

Der Junge erstarrte, und einige Herzschläge lang herrschte Grabesstille im Raum. Dann trat Skyler vor und löste den Bogen aus Seans kraftlosen Fingern. »Ihr dürft offenbar keine Feuerwaffen oder Laser benutzen«, bemerkte er und untersuchte den Bogen kurz, bevor er ihn an die Wand lehnte. »Sehr hübsch. Allerdings nicht zum Nahkampf geeignet.«

»Blackcollars«, flüsterte sein Vater, ohne den *nunchaku*, der von Skylers Hand herabbaumelte, aus den Augen zu lassen. »Sie sind Blackcollars.«

»Das ist doch kein Verbrechen«, erwiderte Lathe. »Und jetzt ...«

»Es tut mir leid, Sir – verzeihen Sie«, stieß der Mann hervor und verbeugte sich beinahe unterwürfig vor dem Comsquare. »Ich wollte nicht ... das heißt ...«

»Regen Sie sich ab!« Lathe warf Skyler einen Blick zu. Dieser zuckte nur kurz die Achseln und sah genauso verständnislos aus wie Lathe. Im Lauf der Jahre hatte Lathe eine Menge Reaktionen auf ihn und die übrigen Blackcollars erlebt, aber sofortiges, unterwürfiges Entsetzen war eine neue Erfahrung. »Wir wollen nur ein paar Kleidungsstücke, Nahrungsmittel, die wir mitnehmen können, wenn Sie so etwas besitzen, und Landkarten.«

»Landkarten?« Der Vater blinzelte, und einen Augenblick lang trat Verblüffung an die Stelle der Angst. »Warum brauchen Sie ...? Entschuldigen Sie – natürlich besitzen wir Landkarten. Sie liegen in meinem Schreibtisch – dort drüben.«

Lathe nickte zustimmend, und der Mann schlich davon. Skyler folgte ihm unauffällig. Lathe wandte sich den anderen zu und versuchte es mit einem Lächeln. »Bitte entspannen Sie sich. Wir brauchen nur ein paar Kleinigkeiten, dann gehen wir wieder.« Er unterbrach sich, weil sein Pocher sich wieder einschaltete: *Zwei Fahrräder und Schneeräumfahrzeuge in der Garage, kein Wagen.*

Das war ungünstig. Lathe musterte den Teenager, der immer noch wie ein Verurteilter mitten im Zimmer stand. Er war etwas kleiner als Lathe, hatte aber ungefähr die gleiche Statur. »Bring mir ein paar Kleidungsstücke von dir, Sean«, befahl er dem Jungen, »einen vollständigen Anzug, wie du ihn tragen würdest, wenn du einen Abend in der Stadt verbringst.«

Sean schluckte und rannte aus dem Zimmer, und Lathe wandte sich der Frau zu. »Wir brauchen einen Wagen. Haben Sie eine Ahnung, wer hier einen besitzen könnte?«

»Wir besitzen keinen«, flüsterte sie. »Es gibt überhaupt nicht viel Fahrzeuge in der Stadt.«

Lathe nickte und tippte auf seinen Pocher: *Sehen Sie die Lichter im Stadtzentrum?*

Sichtbar. Entfernung schätzungsweise zwei Kilometer. Kleine Gruppe halben Kilometer entfernt.

Verstanden. »Was ist das für eine Häusergruppe einen halben Kilometer weiter unten an der Straße?« fragte er die Frau.

»Das ist ein Einkaufszentrum. Ein paar Geschäfte, eine Bar, ein Restaurant. Hauptsächlich für Leute, die die Autobahn benützen.«

Und die Stelle, an der man am ehesten ein Transportmittel findet. *Jensen, Hawking: Geht zu den einen halben Kilometer entfernten Lichtern; seht euch die Gegend unauffällig an; wir treffen uns dort.*

Während die beiden Blackcollars den Befehl bestätigten, kam Sean mit einem Armvoll Kleidungsstücken herein. Lathe war gerade beim Anprobieren, als Skyler mit dem Vater und einer Handvoll Papier zurückkam. »Karten von Denver und einem Teil des Gebirges, ein zwei Jahre alter Restaurantführer und ein fünf Jahre alter Kalender«, berichtete der große Blackcollar. »Das ist zumindest ein Anfang.«

»Gut.« Lathe warf einen Blick auf die Karten. Straßen, Stadtgrenze, allgemeine Informationen über Firmen und Geschäfte – eine gute Ergänzung der topographischen Karten, die Lepkowski ihnen zur Verfügung gestellt hatte. »Wir werden Ihnen diese Unterlagen leider nicht zurückgeben können«, erklärte Lathe dem Vater und schob die Papiere in seinen Rucksack. »Aber wir können sie bezahlen.«

Der Mann runzelte die Stirn. »Ich verstehe Sie nicht.«

»Ich habe gesagt, daß wir alles bezahlen, was wir mitnehmen.«

»Nein, ich meine ... Sie haben doch bestimmt bessere Karten als diese alten Dinger.«

Jetzt runzelte Lathe die Stirn ... und plötzlich schien ihm etwas klar zu werden. »Sehen Sie nach, Skyler, ob Sie wenigstens ein Jackett oder etwas Ähnliches finden, das Ihnen paßt. Zeigen Sie ihm, was Sie haben«, forderte er den Vater auf; jetzt klang seine Stimme scharf.

Der Angesprochene schluckte und verließ mit Skyler das Zimmer. Lathe wandte sich der Mutter zu und musterte sie nachdenklich. »Sie haben vermutlich in der Stadt andere Blackcollars gesehen, nicht wahr?«

Sie schüttelte rasch den Kopf. »Wir haben überhaupt nichts gesehen«, flüsterte sie. »Keinen einzigen. Hier gibt es nur Arbeiter.«

Lathe wandte sich ab. Sie log ganz offensichtlich und sagte ihm nur, was er ihrer Meinung nach hören wollte. Wenn er sich etwas Zeit nahm, würde er wahrscheinlich die Wahrheit erfahren, aber Zeit war im Augenblick Mangelware.

Skyler und der Vater kamen zurück. Der Blackcollar trug über der Kleidung aus Plinry einen unauffälligen Mantel. »Sitzt etwas knapp, aber es reicht, um alles darunter zu verstecken«, meinte er und bog versuchsweise die Arme ab.

»Es geht«, bestätigte Lathe. »Haben Sie Bargeld im Haus?« wandte er sich an den Vater.

Die Lippen des Mannes zuckten. Er trat zu einem kleinen Schreibtisch, der in der Ecke stand, zog eine flache Mappe aus der obersten Schublade und entnahm ihr ein dünnes Bündel vertraut wirkender Banknoten. »Meine Brieftasche liegt im Schlafzimmer«, fügte er hinzu, während er Lathe das Geld reichte.

»Machen Sie sich nicht die Mühe.« Lathe musterte eine Banknote genau. Eine TDE-Marke wie auf Plinry, doch auf einer Seite befand sich ein Stempel, der besagte, daß sie in der Banknotenpresse der Erde hergestellt worden war.

»Wird nicht funktionieren«, murmelte Skyler, der ihm über die Schulter blickte.

»Es sei denn, wir wollen an die große Glocke hängen, daß wir nicht aus der unmittelbaren Umgebung der Stadt stammen«, stimmte Lathe zu. »Uns bleibt also nur

Plan Beta übrig.« Er blickte zum Vater auf. »Es tut mir leid, aber wir müssen doch ihr Bargeld nehmen. Ich hoffe, daß damit Ihre Unkosten gedeckt sind.«

Der andere fing die kleine Schachtel auf, die Lathe ihm zuwarf. Seine Augen weiteten sich kurz, als er den Diamanten in ihr entdeckte. »Ja – ja, das ist mehr als genug. Ich danke Ihnen, Sir.«

»Sie werden natürlich zu niemandem darüber sprechen«, ermahnte ihn der Comsquare.

»Ja, selbstverständlich.«

»Ich hoffe es in Ihrem Interesse.« Lathe ging zur Tür.

Die Bar, die die Mutter erwähnt hatte, befand sich am bergseitig gelegenen Rand des Einkaufszentrums, und der Parkplatz war von Bäumen umsäumt. Als Lathe und die übrigen eintrafen, warteten im Schatten bereits Jensen und Hawking. »Etwa zwanzig Gäste in der Bar, vermutlich lauter Männer«, berichtete Jensen. »Von den vier Wagen auf dem Parkplatz ist der am nördlichen Ende stehende das beste, das wir bekommen können; der neben ihm ist der zweitbeste.«

»Sogar mit zwei Wagen wird es etwas eng werden«, murmelte Skyler.

»Wir können alle vier nehmen, wenn du willst«, antwortete Jensen trocken. »Der Barkeeper ist ein großer Typ, der aussieht, als hätte er einige Kämpfe hinter sich – möglicherweise hat er eine Waffe in Reichweite. Das Restaurant am anderen Ende des Häuserblocks hat bereits geschlossen, und alles andere scheint leer zu sein.«

»Kommunikationen?«

»Hinter dem Barkeeper befindet sich ein Telefon«, antwortete Hawking. »Eine Antenne ist nirgends zu sehen, also stellen vermutlich ein Erdkabel oder optische Fasern die Verbindung zur nächsten Zentrale her. Am leichtesten kann man es im Gebäude ausschalten.«

»Allerdings kann man von hier aus zu Fuß andere Telefone erreichen«, wandte Lathe ein.

»Allerdings.«

»Also schön. Befassen Sie sich mit den Wagen, Hawking! Sie und Jensen werden mit Caine zusammentreffen, während Skyler, Mordecai und ich uns drin genau umsehen und den Weg für Sie freimachen werden.«

Der Wagen gehörte zu einem Typ, den Hawking noch nie gesehen hatte, und er brauchte beinahe fünf Minuten, um die Diebstahlssicherung zu umgehen und ihn zu starten. »Was jetzt?« fragte Skyler, als der Wagen in die Dunkelheit davonschnurrte.

»Wir versuchen es mit unserem berühmten Auftritt als Schmuggler und sehen zu, ob wir vielleicht eine Untergrundbewegung aufstöbern können. Sie bleiben als Reserve draußen, Mordecai.«

Lathe hatte seit seinem achtzehnten Geburtstag, also seit beinahe vierzig Jahren, alle möglichen Bars besucht, und hatte längst erkannt, daß es die Kundschaft – nicht die Einrichtung, die angebotenen Getränke oder der Planet – ist, die die verschiedenen Typen voneinander unterscheidet. Skyler folgte ihm beinahe auf den Fersen, als er auf die Theke zusteuerte und im Vorübergehen gelegentlich einen Blick auf die dunklen, spärlich besetzten Tische warf. Als er endlich die Ellbogen auf die fleckige Keramiktheke stützte, hatte er sich ein Bild gemacht.

Es war kein Lokal, in das die Menschen einfach kamen, um sich zu unterhalten. Die Männer, die die Neuankömmlinge offen musterten, waren hart – Arbeiter in mittleren Jahren; die späte Stunde und die beinahe greifbare Verbitterung, die in der Luft lag, wiesen darauf hin, daß sie arbeitslos waren. Es war ein Lokal, in dem man gemeinsam zornig sein konnte, und damit war die Bar ein potentiell ergiebiges Rekrutierungszentrum für einen Anti-Ryqril-Untergrund.

Der Barkeeper ließ sich Zeit, bevor er zu ihnen kam. »Abend«, murmelte er. »Was möchten Sie trinken?«

»Zwei Glas von Ihrem besten Bier«, sagte Lathe. »Und schenken Sie sich auch eins ein.«

»Danke«, antwortete der andere gleichmütig. Er trat zu einer Reihe von Zapfhähnen an der Rückwand und füllte drei Gläser. »Sind Sie auf der Durchfahrt hier?« fragte er, während er zwei Gläser auf die Theke stellte.

Es war eine offene Frage, die eine genauso offene Antwort verdiente. »Das hängt davon ab, wie rasch wir einen Käufer finden«, meinte Lathe und trank einen Schluck. Das Bier schmeckte unerwartet bitter. »Sie kennen nicht zufällig jemanden, der sich für schwer erhältliche Waren interessiert?«

Der andere verzog keine Miene. »Die meisten Geschäfte werden in Denver abgeschlossen.«

»Aha.« Lathe griff in die Tasche und zog eine kleine Laserpistole heraus, ein nachgebautes Souvenir an den Krieg zwischen Terranern und Ryqril. »Dann tut es mir leid, daß wir Ihre Zeit in Anspruch genommen haben.« Er drehte die Waffe in den Händen hin und her, als suche er einen Fehler in der dunkelgrauen Oberfläche. »Wir werden uns eben wieder auf den Weg machen.«

Er blickte auf. Der Barkeeper starrte den Revolver mit leicht geöffnetem Mund an. »Moment mal, warten Sie noch! Wie viel Stück haben Sie?«

»Sind Sie daran interessiert zu kaufen?« wollte Lathe wissen.

Der andere überlegte kurz. »Ich persönlich nicht, aber ich kenne jemanden, der ganz bestimmt mit Ihnen sprechen möchte. Wenn Sie und Ihr Sportsfreund sich an einen Tisch setzen wollen, rufe ich ihn an.«

Eine Falle? Möglich. Aber der Barkeeper sah nicht nach Sicherheitsdienst aus, und außerdem hielt Mordecai draußen Wache. »Schön«, antwortete Lathe, »er hat fünfzehn Minuten Zeit.« Er steckte die Laserpistole ein, nickte Skyler zu, und sie gingen zusammen zu einem Tisch an der Rückwand, von dem aus man einen guten Blick auf Tür und Bar hatte.

»Irgendwelche Vermutungen, wen er anruft?« murmelte Skyler.

Lathe blickte zum Barkeeper hinüber, der verschwörerisch in sein Telefon gekrochen war. »Jedenfalls nicht den Sicherheitsdienst. Andererseits sieht er nicht wie ein Fanatiker aus, und nach dem, was Caine Lepkowski über die Fackel erzählt hat, nehme ich an, daß sie nur jemanden aufnehmen, der vor edlen Gefühlen überquillt.«

»Vielleicht gibt es hier zwei Untergrundgruppen, die getrennt operieren, und dazu noch eine Gruppe Blackcollars«, überlegte Skyler.

Lathe lächelte spöttisch. »Ich habe mir gedacht, daß Sie mit so etwas daherkommen werden.«

»Womit sollte ich sonst daherkommen? Die Familie in dem Haus hat uns in dem Augenblick als Blackcollars erkannt, in dem ich meinen *nunchaku* verwendete, ohne daß sie unseren Flexamor auch nur gesehen hatte. Vielleicht haben sie noch keinen direkten Kontakt mit Blackcollars gehabt, aber wir gehören für sie jedenfalls nicht der Vergangenheit an.«

»Stimmt. Was leider eine beunruhigende Frage aufwirft. Warum hatten sie solche Angst vor uns?«

Skyler kaute auf seiner Unterlippe herum. »Die hatten sie tatsächlich. Befürchten sie Vergeltungsmaßnahmen des Sicherheitsdienstes, wenn sie uns helfen?«

»Vielleicht.« Die Gespräche in der Bar hatten wieder eingesetzt, aber einige der Gäste blickten immer wieder zu den Blackcollars hinüber. »Diese Bar ist nicht so harmlos, wie sie aussieht – vielleicht gehören die Gäste alle zu einem bestimmten Typ, nämlich dem Typ, der nicht viel für Fremde übrig hat.«

»Dann sollten wir uns mit der Schmugglernummer hier wie zu Hause fühlen.«

»Vielleicht.«

Sie schwiegen einige Minuten lang, beobachteten die Vorgänge in der Bar und warteten auf ein Signal von Mordecai. Die fünfzehn Minuten, die Lathe dem Barmann zugestanden hatte, waren beinahe vorbei, als der

Pocher endlich meldete: *Großer Wagen mit fünf Männern trifft ein ... drei kommen zu Ihnen.*

Empfangen, bestätigte Lathe. Er schob seinen Stuhl ein paar Zentimeter zurück, zog verstohlen einen *shuriken* aus seiner Gürteltasche und verstaute ihn in der Tasche mit der Laserpistole. Auf der anderen Seite des Tisches traf Skyler ebenfalls Vorbereitungen.

Die drei Männer betraten die Bar, als gehöre das Lokal ihnen, und die Gespräche verstummten wieder einmal augenblicklich. Der Barkeeper zeigte auf den Tisch der Blackcollars, und zwei der Männer stolzierten hinüber, während der dritte neben der Tür Posten bezog.

»Ich habe gehört, daß Sie Gift zu verkaufen haben«, begann einer von ihnen und blieb einen Meter vor Lathe stehen. Sein Partner postierte sich hinter Skyler.

»Gift?« Lathe schüttelte den Kopf. »Waffen.«

Der andere musterte ihn lang und abschätzend. »Sie sind tatsächlich ein Anfänger, Sie Hinterwäldler. ›Gift‹ bedeutet illegale Waren. Lassen Sie einmal sehen!«

Lathe rührte sich nicht. »Sind Sie auf dem Markt, um zu kaufen, oder sehen Sie sich nur um?«

Der zweite Mann knurrte etwas. »Strapazieren Sie Ihre Glückssträhne und meine Geduld nicht«, sagte der erste eiskalt. Er knöpfte seinen Mantel auf, und der Comsquare erblickte kurz eine Kompaktpistole, die er in einem Halfter unter dem Arm stecken hatte. »Zeigen Sie mir die Ware!«

Lathe griff mit der rechten Hand in die Tasche, erstarrte aber kurz, als wie durch Zauberei hinter Skylers Kopf ein Revolver erschien. Dann zog er den Laser mit übertrieben vorsichtigen Bewegungen am Lauf heraus und hielt ihn seinem Gegenüber hin. »Den Netzteil habe ich natürlich entfernt.«

»Ja.« Der Mann musterte die Waffe kurz. »Wie viele haben Sie davon?«

»Wie viele wollen Sie?«

»Fünfundzwanzig Prozent Ihres Vorrats. Dafür erlaube ich Ihnen, den Rest zu verkaufen, und erteile Ihnen einige nützliche Ratschläge, wenn Sie in dieser Gegend Geschäfte machen wollen.«

»So?« Lathe fuhr sich mit der rechten Hand über den Bart, und der *shuriken,* den er in ihr verborgen hatte, kratzte sanft über seine Haut. »Das kommt mir etwas hoch vor.«

»Ist es aber nicht, vor allem, wenn Sie bedenken, daß Sie um diesen Preis auch am Leben bleiben.« Er trat einen Schritt zurück, zog ebenfalls eine Pistole und richtete sie auf Lathe. »Sie haben fünf Sekunden ...«

Er vollendete den Satz nie, sondern schnappte nach Luft, als Lathes Fuß hochschoß, die Hand mit dem Revolver zur Seite schlug und sich dann im Bauch des Fremden vergrub. Dieser klappte zusammen und stürzte auf den Boden, während Lathes *shuriken* durch den Raum flog und sich neben dem Kopf des dritten Mannes in die Wand bohrte. Der andere zuckte heftig zusammen und rührte sich dann nicht mehr; seine leeren Hände hingen schlaff herab.

Lathe drehte sich um und sah gerade noch, wie das Heft von Skylers Messer gegen den rechten Unterarm des Barkeepers prallte. Dieser brüllte auf, das kurze Gewehr, das er in der Hand gehalten hatte, klapperte auf den Boden – und in der Bar trat tödliche Stille ein.

Genau wie in dem Haus weiter oben an der Straße. Nach den verschreckten Gesichtern an den anderen Tischen zu schließen, war der Grund der gleiche.

Lathe stand auf und holte sich seinen Laser und den Revolver seines Angreifers. Skyler war ebenfalls aufgesprungen und hob sein Messer und die Waffe des Barkeepers auf. Der Mann, der hinter dem großen Blackcollar gestanden hatte, lag bewußtlos zwei Meter hinter Skylers Stuhl auf dem Boden.

»Das war nicht sehr höflich«, erklärte Lathe dem ersten Mann, der zusammengekrümmt dort lag, wo er hingefallen war, und dessen Gesichtsausdruck von

Angst zu Resignation wechselte. »Sie haben uns mit – es sieht wie eine Betäubungspistole aus – bedroht. Skyler?«

»Meiner hatte eine Schrotflinte«, berichtete dieser. »Der Schrot könnte in Paralyt getaucht worden sein.«

Lathe wandte sich dem Mann an der Tür zu. »Lassen Sie Ihre Pistole fallen und kommen Sie her.«

Der andere gehorchte sofort; seine ruckartigen Bewegungen erinnerten an einen nicht geölten Roboter. »Sie müssen entschuldigen, Sir – wir wußten nicht, daß Sie es waren – Phelling hat gesagt ...«

»Daß wir leicht hereinzulegen sind?«

»O nein, Sir – nur daß Sie ohne die Zustimmung vom Boss in seinem Territorium verkaufen wollen.«

»Halt den Mund, Travis!« murmelte der Mann zu Lathes Füßen zwischen zusammengebissenen Zähnen.

»Das ist sehr interessant, also kümmern Sie sich nicht um ihn, Travis«, mischte sich Skyler ein. »Wie heißt denn Ihr Boss?«

Travis schluckte, sprach jedoch nicht. Lathe wandte sich dem Barkeeper zu. »Sagen Sie mir seinen Namen, Phelling.«

Der Angesprochene zuckte die Achseln. »Es ist kein Geheimnis – Sie könnten es auf einer Karte des Gebiets ohne weiteres herausfinden. Manx Reger.«

Lathe nickte, obwohl er den Namen zum ersten Mal hörte. »Und was für eine Entschuldigung haben Sie?«

Phelling breitete die Hände aus. »Wir befinden uns hier auf Mr. Regers Territorium. Sie wissen doch, wie das funktioniert – die Erlaubnis, dieses Lokal zu betreiben, bezahle ich zum Teil damit, daß ich die Augen offenhalte.«

»So, so.« Lathes Finger betätigten den Pocher. *Mordecai: Schalten Sie Reserve aus!*

Empfangen.

»Ich würde vorschlagen, daß Sie sich nächstes Mal

nicht mit solcher Begeisterung in den Kampf stürzen«, riet Lathe Phelling. »Gehen wir, Skyler.«

Die beiden Blackcollars marschierten durch das lebende Bild zur Tür und ließen dort die beschlagnahmten Waffen fallen, während Lathe seinen *shuriken* aus der Wand zog.

Mordecai stand neben einem großen, glänzend polierten Wagen; zu seinen Füßen lagen zwei zusammengekrümmte Gestalten. »Hat es Schwierigkeiten gegeben?« fragte Lathe.

»Kaum.« Mordecai zeigte auf den Wagen. »Dieses Ding ist ein rollendes Arsenal. Zwei Schrotflinten auf dem Rücksitz und ein Betäubungsgewehr mit großer Reichweite im Kofferraum. Sind sie vom Sicherheitsdienst?«

»Nein, offenbar vom örtlichen Untergrund, aber leider vom falschen.« Lathe spähte in den Wagen. Eine Menge Platz für sie und einen Teil von Caines Team. »Wir können genausogut bequem fahren. Haben Sie die Schlüssel?«

Als Antwort schwenkte Mordecai den Schlüsselbund.

Fünfzehn Minuten später erreichten sie die Stelle von Caines Notlandung – und stellten fest, daß die Welt plötzlich ein anderes Gesicht hatte.

»Was soll das heißen, daß sie nicht hier sind?« fuhr Lathe Jensen an. »Sie müssen hier sein.«

»Ich weiß nur, daß niemand auf die Pochersignale antwortet«, sagte Jensen unglücklich. »Hawking ist zehn Minuten lang die Straße auf- und abgefahren, ohne daß sich ein einziger Pocher gerührt hätte.«

»Aber ...« Lathe unterbrach sich, als ihre Pocher zum Leben erwachten: *Gleiter entdeckt, vierhundert Meter westlich auf Straße.*

Sie fanden Hawking fünf Meter vom südlichen Rand der Straße entfernt in den Büschen. »Er ist zwar beschädigt, aber eindeutig Caines Frachtgleiter.«

»Irgendeine Spur vom Frachtbehälter?«

»Noch nicht. Vielleicht hat Colvin versucht, sich lang in der Luft zu halten, und ist abgestürzt; trotzdem waren alle in so guter Verfassung, daß sie weitergehen konnten.«

Lathe sah sich um. Hinter ihnen hob sich, genau auf der Route, der die Gleiter gefolgt waren, eine steile, hohe Klippe vom Sternenhimmel ab.

Jensen folgte Lathes Blick und seinem Gedankengang. »Es wäre möglich, daß sie um den Berg herumgeflogen sind«, meinte er. »Ein bißchen schwierig, aber möglich.«

»Auf der anderen Seite dieses Felsens windet sich die Straße in Serpentinen bergauf«, ergänzte Skyler. »Dort könnte es Aufwinde geben. Und Colvin flog höher als die anderen.«

»Wenn wir die anderen Gleiter finden, könnten wir uns ein besseres Bild davon machen, was geschehen ist«, meinte Hawking.

Als Lathe nach Westen blickte, tauchte zwischen den Gipfeln kurz ein weiteres blauviolettes Licht auf. »Leider bleibt uns nicht soviel Zeit«, stellte er fest. »Unabhängig davon, ob der Sicherheitsdienst sie erwischt hat oder nicht, wir brauchen Hilfe, um sie zu finden.« *Damit ist Caines großer Traum von Unabhängigkeit ausgeträumt; ich hätte es wissen müssen,* dachte der Comsquare bitter.

»Hilfe von wem?« fragte Hawking. »Von Caines geheimnisvoller Fackel?«

»Vielleicht später – falls es sie überhaupt gibt. Im Augenblick denke ich an jemand Greifbareren. Kommt schon – wir müssen zur Bar zurück, bevor sie schließt.«

5. Kapitel

COLVIN WUSSTE, daß er das nie vergessen würde.

Er hatte es über den Berg geschafft, auf dem Alamzad gelandet war, und glitt in sicherer Höhe über die Serpentinen. Dann war aus dem Nichts der verdammte Wind aufgetreten, und er war in Panik geraten.

Panik – es gab kein passenderes Wort dafür. Er war erstarrt wie ein Dilettant und hatte sich vom Wind direkt zur Klippe tragen lassen, bis er nicht mehr um sie herumsteuern konnte. Als er wieder klar denken konnte, hatte er nur noch zwei Möglichkeiten gehabt: Den Berg genau oberhalb der zweiten Serpentine zu rammen, oder über das verdammte Ding hinwegzufliegen. Er hatte es beinahe geschafft – aber beinahe war zu wenig.

Jetzt saß er mutterseelenallein mit einem verletzten Vogel und einem schweren Frachtbehälter auf dem Berg, der Wind versuchte, sein Gesicht einzufrieren, und sein Selbstbewußtsein war schwer angeschlagen.

»Colvin?« fragte Pittmans Stimme besorgt in seinem Ohr. »Ist alles in Ordnung?«

»Aber natürlich.« Colvin versuchte, fröhlich und unbeschwert zu klingen. *Ich habe es absichtlich getan.* Damit konnte er außer sich selbst niemanden täuschen. »Wo seid ihr?«

Braunes Stimme mischte sich ein. »Wir sind auf der Straße jenseits der Klippe, auf der du gelandet bist – etwa zweihundert Meter nach der letzten Serpentine. Die Straße sieht jetzt ziemlich eben aus – der Marsch wird bestimmt nicht schwierig sein.«

»Obwohl es wahrscheinlich schlimmer werden wird, bevor es besser wird«, fügte Pittman hinzu. »Wie ist die Aussicht von dort oben?«

»Großartig.« Es war tatsächlich eine großartige Aussicht. Das Problem bestand darin, daß man eine großartige Aussicht auf die falschen Dinge hatte. Im Südosten stieg die Straße etwa einen oder anderthalb Kilometer hinter dem Standort der anderen tatsächlich wieder an; im Westen kreisten in einigen Kilometern Entfernung die blauvioletten Lichter von suchenden Fliegern über den Bergen. Die Flugbahn der herabfallenden Behälter hatte den Sicherheitsdienst kurzzeitig getäuscht, aber das würde nicht lange anhalten. Die Suche würde bald erweitert werden, und dann war es ein Kinderspiel, fünf Männer aufzulesen, die mitten in der Wildnis die Straße entlangmarschierten.

Als er nach Westen schaute, erblickte er auf der Straße Lichter.

Scheinwerfer.

Er wußte, daß es verrückt war, aber es war ihre einzige Hoffnung. Die Straße unter ihm beschrieb zwei Haarnadelkurven, bevor sie um die Klippe bog und an Braune und Pittman vorbei weiterführte. Wenn das Fahrzeug die beiden erreichte, würde es gerade wieder Fahrt aufnehmen, aber in den Serpentinen mußte es so langsam werden, daß er es entführen konnte.

Falls er rasch genug hinunterkam.

Er stand auf, verlor durch den Wind beinahe das Gleichgewicht, und tastete rasch den Gleiter ab. Verletzt ja, aber nicht flugunfähig. Ein paar verbogene Streben und einige kleine Risse in der Bespannung, aber nichts, womit er während eines kurzen Flugs nicht fertigwerden konnte. Der Frachtbehälter stellte das einzige Problem dar, aber wenn der Sturm, der ihm um die Ohren pfiff, anhielt, dann konnte er sogar mit diesem Gewicht starten.

Die Scheinwerfer kamen näher, und Colvin bemerkte zum ersten Mal, daß sie durch einen Christbaum von gelben Positionslichtern ergänzt wurden. Das Fahrzeug war in Wirklichkeit ein großer Lastwagen, was ganz neue Möglichkeiten eröffnete.

Er stellte den Gleiter gegen den Wind, schlüpfte in das Geschirr und stieß sich ab. Eine Sekunde lang schleifte der Behälter wie ein Anker über den Felsen, so daß Colvin beinahe kopfüber auf die Straße hinuntergestürzt wäre. Doch dann löste er sich vom Boden, und Colvin beschrieb einen engen Kreis und kämpfte dabei gegen die Luftströmungen in der Nähe des Bergs. Der Lastwagen keuchte den oberen Teil der Serpentine hinauf. Colvin setzte sich hinter und über ihn, zog die Nase des Gleiters scharf in die Höhe, um zu bremsen, und landete auf dem Dach des Lastwagens. Und dann glaubte er, daß alles aus war. Während er ein Messer herauszog und den Behälter losschnitt, bog der Lastwagen um eine Kurve, und die Windrichtung änderte sich plötzlich. Colvin rammte sein Messer bis zum Heft in das Dach und kämpfte mit der anderen Hand gegen den bockenden Gleiter, bis die Spannung so weit nachließ, daß er den Auslöser für das Geschirr betätigen konnte. Der Gleiter flog in die Dunkelheit davon, und Colvin überlegte gerade, wie er am besten in die Fahrerkabine gelangen konnte, als der Lastwagen um die nächste Kurve bog und dann mit kreischenden Reifen hielt.

Colvin gelang es wieder, sich festzuhalten. Vorn gingen Türen auf, und er begriff plötzlich, was los war. Die Fahrer hatten den Aufprall seiner Landung gehört und sahen nach.

Pittman, Braune, brauche NW auf Straße Hilfe, signalisierte er, während er sich flach auf das Dach legte. Es war schwierig, es mit zwei Männern aufzunehmen, die sich zu beiden Seiten des Lastwagens befanden, und der Einsatz war zu hoch, als daß er sich einen Fehlschlag leisten konnte. Er zog seinen *nunchaku,* schob sich an die linke Seite des Daches und blickte hinunter.

Und entdeckte, daß der Fahrer des Lastwagens, der die Achsen untersuchte, eine Frau war.

Selbst im schwachen Widerschein ihrer Taschenlampe konnte er diese Tatsache zweifelsfrei feststellen.

Sie sah jung aus, war beinahe zierlich – kaum der Typ Frau, von der er erwartet hätte, daß sie nachts mit einem solchen Monstrum über eine gefährliche Bergstraße fuhr, aber vielleicht war ihr Beifahrer ein Mann.

»Karen«, rief die Fahrerin durch den Sturm. »Hast du etwas gefunden?«

»Auf dieser Seite nicht«, antwortete eine zweite Frauenstimme. »Und du?«

»Auch nichts. Was kann es gewesen sein?«

Colvin war der Ansicht, daß er dieses Stichwort nicht verpassen durfte. Er schwang die Beine über den Rand und landete vor der Fahrerin auf dem Boden.

Sie sprang mit weit aufgerissenen Augen zurück. »Zum Teufel – wer sind Sie?«

»Ein unerwarteter Gast, der Plumps, den Sie auf Ihrem Dach gehört haben. Es tut mir leid, daß ich Ihre Fahrt unterbrechen muß, aber ich brauche ein Transportmittel nach Denver.« Colvin sprach lauter: »Karen? Kommen Sie bitte auf diese Seite herüber!«

Der Blick der Fahrerin fiel auf den *nunchaku* in Colvins Hand. »O Gott«, hauchte sie. Sie blickte über seine Schulter nach hinten. »Nicht, Karen!«

Hinter Colvin knallte eine kleine Pistole, und etwas Hartes traf ihn mitten in den Rücken.

Sein verborgener Flexamor hielt dem Schuß stand, stoppte die Kugel und verteilte die Wucht des Aufpralls über einen großen Teil von Colvins Oberkörper. Im nächsten Augenblick setzten seine Reflexe ein, er wirbelte herum, ging in die Hocke und schlug mit dem *nunchaku* wie mit einer Peitsche nach der Angreiferin. Er erhaschte nur einen kurzen Blick auf eine Frau, die, durch den Kühler gedeckt, wie ein Scharfschütze beidhändig mit einer Pistole auf ihn zielte; dann zwang sie der *nunchaku,* in Deckung zu gehen. Die Fahrerin hatte sich nicht gerührt; Colvin stand mit einem Sprung neben ihr, packte sie am Arm und schob sie vor sich, während er einen *shuriken* aus der Tasche zog. Karens Kopf und ihre Pistole kamen wieder hinter dem Kühler hervor.

»Nein, Karen, hör auf!« Die Fahrerin schrie beinahe. »Er ist ein *Blackcollar!*«

Karen blieb stehen, ließ aber die Pistole nicht sinken. »Lassen Sie sie gehen!« rief sie Colvin zu. »Sie können den Lastwagen haben, aber lassen Sie sie zuerst los!«

»Ich will nicht den Lastwagen – ich brauche nur jemanden, der mich nach Denver bringt«, rief er zurück. Sein Pocher meldete sich: *Lenk sie ab!* »Ich sitze hier ohne Wagen fest«, fuhr er etwas lauter fort. »Ich muß unbedingt in die Stadt. Ihr Lastwagen ist das erste Fahrzeug, das vorbeikam ...«

Einen Augenblick lang ging alles drunter und drüber, und als es vorbei war, hatten Braune und Pittman die Pistole. Und Karen.

Als Caine und Alamzad bei ihren drei Gefährten anlangten, hatten diese bereits die Ausrüstung aus dem Behälter auf die Rucksäcke verteilt und im Lastwagen verstaut. Colvin stand an der hinteren Tür Wache, als die beiden daherkamen. »Im Lastwagen ist für uns alle Platz«, meldete er. »Die Ladung besteht aus einer bestimmten Art von Felsen – sie nennen ihn ›nicht bearbeiteten Ölschiefer‹.«

Caine nickte. »Gut. Übrigens, Colvin, das war das weitaus verrückteste Kunststück, von dem ich je gehört habe. Wenn Sie wieder so etwas vorhaben, besprechen Sie es mit mir, bevor Sie sich hineinstürzen, okay? Sie haben es trotzdem großartig gemacht.« Er nickte den beiden Frauen zu, die von Braune bewacht auf dem Boden saßen und am Vorderrad lehnten. »Wen haben wir denn da?«

»Wir haben uns noch gar nicht vorgestellt. Die Dunkelhaarige heißt Karen; sie ist die mit der Pistole.«

»Wir können uns genausogut höflich benehmen – und dann müssen wir zusehen, daß wir von hier fortkommen, bevor uns der Sicherheitsdienst aufstöbert.«

Caine trat zu den Frauen. »Bitte stehen Sie auf. Es tut mir leid, daß wir Ihre Fahrt unterbrechen mußten, aber wie mein Kollege Ihnen schon gesagt hat, brauchen wir ein Transportmittel nach Denver. Sie heißen ...«

»Karen Lindsay«, antwortete die dunkelhaarige Frau, während sie aufstanden. Im Gegensatz zu ihrer Mitfahrerin wirkte sie eher wachsam und zornig als eingeschüchtert. »Das ist Raina Dupre. Wenn Sie den Lastwagen haben wollen, dann steigen Sie einfach ein und verschwinden Sie!«

Caine schüttelte den Kopf. »Ich befürchte, daß ein verschwundener Lastwagen mehr Aufsehen erregen würde, als wir im Augenblick brauchen können. Wohnen Sie in Denver zusammen?«

»Ja, in einem Twoplex«, antwortete Lindsay. »Mit Rainas Mann.«

Caine wandte sich Raina zu. »Wann erwartet er Sie zurück?«

»Er hat Nachtdienst.« Dann verfiel ihr Gesicht, als wäre ihr der Grund für diese Frage gerade erst klar geworden. »Er kommt erst um sieben Uhr zurück. Bitte – es ist nicht notwendig, daß Sie uns etwas antun ...«

»Wir werden niemandem etwas antun«, unterbrach sie Caine. »Wohin fahren Sie mit dem Lastwagen, Miss Lindsay?«

»Zur Coast Shipping. Das ist im nordöstlichen Teil der Stadt, in der Nähe der Kreuzung der Zweiundsiebzigsten mit der Dreiundneunzigsten.«

Caine tat, als wäre ihm jetzt alles klar. »In Ordnung. Sie, Mrs. Dupre, müssen leider mit meinen Männern im Laderaum bleiben. Ich werde vorn bei Ihrer Freundin sitzen, um sicher zu sein, daß sie keine heldenhaften Anwandlungen bekommt.«

Raina preßte die Lippen zusammen, während Lindsay widersprach. »Warum lassen Sie nicht Raina fahren? Ich habe keine Angst davor, hinten eingesperrt zu werden.«

»Weil ich mit Ihnen sprechen will«, erklärte ihr Caine. »Kommt schon, wir müssen weiter!«

Sie schwiegen ungefähr einen Kilometer lang, und Caine sah zum Fenster hinaus, während der Lastwagen sich durch die Kurven schlängelte. Zeitweise waren die Berge nur Schatten am Rand des Scheinwerferkegels; dann wieder erhob sich nur wenige Meter neben dem Fenster eine zerklüftete Felswand. Eine kleine Stadt tauchte kurz auf; ihre spärlichen Lichter schienen sich auf einem Fleck zusammenzudrängen, der wie eine breitere Stelle der Straße wirkte.

Und noch immer keine Spur von Denver. *Beinahe hätten wir die ganze Strecke zu Fuß gehen müssen,* dachte Caine. *Beinahe.*

Die Stadt lag hinter ihnen, und Karen Lindsay räusperte sich. »Ich habe eine Menge Geschichten über die Blackcollars gehört, aber noch nie, daß sie sich in den Bergen verirrt hätten.«

»Sie wären darüber erstaunt, was Blackcollars alles fertigbringen.« Caine bemühte sich, sie nicht merken zu lassen, wie verärgert er darüber war, daß es beinahe zu einer Katastrophe gekommen wäre.

»Davon bin ich überzeugt.«

Er musterte ihr Gesicht, so gut es bei dem schwachen Licht des Armaturenbretts möglich war. Ein angenehmes Gesicht, genauer ein Gesicht, das Charakter verriet, und das erinnerte ihn sehr an die Widerstandskämpfer des Radix, die er auf Argent kennengelernt hatte. »Haben Sie auch Geschichten über eine Gruppe namens Fackel gehört?« fragte er.

Sie reagierte nicht darauf. »Nie davon gehört. Womit beschäftigten sie sich? Oder sollte ich nicht fragen?«

»Es ist kein Geheimnis. Angeblich kämpfen sie gegen die Ryqril.«

»Das klingt nicht nach einer Gruppe, für die sich die Blackcollars interessieren würden.«

»Dann wissen Sie nicht sehr viel über Blackcollars.

Lernt man in der Schule denn nichts über Zeitgeschichte?«

»Ich lerne genügend Zeitgeschichte, wenn ich Zeitung lese«, erwiderte sie.

Caine seufzte und warf das Handtuch. Die Regierung manipulierte eindeutig die Nachrichten – das war zu erwarten gewesen. Wenn in einem Radius von tausend Kilometern um Denver Blackcollars operierten, dann unternahm das örtliche Büro des Sicherheitsdienstes bestimmt alles in seiner Macht Stehende, um die öffentliche Meinung gegen sie aufzubringen.

Was bedeutete, daß sie zumindest für die nächste Zukunft vollkommen auf sich selbst gestellt waren. »Zeigen Sie mir Ihren Ausweis«, verlangte er.

Lindsay fischte ihn aus ihrer Tasche und warf ihn Caine in den Schoß. Eine Karte, die in das auf der Vorderseite durchsichtige Plastik eingeschweißt war, und Caine begutachtete sie im Schein einer Stabtaschenlampe. Name, Foto, Adresse, Beschreibung, Firma. »Firma? Wird auch das hier in die Ausweise aufgenommen?«

Sie sah ihn seltsam an. »Natürlich – die Firmen stellen ja die Ausweise aus. Woher kommen Sie überhaupt?«

Caine wählte die einfachste Antwort. »Aus Europa. Was soll das heißen, daß die Firmen die Ausweise ausstellen? Erledigt das nicht der örtliche Sicherheitsdienst?«

»Hier bei uns nicht. Deshalb können sie jemanden, den sie ohne Ausweis antreffen, mitnehmen, weil er ein Landstreicher ist.«

»Und sie müssen sich erst nachher den Kopf darüber zerbrechen, wer der Betreffende tatsächlich ist?«

Sie zuckte die Achseln. »Sie besitzen die Fingerabdrücke und Netzhautmuster von jedem von uns – das behaupten sie jedenfalls.« Sie blickte wieder kurz von der Straße weg und zu ihm hinüber. »Sie scheinen nicht sehr gut informiert zu sein, wenn ich mir die Bemerkung erlauben darf.«

»Wir sind hier neu.« Er ließ den Lichtkegel der Taschenlampe über ihre Kleidung wandern. Der Stoff sah zumindest von der Struktur her so aus wie das auf Plinry verwendete Material. Aber zwischen dem Schnitt, den Farbmustern und den Verzierungen existierten augenfällige Unterschiede. »Wie weit ist es von der Stelle, bei der Sie den Lastwagen abliefern müssen, bis zu Ihrer Wohnung?« fragte er.

»Zwei Kilometer.«

»In welcher Richtung?«

»Wenn wir zur Firma fahren, kommen wir beinahe an meiner Wohnung vorbei.«

»Gut.« Rechts von ihnen tauchte wieder eine Stadt auf, die etwas weitläufiger war als die vorherige. »Ich möchte, daß Sie bei Ihrem Haus vorbeifahren und meine Männer aussteigen lassen. Sie werden bei Ihrer Partnerin bleiben, während Sie und ich den Lastwagen abliefern.«

»Und Sie werden sich für Raina ausgeben? Man wird nämlich erwarten, daß wir gemeinsam kommen.«

»Ich verlasse mich darauf, daß Ihnen dazu etwas einfällt«, sagte er bewußt kalt. »Vergessen Sie nicht: Wenn es Schwierigkeiten gibt, stecken Sie mitten drin.«

»Das müssen Sie mir nicht weiter erklären.« Ihre Stimme klang genauso kalt.

»Gut.«

Die Stadt blieb hinter ihnen zurück, und im Führerhaus trat wieder Stille ein. Caine lehnte sich zurück, entfaltete eine von Lepkowskis Karten und rechnete sich aus, wo und wann sie aus den Bergen herauskommen würden.

Die Szene im Lagerhaus verlief enttäuschend undramatisch.

Am Tor versah ein einziger Mann Dienst, und er schluckte widerspruchslos Karens Behauptung, daß Raina im letzten Augenblick erkrankt und Caine der einzige Ersatz gewesen war, den sie auftreiben konnte.

Der Manager ließ sie warten, bis er die versiegelten Zylinder im Wagen gezählt hatte, aber Caine hatte den Eindruck, daß er alles nur routinemäßig tat. Offenbar gab es niemanden, der an nicht verarbeitetem Ölschiefer interessiert war.

Einige Minuten später trafen sie mit einem Automattaxi in Lindsays Twoplex ein und stellten fest, daß Braune und Colvin die unmittelbare Umgebung erforscht hatten, während Pittman und Alamzad das Haus durchgecheckt hatten. »Ich glaube kaum, daß wir in der Eile etwas Sichereres entdecken können«, berichtete Pittman. »Zad hat den Wanzenstörer aufgestellt, und wir haben herausgefunden, auf welche Weise sich jemand am ehesten dem Haus nähern würde.«

»Fluchtwege?«

»Nicht der Rede wert. Wenn uns der Sicherheitsdienst findet, stecken wir bis zum Hals in Schwierigkeiten.«

Caine blickte sich im Zimmer um, in dem Raina und Lindsay unter Colvins wachsamem Blick miteinander flüsterten. »Wir werden versuchen, so rasch wie möglich auszuziehen. Haben Sie brauchbare Kleidung gefunden?«

»Geoffs Sachen – das ist Rainas Mann – sind eigentlich zu groß, fallen jedoch nicht auf, wenn jemand nur flüchtig hinsieht. Das ist aber auch schon alles. Sobald die Geschäfte aufmachen, müssen wir neue Klamotten kaufen.«

Caine blickte auf seine Uhr, die er vor dem Verlassen der *Novak* auf Ortszeit eingestellt hatte. Es war drei Uhr früh. »Die Geschäfte werden wahrscheinlich irgendwann zwischen acht und zehn geöffnet – das können uns die Frauen bestimmt sagen. Sie, Braune und Colvin, übernehmen das Einkaufen; sobald Sie wieder zurück sind, suchen wir eine neue Unterkunft.«

»Zu Fuß?« fragte Pittman.

»Es ist nicht die ideale Lösung, aber ich halte es nicht

für besonders klug, wenn wir jetzt einen Wagen stehlen.«

»Ich würde mich gern mal umsehen, wenn ich darf«, meinte Pittman. »Vielleicht kann ich etwas auftreiben, ohne Aufmerksamkeit zu erregen.«

Caine überlegte. Es war natürlich praktischer, wenn sie einen eigenen Wagen zur Verfügung hatten. »Also schön. Sie können es ja eine Stunde lang versuchen. Aber erst, nachdem wir die richtige Kleidung für Sie beschafft haben. Sie sehen an sich schon reichlich verdächtig aus.«

Pittman lächelte gequält. »Ja, Sir.«

Er ging zu Colvin hinüber, um ihn von seiner Wache bei den Frauen abzulösen. *Ein guter Mann,* dachte Caine und sah wieder auf die Uhr. Drei Uhr fünf. Es war besser, wenn er sofort einen Schlafturnus einteilte. Sie waren während der Nacht sehr beschäftigt gewesen, und am Morgen würde es noch schlimmer werden.

6. Kapitel

Drei Uhr zehn morgens.

Galway ließ das Handgelenk mit der entliehenen Uhr sinken und griff nach seinem Becher; nach der langen Nacht belegte die Müdigkeit Muskeln und Gehirn mit Beschlag. Das erinnerte ihn an die Überwachungsdienste aus seinen Anfangsjahren im Sicherheitsdienst, bei denen Spannung und Langeweile sich die Waage gehalten hatten.

Aber hier mußte er sich wenigstens nicht wegen plötzlicher körperlicher Gefahren Sorgen machen. Er blickte von seinem Becher auf und musterte aufmerksam die Monitore vor sich. Der Lageraum des Sicherheitsdienstes in Athena war etwa sechsmal so groß wie der seine in Capstone, verfügte über mindestens zehnmal so viele hochempfindliche Verfolgungs- und Kommunikationseinrichtungen, und Athenas Verteidigungsanlagen entsprachen dem Standard im Regierungszentrum.

Selbst Blackcollars würden zu der Erkenntnis gelangen, daß diese Stadt und dieses Gebäude uneinnehmbar waren – und Caines Team bestand nicht aus Blackcollars.

Galways Nacken weigerte sich, ihm zu glauben, und warnte ihn weiterhin vor der kurz bevorstehenden Vernichtung.

Eine Gestalt streifte Galways Ellbogen und ließ sich in den Stuhl neben ihn fallen. General Paul Quinn, der Chef des Sicherheitsdienstes von Athena.

»Etwas Neues?« fragte Galway.

»Noch nicht«, antwortete Quinn steif. »Das kommt davon, daß wir uns auf kindische Spielchen eingelassen haben.«

Galways Kiefer verkrampften sich kurz. Quinn machte ihn seit zwei Stunden stillschweigend dafür verantwortlich, daß sie Caines Team verloren hatten, und Galway hatte allmählich die Nase voll. »Stimmt, aber vergessen wir nicht, daß es Präfekt Donners Idee war und nicht meine.«

»Natürlich war es Donners Idee«, schnaubte Quinn. »Was, zum Teufel, kann er in Dallas schon über die gebirgige Gegend da draußen wissen? Sein Gebiet wirkt optisch flach – man könnte ewig herumsuchen und behaupten, daß man jemanden nicht findet, auch wenn man die Knöpfe auf seinem Hemd zählen kann. Hier bei uns hingegen – na ja, ihm ist es ja gleichgültig, wieviel Mühe es uns macht.«

Galway holte tief Luft. »Hören Sie, General. Caine wird heute nacht bestimmt nichts mehr unternehmen. Die Blackcollars sind nicht eine Art verrückter Berserker, sondern taktisch orientierte Kämpfer, und Caine kann unmöglich bereits die gesamte Information besitzen, die er benötigt. Geben Sie Postern die Möglichkeit, sich für kurze Zeit abzusetzen und eine Nachricht zu übermitteln.«

»Postern, was? Ihr vertrauenswürdiger Spion? Ihr *nicht loyalitätskonditionierter*, vertrauenswürdiger Spion?«

»Er wird sich melden. Morgen zu Mittag sitzen ihre Überwachungsteams Caine wieder im Nacken.«

Quinn schnaubte neuerlich. »Wir hätten sie bei der Landung schnappen sollen. Es ist mir gleich, wieviel Psychorausbildung Caine bekommen hat – wir hätten alles Wissenswerte aus ihm herausgequetscht.«

Diese Feststellung war lächerlich, was Quinn bestimmt bewußt war. Aber Galway hatte keine Lust mehr zu streiten. »Was ist mit den anderen Abstiegsbehältern? Haben Sie darüber etwas herausbekommen?«

»Das waren Ablenkungsmanöver – aber das habe ich Ihnen schon gesagt.«

»Sie haben mir gesagt, daß ...«

Quinn fuhr zu Galway herum. »Wir wollen von Anfang an eines klarstellen, Galway, okay? Ich habe Sie nicht gebeten, hierher zu kommen. Ich will Sie nicht hier haben, und ohne den direkten Befehl der Ryqril wären Sie nicht hier. Sie kennen das Gebiet nicht, Sie kennen die Stadt und ihre Bewohner nicht, Sie wissen nicht, wie wir auf diesem Planeten die Dinge erledigen. Sie befinden sich einzig und allein aus einem Grund hier: Sie sollen mich in bezug auf Caine und seine Störenfriede beraten. Wenn ich diesen Rat brauche, werde ich es Sie wissen lassen. Klar?«

»Vollkommen«, antwortete Galway förmlich, während sein Hals rot anlief. Quinn drehte sich um und verließ den Raum, und Galway wandte sich den Monitoren zu, biß die Zähne zusammen und wartete, bis sich sein Zorn legte.

Das geschah sehr bald. Es ging hier nicht um Stolz oder um Zuständigkeit, auch wenn Quinn das offenbar annahm. Es ging um das Überleben von Plinry – und selbst wenn es sein Tod war, würde er dem General alle erdenkliche Hilfe gegen Caine geben.

Ein guter, edler Entschluß. Galway hoffte, daß er imstande sein würde, daran festzuhalten.

Kanai erwachte beim ersten Summen des Telefons und blieb ein paar Sekunden lang regungslos liegen, während er sein Schlafzimmer musterte. Er war allein, und alles war in Ordnung. Beim dritten Summen hob er ab. »Ja?«

»Kanai, du kriechender Sohn einer Warzenkröte, was, zum Teufel, war da los?«

»Halten Sie die Luft an!« unterbrach Kanai den Wortschwall. Die Stimme klang wütend, war aber doch zu erkennen. Manx Reger. »Fangen Sie noch mal von vorn an, Reger – und versuchen Sie, diesmal höflich zu sein!«

»Höflich!« höhnte Reger. »Sie bauen Scheiße und wollen, daß ich höflich bin? Ich wollte ...«

»Wo baue ich Scheiße? Machen Sie mal einen Punkt, Reger, und erklären Sie mir, zum Teufel, wovon Sie sprechen!«

»Kommen Sie mir nicht auf die Tour, Kanai! Sie können Bernhard ausrichten, daß er diesmal zu weit gegangen ist. Ihr dreckigen Blackcollars könnt euch was Besseres einfallen lassen, als in meinem Territorium Stunk zu machen. Ich ziehe die Arztkosten für meine Jungs von Sartans Anteil ab – ihr könnt inzwischen schon darüber nachdenken, wie ihr es ihm zurückzahlt. Und ich will meinen Wagen wiederhaben, und zwar intakt. Haben Sie das kapiert?«

»Reger ...«

»Und wenn Sie so etwas noch einmal versuchen, können Sie sich darauf verlassen, daß zwischen uns Krieg herrscht. Sie werden es schon merken.«

»Hören Sie, Reger ...«

Die Verbindung wurde unterbrochen. Kanai starrte das Telefon einige Herzschläge lang an, bevor er wieder auflegte. In seinem Magen bildete sich allmählich ein harter Knoten. Es war unmöglich – in Nordwest-Denver trieben sich keine Blackcollars herum, die einfach aus Spaß Krach schlugen.

Bernhards Team war es jedenfalls nicht.

Kanai überlegte lange, dann wählte er Bernhards sichere Nummer.

Beim dritten Summton meldete sich der Comsquare. »Ja?«

»Kanai. In der Stadt treiben sich neue Blackcollars herum.«

Eine kurze Pause. »Woher wollen Sie das denn wissen?«

Kanai wiederholte Regers Monolog.

»Könnten das einfach die Vorbereitungen für eine komplizierte Falle sein?« fragte Bernhard, als Kanai verstummte. »Seit wir ihm vor einem Monat einen Klaps auf die Nase gegeben haben, schmollt er.«

»Das bezweifle ich. Er ist clever genug, um auf eine solche Idee zu kommen, aber ich glaube nicht, daß er einen Wutanfall so überzeugend spielen könnte.«

Bernhard stieß die Luft zischend aus. »Großartig, einfach großartig. Woher, zum Teufel, können die neuen Blackcollars gekommen sein? Aber das ist schließlich egal – woher sie auch immer kommen, wir müssen sie aufstöbern, bevor sie ein Buschfeuer auslösen, das alles in Schutt und Asche legt. Ich mobilisiere den Rest des Teams, und wir werden uns nach Spuren umsehen. Hat Reger andeutungsweise erwähnt, wohin sie gefahren sein könnten?«

»Er hat nur gesagt, daß sie sich eines seiner Autos geschnappt haben und damit abgehauen sind. Wäre es möglich, daß einer der anderen Bosse sie geholt hat, um sie gegen uns einzusetzen?«

»Und dabei aus Versehen in Regers Vorgarten gestolpert ist?« Bernhard fluchte leise. »Ich hoffe sehr, daß das nicht der Fall ist.«

»Na ja. Treffen wir uns am üblichen Ort?«

»Wir treffen uns – Sie sind nicht dabei. Was immer los ist, ich will nicht, daß Sie das Kontakttelefon verlassen. Es könnten weitere Informationen hereinkommen; womöglich finden die neuen Blackcollars die Nummer heraus und rufen an.«

»Okay.« Kanai sah auf die Uhr. Drei Uhr fünfzehn morgens. »Die übliche Kommunikationsordnung für Notfälle?«

»Richtig. Ich werde Sie in regelmäßigen Abständen anrufen, um zu hören, was es Neues gibt; Sie rühren sich nicht vom Fleck.«

»Klar. Waidmannsheil.«

Kanai legte auf und stellte das Telefon wieder auf sein Nachtkästchen. Dann ging er zum Fenster und spähte vorsichtig hinaus. Es war eine reine Reflexhandlung, die noch dazu lächerlich war – das Sensorennetz um sein Haus hätte jeden Eindringling lange, bevor er sichtbar war, erfaßt.

Das heißt, jeden normalen Eindringling. Konnte ein Blackcollarteam das Netz überwinden?

Kanai fröstelte. Waren die neuen Blackcollars ebenfalls nichts anderes als bezahlte Söldner? Oder kämpften sie womöglich noch immer gegen die Ryqril? Und wenn das der Fall war, was würden sie dann von den Aktivitäten halten, mit denen sich Kanai und seine Kameraden abgaben?

Es spielt keine Rolle, was sie denken, sagte sich Kanai verbittert, obwohl er wußte, daß es eine Lüge war. Wenn er in den Augen der anderen den gleichen Abscheu entdeckte, den er selbst für sich empfand, und wenn er wußte, daß die anderen sich nicht mit Schande bedeckt hatten, konnte er diese Demütigung nicht ertragen.

Wenn sie jetzt zu ihm kamen und ihm die Wahl ließen – würde er dann den Stolz und den Mut besitzen, den *seppuku* seiner Vorfahren zu vollziehen?

Auf der Straße war keine Menschenseele unterwegs. Kanai ließ die Kante des Vorhangs zurückgleiten und ging zum Schrank, um sich anzukleiden.

Die Bar machte genau um drei Uhr morgens zu, und das letzte halbe Dutzend Gäste taumelte um drei Uhr fünf ins Freie. Eine halbe Stunde später tauchte der Barkeeper auf, versperrte die Tür und schlurfte zu dem letzten noch auf dem Parkplatz stehenden Wagen. Lathe ließ ihn bis auf zwei Schritte an sein Vehikel herankommen, dann erhob er sich aus seinem Versteck auf der anderen Seite des Wagens. »Guten Morgen. Sie erinnern sich doch an mich?«

Der Barkeeper erstarrte; nur sein Mund bewegte sich, aber er brachte keinen Ton heraus. »Wie ich sehe, haben Sie mich erkannt«. Lathe nickte. »Sie heißen doch Phelling, nicht wahr?«

Phelling schaffte es endlich, seine Stimmbänder in Bewegung zu setzen. »Was wollen Sie von mir? Ich habe nichts gegen Sie.«

»Vielleicht haben wir etwas gegen Sie«, meinte Skyler, der hinter Phelling auftauchte. »Gegen Sie und diesen Reger.«

Phelling wurde sichtlich kleiner. »Ach, Scheiße. Hören Sie, ich habe nichts mit ihm zu tun, wirklich.«

»Sie machen nur den Spitzel für ihn, was?« fragte Lathe.

»Was? Hören Sie mal, ich mußte bei ihm anrufen, als Sie auf diese Schmugglermasche machten.«

»Vielleicht«, bemerkte Skyler trocken. »Vielleicht hätte es Ihnen auch Spaß gemacht, ein paar hilflose Fremde abzuknallen.«

»Nein, nein, ich schwöre ...«

»Sie sind jedenfalls der einzige«, unterbrach ihn Skyler, »den wir benützen können, um den anderen eine Lehre zu erteilen.«

Lathe ließ dem Barkeeper einige Sekunden lang Zeit, um zu begreifen. »Außer Sie möchten uns erzählen, wo wir diesen Manx Reger finden können.«

Phelling sah ihn mit großen Augen an. »Ich habe Ihnen doch gesagt, daß ich nicht zu seiner Organisation gehöre. Wenn er nicht zu Hause ist, habe ich keine Ahnung, wo er sein könnte. Sie müssen mir glauben.«

»Das tun wir nicht«, erklärte Lathe. »Doch für den Augenblick begnügen wir uns mit seiner Adresse.«

Phelling öffnete den Mund und klappte ihn wieder zu. »Seine Adresse? Aber Sie sind ja schon dort gewesen. Ich meine ... Sie haben doch vor einem Monat sein Haus auf den Kopf gestellt.«

Lathe und Skyler sahen einander an. Die erste echte Bestätigung dafür, daß tatsächlich andere Blackcollars in Denver operierten. Womit beschäftigten sie sich eigentlich?

Im Augenblick mußte die Frage warten. »Sagen wir

einfach, daß wir keinen Kontakt mit den anderen Blackcollars in der Stadt gehabt haben. Das Warum und Wieso geht Sie nichts an. Aber es geht Sie etwas an, daß wir mit Reger sprechen wollen, und Sie werden uns den Weg zu ihm zeigen.«

Phelling hatte offenbar nur die Hälfte mitbekommen. »Sie wollen Kontakt mit den anderen Blackcollars aufnehmen, geht es darum? Das ist wirklich einfach. Ihr Kontaktmann Kanai ist jeden Dienstagabend in der Shandygaff-Bar in Zentral-Denver und wartet auf neue Aufträge.«

»Wir werden uns später mit ihnen beschäftigen«, unterbrach ihn Lathe. »Im Augenblick brauchen wir nur Reger. Gehen wir!«

Phelling fuhr sich mit der Zunge über die Lippen. »Ich ... ja, klar, ich bringe Sie hin. Es ist ja kein Geheimnis.«

»Gut.« Lathe sandte über den Pocher eine kurze Nachricht aus, und Sekunden später kam Hawking mit dem Wagen, den sie sich angeeignet hatten, auf den Parkplatz gefahren. »Steigen Sie ein!« befahl Lathe dem Barkeeper, während Skyler die Vordertür öffnete. »Aber geben Sie uns erst Ihre Schlüssel!«

Der Barkeeper reichte sie ihm wortlos und stieg ein; Skyler folgte ihm. Lathe warf Mordecai und Jensen, die aus ihrem Versteck auftauchten, Phellings Schlüssel zu. »Nur keine Erinnerungslücken, Phelling«, warnte der Comsquare, während er hinter Hawking einstieg.

Eine Minute später fuhren zwei Autos nach Südosten in die Nacht hinein.

7. Kapitel

Wenn die Katze aus dem Haus ist, haben die Mäuse Kirtag, dachte Taurus Haven.

Die Katze war natürlich Präfekt Galway. Es war genau fünf Tage her, daß die auf dem Flughafen versteckten Späher beobachtet hatten, wie sich Galway an Bord eines Ryqril-Korsaren schlich und in die Lüfte entschwand. Er war vermutlich zur Erde unterwegs und würde bestimmt vor der *Novak* dort eintreffen. Wenn die terranischen Kollies sich zu einer entschlossenen Vorgangsweise durchgerungen hatten ...

Haven verdrängte diesen Gedanken sofort. Er konnte Lathe am besten dadurch helfen, daß er seine Arbeit ordentlich machte. Und dafür sorgte, daß die übrigen Mäuse es ebenfalls taten.

Die übrigen Mäuse waren die arbeitslose und daher immer frustrierte Jugend von Capstone. Haven mußte zugeben, daß die kleine Revolte des Mobs, die Dayle Greene aufgezogen hatte, die schönste friedliche Demonstration war, die Plinry je erlebt hatte. Die Menge, die vor dem in Flutlicht getauchten Osttor der Nabe versammelt war, belief sich auf mindestens sechshundert Personen, und ungefähr jeder zehnte trug ein Transparent oder eine brennende Fackel. Sie waren beinahe die ganze Zeit still gewesen und hatten zugehört, während ihr Sprecher ihre Beschwerdeliste schwang und die Wächter hinter dem Tor aufforderte, herauszukommen und das Papier in Empfang zu nehmen.

Keiner der Sicherheitsmänner hatte die Herausforderung angenommen. Und als Haven die durch den Maschendraht halb verborgenen Gesichter musterte, kam er zu der Überzeugung, daß es auch in Zukunft so bleiben würde.

Sein Pocher erwachte zum Leben. *Hammerschmidt kommt in Wagen.* Haven grinste und drängte sich unauffällig in die vorderste Reihe. Sie hatten Hammerschmidt richtig eingeschätzt. Galway wäre nie so dumm gewesen, die Nabe zu verlassen, um einer aufgebrachten Menge entgegenzutreten, aber sein Stellvertreter hatte immer schon mehr idiotischen Ehrgeiz besessen, als für ihn gesund war. Hammerschmidt würde herauskommen; wenn sie Glück hatten, war er wenigstens so vernünftig, eine Wagenladung Soldaten mitzunehmen.

Eine Minute später traf der Wagen des stellvertretenden Präfekten am Tor ein, und zwischen Hammerschmidt und dem Hauptmann der Wache kam es offenbar zu einer kurzen, aber erregten Auseinandersetzung. Der Hauptmann zog den kürzeren, und Hammerschmidts Fahrer manövrierte den Wagen zu einer Stelle in der Mitte des Tors. Das Gitter ging gerade soweit auf, daß der Wagen hindurch konnte, und wurde hinter ihm sofort wieder geschlossen. Die Sicherheitsmänner von Capstone hatten einmal erlebt, daß der Mob in die Nabe gelangte, und wollten diese Erfahrung offensichtlich kein zweites Mal machen.

Als der Wagen auf die Menschenmenge zurollte, schien sie zu erschauern wie ein einziges lebendiges Wesen. *Vorsichtig,* warnte Haven, *erschreckt sie nicht!* Aber die Anführer waren genau instruiert worden, und als das Fahrzeug wenige Meter vor dem Rand der Menge hielt, rührte sich niemand. Die hinteren Türen gingen auf, und Hammerschmidt sowie ein mit einem Laser bewaffneter Sicherheitsmann stiegen aus; letzterer hielt seine Waffe fest umklammert. »Na schön«, brüllte Hammerschmidt, »was glaubt ihr Schleimscheißer eigentlich, was ihr hier tut?«

Die Antwort war das dumpfe Krachen eines großen Katapults einen Häuserblock weiter südlich. Der gesamte Sicherheitsdienst blickte in die Richtung, aus der das Geräusch kam, und sah, wie ein Haufen Müll in einem eleganten Bogen über die Mauer in die Nabe flog. In den letzten Tagen war das Werfen von Abfällen bei der Jugend von Capstone zu einer beliebten Freizeitbeschäftigung geworden, was dem Sicherheitsdienst natürlich ein Dorn im Auge war. Hammerschmidts Gesichtsausdruck war zu entnehmen, daß es ihm jetzt endgültig reichte. »Dort hinüber!« Er zeigte nach Süden und krabbelte wieder in den Wagen. Der Sicherheitsmann folgte ihm, und der Wagen begann zu wenden.

Die Menge drängte nach vorn, und das Auto war im Handumdrehen von einer Mauer von schreienden Menschen umgeben.

In den Gebäuden ringsum flackerte Licht auf, und in die zornigen Rufe mischten sich Schmerzensschreie, als die Wächter am Tor mit ihren Lasern das Feuer eröffneten. Haven hoffte, daß die Waffen auf niedrige Leistung eingestellt waren, aber er hatte keine Zeit, sich darüber Gedanken zu machen. Er befand sich genau hinter zwei Blackcollarrekruten, die mit den Handflächen auf Hammerschmidts Wagenfenster trommelten und aus voller Kehle brüllten. Haven hätte sich keine bessere Ablenkung wünschen können. Er duckte sich, zwängte sich durch die Lücke zwischen den Beinen der beiden Rekruten und glitt unter den Wagen.

Es war eng, aber Haven hatte in der Lodge an Modellen geübt und seine Bewegungen waren rasch und sicher. Er zog die Packung aus seinem Gürtel und schüttelte sechs Fragezeichen auf das Pflaster – Fünfzehn-Zentimeter-Haken mit selbstschweißenden Thermit-Anschlüssen an den Enden. Er ergriff zwei, riß die Abdeckung herunter und drückte sie in ungefähr einem Meter Entfernung voneinander an das Chassis des Wagens. Der Zünder wurde ausgelöst, ein scharfes Zischen folgte, und in dem engen Raum unter dem Wagen flakkerte blauweißes Licht. Haven hielt die Haken die wenige Sekunden fest, bis das Feuer heruntergebrannt war. Dann ergriff er die nächsten zwei, zwängte sich zum Heck des Wagens durch und befestigte sie etwa einen Meter hinter dem ersten Paar. Er stellte besorgt fest, daß die Schreie der von den Lasern verbrannten Opfer lauter wurden, und spürte im Pflaster das Stampfen von Füßen, als die Menge vor den Laserstrahlen zurückwich. Wenn der Wagen zu früh freikam ...

Die Flammen erstarben. Haven schob sich wieder nach vorn, löste die Abdeckung von den letzten beiden Fragezeichen und rammte sie in den äußeren Teil des Rahmens. Die laufenden Füße waren inzwischen zur Stampede geworden, und wenn er zum Tor blickte, sah er gelegentlich die Mauer, weil seine menschliche Abschirmung in die Dunkelheit verschwand. Die Flammen der letzten beiden Fragezeichen erloschen. Sie brauchten noch ein paar Sekunden, um wirklich fest zu sitzen, aber Haven konnte es sich nicht leisten zu warten. Er stützte sich auf die Ellbogen und schob seine Oberarme in die ersten beiden Haken. Seine Beine glitten in den zweiten Satz, und als er die letzten beiden Haken mit den Händen faßte, ruckte der Wagen an und fuhr zum Tor zurück. Haven biß die Zähne zusammen und hoffte, daß die vorspringende Karosserie und ihr Schatten ihn verbergen würden.

Der Wagen schoß durch das Tor und kam schleudernd zum Stehen, so daß Havens Arme schmerzhaft gegen die Haken gedrückt wurden. Hammerschmidt und der Hauptmann unterhielten sich einen Augenblick lang – Hammerschmidts Stimme drang so gedämpft zu ihm, daß Haven ihn nicht verstand, aber er war eindeutig wütend – dann setzte sich der Wagen wieder in Bewegung und fuhr durch die Wohnbezirke im äußeren Teil der Nabe zu den Amtsgebäuden im Zentrum. Noch einen oder zwei Kilometer lang würde es praktisch keinen Verkehr geben, deshalb mußte Haven jetzt abspringen.

Die Gelegenheit dazu bot sich ihm an der nächsten Ecke, als der Wagen anhielt, um ein anderes Fahrzeug vorbeizulassen. Er schob sich aus den Haken und etwas zur Seite, so daß er sich in Sicherheit vor den Rädern und den hinteren Fragezeichen befand. Er drückte sich flach auf das Pflaster, hielt sich im Geist die Daumen, der Wagen fuhr davon, und er blieb mitten auf der Straße liegen.

Zum Glück kam kein weiterer Wagen, und zum Glück blickte Hammerschmidts Fahrer offenbar nicht in den Rückspiegel. Haven wartete bewegungslos, bis das Auto einen Häuserblock entfernt war, dann sprintete er zum nächsten Gebäude. Dort orientierte er sich kurz und überzeugte sich davon, daß ihn niemand beobachtete hatte. Er ging durch die leeren Straßen zur Mauer zurück und hielt sich dabei soweit wie möglich im Schatten.

Der ferne Krach eines weiteren Katapultschusses und das nahe Aufklatschen von frischem Müll erfolgte planmäßig und zeigte ihm sein Ziel. Der Müll hatte es zwei Häuserblocks weit in die Nabe geschafft – der Müll, und der gut verpackte Rucksack, der in ihm verborgen war. Haven stieg vorsichtig über die Abfälle, holte sich das schwere Bündel, streifte die schmutzige Verpackung ab, schwang sich den Rucksack auf den Rücken und verschwand wieder im Schatten. Von fernen Teilen der Mauer kam leises Geschrei – eine der vielen Demonstrationen, die während der nächsten Stunde die Aufmerksamkeit des Sicherheitsdienstes vom Innern der Nabe ablenken sollten.

Ihm stand nur diese Zeit zur Verfügung, um sein Ziel zu erreichen.

Das Ziel war das Landwirtschafts/Bergbau-Gebäude, und er schaffte es in etwas mehr als vierzig Minuten.

Jedenfalls bis zur Außenseite. Er brauchte weitere zehn Minuten, um zwei Stockwerke hinaufzuklettern, ein Fenster zu finden, das er öffnen konnte, ohne Spuren zu hinterlassen, und acht Treppen auf das Dach hinaufzusteigen.

Die Treppe endete in einem großen Maschinenhäuschen, das die Maschinerie für den Fahrstuhl und eine Handvoll Wartungsgeräte enthielt. Haven ließ seinen Rucksack auf den Boden gleiten, sah sich rasch um und trat aus dem Häuschen aufs Dach. Im einige Block entfernten Gebäude des Sicherheitsdienstes waren die Fenster noch erleuchtet, was ihn nicht überraschte; weiter hinten zeigten die vorüberhuschenden Lichter der Aufklärungsflugzeuge, daß Hammerschmidt endlich genug gehabt und seine Luftwaffe eingesetzt hatte. Doch keiner der Aufklärer war so nahe, daß er Haven stören konnte. Er ging zum Häuschen zurück und blickte vorsichtig um die Ecke.

Nur einen Block von ihm entfernt erhob sich die schwarze Mauer der Ryqril-Enklave drohend in den Himmel.

Die Blackcollars bezeichneten sie als den ›Schornstein‹, und sie stellte in ihrer Verteidigungsphilosophie einen unvorstellbaren Gegensatz zur grauen Mauer der Nabe dar. Die mit Sensoren und Induktionsfeldern gespickte Mauer in der Nabe war so entworfen, daß sie Eindringlinge und Angriffe entdeckte und sich hauptsächlich darauf verließ, daß menschliche Verteidiger die Bedrohung abwehren würden. Den Ryqril waren solche humanitären Überlegungen fremd: Die Mauer war eindeutig dazu da, um zu töten. Havens Blick wanderte über die ihm zunächst liegende, nach innen abgeschrägte Kante bis zum schweren Laser an der Ecke. Die Laser wurden von Sensoren auf ihr Ziel ausgerichtet und abgefeuert und verfügten angeblich über Luftabwehreinrichtungen in Blickrichtung; wenn alle vier gemeinsam feuerten, konnten sie kleine Raumfahrzeuge aus einem niedrigen Raumorbit herunterholen. Wenn sie von der Mauer hinunterschossen, verdampften sie einen Menschen mühelos.

Die Ryqril nahmen ihre Sicherheit sehr ernst.

Haven kehrte zu dem Häuschen zurück, suchte in

seinem Rucksack und stand kurz darauf mit seiner Scharfschützenschleuder und einer kleinen, flachen Schachtel wieder auf dem Dach; er hatte sich einen Feldstecher für Nachteinsätze über die Augen geschnallt. Durch den Feldstecher sah der Laser auf der Mauer noch gemeiner aus, denn seine Hochleistungs-Kardanringe und Sensorkegel verliehen ihm kalte Effizienz. Die Blackcollars waren nicht imstande gewesen, jemanden in die Arbeitsgruppen einzuschleusen, die vor dreißig Jahren die Mauer errichtet hatten, aber sie hatten aus der Ferne genau zugesehen, als die Laser montiert wurden. Haven wußte, daß man die Ryqril zu einem kurzen Zielschießen animierte, wenn man etwas Handfestes auf die Laser oder die Sensoren schleuderte.

Trotzdem ...

Haven stützte den Bügel der Schleuder auf seinen linken Unterarm, öffnete die flache Schachtel und entnahm ihr eine Kugel von der Größe einer Murmel und der Konsistenz von weichem Kitt. Er legte sie in die Schlinge ein, und dabei fiel ihm ein, daß er, wenn er diese Mission überlebte, irgendwann mit Krebs rechnen mußte. Aber es war kaum die Mühe wert, sich deshalb jetzt Sorgen zu machen. Er zielte sorgfältig und ließ los.

Ein guter Schuß, vielleicht sogar ein großartiger. Im Feldstecher sah er die jetzt schwer verformte Kugel, die genau an der Fuge zwischen der Laserbasis aus Metall und der keramischen Mauer klebte, direkt über einer der elektronischen Steuerungen für den selbstzielenden Mechanismus.

Wenn Hawking wußte, wovon er sprach, dann wurde diese Steuerung durch die Strahlung des in dem Kitt steckenden Stückchens Plutonium allmählich zerstört. Ob sie das System während der nächsten Woche genügend beschädigen würde, war natürlich eine andere Frage, auf die auch Hawking keine Antwort gewußt hatte.

Aber offenbar stimmte die von ihm geschätzte Reizschwelle für die Bewegungssensoren des Schornsteins. Keine Alarmsirenen heulten durch die Nacht, kein Ryqril kam zu Fuß oder in einem Korsaren, um nachzusehen, wer auf ihren kostbaren Zufluchtsort schoß. Haven überlegte, ob er ein zweites Stückchen Kitt hinter dem ersten herschicken sollte, entschied sich aber dann dagegen und zog sich in das Häuschen zurück. Morgen abend war es früh genug, den Angriff fortzusetzen.

Den Rest der Nacht verbrachte er damit, hinter der Fahrstuhlmaschinerie eine falsche Wand zu errichten. Dazu verwendete er einen Stoffvorhang, der mit einem der letzten Kanister Tarnfarbe aus dem Arsenal der Blackcollars versteift und gefärbt worden war. Er verlagerte seine Ausrüstung in sein Kämmerchen, blies seine Luftmatratze auf und machte sich auf einen langen Hausarrest gefaßt. Als die Fahrstühle begannen, die Angestellten zu ihren Arbeitsplätzen zu bringen, schlief er tief und fest.

Die Operation Weihnachten war angelaufen.

8. Kapitel

Geoff Dupre traf genau um sieben Uhr zu Hause ein und stellte zumindest für Caine eine Überraschung dar. Raina hatte erzählt, daß er als Störungssucher für das Computersystem der großen Wasserwiedergewinnungsanlage der Stadt arbeitete, und Caine war irgendwie auf einen großen, aber ruhigen Intellektuellen gefaßt gewesen. Nichts hatte ihn darauf vorbereitet, daß ein begeistert, aber grauenhaft falsch singender und pfeifender Riese punkt sieben Uhr zur Hintertür hereinkommen würde. Natürlich verstummte er sofort, als er fünf merkwürdig gekleidete Fremde erblickte, die sich um seine Frau und seine Freundin scharten.

»Ihrer Frau ist nichts geschehen«, sagte Caine in die plötzliche Stille. »Wir bleiben nur noch einige Stunden hier, und solange Sie sich ordentlich aufführen, haben Sie nichts zu befürchten.«

Dupre musterte einen Mann des Teams nach dem anderen und sah dann Caine an. »Wer sind Sie?« Seine tiefe Stimme war überraschend ruhig. »Was wollen Sie?«

Bevor Caine antworten konnte, mischte sich Raina ein. »Sie sind Blackcollars, Geoff. Sie haben unseren Lastwagen auf der Zweiundsiebziger entführt ...«

»Sie haben eigentlich nur Anhalter gespielt«, unterbrach sie Lindsay. »Caine hat mich den Lastwagen unbeschädigt abliefern lassen.«

»Wahrscheinlich nur, damit er keine Aufmerksamkeit erregt«, meinte Dupre bissig.

»Und auch, weil wir nicht hierher gekommen sind, um zu stehlen«, wies ihn Caine zurecht. »Wir werden alles bezahlen, was wir von Ihnen brauchen.«

Dupre dachte darüber nach. »Darf ich mich setzen?«

Caine deutete auf einen soliden Stuhl. Dupre ließ sich auf ihn sinken und musterte dann noch einmal die Gruppe. »Dort, wo Sie herkommen, muß das Idunin billig sein. Also gut. Was wollen Sie von uns?«

»Im Augenblick nur Obdach«, antwortete Caine. »Und vielleicht einige Informationen. Haben Sie im Krieg gekämpft?«

Dupre schüttelte den Kopf. »Ich erinnere mich undeutlich an ihn, aber ich war erst drei Jahre alt, als er zu Ende ging.«

»Ihr Vater? Ältere Verwandte? Kennen Sie irgendwen, der mitgekämpft hat?«

Dupre runzelte die Stirn. »Nicht in Denver. Mein Vater lebt in Sprinfielma, in der Nähe der Ostküste. Hier spricht niemand gern über den Krieg. Jedenfalls nicht mit mir.«

Caine überlegte. »Kennen Sie offizielle oder geheime Veteranengruppen? Im Telefonbuch steht nichts Einschlägiges.«

Dupre hob die massigen Schultern. »Über so etwas weiß ich überhaupt nichts.«

Sackgasse. Wenn der Fluchtweg aus Aegis nicht zum Einsturz gebracht worden war, als die Basis verstummte, war vielleicht einer der Männer, die dort stationiert gewesen waren, in der Lage, ihnen den Ausgang zu zeigen. Dazu mußten sie allerdings diese hypothetische Person finden.

Die anderen sahen Caine erwartungsvoll an. »Wir werden offenbar die Veteranen selbst finden müssen.« Er versuchte, zuversichtlich zu klingen. Dann wandte er sich an Braune und Colvin. »Inzwischen machen Sie beide sich besser auf den Weg. Haben Sie Geld dabei?«

Colvin nickte. Die Mark von Plinry konnten sie auf der Erde nicht verwenden, und Caine hatte sich das gesamte Bargeld aneignen müssen, das Raina und Lindsay bei sich trugen. Es war nicht viel, aber sie würden sich wenigstens die Kleidung kaufen können, die sie brauch-

ten. Und dann – dann mußten sie eben kreativ denken.
»Schön«, fuhr Caine fort, »dann sehen Sie zu, daß Sie etwas Ordentliches bekommen – und geben Sie auf sich acht!«

Sobald sie die Wohnung verlassen hatten, wandte sich Caine an Lindsay und die Dupres. »Spätestens heute abend werden wir aus Ihrem Leben verschwunden sein. Wenn es geht, vielleicht sogar schon früher.«

»Das sollen wir Ihnen glauben?« fragte Dupre. »Wir sind doch nicht bescheuert. Wir wissen, wie Blackcollars sind.«

»Sie sind nicht aus Denver, Geoff.« Lindsay ergriff unerwarteterweise für Caine Partei. »Ich glaube nicht, daß sie so sind wie in den Geschichten, die wir gehört haben.«

Dupre sah sie an. »Vielleicht nicht«, gab er zu und blickte zu Boden.

In diesem Augenblick wußte Caine, daß der Riese einen Entschluß gefaßt hatte. Irgendwann in den nächsten Minuten würde Dupre einen Fluchtversuch unternehmen.

Es war eine Situation, über die sie während ihrer Ausbildung oft gesprochen hatten. Lathe hatte ihnen erklärt, daß es darauf nur zwei Reaktionen gab: entweder verhinderten sie den Versuch, bevor es dazu kam, oder sie vereitelten ihn und schufen dadurch eine psychologische Sperre gegen weitere Versuche.

In diesem Fall war die Entscheidung einfach. Sie konnten die anderen nicht für einige Stunden fesseln, und Caine konnte sich nicht auf die Suche nach einem Versteck konzentrieren, wenn er sich wegen der Wachen, die er zurückließ, Sorgen machte. Außerdem konnte ein wenig Angst den unvermeidlichen Anruf beim Sicherheitsdienst verzögern, wenn sie die Wohnung endgültig verließen.

»Kann ich einen Schluck Wasser haben?« fragte Dupre.

Caine sah ihn an. Dupre bemühte sich zwar um einen gleichmütigen Gesichtsausdruck, aber seine Entschlossenheit war unübersehbar. »Natürlich.« Caine zwang sich ebenfalls, unbeteiligt zu wirken. »Würden Sie es ihm bringen, Raina?«

Sie stand schweigend auf und verschwand in die Küche, Pittman folgte ihr bis zur Schwelle, um sie zu überwachen. Sie hörten das Geräusch von fließendem Wasser: dann kehrte sie mit zwei großen Gläsern ins Zimmer zurück. »Ich habe dir auch ein Glas mitgebracht, Karen.« Ihre Stimme zitterte kaum merklich. Das Ehepaar befand sich sichtlich auf der gleichen Wellenlänge. Sie reichte Dupre beide Gläser und wollte sich wieder setzen. Caine straffte sich und bemerkte aus den Augenwinkeln, daß sein Team ebenfalls bereit war.

Dupre sprang auf, schüttete Alamzad und Pittman das Wasser ins Gesicht und stürzte sich auf Caine.

Pittman duckte unter dem Schauer durch, während Alamzad nur den Arm hob, um seine Augen zu schützen – und mehr sah Caine nicht, denn dann erreichte ihn Dupre, der die Gläser wie kurze Keulen schwang.

Trotz seiner Größe war Dupre kein besonderer Kämpfer. Caines rechter Fuß schnellte zwischen Dupres Armen hoch und traf ihn genau in den Solarplexus. Sein Gegner stieß krampfhaft die Luft aus, doch der Schwung trug ihn weiter. Caine ließ das Bein sinken, drehte sich auf dem linken Bein und duckte sich zugleich, so daß nur noch Caines ausgestrecktes rechtes Bein Dupre im Weg stand. Der Riese rannte mit voller Wucht dagegen, und Caine unterstützte ihn mit einem Faustschlag unter das Schulterblatt. Sein Gegner ging zu Boden und rührte sich nicht mehr.

In der Stille vernahm Caine aus der Küche verzweifeltes Schluchzen. Er machte einen Schritt auf die Tür zu, und im selben Augenblick kam Pittman mit der unglücklichen Raina herein. »Sie wollte zum Telefon«, erklärte er, während Raina zu ihrem Stuhl zurückkehrte.

Caine warf einen Blick in die Küche. Das Telefon, von dem ein Teil des Kabels herabbaumelte, stand auf dem Tisch. In der Wand steckte neben dem Rest des Kabels ein *shuriken.*

Dupre hatte sich inzwischen auf die Knie aufgerichtet und drückte die Hand auf den Magen. »Setzen Sie sich!« befahl ihm Caine. »Das nächste Mal ist der Schmerz ärger.«

»Sie meinen, wenn Sie das nächste Mal beschließen, ihn zu verprügeln«, knurrte Lindsay.

Caine wandte sich ihr zu. »Er hat es sich selbst zuzuschreiben.«

»Kommen Sie mir nicht damit!« fuhr sie ihn an. »Sie waren darauf vorbereitet – Sie haben gewußt, daß er es versuchen würde.«

»Na und?« mischte sich Alamzad jetzt ein. »Wir haben ihn nicht gebeten, sich wie ein Idiot aufzuführen.«

Lindsay ließ Caine nicht aus den Augen. »Sie hätten ihn fesseln können. Oder auch warnen, bevor er überhaupt etwas unternahm.«

Er hätte es trotzdem versucht. Die Antwort lag Caine auf der Zunge, aber er schluckte sie hinunter, als er Lindsays verächtlichen Gesichtsausdruck bemerkte. Seine Entscheidung war richtig gewesen, aber davon würde er sie nie überzeugen können.

Eine Zeitlang hatte er das Gefühl gehabt, daß er sie langsam auf seine Seite herüberzog. Sie hatte beinahe geglaubt, daß er und sein Team anders waren, aber innerhalb von fünf Sekunden hatte er diesen Vertrauensvorschuß verspielt. Eine potentielle Verbündete war wieder zum Feind geworden.

Er wartete, bis Dupre wieder bei den anderen saß, dann holte er die Wassergläser und trug sie in die Küche zurück. Er zog seine Flexarmor-Handschuhe an, um seine Hände zu schützen, und begann, Pittmans *shuriken* vorsichtig aus der Wand zu lösen. Wenn er Glück hatte, würde er es fertigbringen, ohne dabei noch mehr Porzellan zu zerschlagen.

Manx Regers Besitz lag am Ende der langen Straße, die von der Autobahn zu den baumbestandenen Hügeln führte, die einen Teil der westlichen Grenze von Denver bildeten. Zu beiden Seiten der Straße lagen große Häuser auf großen Grundstücken – ein Spießrutenlauf, der keineswegs so harmlos war, wie er aussah. Während Lathe und Jensen die Straße in ihrem entliehenen Abschleppwagen entlangfuhren, bemerkten sie mindestens zweimal Beobachter an den Fenstern – die ziemlich sicher auf Regers Lohnliste standen. Vermutlich besaßen sie auch Waffen, und falls etwas schiefging, schloß der Comsquare im Geist diese Straße als Fluchtweg aus.

Der Besitz selbst war von einem dekorativen Zaun umgeben: hoch, offensichtlich unter Strom stehend und im Licht des frühen Morgens ungeheuer beeindrukkend. Wahrscheinlich war der Zaun auch sehr nützlich, wenn es darum ging, Kaninchen von dem Grundstück fernzuhalten. Während Lathe vor dem Tor hielt, schüttelte er verständnislos den Kopf. Reger hatte vermutlich in dem Wäldchen innerhalb des Zauns Bewegungssensoren und Laserscanner verteilt, aber der Zaun selbst war jämmerlich.

Genau wie die beiden Männer, die neben dem Zaun aus ihrer Deckung kamen und sich den beiden Neuankömmlingen in den Weg stellten. Sie waren vollkommen ungedeckt, und ihre Mäntel verbargen die Maschinenpistolen, die sie sich über die Schultern gehängt hatten, nur notdürftig. Lathe hätte beide erledigen können, bevor sie dazukamen, ihre Waffen zu ziehen. Sie gehörten zu den entbehrlichen Kräften, die erforderlichenfalls geopfert wurden, und sie hatten verdammtes Glück, weil Lathe im Augenblick nicht darauf aus war, sie zu opfern. Er fuhr mit der Hand über den geliehenen gelben Overall, konzentrierte sich auf seine Rolle und wartete teilnahmslos, während die Wächter auf den Lastwagen zugingen.

»Ja?« fragte der erste, warf einen Blick auf den Wagen, der am Abschleppgerät des Lastwagens hing, und trat an Lathes Fenster. Falls er erkannte, daß es sich um das Auto handelte, das Lathe sich vor einigen Stunden angeeignet hatte, ließ er es sich nicht anmerken.

»Ich soll was abliefern.« Lathe zeigte mit dem Daumen nach hinten auf den Wagen. »Der Mann hat gesagt, ich soll ihn und eine Nachricht hier abliefern.«

Der zweite Wächter hatte inzwischen den Wagen kurz gemustert. »Okay«, sagte der erste. »Lassen Sie ihn runter; wir fahren ihn hinein.«

Lathe nickte Jensen zu, der in einem ähnlichen Overall neben ihm saß, und dieser sprang hinaus und verschwand nach hinten. »Ich habe auch eine Nachricht, die ich Mr. Reger überbringen soll. Persönlich, hat er gesagt.«

»Ich nehme sie entgegen.«

»Er hat *persönlich* gesagt.« Lathe ließ nicht locker.

»Das ist mir scheißegal«, brummte der Wächter. »Um diese Zeit wecke ich Mr. Reger wegen einer idiotischen Nachricht nicht.«

Lathe fuhr sich mit der Zunge über die Lippen. »Hören Sie, der Kerl hat nicht ausgesehen, als ob ihm so was gefallen würde, wenn Sie wissen, was ich meine. Wenn ich das nicht richtig erledige – hören Sie, ich bin nicht so zeitig aufgestanden, weil es mir Spaß macht. Sie sind hereingestürzt ...«

»Sie?« unterbrach ihn der Wächter.

»Ja, drei Mann hoch, in schwarzen Anzügen, wie bei den alten Blackcollardemonstrationen. Jedenfalls ...«

Endlich schaltete der Wächter. »Barky! Sieh dir die Nummernschilder an. Ist das der Wagen, den Winter heute nacht verloren hat?«

»Ja«, rief der andere zurück. »Sieht sauber aus.«

»Ja, vielleicht.« Der erste Wächter ließ Lathe nicht aus den Augen, während er nach dem Telefon griff. »Haben Sie sich diese Kerle genau angesehen?«

»So ziemlich.«

»Gut, warten Sie!« Der Wächter trat ein paar Schritte zurück und murmelte etwas ins Telefon. Jensen kehrte in den Lastwagen zurück; kurz darauf beendete der Wächter das Gespräch und stieg neben Lathes Fenster auf das Trittbrett. »Schön, wir fahren zum Haus hinauf«, erklärte er, zog seine Waffe – eine Betäubungspistole – und lehnte den Lauf auf den Rand des offenen Fensters. »Wenn einer von euch irgendwelche Waffen bei sich hat, dann werft sie jetzt zum Fenster hinaus. Wenn die Sensoren auf der Auffahrt etwas entdecken, schieße ich euch in Stücke.«

Lathe wich vor der Waffe neben ihm zurück. »Nein, nein – wir brauchen keine Waffen. Ich fahre nur einen Abschleppwagen ...«

»Dann fahren Sie endlich los!« schnauzte ihn der Wächter an.

Das Tor ging auf. Lathe startete ruckartig, wie es sich für einen äußerst nervösen Menschen gehört.

Die Auffahrt war lang und wand sich durch die Hügel. Anstelle der Bäume traten schön angelegte Gärten und Höfe, die ein großes Haus umgaben. Nicht gerade der Wohnsitz eines Multimillionärs, fand Lathe, aber auch keine Bruchbude. Wenn Reger bereit war zu kooperieren, konnte man es mit ihm versuchen.

An der Vordertür des Hauses hatte ein halbes Dutzend Männer Aufstellung genommen. Der Wächter ließ Lathe fünfzig Meter vor dem Haus halten, und die beiden Blackcollars mußten den Rest des Weges zu Fuß zurücklegen. »Sie bleiben hier!« erklärte einer der Hausbewacher Jensen. »Und Sie kommen mit!« Das galt Lathe.

Hinter der Holztür schlossen sich ihnen vier weitere Männer an, und sie gingen wortlos gemeinsam einen teppichbelegten Korridor entlang. Nachdem sie um drei Ecken gebogen waren, erreichten sie ein großes Arbeitszimmer. Die Beleuchtung bestand aus einer einzigen Schreibtischlampe, die auf die Tür gerichtet war. Hinter dem blendenden Licht erkannte man einen Mann im Schlafrock.

»Sie haben eine Nachricht für mich?« fragte der Mann kühl, als Lathe und seine Eskorte den Raum betraten.

»Sind Sie Mr. Reger?« fragte Lathe, der das Zimmer rasch musterte. Versteckte Schießscharte in der Wand oberhalb von Regers linker Schulter, eine zweite in der Wand rechts von ihm. Im Augenblick waren sie wertlos, es sei denn, Reger war bereit, zusammen mit Lathe fünf seiner Männer ins Jenseits zu befördern. Was ihm natürlich ohne weiteres zuzutrauen war.

»Das bin ich«, erwiderte Reger geschraubt.

»Okay.« Lathe trat von einem Fuß auf den anderen, wie es ein einfacher Mann unter so ungewöhnlichen Umständen tun würde, und seine linke Hand umschloß kurz das andere Handgelenk und den dort versteckten Pocher. *Zehn Sekunden.* »Der Kerl hat gesagt, daß Ihre Männer ziemliche Dilettanten sind und daß Sie zur Abwechslung vielleicht wirkliche Kämpfer anheuern möchten.«

»Hören Sie!« knurrte einer der Wächter und stieß Lathe mit seiner Pistole in die Seite.

Nun kam Lathe in Bewegung.

Vermutlich begriff keiner der Wächter jemals, was ihm in dieser ersten Sekunde zugestoßen war. Lathes linke Hand griff nach dem Pistolenlauf, der sich ihm in die Rippen bohrte, und entriß die Waffe ihrem Besitzer, wobei ein ungezielter Schuß die Stille des Raumes zerriß. Lathe stieß die erbeutete Pistole ihrem Besitzer in den Magen, versetzte gleichzeitig dem Mann rechts von ihm einen Tritt und schwang dann die Pistole wie eine Keule einem dritten Mann ins Gesicht. Der andere duckte sich und feuerte ziellos in der Gegend herum, und dann stürzte sich der Blackcollar mit einer Kombination von drei Schlägen, die ihn endgültig außer Gefecht setzten, auf ihn. Die beiden letzten Wächter hinter Lathe feuerten, aber Lathe lag bereits flach auf dem Bauch, und seine Beine rissen den Angreifern die Füße unter dem Leib weg. Beide Männer stürzten zu Boden; Lathe versetzte jedem einen Schlag hinter das Ohr, um sie ruhigzustellen, und rollte sich mit einem erbeuteten Betäubungsgewehr auf ein Knie. Ein rascher Schuß auf jede der beiden verborgenen Schießscharten, und die Mündung richtete sich auf den Mann am Schreibtisch.

Reger hatte sich nicht gerührt. »Und?« fragte er ruhig.

»Und was?« fragte Lathe. »Ihre Männer sind Dilettanten, wie ich gesagt habe.«

Reger blickte kurz auf das Betäubungsgewehr. »Wollen Sie das da gegen mich verwenden?«

»Eigentlich nicht. Betrachten Sie es als Konversationsstück.« Lathe legte die Waffe auf den Boden und erhob sich.

»Gut. Dann können Sie sich jetzt die Schießscharten ansehen, auf die sie geschossen haben.«

Lathe gehorchte mit gerunzelter Stirn. Das dunkle Holz wies keine Spur auf. »Platzpatronen?«

Reger nickte. »Ich konnte nicht das Risiko eingehen, daß jemand Sie verletzt. Jetzt weiß ich allerdings, wie unwahrscheinlich das ist. Entschuldigen Sie bitte.« Er beugte sich leicht vor. »Team mit Tragbahren in mein Büro«, befahl er. »Fünf Verletzte. Soll ich ein weiteres Team zur Eingangstür schicken?« wandte er sich an Lathe.

»Es wäre besser.« Der Comsquare tippte auf seinen Pocher. *Okay, Jensen?*

Okay, alles unter Kontrolle. »Es ist notwendig. Und sagen Sie Ihren Leuten, daß sie den Mann draußen in Ruhe lassen sollen.«

»Natürlich.« Reger erteilte die Befehle, lehnte sich

dann zurück und sah Lathe nachdenklich an. »Schließlich können wir nicht beginnen, gegen unsere neuen Verbündeten zu kämpfen, nicht wahr?«

Lathe schüttelte den Kopf. »Verbündete?«

Reger zog die Augenbrauen leicht hoch. »Sie haben angedeutet, daß wir vielleicht richtige Kämpfer anheuern wollen. Ich nehme an, daß Sie diese Kämpfer sind.« Der Comsquare nickte und musterte sein Gegenüber. Etwas in dem Mann stimmte nicht, trotz der Abschirmung durch das grelle Licht. »Sie sind ganz schön cool. Wann haben Sie uns erkannt?«

Reger winkte ab. »Von Anfang an. Man sieht es der Straße nicht an – aber ich habe überall Beobachter und Sensoren postiert. Und natürlich haben meine Männer in der Bar Sie genau gemustert.«

»Warum haben Sie uns dann hereingelassen?«

»Neugierde. Blackcollars, die auf Rache oder Zerstörung aus sind, würden nicht einfach die Auffahrt heraufkommen, wie Sie es getan haben. Mich interessierte, was Sie eigentlich wollten.«

»Trotz der präparierten Gewehre hätte es tödlich ausgehen können.«

»Sie haben weder *shuriken* noch *nunchaku* dabei gehabt«, meinte Reger. »Und ich habe noch einige weitere Vorsichtsmaßnahmen ergriffen.«

Lathe sah ihn fragend an – und verstand plötzlich. Er hob das Gewehr auf und warf es vorsichtig über den Schreibtisch.

Reger rührte sich nicht, als die Waffe mühelos seine Brust und seinen Stuhl durchdrang und dahinter auf den Boden fiel.

»Meinen Glückwunsch«, erklärte Lathe. »Ein außergewöhnlich gutes Hologramm. Ich habe nicht gewußt, daß man sie so realistisch machen kann.«

»Alles nur Taschenspielertricks«, wehrte Reger bescheiden ab. »Das Licht, das sich in Ihren Augen spiegelt, ist der Schlüssel dazu – selbst dieses Hologramm wirkt wie üblich flach, wenn Sie es unter normalen Bedingungen sehen. Aber die wenigsten meiner Besucher, für die ich es verwende, haben Zeit, so genau zu beobachten.«

Lathe nickte. »Und was geschieht jetzt?«

Reger verschränkte die Arme über die Brust. »Wir sprechen natürlich über das Geschäft. Beginnen Sie doch einfach damit, daß Sie mir genau erläutern, was Sie hier wollen. – Aha.«

Das ›Aha‹ galt dem eben eingetroffenen Sanitäterteam. Lathe beobachtete sie genau, weil er halb erwartete, daß sie die Revolver ziehen und angreifen würden, aber sie luden nur die Verwundeten auf die Tragbahren und schafften sie fort.

»Sie meinten gerade ...?« fragte Regers Bild, als die Sanitäter fort waren.

»Wir brauchen Informationen«, erklärte Lathe, »und ich nehme an, daß Sie die erforderlichen Verbindungen besitzen, um sie uns zu beschaffen.«

»Ich verstehe. Was bieten Sie als Gegenleistung?«

»Darüber kann man verhandeln. Mir ist klar, daß gemietete Blackcollars für Sie etwas Neues sind, aber wir verfügen über einige Spezialitäten, die auch für Sie nützlich sein könnten.«

Reger reagierte nicht auf das vorsichtige Vorfühlen. »Aus den Berichten meiner Männer entnehme ich, daß Sie sich noch nicht lange in der Stadt befinden.«

»Seit etwa sieben Stunden«, gab Lathe zu.

»Und von wo kommen Sie?«

»Plinry.«

Reger zog die Augenbrauen hoch. »Tatsächlich. Von dem Shuttle, das vor einigen Stunden eingetroffen ist?«

»So ungefähr.«

»Das bedeutet, daß Sie nicht nur Informationen, sondern auch Schutz brauchen. Der Sicherheitsdienst ist größtenteils dazu vorhanden, um Leute wie Sie einzufangen.«

»Wobei die Bezahlung für Informanten einen Teil Ihres Jahresbudgets ausmacht?« fragte Lathe anzüglich.

Zu seiner Überraschung lächelte Reger. »Sie sind wirklich nicht ganz im Bilde. Wissen Sie, wer ich bin?«

»Sie sind Manx Reger, der von jeder Schmuggeloperation in diesem Gebiet seinen Anteil kassiert. Vermutlich ist das nicht Ihr einziges Einkommen.«

»Bei weitem nicht. Mir gehört beinahe jede illegale Operation von Arvada bis westlich der Berge und außerdem ein erheblicher Teil der legalen Operationen. Mein Jahreseinkommen liegt in der Gegend von einer dreiviertel Million Mark, meine gesamten Aktiva machen vermutlich fünf Millionen aus. Was könnte mir da der Sicherheitsdienst bieten, damit ich Sie ausliefere?«

»Das hängt wahrscheinlich davon ab, wofür Sie uns brauchen.«

Reger schwieg einen Augenblick lang. »Das stimmt«, gab er zu. »Okay. Fangen wir damit an, welche Information Sie genau benötigen.«

»Wir sind nicht das einzige Team, das von diesem Shuttle absprang. Die andere Gruppe ist untergetaucht, und wir müssen sie finden.«

»Haben Sie kein Signal oder keinen Treffpunkt ausgemacht? Ich hätte angenommen ...«

»Die Männer wissen nicht, daß wir gleichzeitig mit ihnen eingetroffen sind.«

Reger schüttelte verächtlich den Kopf. »Diese verdammte kleinkarierte Denkweise wird Sie immer in Schwierigkeiten bringen. Sie wollen also, daß wir sie finden, aber nicht hierherschaffen und ihnen auch keinen Hinweis geben?«

»Richtig – und ich will auch nicht, daß der Sicherheitsdienst Witterung von ihnen bekommt. Sind Ihre Leute so geschickt, daß sie so etwas erledigen können?«

»Ein Teil von ihnen. Ich bin seit langer Zeit in dem Geschäft, Blackcollar, und weiß, wie ich vertrauenswürdige Leute auftreiben kann.«

»Das hoffe ich in Ihrem Interesse, denn jeder Fehler wird Ihnen wie ein Bumerang auf den Kopf fallen.«

Reger sah ihn kalt an. »Wir wollen von Anfang an etwas klarstellen: Ich reagiere auf Drohungen unfreundlich, ganz gleich, von wem sie kommen. Man fragt, man schließt ein Geschäft ab, man droht nicht. In Ordnung?«

»Selbstverständlich, so lange wir uns klar verstehen. Reden wir jetzt von Ihrem Teil der Vereinbarung.«

»Ja.« Reger strich sich nachdenklich über die Lippen und blickte zu der Seitenwand mit der verdeckten Schießscharte. »Sie haben den Sehschlitz vorhin sehr rasch entdeckt. Sind Sie immer so gut, wenn es darum geht, versteckte Öffnungen zu finden?«

»Manche von uns können es besser als die anderen. Sie wollen jemanden einschleusen?«

»Nein, genau das Gegenteil.« Reger machte eine umfassende Handbewegung. »Sie haben mein Haus und meinen Besitz gesehen, wenn auch nur flüchtig. Was halten Sie von meinen Sicherheitsmaßnahmen?«

»Ich müßte sie mir zuerst genauer ansehen. Gute Sicherheitsmaßnahmen entdeckt man nie auf den ersten Blick.«

»Das ist richtig. Also gut, das Geschäft sieht dann so aus: Ich finde Ihr verlorengegangenes Team und biete Ihnen einen Zufluchtsort, und dafür verbessern Sie mein Sicherheitssystem, und zwar total. Wenn Sie damit fertig sind, darf niemand mehr ohne mein Wissen herein können.«

Lathe erwiderte den Blick seines Gegenübers und bemühte sich, keine Reaktion zu zeigen. Alles in allem war es eine Abmachung, die moralisch wesentlich akzeptabler war, als er erwartet hatte. Dennoch war sie so merkwürdig, daß in Lathes Gehirn Alarmglocken läuteten. Ein Mann mit Regers Mitteln mußte doch nicht Blackcollars anstellen, damit sie seinen Zaun instandsetzten.

Es sei denn, er wollte andere Blackcollars fernhalten.

Zum Beispiel die, für die man Lathe und Skyler irrtümlich gehalten hatte. Reger hatte ostentativ vermieden, ihre Existenz zu erwähnen.

»Gut, abgemacht«, stimmte der Comsquare zu. Ganz gleich, was für eine unterschwellige Strömung er auch spürte, er brauchte Zeit, um ihr auf den Grund zu gehen, und das war die einfachste Art, ein paar Tage zu gewinnen. »Wir brauchen die vollständigen Spezifikationen Ihres jetzigen Systems, dazu Pläne von Haus und Grundstück, Elektrizität- und Wasserversorgung, sowie alle möglichen Kleinigkeiten, auf die wir während der Arbeit stoßen werden.«

»Sie bekommen alles«, versprach Reger. »Wie viele sind Sie?«

»Es reicht. Sie werden aber wahrscheinlich nie mehr als drei von uns gleichzeitig sehen.«

»Wenn Sie hier wohnen ...«

»Das werden nicht alle von uns tun. Ihr Besitz ist zu weit von Zentral-Denver entfernt, um eine brauchbare Basis darzustellen.«

Er hatte erwartet, daß Reger Einwände erheben würde, aber dieser zuckte nur die Achseln. »In Ordnung. Ich vermute, daß Sie ortsübliche Kleidung, Geld und Ausweise brauchen werden?«

»Natürlich. Zunächst müssen wir jedoch den Lastwagen und die Overalls zurückbringen, bevor ihre Besitzer bemerken, daß sie nicht mehr da sind.«

Reger lächelte. »Natürlich. Wir wollen doch nicht unnötige Aufmerksamkeit erregen. Ich nehme an, daß Sie sich Geld und Kleidung holen, bevor Sie nach Denver aufbrechen?«

»Wir sind innerhalb einer Stunde wieder da«, versprach Lathe. »Und ich lasse dann zwei Männer hier, die sich mit Ihrem Sicherheitssystem beschäftigen sollen. Vorläufig werden wir bei Ihren Torwächtern meinen Namen als Kennwort verwenden.«

»Und der ist ...«

»Comsquare Damon Lathe, Blackcollarstreitkräfte. Augenblicklich in Ihren Diensten.«

Reger lächelte wieder. Aber das Lächeln war erzwungen, und er erschauerte leicht.

Nachdem sie den Abschleppwagen und die Overalls zurückgebracht hatten, trafen sie einander bei der immer noch geschlossenen Tankstelle. Das heißt, nur vier von ihnen waren anwesend. »Wo steckt Hawking?« fragte Lathe.

»Ich habe ihn bei der Straße zurückgelassen, die zu Regers Schrebergarten führt, damit er nach interessanten Besuchern Ausschau hält«, berichtete Skyler. »Ist Reger darauf eingegangen?«

»Darauf und auf uns. Und unser Teil der Abmachung besteht darin, daß wir sein Haus absichern.«

»So?« fragte Skyler gedehnt. »Gegen wen?«

»Das hat er mir nicht verraten, aber es gibt nur eine einzige Möglichkeit.«

Skyler blickte zu Phellings Wagen hinüber, in dem der Barkeeper dank des Schlafmittels, das sie ihm gegeben hatten, friedlich schlummerte. »Die Blackcollars, die Phelling erwähnt hat.«

»Und von denen er auch angedeutet hat, daß man sie anheuern kann«, ergänzte Lathe.

Jensens Augen blitzten verächtlich. »Blackcollars, die sich anheuern lassen! Mir wäre es lieber, wenn er sich damit irrt.«

»Vielleicht führen sie nur eine Mission durch und benützen die Söldner-Aktivitäten als Tarnung«, wandte Mordecai ein. »Vor allem, wenn man bedenkt, daß Reger sie nicht kaufen kann.«

»Möglich«, stimmte Lathe zu. »Er ist jedenfalls nicht scharf darauf, über sie zu sprechen. Ich habe während des Gesprächs ein paar einschlägige Bemerkungen gemacht, die er restlos überhört hat. Vielleicht hofft er, daß wir mit der Arbeit fertig sind, bevor wir herausfinden, daß sie sich gegen andere Blackcollars richtet.« Lathe sah Jensen an. »Ich möchte, daß Sie und Hawking mit der Arbeit an dem Projekt beginnen, sobald wir wieder auf Regers Besitz eintreffen. Machen Sie sie ordentlich, aber lassen Sie genau westlich vom Haus ein Schlupfloch für den Fall, daß Reger eine krumme Tour versucht. Die übrigen werden die Ausrüstung mitnehmen, die er uns angeboten hat, und sich in ein sicheres Haus in Zentral-Denver zurückziehen. Heute abend ...« Er zögerte.

»Es ist erst Montag«, rief ihm Mordecai ins Gedächtnis.

»Ich weiß. Aber wir werden es trotzdem in der Shandygaff-Bar versuchen. Falls Kanai, der Kontaktmann der Blackcollars, nicht anwesend ist, kann uns vielleicht jemand verraten, wo wir ihn finden.«

»Haben wir es so eilig?« fragte Skyler.

Lathe sah Jensen an. »Wenn Reger auf der einen und die Blackcollars auf der anderen Seite des Zauns stehen, dann sollten wir möglichst bald feststellen, auf welche Seite wir gehören. Außerdem müssen wir das tun, bevor Regers Leute Caine finden.«

9. Kapitel

Es war beinahe zehn Uhr, als Colvin und Braune mit der neuen Kleidung für das Team zurückkehrten. Pittman, der immer noch darauf bestand, ein Transportmittel aufzutreiben, begab sich kurz nachher auf die Suche. Caine hielt es zwar für Zeitverschwendung, war aber bereit, ihm eine Zeitlang freie Hand zu lassen. Caine und Alamzad gaben Colvin und Braune die Route an, die sie auf der Suche nach einer Unterkunft einschlagen würden, so daß Pittman ihnen später folgen konnte, und brachen dann auf.

Sie erlebten einen verspäteten Kulturschock.

Caine war in Europa in Grenoble aufgewachsen und hatte während seiner Ausbildung im Widerstand auch andere Großstädte kennengelernt. Aber keine hatte ihn auf das auf Hochtouren laufende Denver vorbereitet.

Vor allem herrschte unglaubliches Gedränge – nicht nur auf den Gehsteigen, sondern auch auf den Fahrbahnen. Caine hatte erst ein einziges Mal einen so turbulenten Verkehr erlebt, und zwar in Neu-Genf. Alamzad, der auf Plinry nach der Eroberung durch die Ryqril zur Welt gekommen war, kam aus dem Staunen nicht heraus.

Die Fußgänger, an denen sie vorbeikamen, bedeuteten für sie einen beinahe genauso großen Schock wie die Fahrzeuge. Vor allem die Aufmachung und das Benehmen der jungen Leute erstreckten sich über ein sehr großes Spektrum und standen in deutlichem Gegensatz zu der eintönigen Kleidung und der beinahe allgemeinen Verdrossenheit der Teenager in Capstone.

Am stärksten war jedoch das Gefühl des Altertümlichen, das immer stärker wurde, je länger sie in der Stadt unterwegs waren. Denver wirkte alt, und das galt sogar für die neuesten Gebäude. Wie ein alter Mann, den Idunin jung erhält, dachte Caine, und diese Erkenntnis führte zu bitteren Vergleichen. Plinry war von den Ryqril beinahe zerstört worden; auf der anderen Seite der Erde war Alt-Genf eine geschwärzte Ruine.

Denver war kaum in Mitleidenschaft gezogen worden. Caine nahm wider Willen der Stadt diesen Glücksfall übel.

Sie befanden sich seit beinahe zwei Stunden auf der Suche, ohne eine Unterkunft gefunden zu haben, die Caines Vorstellungen in bezug auf leichte Erreichbarkeit, Sicherheit und Größe entsprach, als eine bekannte Stimme seinen Namen rief. Die bekannte Stimme kam aus einem unbekannten Wagen. Einen Augenblick später saßen Caine und Alamzad ebenfalls in ihm.

»Wo haben Sie ihn her«, fragte Caine Pittman und sah sich in dem alten, aber gut instandgehaltenen Fahrzeug um.

»Ich habe es gekauft.« Pittmans Stimme verriet deutlich, wie verkrampft er war – der Verkehr machte ihm sichtlich zu schaffen. »Ich habe einen Händler gefunden, der alte Wagen, die ihre Besitzer nicht mehr haben wollen, weiterverkauft. Haben Sie Glück gehabt?«

»Bis jetzt nicht. Womit haben Sie ihn bezahlt? Mit einem unserer Diamanten?«

»Indirekt. Einen Block von dem Gebrauchtwagenhändler entfernt gab es einen Juwelierladen, also ging ich erst dorthin, verkaufte den Diamanten, ging dann zurück und handelte den Verkäufer auf einen Betrag herunter, den ich besaß.«

»Was hat er gesagt, als du keinen Ausweis vorlegen konntest?« erkundigte sich Alamzad.

»Er hat keinen verlangt. Ich habe das Gefühl, daß man hier eine Menge amtlicher Bestimmungen umgehen kann, wenn man Bargeld auf den Ladentisch legt.«

Sie kamen zu einer Ecke und bogen nach rechts ab. »Wohin fahren wir?« fragte Caine.

»Ich bin auf dem Weg hierher an einen Haus vorbeigekommen, das vielversprechend aussieht«, antwortete Pittman. »Wenn Sie noch nichts Besseres gefunden haben, können wir es uns ja näher ansehen.«

Dann schlage es vor – beschließe es nicht! Caine schluckte mit Mühe die Worte hinunter. Lathe hatte ihnen immer wieder eingeprägt, daß Befehlsdisziplin und Eigeninitiative dazu tendieren, einander auszuschließen. Die wirklich guten Blackcollar-Comsquares bemühten sich angestrengt, auf dieser dünnen Linie zu balancieren.

In diesem Fall hatte es sich gelohnt. Das Haus, zu dem Pittman sie brachte, war perfekt.

»Wahrscheinlich steht es seit Monaten leer«, stellte Caine fest, der die zerbrochenen Fensterscheiben, die dunklen Risse in den Seitenwänden und die Hecken betrachtete, die den kleinen Vorgarten überwucherten. »Es wundert mich, daß es nicht niedergerissen wurde.«

»Eine Menge Häuser in dieser Gegend befinden sich in einem ähnlichen Zustand«, meinte Alamzad. »Vielleicht hat es niemand bemerkt.«

»Vielleicht«, brummte Caine. »Gehen wir hinein!«

Die Vordertür war versperrt, aber nicht ernsthaft. Alamzad öffnete sie, während Caine und Pittman, letzterer mit einem amtlich aussehenden Meßband in der Hand, auf dem Gehsteig standen und Bemerkungen über Hausinspektionen machten, die die Passanten beruhigen sollten. Das Innere des Hauses befand sich in etwas besserem Zustand, obwohl Caine der Treppe zum ersten Stock nicht ganz traute, doch zehn Minuten später war er beruhigt. »Wir brauchen noch dichte Vorhänge für die Fenster, und damit hätten wir alles«, bemerkte er. »Holen wir Braune und Colvin und laden wir die Ausrüstung in den Wagen. Wir werden heute abend einziehen, sobald es dunkel geworden ist, damit wir nicht zuviel Aufsehen erregen.«

»Und was tun wir inzwischen?« fragte Pittman, während sie zusperrten und zum Wagen zurückkehrten.

»Versuchen wir, die Veteranen aufzustöbern, die Sie suchen?«

»Oder halten wir nach der Fackel Ausschau?« fügte Alamzad hinzu.

Die Fackel. Fanatiker. Caine erinnerte sich an Lepkowskis Warnung vor solchen Verbündeten. Aber jetzt verstand er wenigstens, warum der örtliche Widerstand diesen Weg eingeschlagen hatte. Wenn Denver für Nordamerika repräsentativ war, dann hatte dieser Erdteil weit weniger unter dem Krieg gelitten als Europa, und da unter den Ryqril das Leben beinahe genauso weiterging wie vorher, gerieten gewöhnliche Bürger kaum in Versuchung, sich an einer Verschwörung gegen die Besatzer zu beteiligen. »Wenn wir uns blindlings auf die Suche begeben, vergeuden wir nur unsere Zeit«, stellte Caine fest. »Wir müssen sie auf uns aufmerksam machen, und das braucht Zeit. Ich halte es für vernünftiger, wenn wir uns unser Ziel genauer ansehen.«

»Unser Ziel?« fragte Pittman mit seltsam gepreßter Stimme, während er in den Fahrersitz glitt und das Lenkrad umklammerte.

»Na ja, der Ort, an den wir schließlich gelangen müssen«, wich Caine aus. »Machen wir uns auf den Weg! Wir haben noch einen langen Tag vor uns.«

Das Satellitenbild von Denver glitt im Standardsuchmuster über den Bildschirm: Von der Nordwestecke zur Südostecke, und dann fing es wieder von oben an. »Verdammt noch mal«, stieß General Quinn zwischen zusammengebissenen Zähnen hervor. »Verdammt, verdammt und noch einmal verdammt.«

Das war das achte Mal, ergänzte Galway die Striche, die er im Geist gemacht hatte, achtete aber darauf, sich nicht zu rühren. Quinn befand sich jetzt in einer Stimmung, in der jeder Versuch Galways, etwas zu sagen, eine Explosion auslösen konnte. Er hatte Quinns Plan, einen Sender an dem Wagen anzubringen, den sie Pittman gegeben hatten, entschieden widersprochen und darauf hingewiesen, daß Caine den Wagen bei der ersten sich bietenden Gelegenheit mit einem Wanzenstörer überprüfen würde. Daß sie eine Infrarot reflektierende Farbe, auf die der Satellit ansprach, auf den Rand des Daches gepinselt hatten, war ein vernünftiger Kompromiß gewesen – nur hatte der Satellit das Vehikel achtmal verloren, seit Pittman mit dem verdammten Wagen davongefahren war.

Aus dem Augenwinkel nahm Galway eine Bewegung wahr: ein todesmutiger Adjutant wagte sich mit einem Stapel Papiere in der Hand in den Explosionsbereich. »General?«

»Was?« knurrte Quinn, ohne den Bildschirm aus den Augen zu lassen.

»Ich habe die Analyse von Posterns erstem Aufenthaltsort am heutigen Morgen.«

»Reden Sie!«

»Wenn wir annehmen, daß er nicht weiter als zwei Häuserblocks von seinem Ziel entfernt geparkt hat, beträgt die Wahrscheinlichkeit, daß er tatsächlich das Haus Nr. 7821 in der North Wadsworth aufgesucht hat, 82 Prozent. Zwei der im dortigen Twoplex wohnenden Leute – Raina Dupre und Karen Lindsay – haben gestern spät nachts eine Lastwagenladung Ölschiefer aus dem Depot in Miniver hereingebracht.«

»Ja, damit wären sie über die Zweiundsiebziger hereingekommen. Läßt das Timing zu, daß Caine sich von ihnen hat mitnehmen lassen?«

Galway räusperte sich. »Wenn Sie sich erinnern, Sir ...«

»Ich weiß, was er Ihnen erzählt hat, Galway«, unterbrach ihn der General. »Wenn Sie nichts dagegen haben, möchte ich meine Checks selbst durchführen.«

Galway schloß den Mund.

»Ich habe jetzt jemanden darauf angesetzt«, fuhr der

Adjutant fort. »Eine Background-Untersuchung der drei Personen hat keine Hinweise auf subversive Tendenzen erbracht. Die Wahrscheinlichkeit, daß das Zusammentreffen vorher vereinbart wurde, liegt unter einem Prozent.«

»Graben Sie weiter! Überprüfen Sie alle Verwandten und früheren Arbeitgeber auf Verbindungen zur Fackel. Und schicken Sie zwei Männer in die Gegend, für den Fall, daß wir rasch handeln müssen.«

»Ja, Sir.« Der Adjutant machte kehrt und verließ den Raum.

Sie werden nicht viel davon haben, wenn sie nur zwei Männer gegen Caine einsetzen, dachte Galway. Doch Quinn hatte noch etwas gesagt ... »Ich habe geglaubt, daß die Fackel tot ist«, wagte er sich vor.

»Das ist sie auch«, bestätigte Quinn. »Ich habe seit fünf Jahren nichts mehr von dieser Bewegung gehört und auch beinahe genauso lange keinen ihrer Führer mehr zu Gesicht bekommen. Aber wenn man es mit Fanatikern zu tun hat, besagt das überhaupt nichts.«

Galway verzog das Gesicht, weil er sich an eine schmerzliche Erfahrung erinnerte. Die Blackcollars auf Plinry waren dreißig Jahre lang scheinbar harmlos gewesen – bis sich die richtige Gelegenheit bot.

»Da!« schnauzte Quinn und zeigte mit dem Zeigefinger auf den Monitor. Das Bild hatte sich stabilisiert, und in der Mitte befand sich ein winziges weißes Rechteck innerhalb eines roten Kreises. »Haben Sie es, Adams?«

»Ja, Sir«, antwortete einer der Techniker. »Ich schalte jetzt das Fixierprogramm ein.«

»Hoffentlich funktioniert es diesmal«, meinte Quinn drohend.

»Das wird es, Sir.«

»Dann haben wir dich, Caine, und diesmal endgültig«, murmelte der General.

Galway atmete vorsichtig aus und entspannte sich ein wenig. Das Risiko hatte sich endlich gelohnt. »Es sieht aus, als würden sie die Stadt verlassen«, bemerkte er. »Was könnte sie dort draußen interessieren?«

»Keine Ahnung.« Weil sein Fahndungssystem wieder funktionierte, wurde Quinn beinahe höflich. »In den Bergen gibt es mindestens ein Dutzend Ziele, je nachdem, wie weit Caines Ehrgeiz reicht. Von Ölschieferbergwerken bis zur Basis Aegis findet er alles, was sein Herz begehrt. Ein Jammer, daß Ihr Spion nicht mehr herausfinden konnte.«

»Das kommt schon noch«, versicherte Galway. Basis Aegis. Der Name war in den Unterlagen, die der Präfekt in den letzten Tagen durchgesehen hatte, immer wieder vorgekommen – er hatte mehr als einmal gefunden, daß diese Bezeichnung als Symbol für ganz Denver gelten konnte. Caine würde bestimmt nicht einmal im Traum an dieses Ziel denken.

Oder?

Der markierte Wagen auf dem Monitor fuhr immer noch nach Westen. Galway sah Quinn von der Seite an und überlegte, ob er ihm von seiner plötzlichen Erkenntnis, daß Caines Ziel die Basis Aegis war, erzählen sollte. Er entschied sich dagegen. Quinn würde bestimmt, ohne lange zu überlegen, den Hinweis verschmähen und dann um so länger brauchen, um seine Ansicht zu revidieren, wenn Caine tatsächlich etwas in diese Richtung unternahm. Nein, im Augenblick war es besser, zu beobachten und bereit zu sein. Außerdem war es Lathe, nicht Caine, der Wunder wirken konnte, und Lathe war acht lange Parseks entfernt. Sie konnten es sich leisten, dem Feind mehr Spielraum zu lassen.

Er lehnte sich zurück und wandte seine volle Aufmerksamkeit dem Satellitenbild zu. Außerdem versuchte er, das undeutlich unangenehme Gefühl in seinem Magen nicht zur Kenntnis zu nehmen.

10. Kapitel

Die Strasse in die Berge war genauso kurvenreich wie die Route der letzten Nacht, aber Pittman fuhr wenigstens bei Tageslicht. Obwohl der Verkehr für einen von Plinry kommenden Fahrer noch immer viel zu dicht war, hatte er im Vergleich zur Stadt sehr nachgelassen, und sie erblickten selten mehr als einen Pkw oder einen Laster gleichzeitig. Bis auf die gelegentlichen kurzen Tunnels, die unweigerlich stockdunkel waren, entspannte sich Caine beinahe, während sie sich durch die Berge zu der Stelle schlängelten, die er als Ausgangspunkt vorgesehen hatte.

Sie erreichten sie etwa eine halbe Stunde, nachdem sie Denver verlassen hatten. Es war ein breiter Teil der Straße, neben dem ein kleiner Bach durch sein felsiges Bett plätscherte. Jenseits des Baches erhoben sich im Süden weitere Vorberge.

»Sie sehen einen noch kleineren Bach, der aus den Hügeln kommt und in diesen hier mündet.« Caine zeigte es den anderen auf der Luftbildkarte. »Wir sollten es schaffen, ihm bis *hierher* zu folgen, uns dann nach Süden zu wenden und uns von diesem Kamm aus den Eingang zur Basis Aegis genau anzusehen.«

»Gefährlich«, meinte Braune zweifelnd. »Wenn diese Ansiedlung den Ryqril oder dem Sicherheitsdienst gehört, werden sie auf Besucher nicht gerade freundlich reagieren.«

»Deshalb müssen wir auf Sensoren, Stolperdrähte und ähnliche Hindernisse achten«, sagte Caine. »Vergessen Sie nicht, daß der Kamm über einen Kilometer von der Siedlung entfernt ist – es ist anzunehmen, daß der Sicherheitsdienst in dieser Entfernung keine gegen Personen gerichteten Abwehranlagen versteckt hat.«

»Aber die Ryqril könnten es getan haben«, wandte Colvin ein. »Wenn etwas innerhalb ihres Blickfeldes liegt, dann beobachten sie es.«

»Also ziehen wir die Köpfe ein«, meinte Pittman ungeduldig. »Kommt schon, der Nachmittag läuft uns davon. Wenn wir dorthin wollen, dann sollten wir uns auf die Socken machen.«

»Richtig«, stimmte Caine zu. »Starten Sie den Wagen, Pittman, während wir die Ausrüstung über den Bach schaffen! Fahren Sie dort hinüber, hinter die Büsche, und wir decken ihn dann mit einem Tarnnetz ab!«

Sie brauchten fünf Minuten dazu. Fünf Minuten später befanden sie sich außer Sichtweite der Straße und marschierten im Gänsemarsch das Bachbett entlang, das Caine ausgewählt hatte.

Wenn man bedachte, wie das Gelände von der Straße aus gewirkt hatte, kamen sie überraschend mühelos voran. Der Bach floß sichtlich nur zu bestimmten Perioden und war im Begriff, ganz zu versickern. Das glukkende Rinnsal war auf beiden Seiten von großen, flachen Steinen gesäumt, die ein sicheres Vorwärtskommen ermöglichten, und zwischen denen es nicht die Grasflecken gab, in denen vielleicht Überraschungen lauerten. Jenseits des grasbewachsenen Ufers begannen die hohen, schlanken Fichten, deren abgestorbene untere Zweige stummes Zeugnis von dem unsicheren Halt ablegten, den die Flora in diesen relativ trockenen Hügeln fand, und Caine dachte mehr als einmal an die Millionen Menschen, die nur wenige Kilometer entfernt in Denver lebten, und an die ungeheure Leistung, die erforderlich war, um für eine solche Metropole Wasser herbeizuschaffen. Der Himmel über ihnen war unglaublich tiefblau. Schön, aber möglicherweise tödlich: Wenn Aufklärer des Sicherheitsdienstes diesen Zugang zur Basis Aegis überwachten, war die Aussicht von oben genauso klar.

Doch zumindest während des ersten Kilometers stieß

niemand aus dem Himmel herab und feuerte auf sie. Sie hätten sich genausogut auf einem vollkommen unerforschten Planeten befinden können.

Nach diesem Kilometer erreichten sie das eiserne Tor, das das Bachbett abriegelte.

»Jetzt wissen wir jedenfalls, wie sie sich zu Besuchern stellen«, meinte Colvin, während Caine und Alamzad das verrostete Metall untersuchten.

»Ich glaube nicht, daß das vom Sicherheitsdienst stammt.« Alamzad berührte vorsichtig den Maschendraht. »Es sieht ganz schön alt aus, und ist nicht instandgehalten worden. Ich finde auch keine Sensoren.«

Caine sah zu den Hängen hinüber, die zum Bachbett hinunterführten.

»Und an das Tor schließt auch nur ein einfacher Stacheldrahtzaun an. Wahrscheinlich die alte Grenze eines Besitzes, und der Zaun sollte Wanderer abhalten. Er könnte sogar aus der Zeit vor dem Krieg stammen.«

»So alt ist er nicht«, widersprach Alamzad. »Höchstens zehn bis zwanzig Jahre.«

Das bedeutete, daß unter Umständen noch jemand in diesem Gebiet lebte. Caine sah sich rasch um und fragte sich etwas beklommen, ob sie vielleicht beobachtet wurden. »Wenn uns jemand zur Rede stellt, sind wir Wanderer, die einen Nachmittagsspaziergang unternehmen«, wies er die anderen an. »Lassen Sie Ihre Hemden die ganze Zeit über geschlossen, damit man den Flexarmor nicht sieht, und verstecken Sie auch alle Waffen, wenn Sie sie nicht unbedingt brauchen. Verstanden?«

Zustimmendes Gemurmel antwortete ihm. »Klettern wir hinüber?« Colvin zeigte auf das Tor.

»Wir gehen ein Stück den Hang hinauf und klettern über den Zaun«, erwiderte Caine. »Es ist ohnehin Zeit, daß wir querfeldein gehen, und das Bachbett gefällt mir plötzlich überhaupt nicht mehr.« Er warf einen Blick zum blauen Himmel hinauf.

Es war keineswegs so einfach, wie es ausgesehen hatte. Die Hänge neben dem Bach bestanden größtenteils aus lockerer Erde und noch lockereren Steinen, und der Aufstieg erwies sich als mühsam und geräuschvoll. Die verstreuten Bäume waren mehr ein Hindernis als eine Hilfe, und Alamzad entging nur knapp einem bösen Sturz, als er Halt suchend nach einem der abgestorbenen unteren Äste griff und dieser abbrach.

Doch sie hatten wieder Glück und schafften es ohne Verletzungen und – soweit sie es feststellen konnten – ohne Aufmerksamkeit zu erregen. Caine hoffte, daß ihre Glückssträhne anhalten würde; er hatte selten so unwegsames Gelände mit so wenig Deckung gesehen. Falls es zu einem Kampf kam, würde ihr verborgener Flexarmor beinahe buchstäblich ihr gesamter Schutz sein.

Sie stiegen weiter hinauf. Zum Glück wurden nach dem ersten Kamm die Hänge sanfter und die Gefahr eines Sturzes geringer. Caine stellte bald fest, daß die seiner Karte überlagerten Umrißlinien nicht wörtlich genommen werden konnten, und nachdem sie unnötigerweise zwei schwierige Stellen überquert hatten, gab er auf und befahl dem Team, statt in senkrechter in waagrechter Formation weiterzugehen. Sie verteilten sich mit zwanzig Metern Abstand voneinander über den Hügel, blieben durch ihre Pocher miteinander in Kontakt und fanden so rascher die besten Aufstiegsmöglichkeiten.

Eine Stunde, nachdem sie die Straße verlassen hatten, waren sie am Ziel.

Der letzte Hügel war nur noch ein sanfter Buckel, und sie robbten ihn vorsichtig hinauf und warteten auf Wächter und Alarmsirenen. Doch wie bisher blieben sie offenbar unentdeckt. Als sie den Gipfel des Hügels erreichten, hob Caine vorsichtig den Kopf und spähte durch das Gras und die Bäume zu der Ryqril-Basis unterhalb von ihnen.

Leider konnte es keinen Zweifel daran geben, wer die

Besitzer der Basis waren, denn ihr Design war überall vorhanden: Die nicht ganz geodesische Kuppelkonstruktion der Hauptgebäude und der kleineren Kasernen; der lange, dünne Sensorenturm mit den langsam rotierenden Metall/Energiedetektoren, und vor allem die schweren, schwarzen Laserkanonen an den Ecken der Lagerumgrenzung, die für alles in Blickrichtung Befindliche, das die Detektoren als Bedrohung empfanden, den Tod bedeuteten.

Caines Hals war wie zugeschnürt, als er daran dachte. Er zog den Kopf wieder ein und bedeutete den anderen, einen Blick hinunterzuwerfen. Sie taten es der Reihe nach genauso vorsichtig wie er. Dann drängten sie sich eng zusammen, weil immer noch die Gefahr von Geräuschsensoren bestand, und besprachen die Lage.

»Damit wäre der direkte Zugang erledigt«, flüsterte Colvin. »Nehmt ihr an, daß die einige Kilometer weiter westlich liegende Stadt auch ihnen gehört?«

»Zwangsläufig«, meinte Pittman. »In der Basis dort unten haben nicht mehr als fünfzig oder hundert Ryqril Platz, und sie brauchen gut dreimal so viele Leute, um eine Stadt wie Denver unter Kontrolle zu halten.«

»Außerdem ist diese Basis für Ryqrilbegriffe viel zu wenig abgesichert«, ergänzte Braune.

Alamzad schnaubte zwar, nickte aber gleichzeitig. »Ich würde mich allerdings im Schutz von vier Multigiga-Lasern todsicher fühlen – ja, ja, ich weiß, wie sie sind.«

»Paranoid«, murmelte Braune. »Sie besitzen die gesamte Basis Aegis als Schutz und brauchen trotzdem noch Laser.«

Jetzt schüttelte Caine den Kopf. »Sie befinden sich nicht in Aegis, jedenfalls nicht in der eigentlichen Basis.«

»Was meinen Sie damit?« widersprach Braune. »Sie sehen von hier aus, daß das äußere Tor nicht mehr vorhanden ist.«

»Es war nicht schwierig, das äußere Tor zu knacken«, erklärte Caine. »Schwierigkeiten würden ihnen erst die Hindernisse weiter drin bereiten. Aber sehen Sie sich die Anordnung der Laser dort unten an – sie sollen das Lager und nicht den Eingang zum Tunnel verteidigen. Also befindet sich im Tunnel nichts, was der Rede wert ist.«

Alamzad blickte noch einmal hin. »Sie haben recht«, gab er zu. »Das bedeutet, daß dort unten nur eine Sondereinheit stationiert ist, die in Aegis eindringen will, ohne es zu zerstören.«

»Ich möchte wissen, warum sie sich diese Mühe machen«, murmelte Colvin. »Ihre Technik befindet sich im wesentlichen auf dem gleichen Entwicklungsstand wie die unsere.«

»Wahrscheinlich ist sie sogar der unseren überlegen, denn schließlich haben sie den Krieg gewonnen«, warf Braune ein. »Vielleicht gibt es da drin etwas Bestimmtes, das sie haben wollen.«

»Warum nicht? Offenbar befindet sich etwas drin, das *wir* haben wollen.« Pittman sah Caine an.

»Ich finde, daß wir genug gesehen haben«, wich Caine Pittmans unausgesprochener Frage aus. Ein Kilometer Entfernung von einer Ryqril-Basis war nicht der richtige Ort, um über ihre Mission zu sprechen. »Wir wissen jetzt, daß die Ryqril nicht zur Vordertür hineingekommen sind, und daß es uns daher ebenfalls nicht gelingen wird. Versuchen wir jetzt, einen vollkommenen Tag abzurunden, indem wir hier hinauskommen, ohne erwischt zu werden.«

Die ersten hundert Meter abwärts waren noch nervenaufreibender als der Aufstieg, denn der Gedanke an die Laser ließ sie noch vorsichtiger robben. Doch sie erregten wieder nicht mehr Aufmerksamkeit als ein Rudel Rehe, und einige Minuten später kletterten sie die steilen Hänge zu dem Bach und ihrem Wagen hinunter.

Der Rückweg dauerte länger als der Aufstieg. Die ungenauen Umrißlinien auf der Karte und Caines Versuche, eine leichtere Route zu finden, brachten sie weiter nach Osten, als er vorgehabt hatte, und als er seinen Fehler erkannte, standen sie auf einem sehr unangenehmen Hang.

»Haben Sie eine Ahnung, wo wir uns befinden?« fragte Pittman, als sie einen kleinen Felsen umgingen und dabei ein kleines Kakteendickicht durchquerten.

»Die Straße muß dort unten verlaufen«, sagte Alamzad, bevor Caine antworten konnte. »Wir können sie nicht verfehlen – sie quert unseren Weg. Die Frage ist nur, wie weit wir von der Stelle entfernt sind, an der wir den Wagen zurückgelassen haben.«

»Überhaupt nicht weit.« Caine zeigte ihnen die Stelle auf der Karte. »Wenn ich mich nicht irre, befindet sich die Straße genau hinter diesen Felsen ...«

»Nur etwa vierhundert Meter tiefer«, warf Colvin ein.

»Ungefähr«, gab Caine zu. »Aber wir kommen genau bei der Mündung des Baches heraus, dem wir beim Aufstieg gefolgt sind, wenn Sie das beruhigt.«

»Schsch!« zischte Braune plötzlich. »Ich höre einen Wagen.«

Während sie horchten, wurde Caine klar, daß es sich nicht einfach um einen Wagen handelte, sondern daß dieser auf den Steinen neben der Straße fuhr – und anhielt.

Er mußte keine Befehle erteilen. Die fünf zerstreuten sich über den steilen Hang, pirschten sich vorsichtig heran und zogen dabei die Scharfschützenschleudern aus ihren Rucksäcken. Wer immer dort unten stehengeblieben war – er hatte den Wagen des Teams entdeckt.

Sie brauchten fünf Minuten, um in Sichtweite der Fahrzeuge zu gelangen, und wenn es auch nicht so schlimm war, wie Caine befürchtet hatte, war es immer noch schlimm genug. Etwa zehn Meter hinter ihrem Wagen stand bei den Büschen ein zweiter, und drei Männer waren damit beschäftigt, das Tarnnetz zu entfernen. Ein vierter Mann, der eine Kompaktmaschinenpistole in den Armen trug, umkreiste wachsam den Platz. Die Waffe war vermutlich mit Flechettes oder Kugeln geladen, aber es handelte sich eindeutig nicht um eines der stupsnasigen Lasergewehre des Sicherheitsdienstes. Wer immer die vier Männer waren, sie gehörten bestimmt nicht zu dieser Organisation.

Das Team stieg weiter hinunter. Braune und Pittman hatten die Führung übernommen und gaben den anderen mittels Pocher Informationen über Weg und Dekkung. Unten hatten die Eindringlinge inzwischen das Netz entfernt und begannen, ihren Fund genau zu untersuchen. Sie waren über die Gegenstände im Kofferraum sichtlich überrascht, und es kam zu lebhaften Diskussionen, wonach sie besorgt die umliegenden Hügel musterten. Das war Caine nur recht; je länger sie brauchten, um sich darüber klar zu werden, worauf sie gestoßen waren, desto eher konnte er dafür sorgen, daß sie es nicht behielten.

Die Eindringlinge kamen offenbar auf den gleichen Gedanken und brauchten nur ein paar Minuten, um sich darüber einig zu werden, daß sie sich mit ihrer Neuerwerbung aus dem Staub machen wollten. Doch während sich einer von ihnen unter das Armaturenbrett klemmte und versuchte, das Zündschloß zu umgehen, gelangten Caines Leute in ihre Positionen. Ein kurzes Rascheln in den Büschen war die einzige Warnung für die Fremden, dann standen sie plötzlich einem rucksackbepackten Wanderer gegenüber, der gemächlich heranschlenderte.

»Stehenbleiben«, fuhr ihn der Mann mit der Maschinenpistole an und richtete die Waffe auf ihn. »Was suchen Sie hier?«

Caine erstarrte und riß vor Schreck den Mund auf. »He, immer mit der Ruhe!«

Einer der anderen trat vor. »Ist das Ihr Wagen?« fragte er und zeigte auf das Fahrzeug.

»Verdammt noch mal, nein.« Caine schüttelte entschieden den Kopf. »Ich unternehme nur eine Wanderung und treffe mich in einer halben Stunde weiter oben am Bach mit meinem Freund.«

»Aber klar.« Der zweite Mann blickte zu seinen Kollegen am Wagen zurück, die bei Caines Auftauchen ihre Tätigkeit unterbrochen hatten. »Bringt das Zeug in diesen Wagen hinüber – er wird auf dem Gefälle besser sein. Und Sie geben uns die Schlüssel«, fügte er zu Caine gewandt hinzu.

»Die Schlüssel? Ich habe Ihnen doch gesagt, daß er nicht mir gehört.«

Der andere schnaubte verächtlich, trat hinter Caine und zog ihm den Rucksack von den Schultern. Im selben Augenblick ertönte ein Geräusch, als würde ein Stock auf eine reife Melone aufprallen; der Mann mit der Maschinenpistole taumelte nach hinten, und seine Waffe flog in das Gras hinter ihm.

Die beiden Männer beim Wagen beobachteten die Ereignisse fassungslos, während Caine einen halben Schritt zurücktrat und dem Mann, der ihn filzte, seinen Ellbogen in den Magen bohrte. Zwei Faustschläge, ein Tritt, und der Eindringling ging zu Boden und krümmte sich zusammen.

»Versucht es nicht.« Caine hatte sich zu den anderen umgedreht. Einer versuchte es trotzdem; auf halbem Weg zu der Maschinenpistole schickte ihn ein Volltreffer mit der Schleuder zu Boden. »Ich habe euch gewarnt.« Caine holte sich die Waffe und richtete sie auf den letzten Mann. »Vielleicht verraten Sie mir jetzt, wer Sie sind und was Sie ...?«

Er verstummte, als sein Pocher plötzlich signalisierte: *Wagen nähert sich von Westen,* trat einen Schritt zur Seite, um einen besseren Überblick zu bekommen, und erblickte den Wagen, der mit quietschenden Bremsen auf den Steinen neben der Straße zum Stillstand kam und ein halbes Dutzend Sicherheitsmänner ausspuckte.

Das kam so unerwartet, daß Caine vollkommen überrumpelt war. Doch sein Gegner schaltete rascher. »Er hat versucht, meinen Wagen zu stehlen«, rief er den Sicherheitsmännern zu, zeigte auf Caine – und die Lasergewehre richteten sich gehorsam auf diesen.

Caine blieb nur eines übrig, und er zögerte nicht. Die Maschinenpistole machte erstaunlich viel Lärm, als er das Magazin auf die Sicherheitsmänner leerfeuerte; sie zerstreuten sich und gingen in Deckung. Laserfeuer erfüllte die Luft; Caine ließ die Maschinenpistole fallen und sprintete zu den Hügeln und in die kümmerliche Deckung der Büsche auf den unteren Hängen. Hinter ihm rief jemand etwas, und eine Reihe von Schüssen versengte sein Hemd, während er sich fallen ließ und sich dabei umdrehte.

Die Sicherheitsmänner waren wieder auf den Beinen. Das heißt, vier von den sechs waren es, und während Caine hinsah, fielen zwei von ihnen um, als die Scharfschützen auf dem Hügelhang sie im Visier hatten.

Die Gegend vor Caine lag unvermittelt in grellem Licht. Caine drehte sich um, zog den Kopf ein und setzte seinen Rücken dem Laserangriff aus. Trotz des Flexarmors traf ihn ein Schuß schmerzhaft, ein zweiter streifte sein Bein – und so plötzlich, wie er begonnen hatte, hörte der Angriff auf.

Er hob vorsichtig den Kopf. Die Sicherheitsmänner hatten sich zu ihren Kameraden auf dem Boden gesellt – er konnte nicht feststellen, ob sie lebten oder tot waren. Hinter ihm krachten Büsche und Äste, als der Rest seines Teams die Vorsicht vergaß und auf Schnelligkeit umstieg. Und bei ihrem Wagen ...

Caine duckte sich unwillkürlich, als der Wagen wendete, dabei einen Steinhagel aufwirbelte und zur Straße raste. »Verdammt!« fluchte er, sprang auf und warf mit ganzer Kraft einen *shuriken* auf eins der Räder. Aber die Staubwolken und das wilde Schleudern des Wagens hatten sich gegen ihn verbündet, und durch den Krach hörte er nur, wie der Wurfstern mit einem dumpfen Geräusch gegen die Karosserie prallte.

»Was, zum Teufel?« keuchte Pittman hinter ihm.

»Er war mit dem Kurzschließen weiter, als ich gedacht habe«, antwortete Caine erbittert. Ihre gesamten Vorräte, alles außer der Notausrüstung, die sie bei sich trugen, war weg. *Verdammt!* »Kommt schon!« forderte er die anderen auf, als sie eintrafen. »Machen wir uns auf die Beine. Wenn die Verstärkungen des Sicherheitsdienstes nicht schon unterwegs sind, werden sie es bald sein.«

»Welchen Wagen nehmen wir?« fragte Braune, der sich bereits in Bewegung setzte.

»Beide. Sie und ich im Wagen des Sicherheitsdienstes, alle anderen in dem anderen. Sie fahren, Pittman. Und Sie fahren vor – vielleicht müssen wir so tun, als wären wir hinter Ihnen her.«

In beiden Wagen steckten die Zündschlüssel, und eine halbe Minute später brausten sie die Straße nach Denver zurück. »Was tun wir, wenn der Sicherheitsdienst weitere Wagen oder Flugzeuge gegen uns einsetzt?« erkundigte sich Braune mit erzwungener Gleichgültigkeit. »Es ist ein ganz schönes Stück bis Denver.«

»Das stimmt.« Caines Lippen waren trocken. »Aber vergessen Sie nicht, daß auch der Sicherheitsdienst nicht gleich um die Ecke stationiert ist. Die Männer in diesem Wagen waren vermutlich auf Patrouille und stießen auf eine verdächtige Gruppe in der Nähe ...«

Gebrüll aus dem Sprechfunkgerät des Wagens unterbrach ihn. »Wagen Martha-Jot-46, wie ist Ihr Mark vierzehn? Ich wiederhole, Ihr Mark vierzehn?«

»Was, zum Teufel, ist Mark vierzehn?« murmelte Braune.

»Woher soll ich das wissen?« fuhr ihn Caine an. »Vermutlich ein Situationscode.« Er biß die Zähne zusammen und zog das schlanke Mikrophon aus der Halterung. »Wagen Martha Jot sechsundvierzig«, meldete er sich und hoffte, daß das Geräusch der Räder auf dem Asphalt seine Stimme verzerren würde. »Beschatten Verdächtige, möglicherweise Schmuggler, auf einseins-neun nach Osten. Ersuchen alle Einheiten, Gebiet zu meiden, um sie nicht zu verscheuchen.«

Eine neue Stimme meldete sich. »Brauchen Sie Luftunterstützung, Martha Jot sechsundvierzig?«

»Nein«, antwortete Caine.

»Was ist bei Mark zwanzig-eins geschehen?«

Die Konfrontation auf der Straße? »Keine Probleme.« Caine trat der Schweiß auf die Stirn. Je länger die Unterhaltung dauerte, desto größer wurde die Wahrscheinlichkeit, daß er etwas vollkommen Verkehrtes sagte, und die anderen die Scharade durchschauten.

»Okay, Mark vier, Martha Jot sechsundvierzig. Bleiben Sie dran!«

»Schmuggler?« fragte Braune, als Caine das Mikro wieder einhängte.

»Auf die Schnelle ist mir nichts Besseres eingefallen. Ich bin auch gar nicht so sicher, daß er es mir abgenommen hat. Signalisieren Sie lieber den anderen, daß sie nach Gesellschaft Ausschau halten sollen.«

Braune nickte und griff nach seinem Pocher.

Sie hatten etwa die Hälfte der dreißig Kilometer hinter sich, als endlich die Reaktion kam.

Und zwar sowohl vom Boden wie aus der Luft, und es handelte sich sichtlich nicht nur um eine Routineüberprüfung. Caine kam um eine flache Kurve und erblickte kurz einen Wagen des Sicherheitsdienstes, der dreihundert Meter vor ihnen direkt vor einem der in diesem Abschnitt der Straße so häufigen kurzen Tunnels quer auf der Fahrbahn stand. Gleichzeitig stieß ein bewaffneter Aufklärer herunter und folgte ihnen in wenigen Metern Höhe.

»Pittman soll sich zurückfallen lassen, ich überhole«, sagte Caine zu Braune, wechselte auf die andere Spur und stieg auf das Gaspedal. Lathe hatte ihm einmal vorgeführt, daß auf dem Planeten Argent alle Wagen des Sicherheitsdienstes besonders solide gebaut waren, und er hoffte, daß dies auch für die Erde zutraf.

Vor ihm begriffen die Sicherheitsmänner, die hinter ihrem Wagen gestanden hatten, plötzlich, was er vorhatte, und ihre Laser blitzten wirkungslos auf, während sie in Deckung rannten und gleichzeitig feuerten. Caine zielte auf das Heck des Wagens, der die Straße blockierte, versteifte sich – und mit einem ohrenbetäubenden Krach waren sie durch und befanden sich in der relativen Sicherheit des Tunnels.

»Signalisieren Sie den anderen, daß sie halten sollen«, befahl er Braune, nachdem er sich im Rückspiegel davon überzeugt hatte, daß der zweite Wagen ebenfalls durchgekommen war. »Wenn wir aussteigen, sehen Sie im Kofferraum nach, ob wir etwas haben, womit wir den Aufklärer herunterholen können.«

Einen Augenblick später standen beide Wagen im Dunkel nebeneinander. »Wir müssen die Bewachung aus der Luft abschütteln«, erklärte Caine den anderen durch das Seitenfenster, während Braune im Kofferraum herumstöberte. »Wenn ich mich richtig erinnere, kommt etwa vierhundert Meter nach diesem Tunnel ein weiterer. Irgendwo auf dem freien Stück dazwischen oder im nächsten Tunnel müssen wir den Aufklärer herunterholen. Vorschläge?«

Bevor jemand antworten konnte, erfüllte Laserlicht den Tunnel. »Der Aufklärer hat berichtet, daß wir noch hier drin sind«, meinte Alamzad. »Wenn wir uns nicht auf die Beine machen, stecken wir in einer Minute bis zum Hals in Sicherheitsmännern.«

»Ja. Etwas gefunden, Braune?«

»Zwei Standard-Lasergewehre«, meldete dieser und hob sie heraus. »Nichts, was man gegen ein Flugzeug einsetzen könnte.«

»Jedenfalls nicht so leicht«, gab Caine zu. »Haben Sie

sich den Aufklärer genauer angesehen. Alamzad? Ich habe den Eindruck gehabt, daß es sich um ein Standard-Vorkriegsmodell des TDE handelt.«

»Ja«, bestätigte Alamzad. »Ein Hap-Kien Zwei-null-irgendwas. An den Seiten und am Rumpf extra starke Abschirmung gegen Laser.«

»Hat er irgendwelche Schwachpunkte?« warf Pittman ein.

Alamzad hob hilflos die Schultern, während die Laser weiter auf sie feuerten. »Mir fallen nur die beiden Lüftungsschlitze an der Oberseite neben dem Kabinendach ein. Wenn wir einen Volltreffer darauf landen, könnten wir den Vogel kampfunfähig machen.«

»Das ist schon etwas«, meinte Caine. »Also gut, ich erkläre Ihnen, was wir tun werden – ich hoffe, daß unsere Widersacher normal reagieren. Ziehen Sie Kampfhauben und Kampfhandschuhe an und setzen Sie die Schutzbrillen auf, während ich spreche.«

Er erklärte ihnen kurz seinen Plan und erstickte alle Protestversuche im Keim. Dann sprangen sie unter wildem Laserbeschuß in die Wagen und rasten zum Ende des Tunnels.

Caine, der allein im jetzt zerbeulten Sicherheitswagen saß, übernahm die Führung und drückte das Gaspedal so weit durch, wie es die unbekannte Straße erlaubte. Das Ende des Tunnels kam auf ihn zu, er befand sich wieder in dem allmählich verblassenden Sonnenlicht ...

Und der wartende Aufklärer schoß quer über seinen Weg.

Caine kümmerte sich nicht um die Warnung, sondern wurde noch schneller. Die Straße beschrieb eine sanfte Rechtskurve durch eine Felsenschlucht, vor ihm wurde der Eingang des nächsten Tunnels sichtbar ...

Und plötzlich war sein linker Arm in Laserfeuer getaucht.

Es war eindeutig eine neuerliche Warnung; das Hemd

wurde schwarz, aber der Flexarmor überstand den Feuerstoß ohne Schwierigkeiten. Caine biß die Zähne zusammen, fuhr weiter und hoffte, daß sie die Intensität nicht verstärken würden, bevor er die relative Sicherheit des nächsten Tunnels erreichte. Im Rückspiegel sah er, daß der zweite Wagen die Kurve genommen hatte und ihm näherkam. Caine ließ seinen Wagen leicht schlingern, um die Aufmerksamkeit des Aufklärers noch einige Sekunden lang auf sich zu lenken.

Der Laserstrahl erlosch, als der Pilot aus dem Kollisionskurs mit dem Berg vor ihm hochzog, und beinahe im gleichen Augenblick schloß die Dunkelheit des Tunnels Caine ein.

Die Klinge des Messers glitzerte im reflektierten Licht, als er sie aus der Scheide am Unterarm zog und sich so weit hinüberbeugte, wie er konnte, ohne die Kontrolle über den Wagen zu verlieren. Das Gaspedal wurde druckelektrisch betätigt; Caine stieß die Spitze der Klinge in das Armaturenbrett und zwängte den Griff auf das Pedal. Die Geschwindigkeit des Wagens ließ nach und stabilisierte sich dann wieder, als er den Druck auf die richtige Stelle verlagerte. Er richtete sich auf und sah durch das Seitenfenster, daß ihn der andere Wagen eingeholt hatte und in einem Meter Entfernung neben ihm herfuhr. Vor ihm wurde die Ausfahrt aus dem Tunnel immer größer und war nur noch Sekunden entfernt. Er zog einen *shuriken* heraus und zwängte ihn zwischen Lenkrad und Steuersäule. Dann stieß er die Tür auf und sprang.

Braune und Colvin, die auf dieser Seite des anderen Wagens auf dem Vorder- und dem Rücksitz saßen, waren bereit. Caines ausgestreckte Arme kamen zum offenen Fenster hinein und wurden sofort von beiden Männern ergriffen. Caine stemmte die Füße gegen den Wagen und biß die Zähne zusammen, als Pittman auf die Bremsen stieg. Der Wagen des Sicherheitsdienstes schoß an ihnen vorbei ins Sonnenlicht hinaus, und als

Pittman sein Fahrzeug schleudernd zum Stillstand brachte, hallte der Zusammenstoß dröhnend im Tunnel wider.

Pittman und Alamzad waren auf ihrer Seite aus dem Wagen gesprungen, bevor Caine und seine menschlichen Anker sich voneinander lösen konnten, und rannten mit schußbereiten Lasergewehren zum Ende des Tunnels. Caine und die anderen folgten ihnen und stellten erleichtert fest, daß der Pilot des Aufklärers tatsächlich normal reagierte.

Der Wagen des Sicherheitsdienstes schoß von der Straße nach rechts, durchbrach krachend das Geländer und flog über die Felsen ins Bachbett hinunter. Der Pilot war anscheinend durch den Unfall geschockt, folgte dem Wagen und schwebte über ihm.

Seine Oberseite war der höherliegenden Straße ungeschützt ausgesetzt.

Die Strahlen der beiden Laser trafen gleichzeitig genau die Entlüftungsschlitze.

Der Beschuß hatte kaum eine halbe Sekunde gedauert, als der Pilot den Aufklärer wie eine verbrühte Fledermaus zur Seite riß. Doch die Reaktion erfolgte zu spät, und als er die Straße ansteuerte, war deutlich zu merken, daß er an Höhe verlor. Seine Laser feuerten einmal, zu tief, und dann gab er auf und setzte neben dem zerstörten Sicherheitswagen auf.

Caine, dessen Arme vor Anspannung zitterten, holte tief Luft. Ein garantiert verrücktes Kunststück, aber es hatte geklappt. »Verschwinden wir!« sagte er den anderen so ruhig, wie es ihm möglich war. »Vielleicht ist seine Reichweite so groß, daß er sogar in diesen Bergen Verstärkungen herbeordern kann.«

Die Reichweite war offenbar doch nicht so groß. Fünfzehn ereignislose Minuten später tauchten sie wieder in der wimmelnden Anonymität von Denver unter.

11. Kapitel

Quinn legte den Hörer auf und wandte sich Galway zu; sein Gesichtsausdruck war mörderisch. »Jetzt sind Sie hoffentlich zufrieden. Wir verdanken diesem Fiasko zwei Tote – ein weiterer Verwundeter ist soeben an einer Gehirnblutung gestorben. Für nichts und wieder nichts.«

Galway zwang sich, den Blick des Generals unbeeindruckt zu erwidern. »Wäre es Ihnen lieber, daß sie ohne Transportmittel dort draußen festsitzen?«

»Statt dessen fahren sie jetzt mit einem nicht auffindbaren Vehikel in Denver herum. Großartig. Einfach großartig!«

»Ich kann nichts dafür, daß jemand ihren Wagen gestohlen hat«, setzte sich Galway zur Wehr. »Ich kann auch nichts dafür, daß Caine im falschen Augenblick zurückgekommen ist. Ich könnte darauf hinweisen, daß es besser gewesen wäre, wenn Ihre Männer zunächst vorbeigefahren wären, um die Lage zu erkunden; dann hätten sie gesehen, daß Caine alles unter Kontrolle hat, und hätten weiterfahren können, ohne daß die anderen etwas merken.«

»Aber natürlich«, erwiderte Quinn sarkastisch. »Und wenn der Zentrale Routendienst allwissend wäre, dann hätten wir uns auch den zerstörten Wagen und den kaputten Aufklärer ersparen können.«

Galway seufzte. »Wir haben beide angenommen, General, daß in dem gestohlenen Wagen des Sicherheitsdienstes die anderen saßen – versuchen Sie nicht, mir alles in die Schuhe zu schieben.«

»Warum nicht? Sie behaupten doch immer, daß Sie diese Hurensöhne kennen. Warum haben Sie dann Caines Stimme nicht erkannt, verdammt noch mal?«

»Hätte das denn eine Rolle gespielt? Also gut, nehmen wir an, mir wäre klar geworden, daß in den beiden Wagen Caines Team sitzt. Er weiß, daß die Einsatzleiter des Sicherheitsdienstes nicht so dumm sind, auf eine so einfache Scharade hereinzufallen – er wäre verdammt mißtrauisch geworden, wenn wir nicht glaubhaft reagiert hätten. Zugegeben, wir haben sie für einige Zeit aus den Augen verloren. Na und? Solange Postern am Leben ist und nicht verdächtigt wird, haben wir noch alle Trümpfe in der Hand.«

Quinn wandte sich empört schnaubend ab und stapfte zu dem diensthabenden Offizier, der den gekennzeichneten Wagen immer noch auf seinem Monitor verfolgte. Galway atmete tief durch und ging in die entgegengesetzte Richtung zum Hauptkommunikationspult des Lagerraums. Der davor sitzende Offizier blickte mit bewußt unbeteiligtem Gesichtsausdruck auf. »Ja, Sir?«

»Was haben Sie über die drei Leute herausbekommen, die Caines Team ausgeschaltet hat?«

»Offenbar Schmuggler, obwohl wir erst dann genau wissen werden, was sie geschmuggelt haben, wenn wir ihren Wagen wiederhaben – und vielleicht nicht einmal dann, wenn sie zu einem Treffpunkt unterwegs waren. Es ist nichts Ungewöhnliches – Denver ist ein Sumpf voller Krimineller.«

Galway schob nachdenklich die Lippen vor. Caine hatte Schmuggler erwähnt, als er bei der wilden Fahrt mit dem Einsatzleiter sprach. War das aus der Luft gegriffen, oder hatte er Zeit gehabt, die erfolglosen Wagendiebe zu verhören, bevor das Team des Sicherheitsdienstes auf den Schauplatz stolperte? Obwohl er im Augenblick noch nicht wußte, ob das eine Rolle spielte.

Basis Aegis.

Galway fröstelte. Er hatte also mit Caines Ziel recht gehabt – der Nachmittagsausflug des Teams war ein guter Beweis dafür. In dem Gebiet befand sich sonst nichts, das für die Kommandomänner interessant sein konnte.

Es sei denn ...

»Gibt es in diesen Bergen auch private Wohnsitze?« erkundigte er sich beim Sicherheitsmann.

Dieser sah ihn nachdenklich an. »Ich kann mir nicht vorstellen, daß die Ryqril jemanden so nahe bei ihrer Basis wohnen lassen.«

»Mir geht es genauso, aber überprüfen Sie es trotzdem!«

»Ja, Sir.« Der Offizier drehte sich zu seinem Pult um und gab den Auftrag an die zuständige Ermittlungsabteilung weiter. »Wenn es nicht dringend ist, werden Sie kaum vor morgen früh eine Antwort bekommen, Präfekt«, meinte er. »Soll ich es als vordringlich behandeln lassen?«

Galway zögerte. »Nein, das ist nicht nötig. Morgen früh reicht.«

Vor allem deshalb, weil der Vermerk ›vordringlich‹ Quinns Aufmerksamkeit erregen würde. Und davon hatte Galway für diesen Tag genug. Ganz gleich, was Caine plante, er war noch nicht soweit, daß er etwas Entscheidendes unternehmen konnte. Und ob der Wagen nun gekennzeichnet war oder nicht – Postern war immer noch da und würde sie verraten.

Es schadete aber trotzdem nicht, wenn er noch eine Weile dablieb. Vielleicht kam etwas Neues herein.

Von oben gesehen wirkte Denver bei Nacht beinahe noch lebendiger und aktiver als bei Tag, und Galway starrte zum x-ten Mal nachdenklich auf den ununterbrochenen Strom von nadelkopfgroßen Lichtern hinunter, die ein Beweis für die unglaubliche Verkehrsdichte der Stadt waren. Von Zeit zu Zeit wanderte sein Blick zum Lokalisierungskreis im Südosten, in dem Caines gestohlener Wagen abgestellt war. Es hatte eine Zeitlang einen zweiten Lokalisierungskreis gegeben, aber dieser war verschwunden, sobald sich Caine in den Stadtverkehr eingeordnet hatte. Leider würde er nicht wieder auftauchen.

»Präfekt Galway?«

Galway zuckte zusammen und begriff verlegen, daß er eingenickt war. Er blickte auf, während sich Oberst Poirot, der für die Nachtschicht zuständige Offizier, neben ihn setzte. »Ja, was ist? Haben Sie Caines neuen Wagen gefunden?«

Poirot schüttelte den Kopf. »Das ist leider kaum mehr möglich. Der Satellit hatte ihn, bis er beinahe durch Golden durch war, aber wir konnten ihn einfach nicht mehr im Auge behalten, als der Verkehr zu dicht wurde.«

Galway seufzte. »Ja. Ich hatte gehofft, daß wir ihn dank des hohen Auflösungsvermögens der Einzelaufnahmen verfolgen könnten. Wenn notwendig manuell.«

»Sie haben bereits die höchste Auflösung gesehen, über die wir verfügen.« Der Oberst stieß frustriert die Luft aus. »Vor dem Krieg besaßen wir Satelliten, die die Eier auf einem Picknicktisch zählen konnten. Ich weiß nicht, warum die Ryqril sie nie ersetzt haben.«

»Weil Satellitenübertragungen immer angezapft werden können. Die Ryqril mögen es nicht, wenn jemand die Möglichkeit hat, ihre Bewegungen zu überwachen. Und welche guten Neuigkeiten haben Sie mir gebracht?«

»Gute Neuigkeiten sind heute abend eine Seltenheit. Dieses kleine Juwel ist vor wenigen Minuten hereingekommen. Die Ryqril haben ein kleines Raumschiff entdeckt, das sich in ein paar Millionen Kilometern Entfernung herumtreibt.«

»Was?« Galway griff nach dem Bericht, den ihm Poirot reichte, und überflog ihn schnell. Der Größe nach ein Erkundungsschiff, das möglicherweise die *Novak* zurückgelassen hatte. Mutmaßliche Aufgabe: Beobachtung und/oder Bergung. »Werden Sie einen Korsaren hinausschicken, damit er es überprüft?« fragte er und reichte den Bericht zurück.

»Im Augenblick offenbar nicht. Das Schiff kann nicht näherkommen, ohne auf dem gesamten Planeten Alarm auszulösen, und wenn die Ryqril etwas hinausschicken, vertreiben sie es.«

Denn in diesem Fall würde es einfach durch den Hyperraum verschwinden und an einer anderen Stelle wieder Posten beziehen, womit es die Ryqril zwang, Zeit mit der Suche nach ihm zu vergeuden. Galway sah die Logik ein, aber das hieß nicht, daß sie ihm gefiel. »Postern hat nichts von einem Schiff erwähnt«, murmelte er. »Ich möchte nur wissen, wie viele Karten Caine noch im Ärmel hat?«

»Ich wage nicht einmal zu raten«, meinte der Oberst.

»Ist noch nichts über etwaige Ortsansässige in der Nähe der Basis Aegis hereingekommen?«

»Nein – und wenn es bis jetzt nicht der Fall war, dann werden Sie die Information erst bekommen, wenn die Tagschicht den Dienst antritt. Die Ermittlungsabteilung hat im Augenblick bestimmt Wichtigeres zu tun.«

»Dann kann ich ja genausogut für heute abend Schluß machen«, sagte Galway.

»Das ist eine gute Idee. Hoffentlich haben Sie schönere Träume als die übrige Belegschaft.«

Poirot erhob sich und kehrte an seinen Arbeitsplatz zurück, und einige Augenblicke danach stemmte sich Galway aus seinem Stuhl hoch. Er konnte im Augenblick überhaupt nichts unternehmen, und da morgen Caines Ausflug analysiert werden mußte, ganz zu schweigen von den über das geheimnisvolle Schiff verfügbaren Informationen, würde es ganz schön hektisch zugehen.

Er blieb an der Tür stehen, weil sich ein merkwürdiger Gedanke nicht verdrängen ließ. Eine mögliche Irreführung in bezug auf Aegis, die effiziente Aktion gegen die Sicherheitskräfte, ein scheinbar zufälliges Zusammentreffen, durch das der markierte Wagen abgestoßen wurde – das Ganze kam ihm in wachsendem Maße bekannt vor. Unangenehm bekannt.

Doch so etwas trug Lathes Markenzeichen. Und Lathe war diesmal nicht hier. Konnte unmöglich hier sein.

Andererseits konnte es nicht schaden, wenn er morgen vormittag einige Stunden lang die Berichte des Geheimdienstes aus den letzten Tagen durchblätterte. Nur um zu erfahren, ob jemand weitere Fremde in der Stadt entdeckt hatte – und am Leben geblieben war, so daß er darüber berichten konnte.

12. Kapitel

Es stellte sich heraus, daß die Shandygaff-Bar ein großes, elegantes Lokal in der Mitte der Fußgängerzone in der Nähe des Zentrums von Denver war. Das hätte eigentlich niemanden überraschen sollen – keine Stadt, die so reich war wie diese, hätte auf dem Unterhaltungssektor geknausert –, aber Lathe war auf die Loch-in-der-Wand-Bude gefaßt gewesen, die er von Plinry kannte.

Skyler hatte offenbar auch etwas Ähnliches erwartet. »Sieht teuer aus«, bemerkte er, als sie sich der Tür näherten. »Glauben Sie, daß die uns einlassen werden?«

»Wir werden ihnen keine Wahl lassen.« Lathe überblickte die Umgebung zum letzten Mal, überzeugte sich davon, daß Mordecai wie besprochen als Reserve auf einer der Bänke saß, und zog die Tür auf.

Drinnen erwartete sie gedämpftes Licht, einschmeichelnde Musik und das leise Summen der Gespräche. Aus dem Vorraum gelangten sie in den Hauptsaal, der bis auf einen offenen Raum an seinem Ende, in dem sich die traditionelle Bar befand, in ein Honigwabenmuster unterteilt war; jede einzelne Loge war von durchsichtigem Plastik umgeben, das Ungestörtheit garantierte. »Für vertrauliche Gespräche entworfen«, murmelte Skyler, als sie an der Schwelle zum Hauptraum stehenblieben. »Wie wollen wir ihn finden – gehen wir zu einer Loge nach der anderen und klopfen an?«

»Kann ich Ihnen helfen?« fragte eine weibliche Stimme hinter ihnen.

Als Lathe sich umdrehte, erblickte er das Pult einer Garderobe, die er übersehen hatte, weil sie halb versteckt in einer Ecke des Vorraums lag. Die Frau war jung und viel zu stark geschminkt.

»Wir suchen einen Mann namens Kanai«, antwortete er ihr.

»Soviel ich weiß, ist morgen der Abend, an dem sich Mr. Kanai geschäftlich bei uns aufhält«, erklärte sie.

»Das haben wir gehört. Wäre es möglich, vorher mit ihm Kontakt aufzunehmen?«

»Hier ist beinahe alles möglich«, mischte sich eine neue Stimme ein; ein kleiner, magerer Mann im Abendanzug trat aus dem Hauptraum zu ihnen.

Lathe blickte zu der Frau zurück, um ihren Gesichtsausdruck abzuschätzen. Sie kannte den Mann, mochte ihn nicht, verachtete ihn vielleicht ein wenig. Er wandte sich wieder dem Fremden zu. »Führen Sie hier die Aufsicht?«

Der andere lächelte ölig. »Ja, ich leite unter anderem das Shandygaff. Sie suchen Kanai? Geschäftlich oder privat?«

»Ein wenig von beidem.«

»Vertreten Sie jemanden? Das wird er nämlich wissen wollen.«

»Dann kann er uns ja selbst danach fragen.«

Das Lächeln des kleinen Mannes wurde um eine Spur kälter. »Wir halten uns hier an gewisse Spielregeln, *Sir*.« Er betonte das letzte Wort leicht herablassend. »Und die oberste Regel besagt, daß Sie sich zuerst identifizieren müssen, bevor Sie hier Geschäfte abschließen können.«

Lathe betrachtete ihn nachdenklich. »Und wenn wir es nicht tun?«

Der andere hob einen Finger, und zwei Kolosse kamen geräuschlos aus dem Hauptraum und stellten sich neben ihn. Auch sie trugen Abendkleidung, doch ihre Gesichter wiesen die Spuren unzähliger Kämpfe auf. »Sie können das Haus friedlich verlassen«, meinte der kleine Mann, »oder unter Schmerzen.«

Lathe hob langsam die linke Faust in Brusthöhe und legte die rechte Hand darüber. Der Körper des kleinen

Mannes wurde steif, als sich das gedämpfte Licht in dem rotäugigen Drachenkopfring spiegelte. »Holen Sie Kanai!« wies ihn Lathe leise an. »Er wird bestimmt bereit sein, mit uns zu sprechen.«

In dem komplizierten Wabenmuster lagen die Öffnungen einiger Logen der Tür gegenüber. Lathe und Skyler ließen sich von einem Kellner zu einer dieser Logen führen, bestellten jeder ein Bier und machten sich auf eine längere Wartezeit gefaßt.

»Bei dieser Mission verbringen wir einen großen Teil unserer Zeit damit, in Bars herumzuhängen«, stellte Skyler fest, während sie darauf warteten, daß ihre Entgiftungstabletten eventuelle Drogen in dem Getränk neutralisierten. »Glauben Sie, daß er allein kommen wird?«

»Das ist hier die Frage. Es hängt vielleicht davon ab, wieweit sie mit den kriminellen Elementen in der Stadt in Verbindung stehen.«

»Dieser Barkeeper – Phelling – hat davon gesprochen, daß sie hier Geschäfte einfädeln. Vielleicht informieren die örtlichen Kriminellen Leute wie Kanai über die potentiellen Ziele des Sicherheitsdienstes.«

»Das glauben Sie wirklich?«

Skyler lächelte gezwungen. »Wahrscheinlich nicht. Obwohl sie, wenn sie tatsächlich aus dem Krieg ausgestiegen und Söldner geworden sind, das schreckliche Risiko eingehen, daß sich Jensens gerechte Empörung gegen sie richtet.«

»Das heben wir uns als letzte Trumpfkarte auf«, schloß Lathe trocken.

»In Ordnung.«

Die Konversation versandete, und Lathe benützte die Gelegenheit, um ihre Loge und die Umgebung zu mustern. Von den Schultern aufwärts schirmte sie nur das Plastik vom Rest des Raumes ab, das zwar nicht einmal annähernd kugelsicher war, aber die Gestalten doch soweit verzerrte, daß es schwierig wurde zu zielen. Die

Rückwand der Loge war so dick, daß sie etwas besseren Schutz bot, obwohl auch das zweifelhaft war. Der Tisch bereitete ihm mehr Sorgen. Er war solide und schwer und durch eine Mittelstütze aus Metall mit dem Boden verbunden. Er stellte ein sofortiges, beachtliches Hindernis dar, wenn man die Loge rasch verlassen wollte. Lathe überprüfte gerade unauffällig die Stärke der Schrauben, als Skyler sich räusperte. »Ich glaube, daß unsere Gesellschaft soeben eingetroffen ist.«

Lathe blickte auf. Aus dem Vorraum kam ein schlanker Orientale auf sie zu. Er trat an den Rand der Plastikabschirmung, warf Skyler einen Blick zu und wandte sich dann an Lathe. »Ich bin Lonato Kanai.« Er hob die rechte Hand zum formellen Blackcollargruß zur linken Schulter. Sein Drachenkopfring mit den senkrechten Schlitzen kennzeichnete ihn als gewöhnlichen Kommandomann.

»Comsquare Damon Lathe.« Lathe erwiderte den Gruß. »Kommandomann Rafe Skyler. Nehmen Sie Platz.«

Kanai gehorchte, doch in seinem Gesicht und seinen Bewegungen lag Zurückhaltung. »Wir können die naheliegende Frage, woher Sie kommen, überspringen«, meinte er, »und sofort zu der wichtigsten Frage kommen: Warum sind Sie hier?«

»Hier in Denver oder hier im Shandygaff?« fragte Lathe.

Kanai lächelte. »In beiden.«

»Wir haben gehört, daß man Sie anheuern kann, und möchten einige Einzelheiten erfahren.«

Kanais Lächeln verschwand. »Wir erledigen ... schwierige Aufgaben für unsere Kunden«, erklärte er seltsam steif. »Einflußnahme, Wiedererlangung von Waren, Informationen ...«

»Gegen wen?« unterbrach ihn Skyler.

Kanais Lippen zuckten. »Gegen jeden, den der Kunde angibt.«

»Regierungsstellen?« ließ Skyler nicht locker. »Rivalisierende Gangsterbosse? Oder nur gewöhnliche Bürger, die aus der Reihe tanzen?«

Kanais Gesicht wurde finster. »Wir rühren den gewöhnlichen Bürger nicht an«, knurrte er. »Nie. Nur die Verantwortlichen.«

»Die Regierung?« fragte Lathe.

»Die Regierung trägt in Denver keine Verantwortung«, antwortete Kanai ironisch. »Die Regierungsmitglieder halten sich in Athena auf, während die Parasiten die Stadt beherrschen.«

»Parasiten wie Manx Reger?«

»Wie er und ein weiteres Dutzend. Er ist übrigens wütend, weil Sie seinen Männern heute morgen irgend etwas angetan haben. Sie sollten den Nordwesten von Denver lieber meiden.«

»Ich werde es mir merken. Warum unternimmt die Regierung nichts gegen diese Organisationen?«

»Sie sind wirklich neu hier«, stellte Kanai fest. »Die Regierungsmitglieder unternehmen nichts, weil sie dazu nicht in der Lage sind. Das organisierte Verbrechen hatte schon lange vor dem Krieg in Denver Fuß gefaßt, und es würde Milliarden kosten, es auszumerzen.«

»Und das Volk als Ganzes kann nichts unternehmen?«

»Die Leute finden sich damit ab. Sie müssen wissen, daß bei uns die Bosse Parasiten, aber keine Blutsauger sind. Sie wollen Langzeit-Profite, aber keine tote Stadt. Ihre Schutzgebühren sind niedriger als die Steuern der Regierung, die wieder bei uns niedriger sind als in anderen Gebieten, weil es nicht viele amtliche Regierungsstellen gibt. Dafür bieten die Bosse ihren Kunden Schutz, einen gewissen finanziellen Service und andere Vorteile. Man kann sie tatsächlich als unsichtbare Regierung bezeichnen, und da sie die Leute zehn Prozent ihres Einkommens oder weniger kosten, empfinden es die meisten als faires Geschäft.«

»Regers Leute haben fünfundzwanzig Prozent verlangt«, murmelte Skyler.

»Das sind die Gebühren beim Zug-um-Zug-Geschäft«, erklärte Kanai. »Sie haben wahrscheinlich geglaubt, daß Sie Außenseiter sind, die auch ein Stück vom Kuchen haben wollen.«

»Seit wann ist dieses System in Betrieb?« fragte Lathe.

»Seit Kriegsende offen. Geheim vermutlich schon viel länger. Wie gesagt, akzeptieren die Leute im allgemeinen die Situation.«

»So wie sie auch die Ryqril akzeptieren«, stimmte Skyler zu. »Kein Wunder, daß die Fackel nur für die übergeschnappten Randgruppen interessant ist.«

Kanai kniff die Augen zusammen. »Die Fackel? – Haben Sie mit der in Kontakt gestanden?«

»Noch nicht. Aber wir haben Geschichten über sie gehört.«

Kanai entspannte sich wieder. »Ach so. Ich fürchte, daß es sich dabei um alte Geschichten handelt. Die Fakkel ist vor etwa fünf Jahren verschwunden. Einen Augenblick lang habe ich geglaubt, daß sie wieder auferstanden ist.«

»Ist sie vernichtet worden?«

»Wenn das der Fall war, dann ist es bemerkenswert geschickt erledigt worden. Wir hatten gelegentlich Kontakt mit diesen Leuten, und soweit wir wissen, waren sie einfach eines Tages nicht mehr da.«

»Vorher haben Sie mit ihnen zusammengearbeitet?« wollte Lathe wissen.

Kanai rückte sich in seinem Stuhl zurecht. »Nicht eigentlich gearbeitet. Wir haben ab und zu Informationen ausgetauscht, aber für unseren Geschmack waren sie zu radikal.«

»Sie haben an altmodisches Zeugs geglaubt, zum Beispiel daran, daß man die Ryqril vernichten sollte?« fragte Skyler kalt.

Kanai wich Skylers Blick nicht aus, aber seine Kiefermuskeln verkrampften sich. »Ich weiß, was Sie denken, aber Sie irren sich. Wir haben den Kampf nicht aufgegeben, wir wenden nur eine andere Taktik an. Wenn der richtige Augenblick gekommen ist, werden wir zuschlagen.«

»Das höre ich gern«, meinte Lathe. »Denn der richtige Augenblick ist gekommen.«

»Und das bedeutet?«

»Das bedeutet, daß wir auf einer wichtigen Mission hier sind und Ihre Gruppe auffordern, uns zu unterstützen.«

Kanai starrte ihn an – ein langer Blick voll widerstreitender Gefühle. »Darüber müssen Sie mit unserem Doyen sprechen«, sagte er schließlich.

»Okay. Wo steckt er?«

Kanai lächelte unvermittelt. »Im Augenblick ist er unterwegs und sucht *Sie.* Ich bezweifle allerdings, daß er bereit sein wird, so kurzfristig mit Ihnen zusammenzukommen.«

»Sie haben es getan.«

»Ich bin der Kontaktmann. Meine Aufgabe ist es, sichtbar zu sein und zur Verfügung zu stehen. Die übrigen können es sich nicht leisten, ihre Deckung zu verlassen.«

Lathe preßte die Lippen zusammen, aber Kanai hatte recht: eine Guerillaeinheit konnte nur auf diese Weise überleben. »Also gut. Wo und wann?«

»Morgen abend um neun hier«, antwortete Kanai. »Entweder bringe ich ihn mit oder ich bringe Sie zu ihm.«

»In Ordnung.« Lathe erhob sich, und Skyler ebenfalls.

»Es wäre vorteilhaft, wenn ich ihm sagen könnte, was Sie von uns wollen«, bemerkte Kanai.

Lathe sah ihn an und überlegte. Kanai hatte damit nicht unrecht, aber der Comsquare hatte nicht die Absicht, in einem solchen Lokal etwas Wichtiges zu sagen. Als er dann sprach, wählte er seine Worte vorsichtig. »Zunächst brauche ich die Namen und den derzeitigen Wohnsitz hoher Militärs, die während des Krieges in diesem Gebiet stationiert waren.«

Kanai räusperte sich. »Das ist kein leichter Auftrag. Die höchstrangigen noch hier lebenden Leute, die ich kenne, sind Obersten.«

»Ein Oberst würde genügen. Tun Sie einfach, was Sie können.«

»Gut.« Kanai stand langsam auf. »Ich muß Ihnen gegenüber aufrichtig sein, Comsquare. Denver und unsere Position in seiner Machtstruktur sind sehr stabil. Sie sind ein Eindringling, noch dazu ein unbekannter, und es wird Leute geben, denen das mit Ihnen verbundene Risiko nicht gefällt.«

»Wollen Sie damit sagen, daß Ihr Doyen uns verraten könnte?« fragte Skyler.

»Natürlich nicht. Aber er könnte sich weigern, Ihnen zu helfen.«

»Mit dieser Möglichkeit werden wir uns auseinandersetzen, wenn wir mit ihm sprechen«, erklärte Lathe.

»Ja, Sir.« Kanai sah aus, als wolle er noch etwas sagen, aber dann nickte er nur. »Also morgen abend um neun. Gute Nacht.«

Lathe nickte ebenfalls und verließ die Loge. Skyler schloß sich ihm an. »Was denken Sie?« fragte er.

»Eingerostet, aber kooperationsbereit. Hoffen wir, daß sein Comsquare ebenfalls genug davon hat, ein angeheuerter Schläger zu sein.«

Der kleine Mann und seine beiden Begleiter waren weit und breit nicht zu sehen, als die Blackcollars den Vorraum betraten. Die Garderobefrau war jedoch immer noch vorhanden und blickte auf, als die beiden näherkamen. »Vor einiger Zeit ist Mr. Kanai hereingekommen«, berichtete sie.

Lathe nickte. »Wir haben miteinander gesprochen.«

»Hoffentlich war es ein produktives Gespräch.«

Etwas an der Art, wie sie das sagte, erregte Lathes Aufmerksamkeit, und plötzlich wußte er, was es war. »Das hoffe ich auch. Arbeiten Sie jeden Abend hier?«

»Fünfmal in der Woche bis drei Uhr früh.«

»Befassen Sie sich außer mit Mänteln auch mit etwas anderem?« Er zwinkerte ihr zu.

Sie wirkte betroffen. »Manchmal brauchen sie eine zusätzliche Kellnerin.«

»Ich habe mehr an etwas Persönliches gedacht.« Lathe zuckte die Achseln. »Macht nichts. Wir können auch anderswo weibliche Gesellschaft finden.«

Der Blick, den sie ihm zuwarf, war beinahe verächtlich. »Gute Nacht, Sir.« Sie wandte sich ab.

Die beiden Männer verließen das Gebäude und gingen durch das Einkaufszentrum nach Westen. Obwohl es beinahe elf Uhr war, hatten die meisten Geschäfte noch geöffnet, und entsprechend viele Fußgänger waren unterwegs. »Interessant«, murmelte Skyler und zeigte auf eines der Geschäfte. »Luxusgeschäfte, Restaurants, Importe. Nehmen Sie an, daß das Shandygaff ein beliebter Treffpunkt ist, weil jedes dieser Lokale einem anderen Boss gehört?«

»Das heißt, wenn jemand Scherereien macht, dann wird auch sein Geschäft in Mitleidenschaft gezogen? Klingt plausibel. Wir werden Kanai gelegentlich danach fragen.«

Skyler räusperte sich. »Würde es Ihnen übrigens etwas ausmachen, mir zu erklären, was Ihre Andeutungen der Garderobedame gegenüber sollten?«

»Keineswegs. Haben Sie etwas Ungewöhnliches an ihr bemerkt?«

»Abgesehen von der Bemerkung, daß sie bei Schwierigkeiten als Verstärkung eingesetzt wird? Ich weiß nicht. In bezug auf unser Gespräch mit Kanai war sie eine Spur zu neugierig, aber vielleicht unterstützt sie auch den kleinen Mann.«

»Möglich. Aber ich habe mich eigentlich darauf bezogen, daß sie der erste normale Mensch in dieser Stadt ist, der keine panische Angst vor uns hat.«

»Das ist tatsächlich interessant. Andererseits kommt sie oft mit Kanai und seinen Freunden zusammen – aber das trifft auch auf Mr. Charme zu, und der ist genauso schnell zusammengeklappt wie Regers Muskelprotze. Daraus könnte man schließen, daß sie über Blackcollars im allgemeinen mehr weiß, als sie durch ihre örtliche Version erfahren konnte.«

»Genau das habe ich mir gedacht. Daher das Gambit mit dem Soldaten, der auf der Suche nach einem willigen weiblichen Wesen ist.«

»Die Rolle paßt überhaupt nicht zu Ihnen.«

»Weder zu mir noch zu den Blackcollars, die ich kenne«, bestätigte Lathe, »und Sie haben gesehen, wie sie reagiert hat.«

»Überrascht, sogar ein wenig enttäuscht. Sie haben also recht: Sie weiß viel über Blackcollars. Halten Sie sie für eine Spionin der Regierung?«

»Wäre denkbar. Auch wenn die Kollies auf Laissez-faire machen, bin ich davon überzeugt, daß sie oder die Ryqril einen so bekannten Treffpunkt wie das Shandygaff im Auge behalten. Sie könnte jedoch genausogut eine Veteranin aus dem Krieg sein, die mit dem Blackcollarkontingent in der Basis Aegis zusammengearbeitet hat. Sie könnte sogar ein Mitglied der Fackel sein.«

»Glauben Sie, daß sie tatsächlich noch existiert?«

»Ich glaube nicht daran, daß sich Fanatiker über Nacht dazu entschließen aufzugeben. Darüber hinaus habe ich nicht den blassesten Schimmer, wohin sie sich verzogen haben. Doch ganz gleich, wie man es betrachtet, wir sollten die Frau im Auge behalten.«

Skyler nickte. »Einverstanden.«

Sie hatten inzwischen das Ende der Fußgängerzone und damit die ruhige Straße im Büroviertel erreicht, in der sie ihren Wagen geparkt hatten. Sie stiegen ein und warteten, und ein paar Minuten später kam auch Mordecai. »Also?« fragte Lathe.

»Nur einer«, erwiderte der kleine Mann gleichgültig. »Ein großer, geschniegelter Schlägertyp. Nicht sehr professionell.«

»Wahrscheinlich mußte er noch nie Blackcollars beschatten«, meinte Skyler und startete.

Der Wagen setzte sich in Bewegung, und sie verschwanden im Dunkel der Nacht.

13. Kapitel

CAINE HATTE ERWARTET, daß der Sicherheitsdienst noch einmal versuchen würde, sie in die Finger zu bekommen, und zwar während sie sich ihrem neuen Versteck auf einer sorgfältig ausgeklügelten Route näherten; als das nicht der Fall war, nahm er an, daß der Feind im Morgengrauen zuschlagen würde. Er war deshalb mehr als erstaunt, als er am nächsten Morgen beim Erwachen feststellte, daß die Sonne bereits hoch am Himmel stand und daß nirgends ein Sicherheitsmann in Sicht war.

»Was jetzt?« fragte Braune, nachdem sie mit den Rationen aus ihren Notrucksäcken ein frugales Frühstück zusammengestellt hatten.

»Zuerst müssen wir Ersatz für das Zeug beschaffen, das wir mit dem Wagen verloren haben«, erklärte Caine. »Wir besitzen noch einen Diamanten, also sollte es nicht schwierig sein, Kleidung und Lebensmittel zu kaufen. Die speziellere Ausrüstung wird allerdings ein Problem darstellen. Den Wanzenstörer können wir vermutlich überhaupt nicht ersetzen, und bei den Reservewaffen und dem Sprengstoff wird es auch nicht viel einfacher sein.«

»Wofür wollen wir eigentlich den Sprengstoff verwenden, falls das nicht noch immer ein Geheimnis ist?« fragte Alamzad. »Mit diesen Knallfröschen hätten wir uns bestimmt nicht den Weg in die Basis Aegis freisprengen können.«

»Natürlich nicht«, gab Caine zu. »Aber beim jetzigen Stand der Dinge wäre es schön, wenn wir die Aufmerksamkeit der Fackel erregen könnten. Dazu müßten wir allerdings Lärm machen, und dafür hätten wir das Feuerwerk gebraucht.«

»Okay. Wer in der Gegend könnte Sprengstoff besitzen?« fragte Colvin.

»Aber ohne daß er jede Menge Sicherheitsmaßnahmen ergriffen hätte«, fügte Pittman hinzu.

»Das ist das eigentliche Problem«, stimmte Caine zu. »Irgendwelche Vorschläge?«

»Baufirmen«, sagte Braune prompt. »Angesichts der Wachstumsrate von Denver müssen überall Abbruch- und Bauarbeiten im Gang sein.«

»Wir könnten einem Baufahrzeug von der Baustelle bis zur Zentrale folgen«, meinte Pittman. »Das würde allerdings bedeuten, daß wir am hellichten Tag mit einem Wagen durch die Gegend zuckeln, den der Sicherheitsdienst jederzeit identifizieren kann.«

»Was wir also wirklich brauchen, ist jemand, der Nachtschicht macht und wenigstens nebenbei mit Sprengstoffen zu tun hat.« In Caines Geist nahm allmählich ein Plan Gestalt an. »Fällt euch dabei jemand ein?«

Nach einer kurzen Pause wagte sich Colvin vor. »Sie meinen wahrscheinlich Geoff Dupre, aber der arbeitet ja für das Wasserwerk der Stadt Denver.«

»Genauer für die Wasserwiedergewinnungsanlage der Stadt«, stellte Alamzad richtig. »Und jede Dienststelle, die mit so vielen unterirdischen Leitungen zu tun hat, braucht verdammt viel Sprengstoff.«

»Nur, wenn sie das System ständig verbessern oder vergrößern«, wandte Braune ein. »Für die routinemäßige Instandhaltung braucht man nichts so Großartiges.«

»Auch wir brauchen nichts Großartiges, denn eigentlich suchen wir nur etwas, das Lärm macht«, meinte Caine. »Außerdem fällt mir gerade ein, daß wir noch einen guten Grund hätten, die Wasserwiedergewinnungsanlage zu überprüfen. Vermutlich sind die meisten Rohrleitungen vor dem Krieg verlegt worden, und es ist möglich, daß einige von ihnen unter Athena verlaufen. Wenn das zutrifft, dann ist die gemütliche kleine Festungsstadt der Regierung nicht ganz so sicher, wie die Herren glauben.«

»Was für ein faszinierender Gedanke! Hoffentlich haben Sie recht«, meinte Colvin boshaft.

»Wir werden es heute abend herausfinden«, sagte Caine. »Im Augenblick werden wir uns darauf konzentrieren, unsere abhandengekommenen Vorräte zu ersetzen und etwas Schlaf nachzuholen. Es ist für uns wahrscheinlich die letzte Gelegenheit, es uns gut gehen zu lassen.«

Weil Lathe an den Beschatter dachte, den Mordecai ausgeschaltet hatte, schlug er vorsichtshalber eine komplizierte Route zu Regers Besitz ein, und deshalb war es bereits nach neun Uhr morgens, als er die lange Straße zum Haupttor hinauffuhr. Die Wächter behandelten ihn wesentlich respektvoller als am vorhergehenden Tag, und wenige Minuten später hatte er das Haus erreicht.

Reger – diesmal in natura – erwartete ihn gleich hinter der Eingangstür. »Comsquare Lathe«, grüßte er, und seine Stimme war durch den Lärm der Hämmer, Sägen und Bohrer, der das Haus erfüllte, kaum zu hören. »Ich habe Neuigkeiten über ihre verschwundenen Gefährten. Wenn Sie mit mir kommen wollen ...«

Sie zwängten sich durch ein Labyrinth aus Abdeckmatten, Gerüsten und arbeitenden Männern. Jensen leitete die Operationen und gab Lathe verstohlen das Zeichen für ›alles in Ordnung‹. Reger hatte es jedenfalls todernst damit gemeint, daß er seinen Besitz in eine Festung verwandeln wollte.

»Gestern nachmittag hat es auf der Route eins-einsneun einen Zwischenfall gegeben«, berichtete Reger, als sie endlich in seinem schalldichten Büro saßen, in das der Lärm von draußen nur gedämpft drang. »Eine Gruppe Schmuggler, die zu einem Treffpunkt unterwegs waren, hielten an, um sich einen getarnten Wagen näher anzusehen, und erhielten die gerechte Strafe dafür. Einer von ihnen verschwand mit dem fremden Wagen und ließ dafür den seinen zurück, und zwar nachdem der Sicherheitsdienst irgendwie in die Geschichte hineingeraten war. Der Schmuggler verzichtete auf das geplante Treffen und ließ den Wagen so bald wie möglich stehen, riß sich aber vorher noch das Zeug aus dem Kofferraum unter den Nagel.« Reger griff in die mittlere Schublade, zog einen *shuriken* mit drei Spitzen heraus und reichte ihn Lathe. »Ist das einer von Ihren?«

Lathe nickte und überprüfte ihn genauer. »Es ist eine Sonderanfertigung, die unsere Männer im Notfall als Stichmesser verwenden. Wie· sind Sie dazu gekommen?«

»Die Leute waren wie gesagt Schmuggler, die für jemanden in Süd-Denver arbeiten, den ich kenne.«

»Und er war so freundlich, Ihnen die Information und den *shuriken* zu überlassen?«

»Wir haben ein Tauschgeschäft gemacht.« Reger ging nicht näher darauf ein.

»Also wo steckt Caine jetzt?«

»Das wissen wir nicht. Ich habe eine Beschreibung ihres neuen Wagens an meine Leute ausgeschickt, so daß wir das Team im Idealfall in ein bis zwei Tagen finden können. Da aber der Sicherheitsdienst ebenfalls die Beschreibung des Wagens besitzt, ist es möglich, daß auch Ihre Freunde das Fahrzeug so rasch wie möglich abstoßen.«

»Also zurück auf Feld eins.« Lathe verzog das Gesicht.

»Möglicherweise. Doch es gibt noch etwas, das Sie interessieren könnte. Bevor der Schmuggler den Wagen stehenließ, sah er ihn sich genauer an und stellte dabei fest, daß er markiert war.«

»Hm.«

Reger blickte ihn merkwürdig an. »Mehr haben Sie nicht dazu zu sagen? Das bedeutet doch, daß der Sicherheitsdienst über Caine auf dem laufenden war, seit er im Besitz des Wagens war, womöglich schon, seit er hier gelandet ist.«

»Der Sicherheitsdienst war schon früher über uns auf dem laufenden.« Lathe zuckte die Achseln. »Sein Problem besteht darin, daß ihm für gewöhnlich Informationen lieber sind als Leichen, und deshalb muß er uns relativ viel Spielraum lassen.«

»Es gibt ein ganzes Spektrum von Drogen ...«

»Von denen keine gegen die Psychorausbildung wirksam ist, die unsere Leute von uns bekommen«, unterbrach ihn Lathe. »Lassen Sie den Sicherheitsdienst meine Sorge sein; Sie sollten sich darüber Sorgen machen, wie Sie Caine finden. Und wenn möglich, möchte ich von Ihrem Freund, dem Schmuggler, noch den Rest der Ausrüstung zurückbekommen.«

»Das sollte gehen.« Reger sah ihn verdrießlich an. »Wissen Sie, Comsquare, Sie kommen mir vor wie ein Mann, der an zwei Ecken dieses Dreiecks spielt. Falls das stimmt, dann lassen Sie sich sofort gesagt sein, daß ich nicht die Absicht habe, mich in das Schlamassel hineinziehen zu lassen, das Sie unter Umständen anrichten.«

»Unsere Abmachung ist genau festgelegt«, erwiderte Lathe kühl. »Sie finden Caine, wir möbeln Ihr Sicherheitssystem auf. Um ganz ehrlich zu sein, ich traue Ihnen auch nicht so ganz über den Weg.«

Reger lächelte säuerlich. »Hauptsache, wir verstehen einander.«

»Gut. Dann möchte ich die Beschreibung von Caines neuem Wagen haben und anschließend mit Hawking sprechen.«

Reger reichte ihm ein Blatt Papier. »Hawking treibt sich draußen an der Begrenzungslinie herum und kontrolliert die Sensoren. Brauchen Sie einen Führer?«

»Nein, ich werde ihn schon finden.« Lathe stand auf. »Sagen Sie aber Ihren Wächtern, daß ich draußen unterwegs bin. Ich möchte nicht gezwungen sein, jemanden zu verletzen.«

Reger nickte. Als Lathe ging, sprach er bereits in sein Intercom.

Als Lathe Hawking fand, saß dieser auf den unteren Ästen eines Baumes und bohrte Löcher in den Stamm. »Bauen Sie ihm einen kompletten Sensorenkeil?« fragte Lathe, nachdem Hawking heruntergesprungen war.

»Mehr oder weniger. Ich sehe jetzt, wie die örtlichen Blackcollars beim erstenmal hineingekommen sind – die zulässigen Abweichungen in der Hauptlinie lassen eine langsame Infiltration zu Fuß zu. Ich richte ein sequentielles Auslösersystem ein, um dieses Loch zu stopfen.«

»Klingt gut.«

»Und Sie hatten recht damit, daß der Überfall erst kürzlich erfolgt ist«, fuhr Hawking fort. »Als Jensen alles aufriß, fand er unter einer frischen Verputzschicht an den Wänden in der Nähe von Regers Schlafzimmer einige *shuriken-* und Flechettespuren.«

Lathe blickte zum Haus zurück. »Woran bastelt Jensen genau?«

»An einem richtiggehenden tödlichen Spießrutenlauf.« Hawking schüttelte den Kopf. »Versteckte Fluchttüren, Deckenverkleidungen mit Fallnetzen – der ganze Zauber. Das war übrigens seine, nicht Regers Idee. Und wenn Sie mich fragen, ist er von dem Projekt ein bißchen zu begeistert.«

»Er ist seit Argent etwas überspannt. Ich hoffe, daß es im Lauf der Zeit besser wird, aber vorläufig können wir nichts anderes tun, als ihn im Auge zu behalten.«

»Ja.« Hawking rieb sich das Kinn. »Haben Sie übrigens die hiesigen Blackcollars gefunden?«

»Ja, ihren Kontaktmann. Angeblich treffen wir heute abend mit ihrem Doyen zusammen.«

»Sie scheinen von dieser Aussicht nicht begeistert zu sein.«

Lathe verzog das Gesicht. »Es sieht ganz so aus, als hätten sie den Krieg gänzlich aufgegeben. Ich weiß nicht, ob wir sie soweit motivieren können, daß sie uns helfen. Wenn nicht, dann müssen wir uns eben mit Reger begnügen.«

»Ich bin nicht sicher, ob Reger in den Krieg ziehen will.«

»Er fragt sich allmählich, ob wir das Risiko wert sind, daß wir ihm den Sicherheitsdienst auf den Hals hetzen. Das bedeutet wahrscheinlich, daß wir bei ihm den Einsatz erhöhen müssen.«

»Wie?«

»Das weiß ich noch nicht. Aber wir werden bestimmt einen Weg finden, um sein Interesse wachzuhalten.«

»Drängen Sie ihn nicht zu sehr«, warnte Hawking. »Unter dem sanften Äußeren steckt ein zäher alter Mann.«

»Der aber auch gerissen ist und weiß, wann sich ihm ein gutes Geschäft bietet. Wenn wir weitere Hilfe von ihm brauchen, werde ich dafür sorgen, daß es sich für ihn lohnt.«

»Eine gute Philosophie«, bemerkte Hawking trocken. »Denken Sie daran, wenn Sie heute abend mit den anderen Blackcollars sprechen.«

»In Ordnung. Ich bleibe mit Ihnen in Verbindung. Und haben Sie ein Auge auf Jensen.«

»Lächerlich.« Quinn warf das Blatt Papier auf den Schreibtisch.

Galway holte tief Luft, denn alles, was er sich für die Reaktion des Generals zurechtgelegt hatte, wurde von dem Zorn, der in ihm aufstieg, weggefegt. »Es kommt von Ihrem eigenen Agenten – Ihrem eigenen, *loyalitätskonditionierten* Agenten im Shandygaff ...«

»Ich kann lesen«, unterbrach ihn Quinn barsch. »Ich weiß auch, daß jeder sich einen Drachenkopfring anstecken und damit eine Bar aufsuchen kann. Das beweist nicht einmal, daß es Blackcollars waren, geschweige denn Lathe und Skyler.«

»Die Beschreibung paßt«, beharrte Galway. »Und daß sie keine Blackcollars sind – glauben Sie nicht, daß dieser Kanai dagegen protestiert hätte, daß sie die Ringe unberechtigterweise tragen?«

»Kanai würde keinen Finger rühren, wenn ihm der andere Geld und einen lukrativen Posten anbietet«, erklärte Quinn verächtlich.

Er unterschätzte die Blackcollars von Denver. Ein Schauer überlief Galway, als er daran dachte, was ihn diese Einstellung einmal gekostet hatte. »Man kann die Frage ganz einfach klären. Lassen Sie Ihren Agenten kommen, damit er meine Fotos identifiziert.«

»Nein«, lehnte Quinn ab. »Wenn ich Agenten hierher hole, gefährde ich ihre Anonymität, und jemand, der sich in einer so guten Stellung befindet, ist zu wertvoll, als daß man ihn aufs Spiel setzen könnte. Das gilt auch für einen Besuch bei ihm oder dafür, daß ich die Fotos mit einem Boten hinüberschicke. Ich will nicht, daß einer meiner Männer dem Shandygaff auch nur in die Nähe kommt.«

»Das ist absurd«, fuhr ihn Galway an, der endgültig genug hatte. »Schicken Sie nicht ab und zu Männer hin, um die Bar zu überprüfen?«

Quinns Blick war eisig. »Nein. Das Shandygaff sorgt selbst für Ordnung, und wir lassen es ganz in Frieden.«

»Damit die Gangsterbosse in aller Ruhe zusammenkommen und Geschäfte abwickeln können?« höhnte Galway.

»Und ihre Differenzen mit Worten statt mit offenem Krieg auf den Straßen bereinigen können. Ich habe Sie schon einmal darauf aufmerksam gemacht, Galway, daß Sie nicht wissen, wie in Denver verschiedenes erledigt wird. Jetzt schlage ich vor, daß Sie aufhören, sich einzumischen, und sich darauf beschränken, Informationen über Caine zu liefern – wenn ich Sie danach frage.«

Galway schluckte mit letzter Kraft die Antwort hinunter, die ihm auf der Zunge lag. »Wie Sie wollen.« Er drehte sich um und verließ Quinns Büro. *Es ist nicht mehr meine Angelegenheit*, sagte er sich, als er durch den Korridor zu seinem Zimmer ging. *Was immer geschieht, fällt ausschließlich auf Quinn zurück.*

Leider gab es keine Garantie dafür, daß die Ryqril es auch so sehen würden. Und dann würde Plinry leiden.

Zum Teufel mit dem Ganzen! Nein, er konnte Quinn nicht sich selbst überlassen, ganz gleich, was auch passierte – aber zum Glück mußte er das nicht tun. Sicherheitsmänner durften das Shandygaff nicht betreten, in Ordnung, aber Galway galt in diesem Dienststellenbereich nicht als Sicherheitsmann. Und als gewöhnlicher Bürger konnte er jedes Lokal aufsuchen, auf das er Lust hatte.

Er blickte einen Augenblick lang durch das Fenster auf die unter ihm liegende Stadt. Ganz gleich, ob er gesetzlich dazu berechtigt war oder nicht, es war vernünftiger, wenn er wartete, bis Quinn nach Hause gegangen war, bevor er mit seinen Erkundigungen begann. Der General machte für gewöhnlich nicht vor sieben Uhr Schluß und blieb manchmal sogar bis halb neun. Doch das machte nichts aus – das Shandygaff hatte bis drei Uhr geöffnet.

Sein Telefon summte, und er meldete sich.

»Jastrow, Sir – Ermittlungsabteilung«, stellte sich der Anrufer vor. »Wir haben etwas auf Ihre Anfrage von gestern abend. Es hat sich herausgestellt, daß in dem von Ihnen angegebenen Gebiet doch jemand lebt: Ivas Trendor, der frühere Sicherheitspräfekt für Nordamerika, bevor das Zentralbüro von hier nach Dallas verlegt wurde. Er besitzt oben ein autarkes Blockhaus mit sieben Zimmern, sowie etwa dreißig Hektar Land, das von einem alten Stacheldrahtzaun umgeben ist. Anscheinend lebt er wie ein Einsiedler.«

»Ist er noch für den Sicherheitsdienst tätig?«

»Das glaube ich nicht, Sir. Ich habe nie gehört, daß er aus irgendeinem Grund hereingekommen wäre.«

Galway nagte an seiner Unterlippe. »Wie lange war er beim Sicherheitsdienst?«

»Mindestens seit Kriegsende. Er wurde – warten Sie mal – 2440, also neun Jahre nach der Ryqrilinvasion, zum Präfekten ernannt. Er ging vor sechs Jahren, also 2455, in Pension.«

Ein pensionierter Sicherheitspräfekt, der vermutlich eine Menge über den Krieg und die Zeit danach wußte. Postern hatte berichtet, daß Caine versuchte, Veteranenorganisationen ausfindig zu machen. Zufall? »Hat dieser Trendor Wächter auf seinem Besitz?«

»Das weiß ich wirklich nicht, Sir. Ich kann es aber überprüfen und mich dann wieder mit Ihnen in Verbindung setzen.«

»Tun Sie das! Ich bleibe mindestens bis zum frühen Abend hier.«

Er legte auf und murmelte einen Fluch vor sich hin. Caines gestriger Ausflug hatte unter Umständen überhaupt nichts mit der Basis Aegis zu tun. Zumindest nicht direkt. Allerdings – vielleicht war der ehemalige Präfekt Trendor nur eine Zwischenstufe auf dem Weg zum endgültigen Ziel; im Augenblick war das Ganze jedenfalls so undurchsichtig, daß man kaum etwas erkennen konnte.

So undurchsichtig, als würde Lathe persönlich die Operation leiten.

Galway holte tief Luft. *Geduld*, sagte er sich. Heute abend würde er diesen Punkt endgültig klären. Inzwischen wäre es keine schlechte Idee, die Akten nach allem zu durchsuchen, was über die örtlichen Blackcollar bekannt war. Wenn Quinn törichterweise darauf beharrte, sie zu unterschätzen, mußte Galway es ihm noch lange nicht nachmachen.

14. Kapitel

EINIGE MINUTEN VOR NEUN verließ Geoff Dupre seine Garage; er hatte die Scheinwerfer eingeschaltet, die in den seit einer Stunde herrschenden Nebel zwei helle Kegel schnitten. Caine wartete, bis Dupre einen Häuserblock entfernt war, dann nickte er Braune zu: »Fahren wir!«

»Okay.« Braune startete den Wagen und folgte Dupre.

Dieser machte es ihm nicht schwer. Sie fuhren nach Nordwesten, und Braune blieb ein bis zwei Häuserblocks hinter ihm; er fiel weiter zurück, als der Verkehr schwächer wurde, und an die Stelle der Gebäude von Denver Bäume und Hügel traten. Caine achtete auf Hinweise darauf, daß der Sicherheitsdienst den Wagen entdeckt hatte, bemerkte aber keine Anzeichen dafür. Wenn es der Fall sein sollte, war es vielleicht falsch gewesen, das Team zu teilen, vor allem, wenn er und Braune es mit mehr Gegnern zu tun bekamen, als sie erwarteten. Doch wenn sie alle fünf im gleichen Wagen erwischt wurden, war es eine Katastrophe; und es war immer noch möglich, daß sie dem Sicherheitsdienst im Lauf des Abends in die Arme liefen. Dann war es schon besser, wenn drei Angehörige des Teams dem direkten Zugriff der Gegner entzogen waren.

Das kleine Bürogebäude, vor dem Dupre schließlich parkte, lag zwischen zwei großen Hügeln, die es vor dem eigentlichen Denver verbargen. Quer über ein Ende des Parkplatzes verlief eine halb eingegrabene Rohrleitung, die weiter oben am Hang im Gebüsch verschwand; das Gebiet war von einem hohen Zaun umgeben; an jeder Ecke und oberhalb des einzigen Tores waren Sensoren angebracht. Innerhalb des Zaunes befand sich neben dem Tor und der Auffahrt ein Ein-Mann-Wachhäuschen.

»Was jetzt?« fragte Braune, als sie auf das Tor zufuhren. »Zum Umkehren ist es zu spät – wir würden uns verdächtig machen.«

»Sie haben recht.« Während Caine überlegte, erfaßten seine Augen jede Einzelheit. Da sie über ihrem Flexarmor Zivilkleidung trugen, sollte es ihnen eigentlich möglich sein, sich dem Tor zu nähern, ohne daß der Wächter in Panik geriet. Einbrechen kam nicht in Frage – die Sensoren würden es bestimmt bemerken und beim nächsten Posten des Sicherheitsdienstes Alarm auslösen. Aber vielleicht konnten sie die Abwehranlagen überlisten. »Schade, daß wir Alamzad nicht mitgenommen haben«, bemerkte er. »Er könnte die Sensoren besser beurteilen. Also machen wir weiter und versuchen wir es mit dem alten bürokratischen Verwirrspiel. Haben Sie Ihren Sonderdienst-Ausweis dabei?«

»Selbstverständlich.«

»Okay. Gehen Sie auf meine Stichworte ein.«

Sie hielten vor dem Tor. Caine stieg aus und marschierte zum Wächterhäuschen. Als er dort eintraf, war auch der Wächter, ein Mann mittleren Alters in einer schlecht sitzenden Uniform, herausgetreten. »Ja?« fragte er und kniff die Augen zusammen, weil ihn die Scheinwerfer des Wagens blendeten.

»Inspektor Craig Nielson, Sonderdienst.« Caine drückte seinen Ausweis an den Zaun, damit der Wächter ihn überprüfen konnte. Er war eine beeindruckende Karte mit zwei Siegeln und drei Unterschriften und dem besten Goldschnitt, den die Schwarzkragen auf Plinry je produziert hatten. Die Tatsache, daß er nicht das geringste mit irgendeiner Dienststelle der Regierung zu tun hatte, war beinahe irrelevant – er sah amtlich aus, und das genügte den meisten Menschen. Caine hielt die Luft an und hoffte, daß der Wächter zu ihnen gehörte.

Beinahe, aber nicht ganz. »Ja, Sir«, sagte er, und sein Ton war plötzlich respektvoll. »Leider muß ich Ihre Fingerabdrücke und das Netzhautmuster nach Athena überspielen, bevor ich Sie hereinlassen kann.«

»Natürlich, natürlich.« Caine hatte die Sensoren über seinem Kopf nicht vergessen. Vielleicht wurden sie ständig überwacht, oder vielleicht besaßen sie keine Audioeinrichtungen, doch darauf konnte er sich nicht verlassen. »Beeilen Sie sich aber!«

»Ja, Sir. Bitte schieben Sie Ihren Ausweis hier durch, es dauert nur eine Minute.«

Caine schob die Karte durch den Schlitz im Zaun, und der Wächter kehrte in sein Häuschen zurück, wo er sich an einem Kompaktterminal zu schaffen machte. Caine zwang seine Muskeln, sich zu entspannen. Wenn Hawking die Karte richtig präpariert hatte ...

Er hatte es getan. Der Wächter kam stirnrunzelnd an den Zaun zurück. »Die Maschine kann die Netzhautmuster nicht lesen.«

»Verdammt«, murmelte Caine ärgerlich. »Ich habe ihnen immer wieder gesagt, daß die Zeilenführung verschoben ist – die Hälfte der Lesegeräte auf dem Kontinent kann das Muster nicht erfassen. Haben Sie noch eine Maschine hier?«

»Nein, Sir, aber ich habe einen direkten Scanner. Wir können den Ausweis gänzlich umgehen.«

»Gut, gut, machen Sie nur weiter«, antwortete Caine ungeduldig. Der Wächter beugte sich in sein Häuschen, und das Tor glitt einen halben Meter auf. Caine folgte dem Wächter und warf dabei einen kurzen Blick auf das Halfter an dessen Gürtel. Nach der Größe zu schließen eine Betäubungspistole, was Caine lieber war als der Nervenschlag, den er anwenden wollte.

»Hier hinein, Sir.« Der Wächter zeigte in das Häuschen. Caine zwängte sich an ihm vorbei, und als der Wächter sich hineinbeugte, drehte er sich um und stieß ihm zwei Finger in den Solarplexus.

Der Wächter riß den Mund auf, stieß aber nur einen erstickten Laut aus. Caine packte ihn mit der rechten Hand am Arm, zog ihm mit der linken die Pistole aus dem Halfter und drückte sie ihm an den Schenkel. Ein leises *Plopp*, das Bein zuckte, und im nächsten Augenblick erschlaffte der Mann. Caine war darauf gefaßt gewesen; er steckte die Pistole ein, faßte den Wächter mit beiden Händen und setzte ihn in einen Stuhl, der beinahe den gesamten hinteren Teil des Häuschens einnahm. Dann betätigte er den Schalter, der das Tor öffnete, und überzeugte sich davon, daß der Wächter nicht zusammensinken, sondern aufrecht im Stuhl sitzenbleiben würde. Inzwischen fuhr Braune herein; Caine schloß das Tor wieder und stieg für die letzten hundert Meter in den Wagen.

Sie parkten neben dem Haupteingang und marschierten hinein. Der Parkplatz war relativ leer, und Caine schloß daraus, daß während der Nachtschicht nur ein Bruchteil der normalen Belegschaft anwesend war. Wenn sie vorsichtig waren, konnten sie diese Aktion durchziehen, ohne auf jemanden zu stoßen, der unangenehme Fragen stellte.

Die Eingangshalle war beleuchtet, aber menschenleer, genau wie der Korridor hinter der Doppeltür. Caine und Braune trabten geräuschlos an einer Reihe von geschlossenen Bürotüren vorbei, bogen um eine Ecke ...

– und standen Geoff Dupre gegenüber.

Der große Mann blieb ruckartig stehen, und der dampfende Kaffee in der Tasse in seiner Hand schwappte gefährlich. »Sie!« sagte er halb flüsternd.

»Keinen Laut«, warnte Caine und zeigte ihm den *shuriken* in seiner Hand. »Wir werden niemandem etwas tun, wenn Sie uns nicht dazu zwingen. Haben Sie mich verstanden?«

»Was wollen Sie?«

»Bringen Sie uns erst mal in Ihr Büro. Es hat keinen Sinn, daß wir hier draußen herumstehen.«

Dupre führte sie schweigend zu einem vollgeräumten Raum im Zentrum des Gebäudes. Durch eine offene innere Tür sah man mehrere Männer, die an einer Reihe von Steuerpulten arbeiteten; vor ihnen an der Wand befand sich eine computerisierte Karte, über die spinnwebenfeine Linien verliefen. Braune sah Caine an und deutete mit dem Kopf zu dem Raum, bevor er die Tür schloß und sich neben sie stellte. Caine schloß die Tür zum Korridor und winkte Dupre zu dessen Schreibtisch. Dieser zögerte, dann setzte er sich. »Also?« fragte er beinahe herausfordernd.

Caine sah ihn kalt an. »Sie haben ein unglaubliches Talent dafür, im falschen Augenblick den Mutigen zu spielen. Wo werden in diesem Gebäude die Sprengstoffe aufbewahrt?«

Dupres Lippen zuckten. »Sprengstoffe?«

»Die Dinger, die *peng* machen«, griff Braune hilfreich ein. »Sie benützen sie, wenn sie neue Leitungen für das Wassersystem verlegen, wissen Sie noch?«

Dupre sah kurz zu Braune hinüber und wandte sich dann wieder Caine zu. »Es gibt hier keine richtigen Sprengstoffe. Das Zeug ist in den Betriebslagerhäusern untergebracht.«

»Was haben Sie hier?«

»Nur ein paar Sprengkapseln, die wir manchmal in die Rohre einführen, um Verstopfungen zu beheben. Sie sind nicht sehr stark.«

»Für den Anfang werden sie genügen. Wo sind sie?«

»Was wollen Sie mit ihnen anfangen?« fragte Dupre.

»Einige Verstopfungen beseitigen. Wo sind sie?«

Dupre war sichtlich drauf und dran, über diesen Punkt zu streiten, dann fiel sein Blick auf den Wurfstern in Caines Hand, und er seufzte: »Im Lagerraum im Kellergeschoß.«

»Gut. Gehen Sie mit ihm hinunter, Braune, und bringen Sie eine oder zwei Schachteln.«

Sobald die beiden fort waren, wartete Caine, bis das

Geräusch ihrer Schritte verklungen war, dann ging er zur inneren Tür und öffnete sie einen Spalt breit. An den Steuerpulten saßen mit dem Rücken zu ihm vier Männer. Caine zog die Betäubungspistole aus der Tasche, betrat vorsichtig den Raum, überzeugte sich davon, daß er niemanden übersehen hatte, zielte auf den am weitesten entfernten Mann und drückte auf den Abzug.

Sekunden später hingen alle schlaff in ihren Stühlen; sie waren voll bei Bewußtsein, konnten sich aber nicht rühren. Caine trat an die Steuerpulte, überflog sie rasch und machte sich an die Arbeit. Als Dupre und Braune zurückkehrten, hatte er eine vollständige Karte des Wasserwiedergewinnungssystems gefunden und druckte gerade eine Kopie aus. »Irgendwelche Schwierigkeiten?« fragte der Braune und betrachtete die lange, flache Schachtel, die dieser unter dem Arm trug.

Braune schüttelte den Kopf. »Aber wir sollten jetzt lieber verschwinden. In dem Gebäude geistern mindestens weitere fünf bis zehn Leute herum.«

»In Ordnung, ich bin beinahe soweit.« Caine sah Dupre an, der seine gelähmten Kollegen entsetzt und zugleich fasziniert betrachtete. »Sie werden Ihren Freunden leider Gesellschaft leisten müssen, Dupre«, meinte Caine und zog die Betäubungspistole aus der Tasche. »Legen Sie sich hin und machen Sie es sich bequem.«

Dupres Kiefermuskeln verkrampften sich, aber er gehorchte widerspruchslos. Caine schoß ihm eine Ladung Betäubungsnadeln in die Schulter, zögerte kurz und steckte dann die Pistole wieder ein. Die nicht abgeschossenen Nadeln würden den Blackcollars verraten, welches der zahllosen Betäubungsmittel hier eingesetzt wurde, und dieses Wissen konnte entscheidend sein, wenn sie selbst ein Gegenmittel gegen die Droge brauchten. Praktisch alle Gegenmittel waren hochgiftig, wenn sich die entsprechende Droge nicht bereits im Blutkreislauf befand.

Inzwischen hatte der Computer die letzte der von Caine angeforderten Karten ausgedruckt, und er und Braune traten den Rückzug an. Das Glück blieb ihnen treu; niemand kam ihnen entgegen, während sie durch die Korridore hinaus zu ihrem Wagen gingen und dann zum Zaun fuhren. Die Augen des Wächters glitzerten in ohnmächtiger Wut, als Caine das Tor öffnete und zu Braune einstieg. Sie ließen das Tor offenstehen und fuhren in die Nacht hinaus.

Als Lathe und Skyler die Shandygaff-Bar betraten, stand die gleiche Frau in der Garderobe wie am vorhergehenden Abend. Für Lathes Geschmack war sie immer noch zu stark geschminkt. »Guten Abend.« Er nickte ihr zu und zeigte auf den Hauptraum. »Ist Mr. Charme da?«

»Wer?« fragte sie stirnrunzelnd.

»Der kleine Junge mit den juckenden Handflächen und den mobilen Wachhäuschen«, erläuterte Skyler.

»Ach, Mr. Nash. Die Wachhäuschen heißen Briller und Chong, falls es Sie interessiert.« Sie legte den Kopf schief. »Was haben Sie übrigens gestern abend mit Chong gemacht?«

»Wer, wir?« fragte Lathe unschuldig.

Sie musterte ihn einen Augenblick lang, dann zuckte sie die Achseln. »Eigentlich spielt es keine Rolle. Alle drei sind heute abend hier und treiben sich irgendwo drin herum. Ach ja, Mr. Kanai ist auch anwesend. Soll ich Sie durch den Kellner zu ihm bringen lassen?«

»Wir werden ihn schon finden«, lehnte Lathe ab. Der Pocher an seinem Handgelenk schaltete sich ein, als Skyler unauffällig eine Nachricht eintippte: *Kanai: Lathe und Skyler sind hier.*

Kanai: Bernhard ist bei mir. Kommen Sie nach hinten! Loge vier, fündundsiebzig Grad vom Eintrittspunkt.

»Wir unterhalten uns später«, sagte Lathe zu dem Mädchen. Skyler hatte die Tür bereits durchschritten;

der Comsquare beschleunigte seinen Schritt und holte ihn ein. Sie bogen nach rechts ab und zwängten sich zwischen den Tischen durch, bis sie Kanai entdeckten.

»Guten Abend«, begrüßte sie dieser, als sie in die Loge glitten. »Ich möchte Ihnen Kommandomann Jorgen Bernhard vorstellen. Comsquare Damon Lathe; Kommandomann Rafe Skyler.«

Bernhard nickte ihnen kühl zu. »Von ...?«

»Zuletzt von Plinry«, antwortete Lathe.

Bernhard zog die Augenbrauen hoch, aber falls er beeindruckt war, ließ er es sich nicht anmerken. »Ich verstehe. Weit entfernt von der Heimat. Um so mehr sind Sie auf unsere Hilfe angewiesen.«

»›Angewiesen‹ ist vielleicht zu stark«, schränkte Lathe ein. »Aber sie würde uns bestimmt nützen.«

»Für zwei Fremde, die keine Ahnung haben, wie es in dieser Stadt zugeht, sind Sie ganz schön selbstsicher«, stellte Bernhard fest. »Sie brauchen sehr wohl unsere Hilfe. Wesentlich ist nur die Frage, ob Sie es wert sind, daß wir Ihretwegen unsere Position gefährden.«

»Kanai hat das gleiche gesagt«, erwiderte Lathe. »Wenn Sie damit Ihr Honorar hinaufschrauben wollen – wir haben kapiert.«

Bernhard lächelte kurz. »Wenn Sie glauben, daß ich deswegen beleidigt bin, vergeuden Sie Ihre Zeit. Ich bin von Leuten beschimpft worden, die es viel besser können als Sie.« Er legte die zu Fäusten geballten Hände auf den Tisch, so daß sein Drachenkopfring im Licht funkelte. »Kommen wir zum Geschäft! Sie möchten eine Liste der hochrangigen Militärs, die während des Krieges hier stationiert waren, richtig?«

Lathe nickte. »Genauer gesagt interessiere ich mich für die Leute, die zum Kontingent der Basis Aegis gehört haben.«

Bernhards Gesicht veränderte sich nicht, aber die Muskeln an seinen Unterarmen verkrampften sich. »Warum Aegis?«

»Warum nicht? Es war die größte Anlage in diesem Teil des Kontinents, deshalb ist anzunehmen, daß man die besten Kräfte hierher geschickt hat.«

»Das stimmt nicht. Es gab auf jeder Befehlsebene genauso viele Idioten wie in jeder anderen Basis, die ich gekannt habe.«

»Sie waren also auch in Aegis«, stellte Lathe fest. »Das trifft sich gut, denn dann wissen Sie ja, wer hier die besten Leute waren.«

Bernhards Gesicht wurde hart. »Natürlich. Das waren diejenigen, die zurückblieben, um die Maschinen zu bedienen, als der Gasangriff begann und wir übrigen davonrannten, als wäre der Teufel hinter uns her.«

»Gasangriff?« fragte Skyler. »Aegis war doch dagegen gesichert.«

»Das stimmt.« Bernhards Augen schienen in weite Ferne zu blicken. »Wir nehmen an, daß eine Neutronenbombe eine Verwerfung getroffen und die Gassensoren und Filtersysteme in einem der Lüftungstunnels ausgeschaltet hat. Als die Sensoren im Innern uns meldeten, daß Gas eindrang, war es zu spät.«

»Jemand hätte doch bemerken müssen, daß von den Sensoren im Lüftungstunnel keine Daten kamen ...«, begann Skyler.

»Das weiß ich!« fuhr ihn Bernhard an. »Wir waren damals damit beschäftigt, eine Invasion abzuwehren.« Er schwieg einen Augenblick lang, und sie vernahmen kurze Zeit nur das gedämpfte Geräusch der Gespräche im Raum. »Entschuldigen Sie«, murmelte er schließlich. »Es schmerzt sogar heute noch.«

Lathe nickte. »Wir tragen alle solche Erinnerungen mit uns herum. Sie haben also die Evakuierung veranlaßt.«

»Soweit das noch möglich war.« Bernhard schüttelte den Kopf. »Ich weiß nicht, was sich der verantwortliche Idiot gedacht hat – wenn das Gas in die Basis eindrang, dann hätte ihm klar sein müssen, daß die Luft im Freien mit dem Giftzeug gesättigt sein mußte. Trotz der Gasmasken drang soviel davon durch die Haut in den Körper, daß es gesundheitsschädigend war. Ich glaube, daß von den achthundert Leuten, die wir hinausbrachten, nicht mehr als fünfzig die nächsten sechs Monate überlebten.«

»Das hört sich an, als hätte Denver verdammtes Glück gehabt«, brummte Skyler.

»Das Gas war schwer«, erwähnte Kanai. »Es hat sich hauptsächlich in den Tälern um Aegis gehalten. Aber Sie haben recht – die Ryqril hätten ohne weiteres die Stadt zerstören können, wenn sie gewollt hätten.«

Lathe wandte sich dem Orientalen zu. »Haben Sie sich auch in der Basis befunden?«

Kanai schüttelte den Kopf. »Ich habe in Athena Dienst als Leibwächter gemacht. Gegen Ende verwendeten sie viele von uns als Wachtposten und als Überwacher für Zivilisten.«

»Das halte ich aber für eine Vergeudung von Talenten«, warf Skyler ein.

»Was hätten sie sonst mit uns anfangen sollen?« fragte Bernhard mürrisch. »Der Krieg war verloren, das stand fest. Warum sollten sie uns für Guerillaeinsätze aufsparen, zu denen es nie kommen würde, wenn sie vor dem brennenden Problem standen, die Masse unter Kontrolle zu halten?« Er fluchte leise.

Lathe fühlte mit ihm. Die Blackcollars auf Plinry hatten sich ebenfalls mit der Verachtung der Bevölkerung abfinden müssen, die weder begriff, worin ihre Fähigkeiten bestanden, noch wo ihre Grenzen lagen. Doch die Militärs von Aegis und Denver hätten vernünftiger sein müssen. »Ich weiß, wie Ihnen zumute ist«, sagte er zu Bernhard. »Sie müssen einfach daran denken, daß uns diese Unterschätzung ermöglicht hat, so lange in einem von Feinden besetzten Gebiet zu überleben.«

Bernhard sah ihn kühl an. »Vielleicht haben *Sie* so überlebt, Comsquare, aber wir haben seit langem genug davon, daß man uns für Schafe hält. Jeder Mensch in Denver weiß, was Blackcollars sind und was wir können.«

»Einschließlich der Regierung?« fragte Skyler.

»Natürlich.«

»Und sie lassen Sie in Ruhe?«

Bernhard senkte kurz den Blick. »Wir haben sozusagen eine Art ungeschriebenen Nichtangriffspakt. Wir haben es nicht auf Regierungsziele abgesehen, und sie lassen uns in Ruhe.«

Lathe fuhr mit dem Finger über seinen Drachenkopfring. »Das gilt vermutlich auch für die Ryqril?«

»Ja, doch wenn man bedenkt, daß ihre Basis außerhalb von Aegis und die wenige Kilometer entfernte Stadt die einzigen nennenswerten Ryqrilstützpunkte in dem Gebiet sind, fällt das kaum ins Gewicht.«

»Interessant. Ich nehme an, daß Sie sich an den Eid erinnern, den Sie ablegten, als Sie diesen Ring bekamen.«

Bernhard sah ihn mit funkelnden Augen an. »Der Krieg ist *vorbei*, Lathe! Vorbei und vergessen, und wir haben ihn verloren! Was danach kommt, ist das Überleben, mit allen zur Verfügung stehenden Mitteln. Ich brauche weder Ihre Erlaubnis noch ihre Zustimmung, und schon gar nicht Ihre weltfremden Predigten. Meine Truppe kann nichts gegen die Ryqril unternehmen, und ich werde ihr Leben nicht wegen eines überholten Ehrbegriffs wegwerfen. Verstanden?«

»Verstanden«, antwortete Lathe unbeeindruckt. »Nehmen Sie jetzt meinen Auftrag an oder nicht?«

Bernhard holte tief Luft. »Sie werden Ihre Namensliste bekommen, klar.« Sein Zorn war wie weggewischt. »Und dann verschwinden Sie aus Denver!«

Lathe zog die Augenbrauen hoch. »Sonst?«

»Betrachten Sie es als unser Honorar. Ich meine es ernst.«

»Davon bin ich überzeugt. Sie müssen aber auch Ihrerseits verstehen, daß wir Denver erst verlassen, wenn wir unsere Mission durchgeführt haben.«

»Ich nehme an, daß diese Mission den gesamten Sicherheitsdienst auf die Beine bringen wird«, knurrte Bernhard.

Lathe lächelte. »Schließen Sie sich uns an, und sie erfahren es.«

Kanai machte eine Bewegung, und Bernhard sah kurz zu ihm hinüber. »Morgen abend habe ich Ihre Liste«, versprach er Lathe. »Seien Sie um acht Uhr hier.«

»Wie wäre es mit einem anderen Treffpunkt?« schlug Skyler vor. »Dieser wird allmählich langweilig.«

»Sie sind zu rasch übersättigt«, spottete Bernhard. »Aber von ästhetischen Überlegungen abgesehen, ist das Shandygaff der sicherste Treffpunkt weit und breit. In jedem anderen Lokal der Stadt würden wir uns auf fremdem Territorium befinden, und das könnte zu Unannehmlichkeiten führen. Das wollen Sie doch bestimmt vermeiden.«

»Machen Sie sich unseretwegen keine Sorgen – oder haben Sie vergessen, daß wir diese Stadt bald verlassen?« fragte Skyler. »Aber wenn es Sie stört, warum treffen wir uns dann nicht irgendwo in Sartans Gebiet?«

Bernhard preßte kurz die Lippen zusammen. »Was wissen Sie über Sartan?«

»Nur, daß Sie oft für ihn gearbeitet haben«, antwortete Skyler unverbindlich. »Deshalb habe ich angenommen, daß wir in diesem Teil der Stadt nichts zu befürchten haben.«

»Zufällig besitzt Sartan kein eigenes Territorium. Noch nicht. Haben Sie stichhaltige Einwände gegen das Shandygaff?«

Kanai räusperte sich. »Ein möglicher Einwand ist gerade eingetroffen.«

Lathe hütete sich davor, sich umzudrehen und nachzusehen, aber Skyler hatte freien Ausblick auf den Vorraum. »Skyler?«

»Eines der mobilen Wächterhäuschen«, berichtete dieser. »Vermutlich Chong – er hat einen Verband um den rechten Arm, also ist er derjenige, den Mordecai gestern abend gestreichelt hat. Der zweite, Briller, wartet im Vorraum.«

»Beide dürften bewaffnet sein«, warnte Kanai. »Tragen Sie Ihren Flexarmor?«

Lathe nickte. »Soviel zu neutralem Territorium.«

»Ich habe gestern abend gesehen, wie Chong nach Hause gehinkt ist«, sagte Kanai. »Eine der Regeln hier lautet, daß man die Rausschmeißer in der Bar in Ruhe läßt.« Er stand auf. »Ich werde versuchen, sie zu beruhigen – das letzte, was Sie brauchen können, ist ein Kampf, mit dem Sie Aufmerksamkeit erregen.«

»Erinnern Sie ihn daran, daß wir härter zuschlagen können als gestern abend«, sagte Lathe.

Kanai nickte und ging zum Eingang. Lathe sah zu, wie er vor Chong stehenblieb, beurteilte kurz die Körpersprache des Riesen und schob zwei Finger in seinen rechten Ärmel. *Mordecai: Bericht.*

Mann treibt sich beim Eingang herum, vermutlich Beobachter. Kein Hinweis auf massive Präsenz des Sicherheitsdienstes.

Der charmante Mr. Nash hatte also beschlossen, die Angelegenheit ohne offizielle Unterstützung zu regeln. Das war ein Pluspunkt für ihn. »Wie viele Männer stehen Nash außer Briller und Chong zur Verfügung?« fragte er Bernhard.

»Ein halbes Dutzend Festangestellte, weitere stehen auf Abruf bereit.« Bernhards Gesicht hatte sich verdüstert.

»Sie sehen beunruhigt aus«, stellte Skyler fest.

Bernhard ließ Chong und Kanai nicht aus den Augen. »Sie nehmen an, daß Nash es auf Sie abgesehen hat. Er könnte es genauso gut auf mich abgesehen haben.«

Lathe überlegte kurz. Unwahrscheinlich, aber nicht unmöglich. »Haben Sie Verstärkung draußen?«

»Leider nicht. Ich habe nicht angenommen, daß es erforderlich sein wird. Haben Sie außer dem einen Mann noch jemanden in Reserve?«

»Nein, aber lassen Sie sich dadurch nicht irritieren.« *Mordecai: Möglicherweise Einkreisung im Gang. Sehen Sie sich draußen nach Gruppen um.*

Die Antwort erfolgte prompt. *Gruppen identifiziert. Vier, einschließlich Beobachter an Tür. Unzureichender visueller Kontakt.*

Mit anderen Worten, Nashs Leute sahen einander nicht, was bedeutete, daß sie unauffällig nacheinander erledigt werden konnten. »Dilettanten«, meinte Skyler verächtlich.

»Mir kommt es gelegen«, widersprach Lathe. *Mordecai: Schalten Sie sie unauffällig aus! Minimalkraft.*

Verstanden.

»Es ist lange her, seit ich die alten Pochercodes zum letzten Mal gehört habe«, erwähnte Bernhard nachdenklich. »Es weckt Erinnerungen. Glauben Sie, daß er allein damit fertig wird?«

»Wenn sie ihn nicht entdecken. Wenn sie ihn entdekken, müssen wir von dieser Seite aus aktiv werden. Chong trägt einen Kopfhörer – bei der ersten verdächtigen Bewegung greifen wir an.«

»Aber töten Sie niemanden«, warnte Bernhard. »Wenn Sie jemanden umbringen, haben Sie die ganze Stadt auf dem Hals.«

»Wir wollten vermeiden, daß es Tote gibt, sonst wären wir schon seit drei Minuten eine Staubwolke«, erklärte Lathe geduldig.

»Ich wollte Sie nur daran erinnern«, knurrte Bernhard. »Es sieht so aus, als käme Kanai nicht durch.«

Lathe konzentrierte sich wieder auf die beiden. Chong hatte sich nicht gerührt, aber sein Gesichtsausdruck erinnerte an eine Gewitterwolke, und seine rechte Hand hatte sich in seiner Jackentasche häuslich niedergelassen. »Die Verhandlungen dürften kurz vor dem Abbruch stehen«, gab er zu. »Es gibt vermutlich keine Hintertür?«

»Wenn es eine gäbe, hätte ich sie vor drei Minuten erwähnt«, meinte Bernhard bissig. »Es gibt nichts, was wir benützen könnten. Auch keine Fenster.«

»Die perfekte Brandfalle«, stellte Skyler fest. »Können wir davon ausgehen, daß heute abend einige wichtige Leute anwesend sind? Leute, denen Nash und Co. ungern Verletzungen zufügen würden?«

»Nash würde Chong auf kleinem Feuer schmoren lassen, wenn er jemanden außer uns trifft«, antwortete Bernhard. »Aber er ist ein verdammt guter Schütze, und dieser Tisch ist solide am Boden festgeschraubt. Bis wir unsere Beine herausgeschoben haben, kann er einen oder mehr von uns erledigt haben.«

»Nur wenn er sieht, auf wen er schießt. Lathe?«

»Vermutlich unsere beste Chance«, stimmte Lathe zu. »Die Hauptschalter befinden sich rechts von der Tür; die Notbeleuchtung hoch oben an der Wand hinter Ihnen, Bernhard, und auf meiner Seite in der Nähe der Rückwand.«

»Eine Notbeleuchtung befindet sich oberhalb der Hauptschalter«, ergänzte Skyler.

»Die kommt als letzte dran – wenn es soweit ist, scheint sie Chong genau in die Augen.« Lathe tippte auf seinen Pocher: *Mordecai: Für raschen Durchbruch bereithalten. Kanai: Bis drei zählen, dann Chong nach rechts ablenken.* Lathe zog zwei *shuriken* heraus, stemmte die Füße ein, und als Kanais linke Hand auf den Vorraum zeigte, setzte er sich in Bewegung.

Sein erster Stern bohrte sich genau oberhalb der Lichtschalter in die Wand. Die kurzgeschlossenen Leitungen sprühten Funken und anstelle der gedämpften Beleuchtung im Raum traten die grellen Scheinwerfer der Notbeleuchtung. Überraschte, zornige Rufe wurden laut, und Chongs Gebrüll übertönte alles. Lathe verließ die Loge, warf sich auf den Boden, damit Skyler freies

Schußfeld hatte, richtete sich dann auf ein Knie auf und schleuderte den zweiten *shuriken* über die Logen hinweg in den Sicherungskasten für die Notbeleuchtung. Aus dem Augenwinkel sah er, daß Bernhard aus der Loge rannte; im nächsten Augenblick erloschen die Lichter auf seiner Seite, und Glas klirrte. Noch während Lathe zur Tür herumwirbelte, traf Skylers letzter *shuriken* sein Ziel, und der Raum versank in Dunkelheit.

Beinahe. Aus dem Vorraum fiel Licht durch die Türöffnung, so daß sich Chong deutlich vom Hintergrund abhob. Möglicherweise versuchte Chongs zentrales Nervensystem noch, mit den Ereignissen Schritt zu halten; doch dazu hatte er keine Zeit mehr. Skylers Messer blitzte auf und prallte mit dem Griff gegen Chongs Stirn, worauf der Riese zu Boden ging. Ein Mann erledigt, einer – oder mehr – noch übrig. Lathe sprintete durch den Raum, wich dem Lichtfleck aus und drückte sich neben der Tür an die Wand.

Er hätte sich die Mühe sparen können. Briller lag in Fötushaltung auf dem Boden und war an den Ereignissen vollkommen desinteressiert. Auf der anderen Seite des Raumes stieß Kanai, der einen *shuriken* wurfbereit in der Hand hielt, die Außentür auf und blickte hinaus. Lathe schob sich um den Türrahmen in den Vorraum und sah sich nach dem Garderobemädchen um.

Wenn sie tatsächlich auch als Verstärkung für die Rausschmeißer des Shandygaff arbeitete, dann machte sie ihre Arbeit nicht sehr gut. Sie stand an ihrem Pult und hatte die leeren Hände beinahe zimperlich gefaltet; ihr Ausdruck unter dem dicken Make-up verriet Interesse, aber kein bißchen Angst oder Zorn. Als Lathe hereinkam, sah sie ihn an und zeigte auf Chong. »Ist er tot?«

»Wenn ich Skyler richtig einschätze, dann lebt er noch«, antwortete er und bückte sich, um das Messer seines Gefährten aufzuheben. »Er achtet mehr als wir alle darauf, nicht unnötig zu töten. Natürlich mit Ausnahme von Ryqril.«

»Man wird Sie erledigen, bevor Sie fünf Schritte aus der Tür gemacht haben.«

»Das bezweifle ich.« Jetzt kamen auch Bernhard und Skyler in den Vorraum; Lathe warf letzterem sein Messer zu und griff nach seinem Pocher: *Mordecai: Bericht.*

Beobachter nähert sich Tür, die übrigen neutralisiert.

Lathe sah Skyler an; dieser nickte und trat zur Tür. Er sprach leise mit Kanai, riß die Tür unvermittelt auf, schleuderte sein Messer und schlug die Tür wieder zu. Ein einziger Einschlag in das dicke Holz folgte, dann herrschte Stille. Skyler öffnete gerade die Tür einen Spaltbreit, als Mordecais Nachricht über den Pocher kam: *Alles klar.*

»Ich schlage vor, daß Sie beide verschwinden, solange es Ihnen möglich ist«, sagte Lathe zu Bernhard, während er zu Skyler trat. »Aber erst verraten Sie mir, wie ich Sie morgen kontaktieren kann.«

»Rufen Sie mich einfach hier an!« mischte sich Kanai ein. »Wir können dann eine Zusammenkunft vereinbaren.«

Lathe war bereits halb zur Tür draußen, als er sich umdrehte. »Ich soll Sie *hier* anrufen?«

Kanai erwiderte den Blick ruhig. »Ich bin der Kontaktmann. Es ist mein Job, hier zu sein.«

»Was ist mit Nash?«

»Mit dem kann ich fertigwerden. Gehen Sie nur!«

Lathe blickte über Kanais Schulter hinweg zum Garderobemädchen und nickte dann. »Morgen abend.« Damit verschwand er.

Skyler erwartete ihn ein Stück weiter unten auf dem Gehsteig. »Sehen wir zu, daß wir weiterkommen«, drängte er Lathe. »Die übrigen Gäste könnten darüber verärgert sein, daß wir sie im Dunklen lassen.«

Sie gingen rasch durch die kleine Fußgängerzone zu

der Seitenstraße, in der sie ihren Wagen geparkt hatten. »Der Abend hat sich alles in allem gelohnt«, bemerkte Skyler. »Wir haben zumindest herausgefunden, daß Bernhards Team noch kämpfen kann.«

»Wir haben noch viel mehr herausgefunden«, widersprach Lathe. »Wir wissen, daß die Ryqril ein Zentrum außerhalb der Basis Aegis besitzen – ein Hinweis darauf, daß sie noch immer ausgesperrt sind.«

»Also haben die Überlebenden des Gasangriffs die Basis dicht gemacht, bevor sie gestorben sind. Vielleicht hat der Kommandant deshalb so viele Leute fortgeschickt – er wollte nicht, daß jemand auf die Idee kommt, den Zugang im Austausch gegen ein Gegengift zu öffnen.«

»Das glaube ich auch«, stimmte Lathe zu. Er blickte nach hinten und stellte fest, daß ihnen niemand folgte, was schließlich nicht überraschend war. »Das könnte einer der Gründe sein, weshalb Bernhard es übelnimmt, daß er mit dem allgemeinen Viehtrieb hinausgeschickt wurde. Er empfindet es wahrscheinlich als Beleidigung für seine Integrität. Oder vielleicht hat sein jetziger Lebensstil auf seinem Gewissen Blasen gerieben.«

»Bei Kanai ist es bestimmt der Fall. Glauben Sie angesichts dieser Umstände, daß wir von Bernhard eine brauchbare Liste bekommen werden?«

»Das weiß ich nicht, aber es spielt auch keine Rolle mehr. Wir haben unseren einheimischen Führer bereits.«

Eine kurze Pause folgte. »Das können Sie nicht ernst meinen«, sagte Skyler schließlich.

»Warum nicht? Ein Blackcollar hätte jedenfalls dafür gesorgt, daß er alle Ein- und Ausgänge der Basis, der er zugeteilt war, kannte.«

»Sie müssen schon entschuldigen, aber ich bezweifle, daß Bernhard sehr viel Begeisterung für dieses Projekt aufbringen kann.«

Lathe seufzte. »Er wird uns helfen. Er wird uns hineinbringen, freiwillig oder nicht. Wir müssen nur einen Hebel finden, den wir bei ihm ansetzen können.«

»Und seine Reaktion auf die Verwendung des Hebels überleben.«

»Darauf kommt es natürlich auch an«, gab Lathe zu.

Nach dem kurzen Kampf hielt das gedämpfte Chaos noch eine gute Weile an, und es blieb längere Zeit finster. Endlich waren die Angestellten des Shandygaff damit fertig, ihre tragbaren Laternen aufzustellen, und der vor Wut kochende Mr. Nash befahl ihnen, die beschädigten Leitungen in Ordnung zu bringen. Der Strom der zornigen Gäste, die abzogen, versiegte allmählich, und nur die Hartgesottenen und weniger Ungeduldigen blieben zurück.

Galway saß allein an seinem kleinen Tisch, nippte an seinem Drink und spürte, wie sich seine Magenmuskeln verkrampften. Lathe und Skyler auf der Erde, in Denver! – und die örtlichen Blackcollars hatten sich bereits mit ihnen verbündet? In den Akten stand, daß Bernhards Blackcollars Regierungsziele unweigerlich ungeschoren ließen – aber Galway hatte selbst erlebt, wie rasch ›harmlose‹ Blackcollars sich ändern konnten.

Die Geschichte von Plinry war im Begriff, sich in Denver zu wiederholen. Galway konnte nur hoffen, daß Quinn noch genügend Zeit hatte, den Ernst der Lage zu erfassen.

15. Kapitel

ZWISCHEN DEM REGIERUNGSVIERTEL von Neu-Genf und der Nabe von Capstone auf Plinry hatte Caine eine Menge Festungsstädte gesehen, aber Athena war einzigartig. Die Hügel des Hogback schützten es im Westen, der Green Mountain erhob sich im Norden, und es sah überhaupt nicht wie eine Festungsstadt aus. Sein einfacher Maschendrahtzaun und die von Scheinwerfern beleuchtete äußere Umgrenzungslinie waren beinahe ein Atavismus aus einem Zeitalter, in dem es noch keine ausgeklügelten Sensoren und automatische Abwehreinrichtungen gegeben hatte. Zwar waren am oberen Rand des Zauns Sensoren angebracht, aber die Waffen, die auf die Anzeigen der Sensoren reagieren sollten, glänzten durch Abwesenheit, und zwar so offensichtlich, daß ein entsprechend naiver Angreifer tatsächlich auf die Idee hätte kommen können, die Stadt wäre ein leichtes Ziel.

Es sei denn, ihm fielen die flachen Gebäude auf dem Green Mountain auf.

»Fertig«, murmelte Alamzad und unterbrach damit Caines Gedankengang. Caine wandte sich ihm wieder zu. Die drei behelfsmäßigen Katapulte waren tatsächlich fertig. Das elastische Gewebe war straff gespannt und an den im Dach versenkten Bügeln befestigt. Auf dem Dach befanden sich insgesamt vier Männer. »Sieht gut aus«, stellte Caine anerkennend fest. »Glauben Sie, daß sie Zeit haben werden zu explodieren, bevor die Laser dort drüben sie erwischen?«

»Das werden wir bald genug merken«, meinte Alamzad. »Aber wir haben die Sprengkapseln ausreichend in Hitze ableitendes Material gewickelt, um ihnen eine Chance zu geben.«

Caine nickte. Es spielte zwar kaum eine Rolle – Laserfeuer über Athena würde beinahe genauso viel Aufmerksamkeit erregen wie Laserfeuer plus Explosionen, aber die zusätzliche Geräuschkulisse würde dem Ganzen den letzten Schliff geben. »Okay. Machen Sie sie abschußbereit!« Er griff nach seinem Pocher.

Braune: Erregen wir die Aufmerksamkeit unfreundlicher Menschen?

Nein.

Caine lächelte. Als sie von der Wasserwiedergewinnungsanlage zurückgekehrt waren, hatten ihnen Pittman und Braune die Trophäe präsentiert, die sie selbst organisiert hatten: Ein Satz Autokennzeichen und Polizeisender, die sie sich für diese Nacht von einem Fahrzeug ausgeliehen hatten, das einige Blocks von ihrem Versteck entfernt geparkt war. Sie hatten es auf ihren Wagen transplantiert; diese Tarnung sollte ihnen den Sicherheitsdienst wenigstens für den Rest der Nacht vom Hals halten.

»Alles fertig«, meldete Alamzad, dessen Gesicht kurz von einer aufflackernden Flamme beleuchtet wurde. »Verzögerungsschnüre brennen – wir haben fünf Minuten, um auf Distanz zu gehen.«

Die Schnüre brannten genau sechseinhalb Minuten, und sie sahen aus einer Entfernung von vier Häuserblocks zu, wie die winzigen Sprengladungen im Bogen durch die Luft flogen und wie die helleren Laserstrahlen von der Bergspitze auf sie zuschossen. Drei Miniaturbomben pro Schlinge – insgesamt neun – und mindestens vier von ihnen gelang es, ein leises Krachen zu erzeugen, bevor sie sich in kleine Wölkchen auflösten.

»Das wär's«, stellte Caine fest, als die kurze *Son et lumière*-Show vorbei war. »Gehen wir nach Hause, bevor sie Aufklärer ausschicken, die jemanden suchen, den sie dafür verantwortlich machen können.«

»Glauben Sie, daß sie es überhaupt bemerken werden?« fragte Colvin.

»Wenn ich der diensthabende Offizier wäre, würde ich es bemerken«, antwortete Caine. »Außerdem ist es uns ohnehin gleichgültig, ob der Sicherheitsdienst es merkt.«

»Hauptsache, die Fackel bekommt es mit«, murmelte Pittman.

»Richtig. Wenn es nicht klappt, müssen wir uns etwas Spektakuläreres einfallen lassen.«

Die Laser hatten den Nachthimmel aufgehellt, während sich Galway auf dem Heimweg vom Shandygaff befand, und er war beinahe darauf gefaßt gewesen, bei seiner Rückkehr Tote, Chaos und ein zerstörtes Eingangstor vorzufinden. Doch diese Angst vergaß er bald; bis auf das aufgestockte Wachkontingent am Tor sah alles genauso aus wie vor einigen Stunden, als er fortgegangen war. Aber er war lange genug Sicherheitspräfekt und nahm daher nicht an, daß im Lageraum die gleiche Ruhe herrschte, womit er recht hatte.

Er hatte aber nicht vorhergesehen, daß Quinn anwesend sein würde.

»Wir haben drei davon auf dem Dach genau an der von der ballistischen Zurückverfolgung errechneten Stelle gefunden«, berichtete jemand über das Kommunikationssystem, als Galway eintraf. Der Monitor zeigte ein katapultartiges Gebilde, das von zwei Sicherheitsmännern vorsichtig untersucht wurde.

»Irgendwelche Hinweise auf Fernsteuerung oder Zeitzünder?« fragte Quinn.

»Asche, die von einer Verzögerungsschnur stammen könnte«, antwortete der Sicherheitsmann. »Wir werden es erst mit Sicherheit wissen, wenn sie analysiert worden ist.«

Quinn warf Galway einen Blick zu und wandte sich dann wieder dem Monitor zu. »Vergewissern Sie sich, daß sie keine versteckten Sprengladungen enthalten, und bringen Sie sie dann hierher.«

»Ja, Sir.«

Quinn drehte sich zu einem Mann um, der hinter ihm stand. »Haben Sie etwas Neues über den Einbruch in die Wasserstation?«

»Es handelt sich eindeutig um Caine und Braune.« Der Mann überreichte Quinn ein Blatt Papier. »Positive Identifizierung durch jeden, der sie gesehen hat. Sie sind mit einer Schachtel mit fünfzig AK-29 Sprengkapseln verschwunden, deren Sprengkraft mit 0,2 bewertet wird. Kaum stärker als kleine Knallfrösche.«

»Wir können wohl annehmen, daß sie mehr vorhaben, als zu ihrem Vergnügen ein bißchen Lärm zu machen«, sagte Quinn eisig. »Schicken Sie den Bericht zur Analyseabteilung! Sie soll herausfinden, ob dies der Stärke der Bomben entspricht, die vor einer halben Stunde über Athena gezündet wurden.«

Der Mann schluckte. »Ja, Sir.« Er verschwand eiligst.

»Idiot«, murmelte Quinn und wandte sich zum ersten Mal Galway zu. »Hat Sie der Lärm geweckt?«

Galway schüttelte den Kopf. »Ich war noch auf – in der Shandygaff-Bar.«

»Ich habe Ihnen doch gesagt, daß der Zutritt für Sie verboten ist.«

»Sie sind hier, General. Zumindest Lathe und Skyler – und nach dem Gemetzel vor dem Lokal zu urteilen, müssen mit ihnen mindestens noch zwei Leute hierher gekommen sein.«

Quinn stieß zischend die Luft aus. »Ich sollte Ihnen die Haut bei lebendigem Leib abziehen lassen. Es ist wahrscheinlich unmöglich, daß Sie sich geirrt haben.«

»Allerdings. Aber das ist noch nicht alles: zwei Ihrer örtlichen Blackcollars haben den beiden geholfen, sich durchzuschlagen.«

Quinn kniff die Augen zusammen. »Zwei Blackcollars haben ihnen geholfen? Vielleicht haben sie nur nichts unternommen, um die beiden aufzuhalten.«

»Sie haben ihnen *sehr aktiv* geholfen. Einer von ihnen

war Kanai – er wird in Ihren Akten als Kontaktmann der Gruppe bezeichnet –, und er hat nicht nur die Gegner abgelenkt, sondern auch den Reservemann an der Bar ausgeschaltet.«

»Sie werden ihn bei lebendigem Leib braten.« Quinn schüttelte den Kopf. »Er sucht die Bar jede Woche auf – für so etwas wird Nash seinen Kopf verlangen.«

Ich habe Sie davor gewarnt, Ihre Blackcollars zu unterschätzen. Die Worte lagen Galway auf der Zunge, aber er schluckte sie hinunter. Es war für den General schon demütigend genug, daß er einen Fehler zugeben mußte; Galway mußte ihn nicht auch noch daran erinnern, daß er von Anfang an recht gehabt hatte. »Soll ich die Fotos von Lathe und den anderen kopieren lassen, damit sie überall verteilt werden können?« fragte er statt dessen.

»Was kann ihnen Lathe geboten haben, das ihnen das Risiko wert war, das Shandygaff auf den Kopf zu stellen?« fragte Quinn.

Galway runzelte die Stirn. »Was meinen Sie damit? Lathe muß keine Geschäfte machen, er verfügt über die Autorität, die Gruppe wieder in vollen Kampfstatus zu bringen.«

»Unsinn! Ich kenne diese Leute, Galway, sie fangen bestimmt nicht wieder an, einen dreißig Jahre toten Krieg auszugraben. Nein, Lathe hat ein Geschäft mit ihnen abgeschlossen, und die einzige Frage ist, worin der Gewinn besteht.«

Galway holte tief Luft. »Ich stelle Ihre Kenntnis von der Stadt und ihren Bewohnern nicht in Frage, General, aber ist es nicht möglich, daß Kanai und seine Leute sich still verhalten und nur auf eine solche Gelegenheit gewartet haben?«

»Eine Gelegenheit wofür? Sie haben mir bis jetzt nicht einmal eine plausible Mission für Caine präsentieren können, ganz zu schweigen von einer Mission, für die er Lathe brauchen würde.«

»Ich habe Berichte vorgelegt ...«

»Ich habe *plausible* Missionen gesagt«, unterbrach ihn Quinn. »Daß jemand in die Basis Aegis eindringen will, ist kaum plausibel.«

Galway unterdrückte mit Mühe einen Wutanfall. »Also gut, was wollen Sie jetzt unternehmen?«

»Wir werden Caine finden«, erklärte Quinn grimmig. »Ihr Plan mit Postern ist offensichtlich danebengegangen – entweder ist er übergelaufen, oder sie sind ihm auf die Schliche gekommen.«

»Er würde nie überlaufen ...«

»Verschonen Sie mich mit Ihren unqualifizierten Ansichten. Postern hat versagt, und seit heute abend ist Caine mehr als nur ein lästiger Störenfried. Ganz gleich, was er vorhat, er hat begonnen, es auszuführen, und ich habe genug davon, hier herumzusitzen und auf Anrufe zu warten. Von diesem Augenblick an hat die Jagd auf ihn absolute Priorität. Wir werden uns den Wagen holen, mit dem er aus den Bergen entkommen ist, und wir werden alle Meldungen über gestohlene Fahrzeuge überprüfen, für den Fall, daß er das Fahrzeug gewechselt hat. Und wenn wir ihn finden, bringen wir ihn hierher!«

»Wenn Sie das tun, wird sich Präfekt Donner Ihren Skalp holen.« Mit Galways Selbstbeherrschung war es vorbei. »Das heißt, wenn die Ryqril Sie nicht zuerst zu fassen kriegen.«

»Überlassen Sie es mir, mit Donner und den Ryqril fertigzuwerden! Ganz gleich, wie Sie ihnen dieses Abkommen untergejubelt haben, ich werde es annullieren.«

Galway biß die Zähne zusammen und kämpfte seine Frustration nieder, bis er wieder fähig war zu sprechen. Quinn konnte sich den Luxus einer persönlichen Fehde leisten; Galway konnte es nicht. Hier stand Plinrys Überleben auf dem Spiel. »Wären Sie zumindest bereit, mit Präfekt Donner darüber zu sprechen, bevor Sie Ihre Brücken verbrennen?«

Quinn schien ihn abzuschätzen. »Ich verspreche nichts«, antwortete er schließlich. »Wir wollen erst einmal sehen, wieviel Mühe es uns macht, ihn zu finden.«

»Wollen Sie, daß inzwischen Lathes Bild in Umlauf gebracht wird?«

»Wenn Sie nichts dagegen haben, ist es mir lieber, wenn ich mich immer nur mit einer Gruppe befasse. Außerdem können wir Lathe jederzeit finden, wenn wir ihn brauchen – oder haben Sie vergessen, daß er sich mit Kanai zusammengetan hat?« Quinn sah auf die Tür. »Morgen erwartet uns ein anstrengender Tag, deshalb sollten Sie jetzt schlafengehen.«

Er war entlassen. »Ja, Sir. Ich werde dann morgen früh mit Ihnen sprechen.«

Galway drehte sich um und stolzierte zur Tür hinaus. Im Augenblick hatte er mehr als genug von Quinn; in einer Beziehung hatte der General allerdings recht.

Morgen würde ein anstrengender Tag werden.

16. Kapitel

Das Zwitschern der Alarmanlage riß Kanai aus unruhigem Schlaf, und noch bevor er hellwach war, hatte er sich mit dem *shuriken* in der Hand aus dem Bett gerollt. Das Fenster war intakt, die Tür zum übrigen Haus noch geschlossen.

Er holte tief Luft, schlich zum Fenster und hob die Jalousie leicht an. Der schwache Lichtschimmer, der im Osten der Straßenbeleuchtung Konkurrenz machte, verriet ihm, daß es etwa eine halbe Stunde vor Tagesanbruch war. Um diese Zeit gab es praktisch keinen Verkehr; zu beiden Seiten der Straße parkten Autos, aber bei keinem war die Beleuchtung eingeschaltet. Kanai legte einen verborgenen Schalter an der Wand um und schaltete damit einen Teil der Glasscheibe auf Infrarotsensibilität. Nichts – alle in Sichtweite befindlichen Autos parkten seit einigen Stunden. Aber der Alarm war auf dieser Seite des Hauses ausgelöst worden. Er wollte gerade zu seinem Monitor gehen und die ganze Umgebung absuchen, als eine einsame Gestalt in Sicht kam, die zielstrebig seine Vordertür ansteuerte.

Sein erster Gedanke war *Lathe*, doch eine kurze Beobachtung schloß diese Möglichkeit aus. Dem Gang des Mannes fehlte die katzenartige Geschmeidigkeit der Blackcollars; die Blicke, die er unübersehbar nach rechts und links warf, waren weit von der unauffälligen Beobachtung der Blackcollars entfernt.

Was bedeutete, daß der Mann auch nicht zu Kanais Team gehörte. Und um diese Zeit handelte es sich ganz bestimmt nicht um einen zufälligen Besucher.

Er trat zum Monitor mit Lichtverstärkung in seinem Zimmer, der auf den Gehsteig vor dem Haus eingestellt war. Es würde noch zwei Sekunden dauern, bis der

Mann so nahe herangekommen war, daß er ihn genau betrachten konnte; Kanai griff nach seinem Kimono und dem unter dem Kissen verborgenen *nunchaku*. Während er in den Kimono schlüpfte, blickte er auf den Monitor – und fluchte leise.

Der Mann, der auf seine Tür zukam, war General Quinn.

Die Türglocke klingelte zweimal hintereinander; mechanisch personifizierte Ungeduld. Kanai steckte den *nunchaku* in den Gürtel seines Kimonos, schaltete die Alarmanlage wieder ein und ging zur Tür.

»General«, grüßte er kühl, als er die armierte Tür aufsperrte und öffnete. »Sie sind zeitig unterwegs.«

Quinn versuchte gar nicht erst, höflich zu scheinen, sondern drängte sich an dem Blackcollar vorbei in das Wohnzimmer. »Haben Sie sie hier untergebracht, Kanai?« fragte er, während er sich umsah.

»Wen habe ich untergebracht?«

»Spielen Sie nicht den Unschuldigen! Sie wissen, wen ich meine – Comsquare Damon Lathe und seinen Haufen Unruhestifter.«

Kanais Magen verkrampfte sich, und er entspannte sich bewußt. »Es tut mir leid, daß ich Sie enttäuschen muß, aber sie sind nicht hier.«

Quinn brummte. »Was wollen sie hier?«

»Seit wann geht es Sie etwas an, was unsere Kunden wollen?«

»Beleidigen Sie meine Intelligenz nicht, Kanai. Das sind keine gewöhnlichen Geldraffer, die Sie anheuern, damit sie anderen Geldraffern den Hals durchschneiden – das sind Guerillasoldaten, die den Krieg wieder anfachen wollen. An Ihrer Stelle würde ich darüber nachdenken, was in diesem Fall aus meinem gemütlichen Arrangement in Denver werden würde.«

»Das heißt im Klartext?«

»Das heißt, daß Sie und Bernhard mitsamt Ihrem Boot untergehen werden, wenn Sie zu heftig schaukeln.«

Quinn lächelte sardonisch. »Bernhards Name überrascht Sie, was? Sie haben geglaubt, daß wir nicht wissen, wer Ihr Anführer ist, nicht wahr? Glauben Sie mir, Kanai, wir wissen über Ihr Team alles Wissenswerte – Sie können nicht jahrelang so herumlaufen, wie Sie es getan haben, ohne dabei eine Menge Fusseln zu hinterlassen.«

»Vielleicht«, erwiderte Kanai so ruhig, wie es ihm möglich war. »Sie würden aber feststellen, daß es Sie teuer zu stehen kommt, wenn Sie versuchen, mehr als nur Informationen zu erhalten.«

»Davon bin ich überzeugt – warum haben wir Sie Ihrer Meinung nach so lange geduldet? Aber wenn wir dazu gezwungen sind, könnten wir uns dazu entschließen.«

»Gut, Sie haben Ihr Argument vorgebracht. Wenn das alles war, weshalb Sie gekommen sind, können Sie wieder gehen.«

Quinn überhörte die Aufforderung, zog ein Foto aus der Tasche und warf es Kanai zu. »Haben Sie diesen Mann schon einmal gesehen?«

Der Blackcollar betrachtete das Foto. »Nein. Sollte ich ihn kennen?«

»Er heißt Allen Caine. Hat Lathe ihn Ihnen gegenüber erwähnt?«

»Wieder nein. Was hat er getan, damit Sie sich so für ihn interessieren?«

»Mit anderen Worten, wieviel wissen wir? Vergessen Sie es! Aber weil wir gerade über Informationen sprechen – was genau tun Sie für Lathe? Und was bezahlt er dafür?«

Kanai zog die Augenbrauen hoch. »Wie jemand gerade gesagt hat: vergessen Sie es! Ihr Aufenthalt hier neigt sich dem Ende zu.«

Der General sah sich im Zimmer um. »Sie haben eine hübsche Wohnung, Kanai, eine wirklich hübsche Wohnung. Wesentlich hübscher als die Verhörzellen in

Athena; verdammt hübscher als eine Kiste unter der Erde. Lassen Sie sich raten und halten Sie sich von Lathe fern!«

»Sonst?«

»Sonst? – Betrachten Sie es als Drohung oder als Warnung, aber nehmen Sie es ernst!« Er blickte sich noch einmal im Zimmer um und ging an Kanai vorbei zur Tür. Im nächsten Augenblick war er verschwunden – und der Blackcollar wirbelte herum und schleuderte seinen *shuriken*. Seine aufgestaute Frustration war so groß, daß der Wurfstern sich zentimetertief in die Wand des Wohnzimmers bohrte. Der Aufprall dröhnte wie Donner durch das stille Haus und übertönte beinahe den japanischen Fluch, den Kanai hinter ihm herschickte.

»Das Blockhaus müßte sich jenseits der nächsten Hügelkette befinden«, erklärte der Pilot Galway und zwängte den kleinen Aufklärer zwischen zwei hohen Fichten hindurch. »Entschuldigen Sie, daß ich hier so knapp über dem Boden fliege, aber ich muß wegen der Ryqril-Basis im Süden unten bleiben. Ihre Laser erkennen ihre eigenen Flugzeuge, doch mir hat nie jemand garantieren können, daß das auch für uns gilt.«

»Ich habe nichts dagegen.« Galway schluckte. »Mir ist es ebenfalls lieber, wenn ich nicht verdampft werde.«

Der Pilot grinste und wandte seine volle Aufmerksamkeit wieder dem Fliegen zu. Galway betrachtete die vor ihnen liegende Landschaft und versuchte, sich zu entspannen; eine Minute später waren sie da.

Beide stellten fest, daß der Ausdruck ›Blockhaus‹ dem Gebäude kaum gerecht wurde. ›Villa‹ hätte viel besser gepaßt – der eingeschossige rustikale Zufluchtsort eines Millionärs. Der Kloß in Galways Hals wurde immer größer, und er beherrschte sich gerade noch soweit, daß er dem Piloten nicht befahl, sofort nach Athena zurückzufliegen, wo sie beide hingehörten. Aber die Kufen des

Fliegers knirschten bereits auf dem Nadelteppich, der den Boden bedeckte, und in der Tür des Blockhauses stand der Besitzer und beobachtete ihn.

Galway stieg aus, bevor der Flieger vollkommen zum Stillstand gekommen war, und ging gespielt selbstsicher auf das Haus zu. »Ich bin Jamus Galway«, stellte er sich vor. »Ich habe Sie heute früh von Athena aus angerufen. Sie sind doch Präfekt Ivas Trendor?«

»Ehemaliger Präfekt. Ich bin seit langem im Ruhestand. Kommen Sie herein, Galway!«

Er ging in ein Wohnzimmer voraus, das so groß war wie Galways ganzes Apartment in Capstone, und zeigte auf eine Couch. »Ich hoffe für Sie, daß die Angelegenheit wirklich so wichtig ist, wie Sie behauptet haben«, warnte er. »Ich lege überhaupt keinen Wert darauf, mit Denvers Sicherheitsproblemen befaßt zu werden, und auch Quinn hätte bestimmt sehr viel dagegen.« Er nahm in einem Stuhl Platz, der zur Couch paßte. »Sie haben ihm doch nicht erzählt, daß Sie mich besuchen wollen?«

»Nein, Sir, aber wie ich bereits heute morgen erwähnt habe, bin ich im wesentlichen ein nicht offizieller Beauftragter ...«

»Was Quinn in Weißglut bringt, nehme ich an.«

»Diese Feststellung trifft den Nagel auf den Kopf, Sir. Aber ich mußte mit Ihnen sprechen, weil ich auf Informationen gestoßen bin, denen ich entnommen habe, daß Sie sich in Gefahr befinden.«

Trendor lächelte höflich, aber skeptisch. »Sie müssen schon entschuldigen, wenn ich das für lächerlich halte. Warum sollte mir jemand etwas antun wollen?«

Galway zuckte verlegen die Achseln. »Ich kann es nicht mit Sicherheit behaupten, Sir, aber ich habe in den Unterlagen über Ihre Amtsführung als Präfekt geblättert und dabei den Eindruck gewonnen, daß Sie sich Feinde gemacht haben könnten.«

Trendors Gesichtsausdruck veränderte sich nicht.

»Ich entschuldige mich nicht für die Dinge, die ich getan habe, Galway. Denver befand sich am Flammpunkt – es hätte praktisch über Nacht wie ein Atomreaktor in die Luft gehen können. Das habe ich verhindert, und wenn es einige Menschenleben gekostet hat, kann man es nicht mehr ändern. Es ist besser, wenn man ein paar radikalen Organisationen den Kopf abschlägt, statt das Ganze in Flammen aufgehen zu lassen.«

Galway erschauerte leicht. Im Prinzip war er der gleichen Meinung, aber Trendor hatte es so kaltblütig gesagt. »Ja, Sir, aus den Aufzeichnungen geht hervor, daß es Ihnen gelungen ist, den Frieden zu erhalten. Aber es gibt vielleicht noch immer Menschen, die Ihnen verschiedenes übelnehmen, das Sie damals getan haben.«

»Das halte ich für möglich. Obwohl ich mir nicht recht vorstellen kann, daß jemand so lange wartet, bis er etwas unternimmt.«

»Ich weiß es auch nicht, Sir; es könnte nur sein, daß die Leute, die dazu fähig sind, vor kurzem erst auf der Erde gelandet sind. Ich weiß nicht, ob Sie davon gehört haben, aber ich bin deshalb hier, weil ein Blackcollartrupp von einem anderen Planeten hier eingetroffen ist.«

Trendor kniff die Augen zusammen und richtete sich ein wenig auf. »Es wäre besser, wenn Sie mit dem Anfang beginnen.«

Galway gehorchte, beschrieb Caines Team und seinen immer noch geheimen Auftrag, den Ausflug in die Berge in die unmittelbare Nähe von Trendors Haus, und das unerwartete Auftauchen von Lathe. »Und Sie glauben, daß diese Blackcollar, die über dreißig Jahre lang keinen Kontakt mit der Erde gehabt haben, es auf mich abgesehen haben, um späte Rache zu üben?« fragte der ehemalige Präfekt, als Galway verstummte.

»Leider hat es doch gewisse Kontakte gegeben«, widersprach Galway. »General Lepkowski und seine drei Novas haben im vergangenen Jahr mehrere Flüge zur

Erde unternommen, und es ist möglich, daß sie bei einem dieser Flüge Informationen erhielten, die sie veranlaßten, sich aus irgendeinem Grund mit Ihnen zu befassen.«

Trendor rieb sich nachdenklich das Kinn. »Sie haben erwähnt, daß Caine sich ausdrücklich nach Kriegsveteranen erkundigt hat. Glauben Sie, daß er mit dem Feuerwerk, das er gestern abend über Athena veranstaltet hat, ihre Aufmerksamkeit erregen wollte?«

»Ich kann mir nicht vorstellen, was es sonst sein könnte. Sagt Ihnen die Tatsache, daß er sich nach den Veteranen erkundigt hat, etwas?«

»Möglicherweise.« Trendor erhob sich und trat an das Aussichtsfenster an der Südseite des Raums. »In einigen der Gruppen, die ich ausschaltete, gab es einen hohen Prozentsatz von Kriegsveteranen. Vielleicht will er diese Gruppen durch eine Blutauffrischung reaktivieren.«

Galway dachte darüber nach. Da die letzten Widerstandsgruppen, darunter auch die Fackel, verschwunden waren, konnte Caine tatsächlich versuchen, selbst welche aufzuziehen. Mit ihrer Unterstützung konnte er bestimmt mehr erreichen. »Möglich«, gab er zu. »Aber dann verstehe ich nicht, was Sie damit zu tun haben.«

Trendor lächelte grimmig. »Mir fallen mindestens zwei Möglichkeiten ein. Ich habe seinerzeit innerhalb und außerhalb der Widerstandsgruppen eine Menge Kriegsveteranen gekannt. Vielleicht nimmt er an, daß ich mich dazu überreden ließe, ihm so viele Namen zu nennen, daß er mit den Rekrutierungen beginnen kann. Oder aber er will jetzt mich dazu verwenden, um ihre Aufmerksamkeit zu erregen.«

Ermordung eines ehemaligen Sicherheitspräfekten. Das würde bestimmt Aufmerksamkeit erregen. Galway hatte zwar noch nie von einem politischen Mord durch die Blackcollars gehört, aber es gibt für alles ein erstes Mal. »Sie sollten sich vielleicht dazu entschließen, wenigstens für einige Zeit nach Athena zurückzukehren.«

»Nein.« Trendor blickte noch immer auf die bewaldeten Hügel hinaus. »Ich habe mir mein Zuhause und meinen Frieden hier draußen schwer erworben und gebe sie wegen niemandem auf – es ist mir gleichgültig, ob hundert Blackcollars hinter mir her sind. Sie sollen nur kommen – ich werde sie schon ins Jenseits befördern.«

Galway fragte sich flüchtig, ob ein gestörtes Verhältnis zur Realität zu den Anstellungsbedingungen gehörte, wenn man eine leitende Stellung im Sicherheitsdienst dieser Stadt anstrebte. »Es ist wahrscheinlicher, daß man Sie ins Jenseits befördert, Sir – was Sie genau wissen.«

»Glauben Sie?« fragte Trendor verächtlich, indem er sich Galway zuwandte. »Dann lassen Sie sich etwas gesagt sein! Als ich hier den Oberbefehl führte, habe ich auch einige Blackcollars ins Jenseits befördert. Und ich will verdammt sein, wenn ich jetzt anfange, vor ihnen davonzulaufen.«

Galway holte tief Luft. »In diesem Fall, Sir, würde ich Sie höflich ersuchen, zusätzliche Sicherheitsmaßnahmen zu treffen. Zumindest ein paar Wächter für die äußere Umgrenzungslinie, und vielleicht ein komplettes System von Abwehrsensoren.«

Trendor antwortete nicht sofort, dann seufzte er. »Wenn ich es nicht tue, dann erringt Caine einen leichten Sieg, und die Lage wird für Quinn schwieriger, nicht wahr? Damit haben Sie vermutlich recht. Verdammt – Quinn müßte entschlossener gegen diese unzufriedenen Elemente vorgehen, dann würden Leute wie Caine einen großen Bogen um Denver machen.«

Galway schluckte. Er hatte die Unterlagen über diese Periode studiert, und die beinahe beiläufigen Gemetzel unter Trendors Herrschaft wirkten zum ersten Mal glaubwürdig. »Wenn Sie gestatten, fahre ich jetzt nach Denver zurück und veranlasse in General Quinns Dienststelle alles Nötige.«

»Wie groß ist das Kontingent, an das Sie gedacht haben?« fragte Trendor, während sie zur Tür gingen.

»Drei Schichten mit insgesamt sechzig oder siebzig Mann.«

»Was? Machen Sie sich nicht lächerlich, Galway! Geben Sie mir einfach zehn Mann mit Lasern, Kommunikationsgeräten und ein paar Sandwiches, und dabei lassen wir es bewenden!«

Galway gestand sich ein, daß er geschlagen war. Er hatte seine Pflicht getan; wenn Trendor sich weigerte, seine Ratschläge zu befolgen, dann konnte er nichts mehr unternehmen. »Wie Sie wollen, Sir. Ich danke Ihnen dafür, daß Sie sich Zeit für mich genommen haben, und hoffe, daß ich mich in bezug auf Caines Absichten irre.«

»Das ist höchstwahrscheinlich der Fall«, meinte Trendor. »Aber es muß ja jemanden geben, der sich unnötige Sorgen macht, nicht wahr?«

Der Aufklärer befand sich bereits auf halbem Weg nach Athena, als Galways Wangen endlich ihre hektische Röte verloren.

Während Quinn beim Mittagessen saß, traf der vorläufige Bericht über den Katapultangriff der vergangenen Nacht ein, und Quinn las ihn zweimal. Die Wahrscheinlichkeit, daß die verwendeten Sprengstoffe die gleiche Stärke besaßen wie die am gleichen Abend in der Wassergewinnungsanlage gestohlenen Sprengkapseln betrug vierundneunzig Prozent; die Wahrscheinlichkeit, daß Angestellte der Wasserstation an dem Diebstahl beteiligt waren, betrug weniger als fünfzehn Prozent.

Zum Teufel mit den Wahrscheinlichkeiten! dachte Quinn und schaltete sein Intercom ein. »Ja, General?« meldete sich sein Adjutant.

»Bringen Sie mir diesen Geoff Dupre zum Verhör hierher! Bringen Sie auch seine Frau und ihre Hausgenossin – diese Karen Lindsay. Die Vernehmungsabteilung soll ein vollständiges Spektrum für sie vorbereiten.«

»Ja, Sir. Wollen Sie, daß die Überwachung ihres Hauses eingestellt wird, sobald sie hier sind?«

»Nein, Caine könnte vorbeischauen, und wenn er das tut, möchte ich, daß ihm jemand folgt.«

»Ja, Sir. – General, gerade kommt eine Nachricht von einer der Suchabteilungen herein.«

Quinn schaltete um. »Hier Quinn.«

»Abramson, Sir«, meldete sich eine sehr selbstzufriedene Stimme. »Wir haben ihn, General – wir haben Caines gestohlenen Wagen; er ist auf der Rialto Avenue beim Block sechzehnhundert geparkt.«

»Irgendein Hinweis auf Caine oder seine Männer?«

»Nein, Sir, aber wir haben uns Ihren Anweisungen gemäß soweit wie möglich außer Sichtweite gehalten.«

»Bleiben Sie dabei – in fünf Minuten treffen die Verstärkungen bei Ihnen ein. Sie dürfen unter gar keinen Umständen eingreifen oder einen von ihnen stellen, bevor wir das Netz nicht geschlossen haben – verstehen Sie? Geben Sie diesen Befehl an alle Einheiten weiter, die sich bereits in dem Gebiet befinden. Den Mann, der sie verscheucht, lasse ich bei lebendigem Leib abhäuten.«

»Verstanden, General. Sie entkommen uns nicht.«

Darauf kannst du Gift nehmen! Quinn brach die Verbindung ab und wählte die Nummer der taktischen Kommandostelle. Endlich hatten sie ihn. Spätestens bei Einbruch der Nacht würde sich Caine in einer Zelle wiederfinden; und um Mitternacht, Psychorausbildung oder nicht, würden sie wissen, was er, zum Teufel, in Denver suchte.

Und es würde ein doppeltes Vergnügen sein, Galways Gesichtsausdruck zu beobachten, wenn er ihn zu den Gefangenen führte.

Die taktische Kommandostelle meldete sich, und Quinn begann, Befehle zu erteilen.

17. Kapitel

Es war beinahe drei Uhr nachmittags, und Lathe versuchte vergeblich, in seinen Karten eine zweite Fluchtroute aus dem Shandygaff zu finden, als Jensen mit der Nachricht eintraf.

»Wo?« fragte er, während Skyler und Mordecai zu ihnen traten.

»Auf der Rialto Avenue, beim Block sechzehnhundert, hat Reger gesagt. Sieht aus, als hätten sie ihn aufgegeben, aber ich bezweifle, daß Caine sich so schnell von dem Wagen getrennt hat«, antwortete Jensen.

»Nein, er würde ihn so lange wie möglich behalten«, bestätigte Lathe. »Nachdem er seinen ersten Wagen verloren hat, könnte er nur zu einem neuen kommen, indem er ihn stiehlt, und etwas so Naheliegendes würde der Sicherheitsdienst sofort bemerken.«

»Und was jetzt?« fragte Skyler. »Heben wir ihn hoch, putzen ihn ab und stellen ihn wieder auf die Beine?«

»Das würde ich gern vermeiden«, wandte Lathe ein. »Erstens würden wir Caine damit vor den Kopf stoßen, und zweitens bringt es gewisse Vorteile, wenn man zwei Gruppen unabhängig voneinander betreiben kann. Aber wir werden ihn ganz bestimmt wieder unter Beobachtung halten. Sind Sie mobil, Jensen, oder hat Sie jemand hier abgesetzt?«

»Ich habe einen von Regers Kastenwagen – ich war in die Stadt unterwegs, um mir zusätzliche Geräte zu holen, als seine Leute die Nachricht durchgaben.«

»Gut, ich möchte, daß Sie mit uns im Konvoi fahren, wenn Sie Zeit dazu haben. Wir werden den Kastenwagen vielleicht zur Überwachung brauchen, falls es in der Gegend zu wenig Deckung gibt.« Lathe sah Skyler und Mordecai an und fragte sich, ob er die beiden wirklich zu einer einfachen Erkundung mitnehmen sollte. Aber sie befanden sich in feindlichem Gebiet, und er wollte seine Reserven in Reichweite haben, für den Fall, daß er in Schwierigkeiten geriet. »Sie beide kommen auch mit, die frische Luft wird Ihnen gut tun«, sagte er daher. »Sie fahren voran, Jensen.«

Lathe hatte sich längst damit abgefunden, daß er sich in dem ungeheuer dichten Verkehr von Denver nie wohl fühlen würde, aber während Skyler am Lenkrad saß, stellte er fest, daß er fähig war, die vorbeiflitzenden Fahrzeuge zu vergessen und sich auf die Gebäude und die Fußgänger zu konzentrieren. Denver war die blühendste Stadt, die er seit dem Krieg erlebt hatte, und er sah sich mit einer Mischung aus Neid und Entschlossenheit um. *Eines Tages wird Plinry genauso aussehen*, nahm er sich im Geist vor. *Aber ohne Ryqril, falls das menschenmöglich ist.*

»Man fragt sich, was für ein Abkommen die Stadtväter nach dem Krieg mit den Ryqril getroffen haben.« Skyler zeigte auf die unversehrte Umgebung. »Ganz bestimmt sind sie nicht mit wehender Fahne untergegangen.«

Lathe zuckte die Achseln. »Vielleicht haben sie auf dem Standpunkt gestanden, daß es zwecklos ist. Plinry hätte viel früher aufgegeben, wenn wir nicht alle darauf aus gewesen wären, einen Guerillakrieg zu führen. Sehen Sie es einmal so – wenn die Ryqril die Stadt in Schutt und Asche gelegt hätten, gäbe es keine so dichte Bevölkerung, in der wir untertauchen können.«

»Das stimmt«, gab Skyler zu, »obwohl ich nicht annehme ...«

Er unterbrach sich, als ihre Pocher zum Leben erwachten. *Lathe: Achtung auf unauffällige Sicherheitsdiensteinheit am rechten Gehsteig.*

Lathe sah im Vorüberfahren genau hin. Es war tatsächlich ein Beobachtungsteam; ein geparkter Wagen mit vier Insassen, die sich bemühten, möglichst unauffällig auszusehen. »Vielleicht ist es eine Überwachung durch eine der vielen Verbrecherorganisationen der Stadt«, meinte Skyler.

»Das ist der Sicherheitsdienst.« Mordecai war seiner Sache sicher. »Links steht jetzt die Reserve. Die übliche phantasielose Aufstellung des Sicherheitsdienstes.«

»Sie halten sich deshalb daran, weil es sinnvoll ist«, widersprach Lathe. Doch auch er fühlte sich allmählich unbehaglich. »Biegen Sie nach links ab, Skyler«, befahl er, während seine Finger bereits nach dem Pocher griffen. *Jensen: Fahren Sie geradeaus weiter! Treffen uns nach drei Häuserblocks wieder. Halten Sie nach Überwachungsteams Ausschau und schätzen Sie Stärke des Gegners.*

Verstanden. Kampfbereitschaft?

Lathe zögerte. *Voralarm. Vorsichtiges Sondieren.*

»Verdammt«, murmelte Skyler. »Hoffentlich kommen wir nicht zu spät.«

»Hoffentlich.« Lathe beugte sich zum Fenster hinaus und blickte zum Himmel empor. »Checken Sie auf Ihrer Seite, Mordecai! Sehen Sie ein verdächtiges Flugzeug?«

Es folgte eine kurze Pause. »Ich sehe einen Flieger, der ein Aufklärer sein könnte, aber er fliegt zu hoch, als daß ich es genau feststellen könnte.«

Lathe wandte seine Aufmerksamkeit wieder der Straße zu. Wenn die Aufklärer sich in solcher Entfernung hielten, dann war der Sicherheitsdienst noch nicht soweit, daß er eingreifen konnte.

»Ich glaube, daß wir noch ein wenig Zeit haben«, erklärte er. »Schätzen wir rasch ihre Stärke ab und fahren wir dann zu Jensen. Unterwegs können wir darüber nachdenken, wie wir Caine herausholen.«

»Dazu müssen wir ihn erst einmal finden«, murmelte Skyler.

Zehn Minuten später hatten sie ihre Schätzung: annähernd hundert Sicherheitsmänner und fünfzehn bis zwanzig Fahrzeuge. Dazu kamen die Reserven in dem Flugzeug, das inzwischen über dem Gebiet kreiste.

»Es gibt noch Hoffnung«, erklärte Lathe, als sie in Jensens geparktem Kastenwagen hockten. »Der Sicherheitsdienst scheint zu wissen, wo sich Caine aufhält; wahrscheinlich haben sie die Unterlagen über in diesem Gebiet leerstehende Häuser durchgesehen. Wenn wir den Aufbau des Netzes herausbekommen, könnten wir uns diese Information selbst holen. Und jetzt kommt der Unterhaltungsteil. Hat jemand eine Ahnung, wo und wie wir hier wieder hinauskommen?«

»Wir suchen das Team, das am schläfrigsten aussieht, und brechen dort durch«, schlug Skyler vor. »Schnell und sauber, aber erst, wenn wir Caines Team in Marsch gesetzt haben.«

»Das Problem besteht darin, daß sie sehr viel in das innerste Netz investiert haben, und deshalb haben sie sicherlich irgendwo einsatzbereite Reserven«, erläuterte Lathe. »Es wäre ideal, wenn wir einen Blick auf die Einsatzkarte des Sicherheitsdienstes werfen könnten.«

»Warum nicht?« fragte Jensen mit merkwürdig gepreßter Stimme. »Die Aufklärer da oben müssen Kopien besitzen – holen wir einen herunter und sehen wir sie uns an.«

Lathe blickte ihn nachdenklich an. »Eine interessante Idee. Wären Sie imstande, so einen Vogel zu fliegen?«

»Selbstverständlich. Eine Luftbrücke ist ohnehin das vernünftigste. Ich habe mich nur gefragt, wann es Ihnen einfallen wird.«

»Ja also ...« Lathe überlegte kurz. »Also gut, versuchen wir's. Zunächst müssen wir das Kontaktfahrzeug des Aufklärers auf dem Boden ausfindig machen – sie müssen für ihre Kommunikationen so etwas haben. Sie bleiben mit mir im Kastenwagen, Mordecai. Sie beide folgen im Pkw!«

Sie fanden den nicht gekennzeichneten Wagen vier Häuserblocks weiter auf dem Parkplatz eines Amtsgebäudes. Ein paar Meter von ihm entfernt stand eine fliegende Ambulanz auf Kufen. Zwischen und neben den

Fahrzeugen trieben sich neun Männer in Zivilkleidung herum, die offensichtlich zum Sicherheitsdienst gehörten.

»Signalisieren Sie Skyler und Jensen, daß sie uns mit den Schleudern unterstützen sollen«, befahl Lathe, während sie auf den Parkplatz und zum Lieferwagen des Sicherheitsdienstes fuhren. »Sie und ich werden den ersten Angriff durchführen, falls er notwendig ist; wir versuchen es zuerst auf die sanfte Tour.«

»In Ordnung.« Mordecai machte sich an seinem Pocher zu schaffen.

Als Lathe mit dem Kastenwagen in der Nähe der Gruppe hielt, gingen zwei Sicherheitsmänner mit schußbereiten Betäubungspistolen auf sie zu. Einer öffnete den Mund, um etwas zu sagen, aber Lathe kam ihm zuvor. »Wo ist Ihr Offizier?« schnauzte er ihn an und ging an ihnen vorbei zum Wagen des Sicherheitsdienstes. »Wer ist der Führer dieser Einheit?« rief er lauter, während die beiden ins Hintertreffen geratenen Sicherheitsmänner hinter ihm hereilten.

»Ich bin Major Garret«, stellte sich ein Mann in mittleren Jahren vor, der aus der offenen Tür des Lieferwagens trat und auf Lathe zuging. »Wer sind Sie und was wollen Sie?«

Lathe zog einen Ausweis aus der Tasche und übergab ihn ihm. »Hauptmann Hari – Sondereinheit. Haben da hinten unerwartete Schwierigkeiten. Dieser Caine hat sich offenbar in unsere Befehls- und Taktikfrequenz eingeschaltet ...«

»*Was* hat er?« Der Major blickte mißtrauisch von dem Ausweis auf. »Das ist unmöglich. Wir haben hier Voll-Spektrum Frequenz-Zerhackercodes in Verbindung mit ...«

»Streiten Sie nicht mit *mir*«, unterbrach ihn Lathe. »Ich habe keine Ahnung, wie er es geschafft hat. Alles, was ich weiß – und alles, was Sie wissen müssen –, ist, was wir dagegen unternehmen werden.« Er zeigte auf den Lieferwagen. »Ich möchte, daß Sie einen Aufklärer nach dem anderen herunterbeordern, damit ich sie ins Bild setzen kann. Dann werden sie wieder aufsteigen und sich benehmen, als wäre nichts gewesen. Wenn wir Glück haben, können wir Caine den Eindruck vermitteln, daß er über jede unserer Bewegungen informiert ist, während wir einige Einheiten in neue Positionen schicken.«

Der Major drehte den Ausweis nachdenklich zwischen den Fingern. »Was haben die Aufklärer damit zu tun?«

»Sie sehen natürlich, was unten geschieht«, erklärte Lathe mit scheinbar mühsam beherrschter Ungeduld. »Und sie sollen doch nicht hinausposaunen, daß einige unserer Einheiten den Standort gewechselt haben. Verstehen Sie?«

Garret überlegte kurz, dann drehte er sich halb zur Tür des Lieferwagens um. »Harris, beordern Sie den Aufklärer Nummer drei herunter! Sagen Sie ihnen ...« Er zögerte.

»Sagen Sie ihnen, daß wir ihnen einen zusätzlichen Beobachter mitgeben werden«, soufflierte Lathe.

»Das reicht als Erklärung«, meinte Garret. »Tun Sie es, Harris!« Er wandte sich Lathe zu. »Und jetzt zu Ihnen. Was, zum Teufel, ist diese Sondereinheit?«

Lathe sah ihn leicht angewidert an. »Wir sind eine brandneue Einheit, die unmittelbar dem Amt des Präfekten unterstellt ist – wir haben vor vier Monaten begonnen. Lesen Sie die täglichen Berichte nicht?«

»Natürlich lese ich sie, aber meines Wissens ist in ihnen nie eine Sondereinheit erwähnt worden. Ich muß mir das Ganze von Athena bestätigen lassen, Hauptmann, bevor ich von Ihnen Befehle entgegennehmen kann.«

Inzwischen mußte Aufklärer Nummer drei bereits unterwegs zum Parkplatz sein und hatte einen ausgezeichneten Überblick über alles, was sich auf dem Boden abspielte. Lathe mußte um jeden Preis dafür sorgen, daß der Aufklärer nichts Verdächtiges bemerkte. »Tun Sie, was immer Sie tun müssen, aber tun Sie es schnell«, sagte er mit einer ungeduldigen Handbewegung zu dem Major. Diese Bewegung verbarg sein Handsignal an Mordecai; aus dem Augenwinkel sah er, daß der kleine Mann lässig auf die Tür des Lieferwagens zuschlenderte. »Caine wird einen Ausbruchsversuch unternehmen, sobald er glaubt, daß er den Aufbau des Netzes kennt, und bis dahin müssen wir die Löcher geschlossen haben.«

»In Ordnung.« Garret kehrte zum Lieferwagen zurück, ging an Mordecai vorbei und kletterte hinein.

»Wo, zum Teufel, steckt der Aufklärer?« murrte Lathe und blickte zum Himmel. Die Männer um ihn sahen automatisch ebenfalls hinauf, während Mordecai geräuschlos hinter Garret in den Lieferwagen schlüpfte. »Da ist er ja. Kommt schon, ihr lahmen Schnecken, bewegt euch!« knurrte er dem näherkommenden Flieger entgegen.

Weil er auf das Geräusch horchte, vernahm er den dumpfen Aufprall im Lieferwagen.

Der Aufklärer setzte auf dem Asphalt neben dem Lieferwagen auf. Der Pilot stieß die Tür auf und beugte sich hinaus. »Was ist hier los?« fragte er. »Ich brauche keinen zusätzlichen Beobachter ...«

»Die Pläne sind geändert worden«, fuhr ihn Lathe an und überblickte rasch das Innere des Fliegers. Ein einziger Beobachter, der neben dem Piloten saß; im hinteren Abteil befanden sich keine Soldaten, und es war gerade so groß, daß sie die Menschenmenge, die sie befördern wollten, in ihm unterbringen konnten. Perfekt. »Wir haben Probleme mit einer undichten Stelle im Kommunikationssystem«, fuhr er fort und bedeutete Jensen, vom Kastenwagen der Blackcollars herüberzukommen. »Deshalb ersetzen wir Ihren Mann durch einen Spezialisten. Steigen Sie aus!« befahl er dem Beobachter.

»Jetzt warten Sie mal«, protestierte der Pilot, als sein Gefährte gehorsam die Tür aufstieß. Jensen stand bereits dort und half ihm, die Schließen der Sicherheitsgurte zu öffnen. »Ich erhalte meine Befehle direkt aus der Kommandozentrale General Quinns ...«

»Was, zum Teufel ...?«

Lathe bemerkte, daß einer der Sicherheitsmänner durch die offene Tür in den Lieferwagen hineinsah und nach der Pistole griff – und der Comsquare stieß dem Piloten die gespreizten Finger gegen die Kehle.

Der Mann würgte und brach über dem Armaturenbrett zusammen, während Lathe den Sicherheitsgurt öffnete und ihn aus dem Flieger zerrte. Auf der anderen Seite hatte Jensen den Beobachter außer Gefecht gesetzt; Lathe drehte sich um und stellte fest, daß Mordecai aus dem Lieferwagen herausgestürzt war und mit seinen Händen und Füßen die noch vorhandenen Sicherheitsmänner der Reihe nach kampfunfähig machte. Rings um sie versuchten die letzten Verteidiger, ihre Waffen zu ziehen, wußten aber nicht, auf wen sie zuerst feuern sollten. Lathe zog zwei *shuriken* aus dem Gürtel und schleuderte sie auf den am weitesten von ihm entfernten Verteidiger. In diesem Augenblick bemerkte ihn ein Mann, der sich in seiner Nähe befand, und feuerte. Lathe ließ sich zu Boden fallen, die Betäubungspfeile flogen über ihn hinweg, und gleichzeitig sauste Jensens *shuriken* über den Aufklärer hinweg und beseitigte diese Bedrohung. Lathe ging in die Hocke, schleuderte zwei weitere *shuriken* in den Wirrwarr und sah, wie ein weiterer Mann zu Boden ging, als Skyler vom Kastenwagen aus mit der Schleuder eingriff.

Der Zauber war in Sekundenschnelle vorbei.

»Werft sie in das Ambulanzflugzeug!« befahl Lathe und legte sich den nächstbesten Mann über die Schulter. »Steigen Sie mit dem Vogel sofort auf, Jensen! Ich bleibe vom Lieferwagen des Sicherheitsdienstes aus mit Ihnen in Verbindung.«

»In Ordnung.« Jensen kletterte in den Aufklärer und schloß die Türen. Sofort danach setzte das blauviolette Leuchten der Gravs ein, und der Flieger stieg zum Himmel empor.

»Hoffentlich macht er keine Dummheiten«, sagte Skyler. »Vielleicht hätte ich ihn begleiten sollen.«

»Ich brauche Sie hier«, widersprach Lathe kurz.

Binnen kürzester Zeit lagen die Toten außer Sichtweite im Ambulanzflugzeug. Seit dem Beginn des Kampfes war Lathe darauf gefaßt gewesen, daß sich von oben Verstärkungen auf sie stürzen würden; aber entweder hatte keiner der Bewohner von Denver, die in hundert Meter Entfernung vorbeigingen und -fuhren, den Wirbel bemerkt, oder sie hatten vorgezogen, sich rauszuhalten. Während des Krieges und sofort danach hatte sich das gleiche auch in anderen Städten abgespielt, und obwohl Lathe diese Einstellung noch immer nicht begriff, hatte er seit langem gelernt, sie zu akzeptieren und Nutzen daraus zu ziehen. »Sie machen weiter«, befahl er Skyler. »Und Sie, Mordecai, sehen sich gemeinsam mit mir das Cockpit an.«

Es war etwas kleiner als im Aufklärer. »Wollen Sie sich diesen Flieger auch noch beibiegen?« fragte Mordecai.

»Nicht sofort.« Lathe versuchte gerade, einen der hinteren Sitze aus dem Cockpit zu entfernen. »Haben Sie schon jemals so einen Vogel geflogen? Aber es spielt keine Rolle; es gibt aus dem hinteren Abteil ohnehin keinen Zugang zum Cockpit.«

Mordecai sah nach und brummte zustimmend. »Denken Sie an etwas Bestimmtes oder sammeln Sie nur Informationen?«

»Beides.« Lathe warf einen letzten Blick auf das Armaturenbrett und kletterte auf den Boden. »Das heben wir uns für ein anderes Mal auf. Sehen wir jetzt nach, wie Skyler vorankommt.«

Als sie zu Skyler in den Lieferwagen des Sicherheitsdienstes stiegen, hatte dieser bereits alle Informationen beisammen. »Das Netz gilt eindeutig diesem Häuserblock.« Er legte den Finger auf die Karte. »Diese Zahl hier könnte die Adresse sein, aber darauf würde ich mich nicht allzusehr verlassen.«

»Zum Glück brauchen wir sie nicht«, stellte Lathe fest. »Also gut, der Plan sieht folgendermaßen aus.«

Er erklärte ihnen, was er vorhatte, und einige Minuten später verließen sie den Parkplatz: Lathe im Lieferwagen des Sicherheitsdienstes, Mordecai im Pkw und Skyler im Kastenwagen. Skyler wandte sich nach Süden, während Mordecai und Lathe zum Zielgebiet fuhren und von Zeit zu Zeit mit ihren Pochern signalisierten. Sie hatten beinahe den Block erreicht, den ihnen Skyler angegeben hatte, als endlich eine Reaktion erfolgte.

Identifizieren Sie sich!

Lathe atmete erleichtert auf. *Hier ist Lathe. Gefahr/Lage kritisch – Netz des Sicherheitsdienstes wird zugezogen. Flucht muß sofort erfolgen.*

Eine kurze Pause folgte. *Lathe: Weisen Sie Identität nach.*

»Verdammt«, fluchte der Comsquare. *Es folgt Codesignal vier: Gammastrahl, Gruppenangriff, Hammerwurf. Antworten Sie!*

Weihrauch, Drachenflügel, wirksam. Warum sind Sie hier?

Gefahr, Lage kritisch. Standort?

Die Antwort erfolgte beinahe widerstrebend; das unerwartete Auftauchen der Blackcollars hatte Caine offenbar aus der Fassung gebracht. *Renforth 1822.*

Einen halben Block weiter. *Kommen Sie jetzt heraus; steigen Sie in nach Norden fahrenden Lieferwagen! Mordecai: Gehen Sie in vordere Rammposition!*

Verstanden.

Lathe befand sich jetzt beinahe genau vor dem Haus und befürchtete schon, daß Caine das Rendezvous versäumen würde. Aber dieser hielt sich genau an das Timing; als der Lieferwagen an den Randstein fuhr, ging die Tür auf, und die fünf Männer sprinteten auf die Straße. Noch während sie unterwegs waren, öffnete Lathe die Seitentür, und fünf Sekunden später befanden sich alle an Bord.

»Haltet euch fest!« befahl Lathe und trat aufs Gaspedal. Mordecais Wagen war vor ihnen aus einer Seitenstraße aufgetaucht und fuhr jetzt voraus. Aus der Funksprechanlage des Lieferwagens kamen aufgeregte Fragen, als der Sicherheitsdienst zu spät begriff, daß etwas danebengegangen war. Bei der nächsten Kreuzung sprangen vier Männer in Zivilkleidung aus einem geparkten Wagen, brachten Lasergewehre in Anschlag – und hechteten zur Seite, als Mordecai Gas gab und sich nach Kräften bemühte, sie zu überfahren. Eine Gestalt glitt in den Vordersitz neben Lathe. Caine. »Was kann ich tun?«

»Greifen Sie sich das Mikro und tasten Sie Kampffrequenz eins ein.« Lathe kämpfte mit dem Lenkrad, weil er die Sicherheitsmänner wieder auseinandertrieb. »Jensen sitzt oben in einem Aufklärer – sagen Sie ihm, daß er auf dem Parkplatz landen soll, den wir gerade verlassen haben.«

»Verstanden.« Caine befaßte sich mit dem Sender, und Lathe riskierte im Rückspiegel einen Blick auf den Rest des Teams. Die Männer waren noch immer verwirrt, fanden sich aber rasch zurecht. »Volle Kampfausrüstung!« befahl er. »Der nächsten Gruppe könnte es gelingen, einige Schüsse auf uns abzufeuern. Braune: Sie signalisieren Mordecai, daß er zu dem Parkplatz zurückfahren soll, den wir gerade verlassen haben.«

»Ja, Sir.« Braune hatte die Kampfhaube halb übergestreift und griff jetzt nach seinem Pocher.

Die Sprechfunkanlage piepste, und eine bekannte Stimme meldete sich. »Hier Jensen. Warten Sie den richtigen Augenblick ab – ich schalte noch einen Teil der Opposition aus.«

»Was meint er damit?« fragte Caine.

Lathe entspannte bewußt seine verkrampften Kiefermuskeln. »Ich bin nicht sicher. Vielleicht greift er, bevor er landet, einige der Standorte an, die dem Treffpunkt am nächsten liegen.«

Ohne Vorwarnung blitzte an der nächsten Ecke Licht auf. Lathe duckte sich instinktiv, als der Lack auf einem Teil des Kühlers Blasen warf und verdampfte; einen Augenblick später neigte sich das Fahrzeug nach links, als der linke Vorderreifen infolge des zweiten Schusses platzte. »Haltet euch fest!« stieß Lathe hervor und kurbelte wild am Lenkrad. Der Reifen war bestimmt mit einer automatischen Abdichtung und Preßluftpatrone ausgestattet, aber wenn das Laserfeuer auch diese beschädigt hatte, dann konnten sie sehr gut gezwungen sein, das letzte Stück zu Fuß zurückzulegen. Vor ihnen wurde Mordecais Wagen bei der Straße, aus der der Heckenschütze gefeuert hatte, eine Spur langsamer, und Mordecais linker Arm schoß zum offenen Fenster hinaus. Lathe wußte nicht, ob der *shuriken* sein Ziel getroffen hatte, aber als sie die Kreuzung erreichten, wurden sie nicht beschossen.

Sie waren nur noch einen Häuserblock vom Parkplatz entfernt, als sie eine dröhnende Explosion beinahe von der Straße fegte.

Lathes erster, schrecklicher Gedanke war, daß Jensen mit dem Aufklärer abgestürzt war. Als sie jedoch um die nächste Ecke bogen, sahen sie, wie der offenbar unbeschädigte Aufklärer gerade auf dem Parkplatz aufsetzte. Mordecai fuhr zur Seite, ließ den Lieferwagen vorfahren und stellte dann seinen Wagen quer vor die Einfahrt. Im Rückspiegel erblickte Lathe zwei heranbrausende Wagen des Sicherheitsdienstes. Mordecai schleuderte einen Schwarm *shuriken* in ihre Richtung und rannte dann zum Aufklärer. Lathe stieg auf die Bremse, riß die Tür auf und sprang hinaus. »Alle in den Aufklärer!« rief er in den Wagen, und die Männer rannten los. Hinter dem laufenden Mordecai hatten die Wagen des Sicherheitsdienstes ebenfalls angehalten, und bewaffnete Sicherheitsmänner stürzten heraus. Lathe schleuderte einen *shuriken* auf die Gruppe, zog dann seine Schleuder heraus und klappte die Unterarmstütze auf.

»Hier.« Caine drückte ihm einen kleinen Zylinder in die Hand. Auch er hatte seine Schleuder hervorgeholt und hielt einen weiteren Zylinder in der Hand. »Es ist eine Zündkapsel«, erklärte er und schoß über Mordecais Kopf hinweg.

Als ernsthafter Sprengsatz war die Zündkapsel ein Witz; aber sie eignete sich ausgezeichnet dazu, ein Chaos auszulösen. Die Sicherheitsmänner spritzten auseinander, als Caines und Lathes Knallkörper mitten unter ihnen explodierten, und vergaßen bei der Suche nach Deckung sogar ihre Lasergewehre. Die beiden Männer setzten das Sperrfeuer fort, bis Mordecai an ihnen vorbei war, dann rannten sie hinter ihm her. Sekunden später steckten sie wie Sardinen in der Dose im Aufklärer und verschwanden in die Lüfte.

»Haben Sie besondere Wünsche in bezug auf unser Ziel?« erkundigte sich Jensen.

»Fliegen Sie nach Süden zum Anfang der Autobahn – Skyler sollte dort auf uns warten.« Lathe versuchte vergeblich, zu einem der Cockpitfenster hinauszuschauen. »Und geben Sie darauf acht, was sich hinter Ihnen abspielt – die anderen Aufklärer müssen jeden Augenblick da sein.«

Jensen schüttelte den Kopf. »Das ist nicht sehr wahrscheinlich, denn ich habe vor ein paar Minuten beide vom Himmel heruntergeholt.«

»Sie haben *was* getan?« fragte Alamzad ungläubig.

»Ich habe sie hinuntergedrückt. Um genau zu sein, ich habe ihre hinteren Stabilisatoren gerammt – dieses Modell hatte immer schon einen gläsernen Schwanz. Einer von ihnen ist abgestürzt, weil er versucht hat, mich mit manueller Steuerung zu jagen. Der zweite war vernünftiger und hat sich zu einer Notlandung entschlossen.«

»Mein Gott«, murmelte Pittman, »Sie hätten dabei draufgehen können.«

»Wenn man weiß, was man tut, ist es halb so gefährlich«, widersprach Jensen.

Lathe und Mordecai wechselten einen Blick, und letzterer schüttelte ungläubig den Kopf. Lathe nickte zustimmend.

Kurz darauf waren sie über der Autobahn und landeten neben der Straße und dem wartenden Skyler. »Alles raus!« befahl Lathe und suchte rasch den Himmel ab, während er zum Kastenwagen trabte. Nichts – Jensens schneller Luftsieg hatte den Sicherheitsdienst offenbar überrascht.

»Die Reserven müssen jeden Augenblick eintreffen«, erinnerte ihn Jensen, als der Comsquare sich neben Skyler setzte.

»Stimmt. Sehen wir zu, daß wir wegkommen, Skyler!«

»In das sichere Haus?« Skyler reihte sich in den fließenden Verkehr ein.

»Eine größere Entfernung dürfte besser sein«, antwortete Lathe. »Fahren wir zu Regers Haus! Er hat das Recht zu erfahren, wozu unsere Abmachung geführt hat.«

Skyler nickte, und im überfüllten Kastenwagen trat Stille ein. Die Boden- und Luftstreitkräfte des Sicherheitsdienstes versammelten sich beim verlassenen Aufklärer und starteten eine lange, vergebliche Suche.

18. Kapitel

QUINN BEENDETE DAS KURZE Gespräch und legte den Hörer auf. Seine Hand zitterte, aber Galway wußte nicht, ob vor Zorn oder Enttäuschung. »Also?« fragte Galway und bemühte sich, seinen eigenen Ärger zu unterdrücken. »Gibt es irgendwelche Spuren von ihnen?«

»Nein, aber wir geben noch nicht auf. Wir haben den Wagen, den sie stehengelassen haben – er gehört einer Baufirma in West-Denver –, und wir versuchen herauszufinden, wie sie zu ihm gekommen sind.«

»Mit anderen Worten, Sie haben keine Ahnung, wohin sie verschwunden sind. Und Sie werden auch nicht so bald eine Ahnung haben.«

»Hören Sie, Galway ...«

»Nein, jetzt hören Sie einmal, General!« unterbrach ihn Galway. »Ich habe Ihnen geraten, nichts gegen Caine zu unternehmen – ich habe Ihnen immer wieder gesagt, daß ich unsere beste Chance bereits in sein Team eingeschleust habe. Aber Sie haben nicht auf mich hören wollen, und jetzt haben Sie das Ganze vielleicht endgültig vermasselt.«

»Ach, finden Sie wirklich?« fuhr ihn Quinn an. »Dann verraten Sie mir doch, warum Ihr unbezahlbarer Postern uns nicht berichtet hat, daß Lathe hier ist. Beantworten Sie mir diese Frage!«

»Ich weiß es nicht. Vermutlich hat Lathe keine Lust gehabt, Caines Team zu erzählen, daß er ebenfalls herkommt.«

»Tatsächlich?« Quinns Stimme triefte vor Sarkasmus. »Er hat einfach vergessen, es zu erwähnen, oder so ähnlich.«

»Oder so ähnlich. Vielleicht erinnern Sie sich daran, daß ich Sie gebeten habe, sich davon zu überzeugen, daß der erste Satz Abstiegsbehälter nur ein Köder war. Es gehört zu Lathes Spezialitäten, daß er die voreiligen Schlüsse seiner Gegner ausnützt. Er läßt sich auch nicht gern in die Karten schauen und hat seine Anwesenheit auf der Erde vielleicht für den Fall geheimgehalten, daß ein Mitglied von Caines Team gefaßt wird.«

»Sie haben allerdings auch einmal behauptet, daß es uns nichts bringen würde, wenn wir einen von ihnen verhören«, konterte Quinn bissig. »Sie sollten sich bei Ihren Geschichten auf eine einzige Version festlegen.«

Galway holte tief Luft. »Natürlich ist es nicht wahrscheinlich, daß Caines Kameraden reden würden. Und ob Sie es glauben oder nicht, das hätte sich diesmal zu unserem Vorteil auswirken können. Beim nächsten Kontakt mit Postern hätten wir erfahren, ob Lathe seine Anwesenheit vor Caine geheimhält; in diesem Fall wäre er Caine nur dann zu Hilfe gekommen, wenn dieser sich unmittelbar in Gefahr befand. Wir hätten Caine rund um die Uhr beobachten können, ohne Gefahr zu laufen, daß die Beobachter ausgeschaltet werden.«

»Nur so lange, als es in ihr Timing paßte«, widersprach Quinn. »Aber das alles ist jetzt reine Theorie. Sie sind zusammen, sie wissen, daß wir hinter ihnen her sind, und jetzt geht es darum, ob sie ihre Mission durchführen können, bevor wir sie aufstöbern. Ich nehme an, daß Ihnen in bezug auf diese Mission nichts Neues eingefallen ist.«

»Sie kennen meine Vermutungen schon: Entweder ein Angriff auf die Basis Aegis oder auf den ehemaligen Präfekten Trendor.«

»Keines von beiden ergibt einen Sinn, vor allem, weil Lathe und sein Blackcollarteam jetzt daran beteiligt sind. Blackcollars vergeuden ihre Zeit nicht mit etwas, das nicht schwierig, wichtig und machbar ist.«

Er verstummte, und Galway unterdrückte das Bedürfnis, noch einmal zu erklären, daß ein Angriff auf Trendor logisch war. Quinn war bestimmt nicht dumm

– sonst hätte er diese Position nicht erreichen können –, aber er hatte eine geistige Sperre gegen alles errichtet, was Galway zu sagen hatte. *Ich hätte nicht kommen sollen. Vielleicht hätte er sich vernünftiger verhalten, wenn er sich nicht in den Kopf gesetzt hätte, daß er mich beeindrucken muß.*

Aber vielleicht stimmte das alles auch nicht. Quinn war schließlich der Nachfolger und vielleicht auch Schützling von Präfekt Trendor, und Galway hatte nicht den Eindruck gehabt, daß Trendor besonders intelligent oder schlau war.

Doch das traf auch auf viele Beamte des Sicherheitsdienstes zu, die er während Lathes Mission auf Argent kennengelernt hatte; damals war er zu beschäftigt gewesen, um solche Dinge zu beachten. War seine Fähigkeit, die verworrenen Fäden der Logik zu entwirren, tatsächlich so außergewöhnlich? Oder standen Quinn einfach soviel Feuerkraft und Menschenpotential zur Verfügung, daß er es nie nötig gehabt hatte, schneller zu denken als seine Gegner?

»Zum Teufel damit!« Quinn brach endlich das Schweigen. »Wir werden Lathes Plan nie rechtzeitig durchschauen, deshalb bleibt uns nichts anderes übrig, als ihn auszuschalten.«

»Das haben Sie gerade versucht«, rief ihm Galway ins Gedächtnis.

»Ja, aber diesmal werden wir es richtig anfangen.« Der General zeigte mit dem Finger auf Galway. »Er muß wegen der Veteranenliste noch mit Kanai zusammenkommen, richtig? Dazu muß er sich mit der Shandygaff-Bar in Verbindung setzen – und dann haben wir ihn.«

»Sie wollen eine Telefon-Fangschaltung verwenden?« Galway schüttelte den Kopf. »Kommen Sie, General – glauben Sie nicht, daß Lathe eine Spur zu schlau ist, um auf so etwas hereinzufallen?«

»Was sollte er denn sonst tun – persönlich hinkommen? Wohl kaum. Jedenfalls nicht nach dem Zwischenfall von gestern abend.«

»Vielleicht erwartet er, daß alle so denken. Und dann würde er es bestimmt tun.«

Quinn schwieg, und auf seinem Gesicht spiegelten sich seine widerstreitenden Gedanken. »Na ja – vielleicht«, gab er schließlich zu, und Galway spürte, was Quinn dieses Zugeständnis kostete. »Sie glauben also, daß ich nicht nur die Telefonleitung anzapfen, sondern auch um die Bar einen Sicherheitskordon aufstellen soll.«

»Ich glaube nicht, daß ein Kordon das Richtige wäre. Sie haben gesehen, wie mühelos er heute die Einheiten in Zivilkleidung erkannt hat – Blackcollars haben in bezug auf Sicherheitskräfte einen sechsten Sinn. Sie sollten lieber Leute einsetzen, die er ohnehin im Shandygaff erwartet.«

»Chong und Briller? Interessant. Es könnte den Versuch wert sein – und die beiden brennen wahrscheinlich darauf, es ihm heimzuzahlen.«

»Ihr Informant könnte den beiden den Tip geben, daß Lathe hinkommt«, schlug Galway vor. »Sie werden ihn wahrscheinlich nicht aufhalten, aber doch einbremsen, so daß Sie rechtzeitig eine Flugzeugladung Truppen dorthin schaffen können.«

»Das wird den Bossen nicht gefallen«, protestierte Quinn. »Vor allem, wenn ihre Geschäfte in der Fußgängerzone darunter leiden.«

»Sie waren gestern abend nicht dabei. Die Bosse waren nur darüber wütend, daß ihre kostbare Haut in Gefahr geriet. Falls es Ihnen gelingt, den Mann, der für den Kampf verantwortlich ist, hinter Schloß und Riegel zu bringen, werden sie nur pro forma protestieren.«

»Falls es mir gelingt?« wiederholte Quinn kalt. »Ich kann Ihnen versichern, Galway, daß es mir diesmal ganz bestimmt gelingen wird.«

»Ja, Sir«, seufzte Galway. Eine kurze Weile hatte es so ausgesehen, als würde sich der Abgrund zwischen ihm und Quinn schließen – aber jetzt war ohne ersichtlichen Grund alles beim alten. »Wenn ich Ihnen irgendwie behilflich sein kann, General ...«

»Sie haben bereits alles getan, was nötig war«, unterbrach ihn Quinn. »Aber vielleicht wollen Sie später im Lageraum vorbeischauen und zusehen, wie wir uns den Comsquare schnappen.« Der General griff nach einem Bericht und schob ihn in sein Lesegerät.

Galway stand schweigend auf und ging zur Tür.

»Das kann nicht Ihr Ernst sein«, sagte Regers Stimme von der Tür her.

Lathe drehte sich um und sah, daß Reger mit ungläubigem Gesicht im Wohnzimmer stand. »Sie sollten sich nicht so anschleichen«, meinte er vorwurfsvoll, obwohl alle fünf Blackcollars Reger längst gehört hatten. »Was können wir nicht ernst meinen?«

»Spielen Sie nicht den Ahnungslosen. Sie sind heute nachmittag dem Sicherheitsdienst nur knapp durch die Lappen gegangen, und jetzt wollen Sie den Kopf wieder in die Schlinge stecken? Für was für einen Idioten halten Sie Quinn eigentlich?«

»Zunächst einmal für einen phantasielosen«, antwortete Skyler von der Liege aus, auf der er sich ausgestreckt hatte. »Er wird wahrscheinlich genauso wie Sie denken, daß wir viel zu intelligent sind, um etwas so Dummes zu unternehmen.«

Reger schnaubte verächtlich. »Zum Teufel mit Ihrem ›wahrscheinlich‹, und zum Teufel mit Quinn, denn Sie haben nicht nur mit ihm Schwierigkeiten. Überall in der Stadt schäumen die Leute vor Wut über den Zwischenfall im Shandygaff. Wenn Sie hinkommen, hängt Nash Ihre Häute zum Trocknen auf die Wäscheleine, und die Gäste klatschen ihm begeistert Beifall.«

»Auch die Blackcollars?« fragte Lathe sanft.

Reger unterbrach sich, und in seiner Wange zuckte ein Nerv. »Was soll das wieder heißen?«

»Ach, ich weiß nicht – es ist nur die Einleitung zu einem Gespräch. Würden Sie uns vielleicht erklären, warum Sie sorgfältig vermieden haben, das Vorhandensein weiterer Blackcollars in Denver zu erwähnen?«

Reger schwieg einen Augenblick. »Ich will Ihre Intelligenz nicht beleidigen, indem ich eine Ausrede erfinde«, sagte er schließlich. »Ich habe sie deshalb nicht erwähnt, weil ich befürchtet habe, daß Sie bei dem Machtkampf in der Stadt automatisch ihre Partei ergreifen werden.«

»Ihre und Sartans Partei?«

»Sie haben Sartan kennengelernt?« fragte Reger neugierig. »Wie sieht er aus?«

Lathe schüttelte den Kopf. »Bis jetzt hat uns niemand einander vorgestellt. Bedeutet dieses Geständnis, daß Sie in bezug auf uns keine Befürchtungen mehr hegen?«

»Offengestanden bleibt mir im Augenblick keine andere Wahl. Falls Sie und Bernhard mir eine komplizierte Falle stellen, so habe ich sie noch nicht durchschaut. Vorläufig bleibt mir nichts anderes übrig, als Ihnen zu vertrauen.«

»Ihnen wird vielleicht auffallen, daß wir uns in der gleichen Lage befinden. Ich habe bestimmt nicht die Absicht, mich auf Bernhards oder einer anderen Seite in Ihre kleinen Intrigen einzumischen. Wir haben hier eine Aufgabe zu erfüllen, und wir haben vor, von hier zu verschwinden, sobald das geschehen ist. Bis dahin sind wir Ihnen noch immer eine Festung schuldig, weil Sie uns geholfen haben, Caine zu finden, und wir werden unseren Teil der Abmachung einhalten.«

»Und wenn es Ihre Nerven beruhigt«, warf Hawking von der anderen Seite des Raumes ein, »schon bevor wir unser Abkommen mit Ihnen geschlossen hatten, haben wir gewußt, daß es in der Stadt weitere Blackcollars gibt. Sie haben nur geglaubt, daß Sie uns Informationen vorenthalten, und daran sind wir gewöhnt.«

Reger brachte ein schiefes Lächeln zustande. »Danke«, sagte er sarkastisch. »Wenn wir uns jetzt wieder dem ursprünglichen Thema zuwenden wollen – was wollen Sie erreichen, indem Sie das Shandygaff aufsuchen?«

Lathe zuckte die Achseln. »Wir kommen wie ausgemacht mit Kanai zusammen! Vielleicht kommen wir dadurch dem Schlüssel, den wir zur Durchführung unserer Mission brauchen, ein Stückchen näher. Und wenn die Karten richtig liegen, gewinnen wir vielleicht noch einen Verbündeten.«

»Der genauso vertrauenswürdig ist wie Kanai und Bernhard?«

»Der genauso vertrauenswürdig ist wie Sie«, sagte Lathe schonungslos. »Sie können es sich selbst aussuchen.«

Reger sah ihn lange schweigend an und verließ dann den Raum. »Das ist eine verdammt komische Art, einen Zirkus zu leiten«, murmelte Skyler.

»Richtig«, gab Lathe zu, »aber in dieser Stadt können wir nur mit unzuverlässigen Verbündeten rechnen.« Im Korridor näherten sich Schritte, und Caine betrat den Raum. »Wie geht es Ihrem Team?« erkundigte sich Lathe.

»Die Männer ruhen sich aus«, antwortete Caine merkwürdig steif. »Seit unserer Landung haben wir uns noch nie so sicher gefühlt wie hier, und das nützen wir aus.«

»Sie sollten sich aber nicht zu lange sicher fühlen«, bemerkte Lathe. »Doch zumindest für die nächsten Stunden müßte alles in Ordnung sein. Wollten Sie etwas Bestimmtes mit mir besprechen?«

Caine zögerte. »Wenn ich darf, würde ich gern unter vier Augen mit Ihnen reden, Comsquare.«

»Selbstverständlich.« Lathe stand auf. Sie waren vor

zwei Stunden bei Reger eingetroffen, und er hatte sich gefragt, wann sich Caine zu dieser Konfrontation entschließen würde. »Gehen wir hinaus und sehen wir nach, wie weit Hawking mit seiner Arbeit ist.«

Sie schwiegen, bis sie das Haus verlassen hatten und über den Rasen gingen. »Sie wollen es mir nicht leicht machen, nicht wahr?« fragte Caine schließlich.

Lathe zuckte die Achseln. »Wenn Sie eine Beschwerde gegen einen Vorgesetzten haben, ist es Ihre Sache, sie vorzubringen.«

»Auch wenn der Vorgesetzte genau weiß, worum es geht?«

»Auch dann. Das ist beim Militär die Standardvorgangsweise – und abgesehen davon ist es gar nicht so sicher, daß der Offizier weiß, warum Sie Grund zur Klage haben.«

»Das trifft aber nicht auf diesen Fall zu.«

»Das stimmt«, gab Lathe zu.

Caine sprach erst nach einigen Minuten weiter. »Ich hätte gern eine Erklärung, falls es eine gibt.«

»Um es ganz einfach auszudrücken: Ich habe angenommen, daß wir gebraucht werden.«

»Wenn Sie uns für so unfähig halten, warum haben Sie dann erklärt, daß wir die Abschlußprüfung bestanden haben?«

»Es wird vielleicht ein Schock für Sie sein, aber die Blackcollarschule auf Plinry ist nicht dazu da, um unüberwindliche Superkrieger hervorzubringen, sie soll vielmehr innerhalb einer angemessenen Zeit angemessen effiziente Guerilleros hervorbringen. Das ist alles. Sie sind nicht gegen feindliche Angriffe immun, auch nicht gegen einen Klimawechsel, und schon gar nicht gegen taktische Fehler. Die durchschnittliche Überlebenszeit eines Teams wie des Ihren in feindlichem Gebiet wird vermutlich in Wochen oder sogar in Tagen gemessen.«

»Was ist also der wirkliche Zweck der Schule in Plinry? Daß es die Regierung Zeit und Geld kostet, uns zur Strecke zu bringen?«

Die Verbitterung in Caines Stimme traf Lathe wie ein Schlag. »Um es grob zu sagen: im Grund lautet die Antwort ja. Natürlich wollen wir nicht, daß einer von Ihnen gefangengenommen wird, aber das könnten wir nur dann gänzlich ausschließen, wenn wir niemanden hinausschicken.«

»Und wie Sie uns so oft ins Gedächtnis gerufen haben: Wir befinden uns im Kriegszustand.«

Lathe seufzte. »Wenn es Ihnen hilft – ich rufe es mir selbst genauso oft ins Gedächtnis. Ich habe eine Menge Freunde in diesem Krieg verloren. Ich brauche nur noch eine vernünftige Erklärung dafür, warum ich diesen Job an den Nagel hänge; wenn ich dann auch noch mit ihr leben kann, trete ich in den Ruhestand.«

Caine schwieg lange. »Ich bemühe mich sehr, auf Sie wütend zu sein«, meinte er schließlich, »aber Sie machen mir auch das nicht leicht. Das kommt vielleicht daher, daß ich inzwischen gesehen habe, wie es ist, wenn ich meine Männer auf Missionen schicke, von denen sie vielleicht nicht zurückkommen werden.«

»Es wird noch schlimmer sein, wenn Sie zum ersten Mal einen Mann verlieren.«

»Ja. Ich war dieser Situation schon näher, als mir lieb war. Also – um diesmal höflich zu fragen –, warum sind Sie wirklich hier?«

»Um mit dem edelsten anzufangen: weil diese Mission, falls sie glückt, ein unglaublicher Beitrag zu unseren Kriegsanstrengungen wäre. Und um mit dem kleinlichsten persönlichen Grund aufzuhören – weil es vielleicht meine einzige Chance ist, mich irgendwann aus dem Krieg zurückzuziehen.«

Er hatte nicht erwartet, daß Caine ihn verstehen würde, zumindest nicht sofort, aber zu seiner Überraschung nickte dieser. »Eine Chance, die Bürde endlich an die nächste Generation weiterzugeben, richtig?«

»Grundsätzlich ja. Wie gesagt ist die Überlebenszeit eines Guerillateams kurz. Wenn zwei Teams zusammenarbeiten, stehen die Chancen weitaus besser.«

»Warum haben Sie dann nicht mit offenen Karten gespielt und sofort erklärt, daß Sie uns begleiten wollen? Wozu dieses Hinterherschleichen?«

»Offengestanden hatte ich gehofft, daß ich dieses Gespräch vermeiden kann. Es sollte Ihre Mission sein, und ich wußte, daß Sie mir jede Einmischung übelnehmen würden.« Es gab noch einen Grund, aber im Augenblick war es besser, wenn Caine ihn nicht erfuhr. Er würde ohnehin wütend sein, wenn er dahinter kam, aber dagegen konnte der Comsquare nichts tun.

»Wie geht es also weiter? Ich meine organisatorisch.«

Lathe schob das Projekt Weinachten beiseite und widmete sich dem aktuellen Problem. »Das überlasse ich ganz Ihnen. Wenn Sie wollen, ziehen wir uns wieder in den Schatten zurück, spielen Fänger, wenn Sie es brauchen, und überlassen die Show im übrigen Ihnen. Sie können aber auch Ihr und mein Team vereinen, und wir werden Ihre Befehle nach besten Kräften ausführen.«

»Das wäre etwas ganz Neues, nicht wahr?« spottete Caine. »Blackcollars nehmen Befehle von Rekruten entgegen. Wie sieht die dritte Alternative aus? Es gibt doch eine?«

»Ganz einfach: ich übernehme den Oberbefehl.«

»Das habe ich mir gedacht. Was würden Sie eigentlich an meiner Stelle tun? Um jeden Preis die Führungsrolle beibehalten, oder vor den Angehörigen Ihres Teams das Gesicht verlieren, indem Sie die Befehlsgewalt demütig jemand anderem überlassen?«

»Wenn ich in Ihrem Alter wäre, würde ich wahrscheinlich das erste tun. In meinem Alter und mit der Erfahrung, die ich inzwischen erworben habe, würde ich sagen, zum Teufel mit dem Gesicht! Wichtig ist allein die Mission.«

»Und Sie würden mir wahrscheinlich auch raten, auf jedem beliebigen Gebiet die Meinung von Fachleuten einzuholen?«

Lathe warf Caine einen Blick zu und nahm den Anflug eines Lächelns wahr. »Ja, das würde ich tun«, gab er zu.

Caine nickte nachdenklich. »Seit dem Abflug von Plinry habe ich Angst davor gehabt, als Führer schwach zu wirken. Ich habe bis jetzt noch nie eine Mission geleitet. Aber noch mehr Angst habe ich davor, wie ein Idiot dazustehen, und es wäre blödsinnig von mir, die beste Führung, die meinem Team zur Verfügung steht, zurückzuweisen.« Er seufzte. »Also gut, Comsquare, ich biete Ihnen damit offiziell den Oberbefehl an.«

»Ich nehme ihn an.« Lathe sah die Falten, die sich um Caines Mund gebildet hatten. Es würde lange dauern, bis der junge Mann über diesen Entschluß glücklich sein würde, falls es ihm überhaupt jemals gelang. »Gehen wir hinein und teilen wir es den anderen mit. Wir müssen uns unseren Plan noch genau zurechtlegen, bevor wir heute abend das Shandygaff aufsuchen.«

»Sie wollen es wirklich durchziehen?«

Lathe nickte. »Es ist leider ein Risiko, das wir eingehen müssen. Wir haben nicht mehr viel Zeit zur Verfügung, und wir müssen eine Möglichkeit finden, an die Informationen zu gelangen, die wir brauchen. Heute abend fangen wir damit an.«

19. Kapitel

Ehre.

Während Kanai allein in seiner Loge im Shandygaff saß, ging ihm das Wort nicht aus dem Sinn. Ein Fluch mit vier Buchstaben; eine aus zwei Silben bestehende Frage, auf die es keine Antwort gab. *Ehre. Ehre. Ehreehreehre.*

Hör auf damit! Er schüttelte heftig den Kopf und brach aus dem Teufelskreis aus. Die Philosophie seiner Vorfahren konnte ihm jetzt weder als Ratschlag nützen noch ihm Zuflucht vor einer Entscheidung bieten. Was demnächst geschehen würde, ereignete sich im Jahr 2461 in Denver; und er, Kanai, war der Mann, der mit seiner Entscheidung weiterleben oder mit ihr sterben mußte.

Auf der anderen Seite des Raums unterhielt sich Briller in der Nähe der Tür zum Vorraum leise mit einem weiteren Handlanger von Nash. Soweit Kanai feststellen konnte, war der Hinweis vor zwei Stunden gekommen, und seit einer Stunde waren sie angriffsbereit. Eine Falle für Anfänger, und es war nicht schwer zu erraten, für wen sie gedacht war.

Zum Teufel mit Ihnen, Lathe! dachte er. *Ich habe Ihnen gesagt, daß Sie mich anrufen und nicht persönlich kommen sollen.*

Kanai zweifelte nicht daran, daß Lathe kommen würde. Die ganze Stadt sprach von der verpfuschten Netzoperation des Sicherheitsdienstes, und obwohl Quinn dummerweise versucht hatte, die Blackcollars mittels eines Standard-Netzes gefangenzunehmen, war er doch so vernünftig, daß er alle Telefonleitungen des Shandygaff mit diesen schrecklich teuren Fangschaltungen versah. Lathe würde natürlich darauf gefaßt sein.

Kanai bedauerte zutiefst, daß er dem Comsquare nicht seine private Telefonnummer gegeben hatte. Aber Quinn ließ inzwischen bestimmt auch diese Leitung überwachen. Deshalb würde Lathe persönlich in das Shandygaff kommen – und direkt in Brillers Falle laufen.

Wem gehörte jetzt Kanais Loyalität? Bernhard und dem Rest des Teams? Dann erforderte seine Ehre nur, daß er sitzenblieb und es Lathe überließ, zu kämpfen, zu siegen oder zu unterliegen, gemäß seinen Fähigkeiten und dem Willen des Universums. Wenn Kanai Lathe nicht mehr unterstützte, konnte die Spannung zwischen Bernhards Team und dem Rest der Stadt vielleicht noch abgebaut werden.

Aber wenn eine höhere Loyalität von Kanai erwartet wurde ...

Chong kam in den Hauptraum und beriet sich kurz mit Briller. Sie blickten einmal zu Kanai hinüber, und dann kehrte Chong durch den Vorraum zu den Truppen zurück, die Nash draußen in Stellung gebracht hatte. Sowohl die Gorillas der Bar als auch der Spion des Sicherheitsdienstes behielten also Kanai im Auge, um zu sehen, welchen Weg er einschlagen würde: Leben oder Selbstmord.

Eigentlich lautete die Entscheidung: Leben oder *seppuku*.

Wenn man es so sah, dann stand zweifelsfrei fest, welcher Weg der ehrenhafte war. Kanai war zunächst und vor allem ein Blackcollar, und wenn er einem anderen Blackcollar seine Hilfe versagte, und ihn allein in den Tod gehen ließ, so verriet er damit alles, was er für richtig hielt. Falls ihn der Versuch das Leben kostete, würde er wenigstens in der Lage sein, seinen Vorfahren gegenüberzutreten, ohne daß zusätzliche Schande seine Seele befleckte.

Doch bevor er starb, würde er sich eine einzige persönliche Genugtuung verschaffen: Er würde den dreimal verfluchten Agenten des Sicherheitsdienstes ausschalten, der ihn in diese Lage gebracht hatte. Er hatte längst erraten, was dieser Mann in Wirklichkeit war, aber bis jetzt war es ihm vollkommen gleichgültig gewesen, auf welche Weise Quinn sich über Denvers Schattenregierung auf dem laufenden hielt. Doch das war vorbei. Es würde sein Abschiedsgeschenk an Bernhards Team sein, und vielleicht auch die angemessenste Reaktion darauf, daß Quinn heute morgen so beleidigend in sein Heim eingedrungen war.

Er zog einen *shuriken* aus der Gürteltasche und konzentrierte sich darauf, seine Bewegungen vor den anderen zu verbergen, als sein Pocher plötzlich ansprang.

Die Nachricht kam durch, und er erstarrte. *Kanai: Lathe und Skyler nähern sich Shandygaff. Sicherheitssituation?*

»Verdammt«, flüsterte er böse. Die Pocher benützten unübliche Frequenzen, und ihre geringe Reichweite machte es schwierig, sie abzuhören, aber Nash und seine Leute hatten zweifellos auch daran gedacht. Natürlich kannten sie die Kampfcodes der Blackcollars nicht, aber das Vorhandensein einer Nachricht genügte, damit sie die richtigen Schlußfolgerungen zogen.

Briller hatte tatsächlich schon reagiert: Er hatte die Pistole aus der Tasche gezogen und sie mit nach oben gerichteter Mündung an die Wange gehoben. Er sah Kanai in die Augen, und in seinem Blick lag eine stumme Drohung.

Kanai erwiderte den Blick kalt und griff nach seinem Pocher. *Lathe: Falle. Einkreisung im Zielgebiet. Flucht unerläßlich.*

Verstanden. Was ist mit Ihnen?

Kanai hatte keine Zeit für eine Antwort, weil Briller reagierte, wenn auch zu spät: er ließ die Pistole sinken und zielte. Kanai ließ sich seitlich auf die Bank fallen und rollte unter dem Tisch auf den Fußboden, während Brillers Flechette das Plastik hinter ihm zerriß. In der

Nähe sitzende Gäste schrien zornig und erschrocken auf, als der Gorilla die Zielrichtung änderte und noch einmal feuerte. Kanai rollte sich unter dem Tisch mit dem Rücken zu seinem Gegner in Fötushaltung zusammen, so daß der Flexarmor den Aufprall abfing und die Flechette ablenkte. Die Geschosse konnten das zähe Material nicht durchdringen, aber andererseits verzögerten die Schüsse und das kurze Steifwerden des Flexarmors Kanais Gegenangriff, was tödlich sein konnte. Das Timing mußte präzis sein.

Eine weitere Flechette prallte von Kanais Rücken ab, und er griff an.

Er rollte sich auf den Rücken und schleuderte mit der linken Hand einen *shuriken* nach Briller. Es war ein lausiger Schuß aus einer lausigen Stellung, und er ging vollkommen daneben, aber er erfüllte seinen Zweck, denn er zwang Briller, seinen Angriff abzubrechen und sich zu ducken. Dadurch hatte Kanai einen Augenblick lang Luft, zog die Beine bis zur Brust an und trat mit seiner ganzen Kraft nach dem Tisch über sich. Zerbrochenes Holz splitterte, und die Schrauben, mit denen die Tischplatte an der Mittelstütze befestigt war, rissen aus. Die Tischplatte kippte, blieb auf der Kante stehen und lehnte sich an den Metallständer.

Gerade rechtzeitig, den Brillers nächster Schuß schlug in ihre polierte Oberfläche ein.

In diesem Augenblick mußte Briller klargeworden sein, daß er ein toter Mann war, aber er versuchte es trotzdem. Bis Kanai seine Kampfhaube aufgesetzt und seine Kampfhandschuhe übergestreift hatte und nun vorsichtig über seinen improvisierten Schild spähte, hatte sich sein Gegner an der Wand des Raumes entlang zur Bar geschoben, um von dort aus zu schießen, ohne sich gleichzeitig den *shuriken* des Blackcollar auszusetzen.

Doch jetzt waren Kanais Kopf und Hände geschützt, und er hatte von der Pistole des anderen kaum noch etwas zu befürchten – und auch nicht von anderen Pistolen, woran ihn ein Schuß erinnerte, der von hinten kam und von seiner Schulter abprallte. Er drehte sich rasch um, schickte einen *shuriken* in diese Richtung, wirbelte dann zurück und schleuderte einen weiteren Stern auf Briller. Dieser stöhnte auf, als sich der *shuriken* in seine rechte Schulter bohrte, und schoß blindlings seine Pistole leer. Kanai verließ seine Deckung und sprintete durch den Flechette-Regen in den Vorraum.

Er war darauf gefaßt gewesen, daß ihn ein größeres Empfangskomitee erwartete, und stellte überrascht fest, daß nur zwei Leute anwesend waren.

»Kanai!« knurrte Nash und richtete seine Flechette-Pistole auf Kanais Magen.

»Geben Sie auf, Nash!« Kanai blickte über die Schulter des kleinen Mannes hinweg zu dem Mädchen in der Garderobe und der winzigen Pistole in ihrer Hand. Vermutlich Betäubungspfeile – die ihm noch weniger schaden konnten als die Flechettes. »Ihr Opfer ist gewarnt worden«, fuhr er fort und zog einen *shuriken* heraus. »Inzwischen ist er vermutlich schon einen halben Kilometer von der Bar entfernt.«

»Und Sie sind derjenige, der ihn gewarnt hat«, fuhr ihn Nash an. »Gehen Sie zum Teufel, Kanai!«

»Sie müssen entschuldigen, Lady«, sagte Kanai zum Garderobemädchen, hob den *shuriken* ...

Dann geschah alles auf einmal.

Auf der anderen Seite des Raumes wurde die Tür aufgestoßen, und zwei schwarzgekleidete Männer stürzten herein. Gleichzeitig durchzuckte ein greller Blitz den Raum, und neben der Eingangstür löste sich ein Teil der Wand in Dampf und Ziegelstaub auf. Kanai fuhr herum und sah gerade noch den auf die Eindringlinge gerichteten Laserstrahl aus Nashs ›Flechette‹-Pistole.

»Gebt acht!« rief er instinktiv. Der getarnte Laser schwenkte zu ihm herum.

Hinter ihm ertönte das gedämpfte Geräusch eines

Luftgewehrs, und Nash brach zusammen. Sein letzter Schuß brannte ein schwarzes Loch in den Teppich.

»Sie schießen gut«, stellte Lathe anerkennend fest. »Soll das heißen, daß Sie offiziell auf unserer Seite stehen?«

Das Garderobemädchen ließ die Pistole sinken und sah Lathe wütend und erschrocken an. »Euch Trottel sollte der Teufel holen!« fuhr sie Lathe und seinen Gefährten an, einen Blackcollar, den Kanai nicht kannte. »Was habt ihr euch eigentlich gedacht, als ihr hierher zurückgekommen seid? Nashs Läuse sind in der ganzen Fußgängerzone verteilt und erwarten euch.«

»Das wissen wir.« Lathe warf einen Blick zur Bar. »Wir sind gekommen, um mit Kanai zu sprechen, und um festzustellen, auf wessen Seite Sie stehen.«

»Ich stehe auf meiner Seite und auf keiner anderen. Gehen Sie zum Teufel, Sie sind an allem schuld!«

»Vielleicht könnten wir das Gespräch an einem anderen Ort fortsetzen«, mischte sich Kanai ein und sah zum Hauptraum hinüber. »Die Gäste werden sehr bald reagieren. Haben Sie etwas dagegen, wenn wir so rasch wie möglich von hier verschwinden?«

»Kommen Sie mit uns?« fragte Lathes Gefährte die Frau.

»Bleibt mir denn eine andere Wahl?« Sie zeigte auf Nashs regungslose Gestalt. »Sobald er aufwacht, hängt er mich an einem Bratspieß über ein offenes Feuer.«

»Das läßt sich leicht in Ordnung bringen.« Kanai hielt seinen *shuriken* noch in der Hand. Er holte aus und schleuderte den Stern in den Hals des kleinen Mannes.

Die Frau sog entsetzt die Luft ein. »Sie ...«

»Er war ein Spion des Sicherheitsdienstes, ich hatte ohnehin vor, ihn zu töten«, erklärte Kanai. »Jetzt können Sie Ihren Posten behalten. Und könnten wir endlich verschwinden?«

Doch Lathe sah immer noch die Frau an. »Entscheiden Sie sich!«

Sie erwiderte den Blick eine Sekunde lang unentschlossen, dann nickte sie. »Hier hinten.« Sie trat vom Pult zurück. »Da hinten gibt es eine versteckte Falltür, man kommt ein paar Blocks weiter unten heraus ...«

Sie unterbrach sich und schickte eine Ladung Betäubungspfeile durch die Tür. »Die Gesellschaft wird unruhig«, bestätigte Lathe, trat einen Schritt zurück und sprang über das Pult. »Gehen wir!«

Der andere Blackcollar folgte ihm; Kanai holte tief Luft, schloß sich ihnen aber trotz seiner Zweifel an. Das Mädchen schob einen Mantelständer zur Seite, versetzte der Wand einen kräftigen Tritt, und im Boden schob sich ein kleines Rechteck einen oder zwei Millimeter hoch. Sie hielt plötzlich ein Messer in der Hand, stemmte das Rechteck mit dem Messer hoch, und ein Griff kam zum Vorschein. Sie zog daran, und die Fußbodenfliesen rings um den Griff glitten in die Höhe. »Die Treppe hinunter und durch den Tunnel!« wies sie die Männer an. »Ich muß noch ein paar Kleinigkeiten zusammensuchen und dann den Selbstzerstörungsmechanismus einschalten.«

»In Ordnung.« Lathe griff nach dem Pocher: *Reserve: Rückzug. Entkommen durch Mäuseloch. Treffen uns bei Punkt Beta.*

Verstanden.

Kanai holte wieder tief Luft und folgte Lathe die Treppe hinunter. Er hoffte inbrünstig, daß der Comsquare wußte, was er tat.

Der Tunnel führte etwa zehn Meter unterhalb von Denvers Straßen zu einem komplizierten, alt aussehenden Labyrinth aus Tunnels, deren Wände mit keramischen Platten verkleidet waren. Die Stabtaschenlampen der Blackcollars spiegelten sich in den zahlreichen stagnierenden Pfützen. Sie schwiegen während des Marsches, weil der Sicherheitsdienst die Tunnels vielleicht mit Audiosensoren ausgestattet hatte.

Die Frau kannte das Gebiet offensichtlich, denn sie

führte sie ohne zu zögern durch das Labyrinth. Fünfzehn Minuten später erreichten sie eine moderner aussehende Metalleiter, die oben in einem Loch in der Decke verschwand.

Die Frau ging voraus, und sie gelangten bald in ein schwach beleuchtetes Kellergeschoß, das nach Schimmel und Schmutz roch.

»Entschuldigen Sie die Unordnung.« Sie trat zu einer desolaten Treppe und richtete Lathes Taschenlampe auf ein weißes Viereck an der Wand. »Wir müßten hier für eine Weile sicher sein – jedenfalls so lang, bis der Sicherheitsdienst die Suche in einen anderen Stadtteil verlagert.«

Kanai trat neben sie, blickte die Treppe hinauf zu der geschlossenen Tür an ihrem oberen Ende und richtete dann seine Taschenlampe auf die weiße Platte. In sie waren fünfzehn oder zwanzig kaum sichtbare schwarze Fäden eingelassen, die in verschiedene Richtungen führten. »Was ist das?« fragte er.

»Passiver Schutz gegen Eindringlinge. Die Monofasern sind oben an Türen, Fenstern und allem Möglichen befestigt. Wenn jemand hereinkommt, wird der Faden aus der Platte gezogen. Es sieht aus, als wäre seit meinem letzten Besuch niemand hiergewesen – was kaum überraschend ist.«

»Ein interessantes System.« Lathe nahm die Flexarmor-Kampfhaube ab. »Es hört sich an, als hätte es eine Organisation erfunden, die über mehr Phantasie als Mittel verfügt.«

Sie sah den Comsquare lange an, doch dann zuckte sie die Achseln. »Damit haben Sie recht. Wenn man das letzte überlebende Mitglied einer Widerstandsgruppe ist, scheffelt man nicht gerade Geld – und wir waren nicht einmal reich, als wir am stärksten waren.«

»Zu welcher Gruppe haben Sie gehört?«

»Natürlich zur Fackel, zu was denn sonst?«

20. Kapitel

Sie hiess Anne Silcox und sie war ganz anders, als Caine erwartet hatte.

Äußerlich wirkte sie sehr durchschnittlich. Ihre Stimme und Sprechweise waren normal, ihre Gesichts- und Körpersprache gespannt, aber beherrscht. Nirgends war das heilige Feuer zu entdecken, das Caine bei einem Mitglied einer zugegebenermaßen fanatischen Gruppe erwartet hatte.

Allerdings hatte er während dieser Mission schon eine Menge über den Unterschied zwischen Theorie und Wirklichkeit gelernt.

»Ich möchte sehr gern wissen, was aus den übrigen geworden ist.« Silcox schüttelte den Kopf und musterte zum vierten Mal das spärlich möblierte Wohnzimmer, als traue sie Lathes Versicherung noch immer nicht, daß sie an diesem Zufluchtsort ungefährdet war. »Ich war erst siebzehn, als sie verschwanden, und keineswegs Mitglied des inneren Kreises. Ich weiß nur, daß es nicht unerwartet kam, denn sie verschafften mir die Anstellung im Shandygaff ausdrücklich deshalb, damit ich in Ermangelung besserer Informationsquellen die Entwicklung im Auge behalten konnte.« Ihr Blick wanderte von Lathe zu Caine und Hawking und blieb dann auf Kanai ruhen. Caine hatte diese Eigenart bereits bemerkt; vielleicht hatte sie das Bedürfnis, sich in einer neuen Situation an etwas Vertrautes zu klammern.

Lathe rückte sich in seinem Stuhl zurecht. »Damit kann man nicht viel anfangen. Wissen Sie nichts über ihre Kontakte in der Stadt – vielleicht über Verbindungen zur Unterwelt?«

Sie sah immer noch Kanai an. »Ich weiß nur, daß sie gelegentlich mit Blackcollars zu tun hatten – sowohl mit den hier ansässigen als auch mit Gruppen aus anderen Gebieten. Kanai kann Ihnen wahrscheinlich mehr darüber erzählen.«

Jetzt sah auch Lathe Kanai an. »Sie haben nie andere Blackcollars erwähnt.«

»Ich habe vor allem durch die Fackel davon gehört, daß andere Teams südlich und östlich von hier operieren, aber ich habe nie einen von ihnen kennengelernt. Sie dürfen nicht vergessen, daß Fernreisen strengen Einschränkungen unterliegen. Falls die Fackel mit den Gangsterbossen zu tun hatte, habe ich es nie erfahren. Außerdem bezweifle ich es – ihre Ziele paßten nicht gut zueinander.«

»Wahrscheinlich«, gab Lathe zu. »Ich nehme an, daß Bernhard den Kontakt mit der Fackel aufrechthielt – haben Sie eine Ahnung, ob er zu der Zeit mit ihnen zu tun hatte, als sie laut Anne den Betrieb einstellten?«

»Möglich, aber das weiß ich nicht. Bernhard erzählt uns bei weitem nicht alles, was er weiß.«

»Berufskrankheit«, murmelte Caine.

Falls Lathe die Bemerkung gehört hatte, zeigte er es nicht. »Besaß die Fackel irgendwelche Aufzeichnungen?« fragte er Anne. »Durchschläge, Computerdateien, vielleicht ein fiktives Programm in einem fremden Computer? Irgend etwas, das uns einen Hinweis darauf geben könnte, was aus den Leuten geworden ist.«

Sie schüttelte den Kopf. »Ich war nur der berühmte Lauscher an der Wand im Shandygaff. Niemand hätte mir solche Informationen anvertraut.«

»Also gut«, meinte Lathe. »Gehen wir dazu über, was Sie in den letzten fünf Jahren erfahren haben. Haben Sie eine Ahnung, wann die Ryqril begonnen haben, sich so aktiv für die Basis Aegis zu interessieren? Sie haben doch bestimmt seit Kriegsende versucht hineinzugelangen.«

»Nein, das war eine neue Entwicklung«, antwortete sie. »Ich habe vor etwa einem Jahr von Schmugglern zum ersten Mal davon gehört; sie beschwerten sich darüber, daß die zusätzlichen Sicherheitsmaßnahmen sie bei ihren Schmuggelfahrten nach Westen behinderten.«

»Also um die gleiche Zeit, als wir ihnen die Novas stibitzten«, warf Hawking ein. »Vielleicht fanden sie daraufhin, daß sie wieder ein wenig aufholen mußten.«

»Was soll das heißen?« wollte Caine wissen.

»Das heißt, daß sie hofften, uns wieder ein Stück Technologie stehlen zu können«, erklärte Lathe. »Es klingt logisch. Es ist leicht möglich, daß es in Aegis etwas gibt, das sie nach dem Krieg nirgends von uns bekamen.«

»Moment mal«, unterbrach ihn Caine. »Warum sollten sie sich um die dreißig Jahre alte Technologie einer Rasse kümmern, die sie bereits geschlagen haben?«

Lathe sah ihn seltsam an. »Meinen Sie das ernst? Wie konnten Ihre Lehrer das vergessen?«

»Vielleicht habe ich an dem Tag gefehlt. Wenn es sich nicht um ein Staatsgeheimnis handelt ...«

»Die Ryqril sind technologisch schwachsinnig«, erklärte ihm Lathe. »So lautet der medizinische Ausdruck wörtlich; es soll keine Beleidigung sein. Die gesamte Rasse ist unfähig, selbst neue Technologien zu entwikkeln, es sei denn auf einem sehr niedrigen Niveau. Das ist wahrscheinlich die Hauptantriebskraft, die hinter ihrem Eroberungsdrang steckt – er ist eine der wenigen Möglichkeiten für sie, ihr technologisches Niveau zu heben.«

Caine starrte ihn an. Es war eine unglaubliche Feststellung, und doch begann er jetzt, eine ganze Menge anderer Dinge zu verstehen. Das Risiko, das die Ryqril auf Argent eingegangen waren, um die versteckten Novas vor den Blackcollars zu finden – wobei sie schließlich verloren hatten –, wirkte plötzlich wesentlich weniger idiotisch als damals.* Ihre Streitkräfte waren im

---

* Siehe *Die Blackcollar-Elite* · 06/4586

Kampf gegen die Chryselli in einer Sackgasse steckengeblieben, und da konnte ein Zufluß von neuen Waffen den entscheidenden Unterschied ausmachen. »Ich nehme an, daß der Sicherheitsdienst deshalb immer noch die alten Flugzeuge und die veraltete Ausrüstung verwendet, mit denen wir verhältnismäßig leicht fertigwerden können«, sagte er schließlich.

Lathe nickte. »Es ist natürlich gefährlich, aber selbst wenn man weiß, wie man ein Flugzeug ausschalten kann, heißt das noch lange nicht, daß man es in der Praxis fertigbringt. Die Ryqril können natürlich jede Technologie kopieren, die sie stehlen, also müssen sie nicht dreißig Jahre alte Maschinen verwenden.«

»Haben Sie es wirklich nicht gewußt?« mischte sich Hawking ein. »Noch bevor der Konflikt ausbrach, war es in der TDE-Hierarchie allgemein bekannt.«

»Meine Lehrer haben offenbar eine Menge vergessen.« Caine versuchte, nicht bitter zu klingen. Er erfuhr wieder einmal, daß die Führer des Widerstandes, denen er so blind vertraut hatte, ihm wichtige Informationen vorenthalten hatten, und obwohl diese Erkenntnis nicht mehr so schmerzte wie seinerzeit die erste Enthüllung auf Argent, tat es noch immer ganz schön weh.

»Vielleicht haben Sie nur vergessen, es zu erwähnen«, wandte Kanai ein. »Oder die Information ging irgendwie verloren.«

»Nein«, widersprach Caine. »Sie haben mir die Information bewußt vorenthalten. Sie bildeten mich dazu aus, die Ryqril zu hassen – warum sollten sie mir also etwas erzählen, durch das die Handlungsweise der Aliens verständlich wurde?«

Kanai verstummte. Hawking musterte interessiert eine Ecke des Raums, und sogar Lathe fühlte sich sichtlich unbehaglich. Als Caine zu Silcox hinüberblickte, stellte er zu seinem Ärger fest, daß sogar ihr Gesichtsausdruck weicher geworden war.

Das letzte, was er im Augenblick brauchen konnte,

war das Mitgefühl einer Fremden. »Sie haben uns von den Ryqril und der Basis Aegis erzählt«, erinnerte er sie scharf.

Ihr Gesicht wurde wieder ausdruckslos. »Sie haben offenbar versucht hineinzugelangen, ohne daß ihnen der Berg auf den Kopf fällt, und das dürfte gar nicht so einfach sein.«

Lathe nickte. »Der gesamte Tunnel wird voller tödlicher Fallen stecken. Schön, wechseln wir das Thema. Wie wollte sich die Fackel mit Ihnen in Verbindung setzen, wenn sie nach Denver zurückkehrten – falls sie es taten?«

»Sie wollten jemand in das Shandygaff schicken oder mich zu Hause anrufen. Die Bar wird nämlich nicht nur von den Gangsterbossen aufgesucht.«

Lathe wechselte einen Blick mit Hawking, und es fiel Caine nicht schwer, ihre Gedanken zu erraten: Anne Silcox würde ihnen keine große Hilfe sein. »Ich möchte, daß Sie von nun an weder Ihre Wohnung noch die Bar betreten«, erklärte ihr Lathe. »Wenn Sie möchten, können Sie hierbleiben – wir besitzen noch weitere sichere Häuser.« Er erhob sich.

»Moment mal!« Silcox war ebenfalls aufgesprungen. »War das alles? Ich bringe Sie aus dem Shandygaff hinaus, gebe Ihretwegen meine Tarnung auf, und Sie sagen einfach auf Wiedersehen? Da haben Sie sich aber geirrt. Ganz gleich, in was Sie hier verwickelt sind – Sie haben gerade einen neuen Rekruten angeworben.«

»Hören Sie, ich bin Ihnen für das Angebot dankbar, aber ...«

»Da gibt es kein Aber.« Caine spürte zum ersten Mal, daß unter der Asche immer noch das Feuer schwelte. »Nur weil ich jung bin, heißt das noch lange nicht, daß ich nicht weiß, was ich tue. Ich kann gut schießen, ich kann alles organisieren, was Sie wollen – vermutlich besser als Kanai –, und sogar ohne die Fackel weiß ich, wie ich in der Stadt zu Informationen gelange.«

Lathe schüttelte seufzend den Kopf. »Es tut mir leid, aber um brutal offen zu sein: Sie werden uns wahrscheinlich nicht nur helfen, sondern im gleichen Ausmaß stören. Und wir besitzen bereits eigene Informationsquellen. Also danke.«

»Vielleicht, vielleicht auch nicht«, konterte sie. »Soviel ich gehört habe, haben Sie bereits einige Ihrer Vorreiter verloren.«

»Einige was?« fragte Hawking, während er und die übrigen Lathe zur Tür folgten.

»Ihre Informanten und Helfer. Die Leute, die Caine aus den Bergen hierher befördert und Ihnen die Sprengstoffe verschafft haben.«

Caine hielt mitten im Schritt an. »Was? Wer? Wie heißen sie?«

»Heißt das, daß Sie es nicht gewußt haben? Na sowas.«

»*Wer sind sie?*« Caines Ausbruch schien sie zu erschrecken.

»Geoff und Raina Dupre und Karin Lindsay. Der Sicherheitsdienst hat sie heute nachmittag abgeholt, um sie zu verhören.«

Eine kalte Hand preßte Caines Magen zusammen, und er fluchte lautlos. Er hatte gehofft, die drei eines Tages davon zu überzeugen, daß man ihm und seinem Team vertrauen konnte; statt dessen war er daran schuld, daß man sie verhaftet hatte. »Wir müssen sie herausholen, Lathe.«

»Was wissen sie?« fragte der Comsquare.

»Über die Mission? Überhaupt nichts. Aber ich habe sie in dieses Schlamassel gebracht, und es ist meine Pflicht, sie wieder herauszuholen.«

Lathe sah ihn lange an und wandte sich dann an Silcox. »Stehen die drei irgendwie mit der Fackel in Verbindung? Oder mit einer anderen Widerstandsgruppe?«

»Ich kenne die Namen nicht.«

»Darum geht es nicht«, wandte Caine ungeduldig ein.

»Sie sind ganz gewöhnliche Menschen, die ich in die Angelegenheit hineingezogen habe.«

Lathe schüttelte den Kopf. »Es tut mir leid, Caine, aber es geht nicht. Es wäre bereits schwierig genug, nach Athena einzudringen, geschweige denn, jemanden herauszuholen. Wir haben weder die Mittel noch die Zeit dazu. Es tut mir leid.«

Caine traute seinen Ohren nicht. »Wir sprechen nicht von Blackcollars, Lathe, nicht einmal von Soldaten, die gewußt haben, welchen Gefahren sie sich aussetzen, wenn sie in den Kampf ziehen. Das hier sind Zivilisten, die sich im falschen Augenblick am falschen Ort befunden haben. Wir können sie nicht einfach im Stich lassen.«

»Uns bleibt nichts anderes übrig.«

Caines Augen wurden feucht; er blinzelte und wandte sich ab. Er konnte Lathe nicht mit gutem Gewissen widersprechen, aber dadurch fiel es ihm auch nicht leichter, sich mit dieser Entscheidung abzufinden.

Die Blackcollar-Streitkräfte stellen in der bevorstehenden Auseinandersetzung die Eliteeinheiten dar ... Die alten Worte gingen ihm nicht aus dem Sinn, doch jetzt klangen sie wie Hohn und Spott.

Silcox brach schließlich das Schweigen. »Also?«

»Sie haben mich überzeugt«, antwortete Lathe. Den unangenehmen Zwischenfall mit den Zivilisten, die zwischen die Mühlsteine geraten waren, hatte er offenbar bereits vergessen. »Sie sind aufgenommen – zumindest vorläufig. Sie können dieses Haus weiterhin als Unterkunft benützen; wir werden regelmäßig vorbeikommen und nachsehen, welche Informationen Sie gesammelt haben.«

Sie sah ihn unverwandt an. »Sie werden nicht einfach fortgehen und mich vergessen, oder?«

»Wir bleiben in Verbindung. Inzwischen ...« Er sah Kanai an. »Die Nacht ist noch jung, und wir haben noch nicht mit Bernhard gesprochen. Gehen wir?«

21. Kapitel

SEIT ÜBER EINER STUNDE war der Lärm des Aufruhrs südlich der Nabe verklungen, und Haven fühlte sich endlich soweit sicher, daß er einen vorsichtigen Blick aus seinem Versteck auf dem Dach wagte. Leider gab es keine Möglichkeit, auf direktem Weg zu erfahren, ob Kelly O'Hara es in die Nabe geschafft hatte – wenn man in solcher Nähe von der Ryqril-Enklave Pocher einsetzte, beging man praktisch Selbstmord. Aber vielleicht gab es eine indirekte Methode ...

Als er den Kopf aus dem Maschinenhäuschen steckte, entdeckte er am nächtlichen Himmel kein einziges Flugzeug. Er trat auf das Dach, ging zu einer Ecke des Häuschens und suchte die umliegenden Dächer mit seinem Nachtsicht-Feldstecher ab. Nirgends rührte sich etwas.

Doch das kam nicht unerwartet. O'Hara war vielleicht früher eingetroffen als vorgesehen und hatte bereits für die Nacht dicht gemacht – oder aber er war noch unterwegs. Haven trat um die Ecke und richtete den Feldstecher auf den Schornstein, und zwar auf das Gebiet um den ihm nächsten Laser.

Unterhalb des Laserständers lagen fünf verformte Kügelchen dicht beisammen; vier von ihm und ein Geschenk von Tardy Spadafora, der sich einige Blocks weiter eingenistet hatte. Spadafora hatte bestimmt die Laser-Elektronik an der nächsten Ecke des Schornsteins ebenfalls mit drei Kügelchen verziert, und O'Hara würde sich auch auf diese Waffe konzentrieren, sobald und falls er durchkam.

Havens Magen knurrte und erinnerte ihn daran, daß er seit beinahe einer Woche auf Notrationen gesetzt war und auch heute noch nicht viel gegessen hatte. Er überlegte einen Augenblick lang, ob er die heutige Kugel jetzt gleich auf den Schornstein schießen oder ob er zuerst hineingehen und essen sollte. Der Hunger und der gesunde Menschenverstand siegten: sein Schuß mußte haargenau im Ziel liegen, und ein knurrender Magen würde seine Konzentration ernsthaft gefährden. Er schob sich um die Ecke des Häuschens, ging hinein und verschwand hinter seiner falschen Wand.

22. Kapitel

DIE NÄCHTLICHE BRISE flüsterte in den Wipfeln der Fichten auf den umliegenden Hängen und trug ihren würzigen Duft zu Miro Marcovicz. Dieser schnüffelte, schob die Infrarot-Brille hoch und betrachtete sehnsüchtig die zwischen den Baumwipfeln funkelnden Sterne. Von Athena oder Denver sah man den Nachthimmel nie so klar, weil die Beleuchtung der Stadt zu hell war, und er bedauerte oft, daß er sich nicht einfach an einen Baum lehnen und den Anblick genießen konnte. Aber er machte Dienst, und weder seine Loyalitätskonditionierung noch sein Stolz als Sicherheitsmann ließen zu, daß er sich vor der Verantwortung drückte. Er schob sich die Schutzbrille wieder über die Augen und suchte den Wald nach Eindringlingen ab.

Eindringlinge, die beinahe mit Sicherheit nicht hier waren. Die Wächter, die hier draußen Dienst versahen, hatten oft genug über Präfekt Galways Theorie diskutiert und waren einheitlich zu der Ansicht gelangt, daß kein vernünftiger Mensch über acht Parseks reisen würde, nur um einen alten, pensionierten Sicherheitspräfekten ins Jenseits zu befördern.

Obwohl Marcovicz zugeben mußte, daß Trendor bestimmt ein lohnendes Ziel war, wenn jemand etwas so Verrücktes versuchte. Er erschauerte, als er an die Geschichten über Trendors Aktivitäten in Denver bei Kriegsende dachte. Die meisten davon glaubte er nur teilweise, weil er genau wußte, wie rasch Gerüchte wachsen und sich verändern. Aber einige hingen direkt mit seiner Familie zusammen, und bei denen wußte er, daß sie bis in die letzte Einzelheit stimmten. Sogar seine Anwesenheit im Sicherheitsdienst war eine Folge von Trendors verschrobenen Wertvorstellungen. Der Präfekt hatte sich nicht damit begnügt, die Rebellen, die in seine Gewalt gerieten, zu verhören und hinrichten zu lassen, sondern hatte auch darauf bestanden, alle ihre Kinder einer Loyalitätskonditionierung zu unterziehen. Damit nahm er den Rebellen das Letzte weg, das ihnen noch geblieben war.

Marcovicz sah noch immer das Gesicht seines Vaters an dem Morgen vor sich, an dem die Konditionierung seines Sohnes abgeschlossen war – sein Entsetzen, als Trendor ihm mit makabrer Befriedigung erklärte, was mit seinem fünfjährigen Sohn geschehen war. Marcovicz hatte seinen Vater damals zum letzten Mal gesehen, bevor dieser hingerichtet wurde, und hatte seither nachts oft wach gelegen und versucht, eine bessere Erinnerung an ihn zu finden, an die er sich klammern konnte. Er hatte auch lange Zeit versucht, Trendor zu hassen, obwohl er wußte, wie aussichtslos es war. Verstandesmäßig fand er genügend Gründe für einen solchen Haß, aber die Gefühle, durch die solche Überlegungen in Handlungen umgesetzt wurden, fehlten einfach. Und er konnte sie auch nicht heraufbeschwören.

Noch länger hatte er dazu gebraucht, sich mit der Tatsache abzufinden, daß nicht er an dieser Unfähigkeit schuld war; das galt auch für die Tatsache, daß er nicht imstande war, sich wegen dieser Schwäche zu hassen.

Seitlich von ihm bewegte sich etwas zwischen den Blättern.

Versuchte jemand, sich an ihm vorbeizuschleichen? Marcovicz holte tief Luft und redete sich ein, daß er nichts gehört hatte. Er mußte nur dabei bleiben, dann war der Eindringling an ihm vorbei, und Trendor war tot.

Er drehte sich unvermittelt um, legte den Laser an, und der mit der Waffe verbundene Infrarot-Scheinwerfer machte die Bewegung mit. Marcovicz betätigte einen Schalter an seinem Gewehr, und die Landschaft vor ihm wurde taghell erleuchtet.

Mitten in seinem Gesichtsfeld suchte ein Eichhörnchen nach Nüssen; es bemerkte weder das unsichtbare Licht noch die drohende Waffe.

Marcovicz grinste erleichtert und belustigt und schaltete den Scheinwerfer ab. Augenblicklich setzten die Anrufe von den übrigen Wächtern ein, die das Licht gesehen hatten. Marcovicz beruhigte sie, und kurz darauf herrschte in dem Gebiet wieder wachsame Stille. *Für Leute, die nicht glauben, daß jemand kommt, reagieren sie ganz schön nervös*, dachte er ironisch.

Doch in diesem Job überlebte man nur, wenn man nervös reagierte.

Also würde auch Marcovicz weiterhin nervös reagieren. Trotz aller Schattenseiten war das Leben immer noch lebenswert, und außerdem wäre es eine Schande, wenn er sich in einer so herrlichen Nacht umbringen ließ.

Er schickte einen letzten Blick zu den Sternen empor und setzte seine Runde fort.

Lathe sah sich im behaglichen Wohnzimmer um. »Ich hoffe, daß dieser Raum sicherer ist als der letzte, in dem wir miteinander reden wollten.«

Bernhard versuchte gar nicht erst zu lächeln. »Er ist sicher.« Sein Blick wanderte zu Caine. »Noch ein Angehöriger Ihres Teams?«

»Allen Caine«, stellte ihn Lathe vor. »Leiter eines eigenen Einsatzteams, das zur Zeit unter meinem Befehl steht.« Es hatte keinen Sinn, gerade jetzt Haarspalterei zu treiben, und außerdem mußte Bernhard ja nicht alle Einzelheiten erfahren. »Haben Sie die Liste für mich?«

»Sie ist nicht sehr lang.« Bernhard unterbrach sich, und auf sein Gesicht trat ein seltsamer Ausdruck. »Sie haben es tatsächlich geschafft, den Sicherheitsdienst in Weißglut zu bringen.«

»Das war immer schon eine Stärke der Blackcollars«,

entgegnete Lathe sanft. »Ist diese plötzliche Erkenntnis auf eine neue Aktion zurückzuführen, oder erfahren Sie immer so spät von den Tagesereignissen?«

»Wenn ich Sie wäre, würde ich nicht so leichtfertig Witze reißen.« Bernhard zeigte auf Caine. »Vor allem, wenn Sie Zivilisten mitschleppen.«

Caine bewegte sich, schwieg jedoch auf Lathes Handzeichen hin. Der Comsquare war darauf gefaßt gewesen, daß Bernhard bemerken würde, daß Caine keinen Drachenkopfring trug, doch seine Reaktion war merkwürdig heftig. »Er hat die komplette Ausbildung bekommen und weiß, was er tut«, erklärte er daher.

»Als ob ihm das etwas nützen würde.« Bernhard stieß die Luft zischend aus, warf Kanai einen Blick zu und zog ein Kuvert aus der Tasche. »Da haben Sie Ihre Liste. Es stehen fünf Namen darauf, und alle Genannten stehen im Rang eines Majors oder darunter. Es tut mir leid, aber mehr konnte ich nicht tun.«

Lathe ergriff das Kuvert und steckte es ein. Im gleichen Augenblick wurde ihm klar, daß etwas nicht stimmte. Bernhards Bewegungen, seine Stimme, seine Haltung – obwohl sie einander erst ein einziges Mal gesehen hatten, spürte Lathe die Spannung in ihm und wie er vergeblich versuchte, sie zu unterdrücken.

Sein Pocher ... aber falls Bernhard sie in eine Falle gelockt hatte, dann würde sie einfach schneller zuklappen, wenn er jetzt Hawking und Skyler verständigte, die draußen warteten. »Ich nehme an«, begann er, um seine Betroffenheit zu verbergen, »daß ich Sie nicht dazu überreden kann, sich uns anzuschließen?«

Bernhards Lippen zuckten beinahe unmerklich, doch es genügte. »Nein. Ich habe meinen Teil der Übereinkunft erfüllt, wie steht es mit Ihrem?«

»Sie meinen, daß wir Denver verlassen sollen?« Lathe winkte ab und gab gleichzeitig mit der anderen Hand Caine das Zeichen für: *Achtung. Gefahr.* »Es tut mir leid, aber ich habe Ihnen schon gesagt, daß wir hier eine Mission durchzuführen haben. Wir können Denver erst verlassen, wenn wir das erledigt haben.«

»Das gilt auch für die ›Zivilisten‹«, fügte Caine hinzu. »Vielleicht ist es Ihnen nicht klar, Bernhard, aber es handelt sich dabei eigentlich um meine Mission – Lathe und sein Team sind nur zur Unterstützung und Beratung dabei.« Er sah Bernhard und Kanai wütend an und wandte sich dann an Lathe. »Offenbar mögen es Ihre Gesprächspartner noch weniger als Sie, wenn sich Fremde in Ihren kleinen, exklusiven Privatclub drängen – und ich habe nicht vor, mich in etwas einzumischen, wobei man mich nicht haben will. Wenn Sie endlich aufhören zu reden, erwarte ich Sie beim Wagen. Dort werde ich die Planung für unsere nächste Aktion ausarbeiten.« Er drehte sich um, marschierte zur Tür hinaus und schlug sie hinter sich zu.

»Du verdammtes Krötengesicht«, murmelte Bernhard. »Wenn er das Beste ist, das Sie bekommen konnten, Lathe, dann werden Sie es ganz bestimmt nicht mehr lange machen.«

»Er ist ein kleiner Hitzkopf, aber recht tüchtig«, erklärte Lathe. Wenn er Glück hatte, würde Bernhard nie erfahren, wie tüchtig Caine tatsächlich war. Im Augenblick mußte Lathe allerdings verhindern, daß der Angriff erfolgte, bevor er die Blackcollars draußen alarmiert hatte. »Jetzt verstehen Sie jedenfalls, warum ich auf Leute wie Sie so großen Wert lege.«

Bernhard holte tief Luft und sah ihm in die Augen. »Sie sind ein toter Mann, Lathe. Sie sind alle erledigt. Sie wissen es nur noch nicht. Der Sicherheitsdienst ist Ihnen zahlenmäßig und waffentechnisch überlegen und hat mehr Zeit als Sie – Sie können gegen ihn nie gewinnen. Wir haben vor langer Zeit ein Übereinkommen mit ihm getroffen, aber das werden Sie bei dem jetzigen Stand der Dinge kaum tun können, selbst wenn Sie dazu bereit wären. Sie sind tot, und ich werde nicht mit Ihnen untergehen. Geht das in Ihren Sturschädel?«

»Wie Sie wollen.« Lathe, der die Gefahr immer deutlicher spürte, erhob sich und ging zur Tür.

»Comsquare«, sagte Kanai. »755-3984-581. Das ist meine private Telefonnummer, falls Sie etwas brauchen. Die Leitung ist aber vermutlich angezapft.«

Lathe nickte überrascht und wurde sofort mißtrauisch. Wenn diese Information ein Verrat war, ließ Kanai es sich nicht anmerken. »Es ist leicht, so etwas zu umgehen. Danke.«

Der Angriff erfolgte nicht, als er den Weg zu ihrem Wagen entlangeilte. Er erfolgte auch nicht, als er um den Häuserblock herumfuhr und Skyler, Hawking und Caine auflas. Nachdem sie sich ungehindert in den fließenden Verkehr eingereiht hatten, mußte Lathe endlich zugeben, daß sie aus einer nicht existierenden Falle entkommen waren.

»Wann wollen Sie uns endlich erklären, was eigentlich gespielt wird?« fragte Skyler beiläufig, als sie nach Norden zu Regers Haus fuhren. »Wollten Sie nur, daß wir nicht aus der Übung kommen?«

Lathe schüttelte den Kopf. »Ich hatte das Gefühl, daß mit Bernhard etwas nicht stimmt, aber ich habe mich anscheinend geirrt. Ich habe vermutet, daß ihm der Sicherheitsdienst ein Angebot gemacht hat, das er nicht ablehnen konnte.«

»Zum Beispiel seine Haut gegen unsere?« meinte Skyler. »Das hätte uns noch gefehlt.«

»Ich halte es für unvermeidlich.« In Wirklichkeit rechnete Lathe damit, aber im Augenblick hielt er es nicht für ratsam, es den anderen mitzuteilen. »Doch offenbar ist es noch nicht so weit.«

»Sie haben sich in bezug auf Bernhard nicht geirrt«, warf Caine ein. »Ich habe es ebenfalls gespürt.«

»Lassen wir uns dadurch nicht beunruhigen«, meinte Lathe. »Im Augenblick kann er uns jedenfalls nichts anhaben.«

»Also?« fragte Kanai, als das Geräusch von Lathes Wagen verklungen war.

»Also was?« Bernhards Gesicht war ausdruckslos.

»Kommen Sie, Bernhard, wir kennen einander zu gut für solche Spiele. Etwas stimmt nicht. Was?«

Bernhard hielt noch einige Sekunden durch, dann gab er nach, wie Kanai erwartet hatte. »Heute abend, bevor ich herkam, hat mich jemand in meiner Wohnung besucht. Sie dürfen einmal raten, wer.«

Kanai überlief es kalt. »Es war doch nicht zufällig General Quinn?«

»Erraten. Er ist einfach anmaßend wie ein *khassg*-Ryqril hereinmarschiert. Ich hatte keine Ahnung, daß er herausbekommen hatte, wo ich wohne, und wenn er meine Adresse kannte, dann kennt er alle unsere Adressen. Ich wollte es nicht glauben.«

Kanai nickte. »Das gleiche hat er bei mir gemacht, er wollte Informationen über Lathe haben. Ganz gleich, was der Sicherheitsdienst plant, er überläßt nichts dem Zufall.«

»Das stimmt«, knurrte Bernhard.

»Und was wollte Quinn? Natürlich abgesehen davon, daß er uns davor warnt, Lathe zu helfen.«

»Offenbar ist es seit seinem Besuch bei Ihnen schlimmer geworden. Er findet, daß es nicht mehr genügt, wenn wir uns nicht um Lathe kümmern.«

Kanais Kehle war wie zugeschnürt. »Nein.«

»Doch. Uns bleibt keine andere Wahl, Kanai. Seit einer Stunde stehen wir offiziell auf der Lohnliste des Sicherheitsdienstes.«

»Das können wir nicht tun. Wir können kein anderes Blackcollar-Team kaltblütig ans Messer liefern, Bernhard.«

»Glauben Sie, daß es mir gefällt? Ich bin nämlich ebenfalls ein Blackcollar, falls Sie es vergessen haben sollten. Noch einmal, wir haben keine Wahl. Unser Überleben steht auf dem Spiel – unser Überleben gegen die etwas schnellere Vernichtung eines Teams, das ohnehin dem Untergang geweiht ist.«

Kanai holte tief Luft. »Das ist mir scheißegal. Dabei mache ich nicht mit. Zum Teufel mit Quinn – und wenn Sie sich wie eine falsche Schlange verhalten, dann können Sie ihn gleich begleiten.«

Bernhard wurde zornrot, doch das ging schnell vorbei, und er wirkte nur noch müde. »Ich verstehe Ihre Gefühle, Kanai. Ich würde wer weiß was dafür geben, wenn ich es nicht tun müßte, aber es geht nicht anders. Sie müssen mir nicht helfen, es genügt, wenn Sie mir nicht in die Quere kommen.«

Kanai zögerte. Wenn er ablehnte, die Verbindung mit Bernhard ein für allemal abbrach, zur Gegenseite überlief und sich mit Lathe verbündete ... doch er wußte, daß das nur Gedankenspielerei war. Er hatte zu lange Seite an Seite mit Bernhard gekämpft, zu viel mit ihm und den anderen erlebt. »Also gut, ich halte mich raus. Ihnen ist hoffentlich klar, daß er kein leichtes Ziel ist.«

»Das stimmt. Aber vielleicht sind seine Verbündeten nicht so zäh oder so aalglatt. Wo ist sie?«

»Wer? Die Frau aus dem Shandygaff?« Kanai verzog verächtlich die Lippen. »Sie verzichten also schon auf den Stier und halten sich statt dessen an das Kalb?«

»Wenn ihr Verhalten in der Bar für sie typisch ist, dann kann man sie kaum als Kalb bezeichnen. Wäre es Ihnen lieber, daß sie ein Freund des verstorbenen Mr. Nash findet? Er hatte eine Menge unangenehmer Freunde.«

»Sie haben keine Ahnung, wo sie sie suchen sollen.«

»Das glauben Sie selbst nicht. Irgendwann findet sie jemand. Ich habe einige der rituellen Hinrichtungen in dieser Stadt miterlebt. Sie wollen ganz sicher nicht, daß es ihr genauso ergeht.«

Das wollte Kanai bestimmt nicht und befand sich damit wieder einmal in einer ausweglosen Situation. Ehre – was verlangte die Ehre in diesem Fall von ihm?

Doch diesmal fiel ihm keine Antwort ein. Vielleicht, weil Ehre für einen Mann, der sich und andere so oft verraten hatte, bedeutungslos geworden war.

Und er stand im Begriff, es wieder zu tun. »Sie befindet sich allein in einem Haus, das etwa eine Meile nördlich vom Shandygaff liegt. Lathe hat es entdeckt.« Er nannte die Adresse. »Sie werden sie vermutlich sofort Quinn übergeben?«

»Das weiß ich nicht. Ich werde ihn um die Erlaubnis ersuchen, sie zuerst verhören zu dürfen.«

»Aber wenn Sie nichts von ihr erfahren, werden Sie sie ihm überlassen. Klar, das verstehe ich.«

»Kanai ...«

Kanai wandte ihm wortlos den Rücken zu und verließ das Zimmer. Er hatte plötzlich das Bedürfnis, allein zu sein. Allein zu sein und saubere Luft zu atmen.

23. Kapitel

Sie holten sie am nächsten Morgen bei Tagesanbruch. Bernhard und zwei seiner Leute drangen so geräuschlos und rasch in das Haus ein, daß sie sie überwältigt hatten, bevor sie ihre Pistole ziehen konnte. Hawking beobachtete das Ganze von einem sicheren Ort aus, war aber zu weit weg, um ihr zu Hilfe zu kommen. Deshalb versuchte er es erst gar nicht, was ihm vermutlich das Leben rettete, weil kurz darauf die Sicherheitsmänner eintrafen und sie von den Blackcollars übernahmen.

»Verdammt«, knurrte Caine, der einen von Regers teuren, handgefertigten Bechern mit beiden Händen umklammerte. »Wir hätten sie nicht allein dortlassen dürfen. Verdammt noch mal! Lathe, warum haben Sie sie nicht hierher mitgenommen?«

»Weil wir nicht wußten, ob wir ihr vertrauen können.« Caine starrte Lathe wütend an – wie konnte er dabei so ruhig bleiben? Er öffnete den Mund, um etwas zu sagen, aber Pittman kam ihm zuvor.

»War ihre Handlungsweise im Shandygaff nicht Beweis genug?« fragte er. »Sie hat ihr Leben aufs Spiel gesetzt, um das Ihre zu retten.«

»Nicht ganz – wir wären auch ohne sie mit Nash fertiggeworden. Und Sie sollten inzwischen schon wissen, wie leicht so etwas inszeniert werden kann.«

»Vielleicht ist auch die Festnahme nur inszeniert«, meinte Alamzad. Als Pittman ihn erstaunt ansah, fügte er hinzu: »Oder ist das lächerlich?«

»Man kann es nicht ganz ausschließen«, gab Lathe zu. »Aber ich halte den Sicherheitsdienst nicht für so raffiniert. Nein, ich glaube, die Festnahme war echt.«

»Bernhard und Kanai haben also die Seiten gewechselt«, sagte Skyler nachdenklich. »Sie haben in bezug auf Bernhard recht gehabt, Lathe, allerdings etwas verfrüht. Jetzt stellt sich die Frage, was wir dagegen unternehmen sollen – falls wir überhaupt etwas unternehmen.«

»Können wir nicht nach Athena fahren und sie herausholen?« fragte Caine. »Sie hat ja bewiesen, daß sie loyal ist.«

»Nur auf negative Weise«, widersprach Hawking. »Außerdem betätigen wir uns zur Zeit nicht als Rettungsgesellschaft.« Caine sah Lathe drohend an. »Unsere Mission ist das einzige, das für uns wichtig ist, und in unserem Terminkalender hat die Sorge um Anne oder um jemand anderen keinen Platz.«

Als Colvin zum Reden ansetzte, räusperte sich Lathe. »In diesem Fall werden wir allerdings eine Ausnahme machen müssen.«

Caine starrte ihn ungläubig an – und in ihm regte sich ein häßlicher Verdacht. »Jetzt verstehe ich. Wenn es um Menschen geht, deren Tod ich auf dem Gewissen habe, dann gehört das zu den Dingen, mit denen ich leben muß. Wenn es um Ihr Gewissen geht, dann unternehmen wir etwas. Sehe ich das richtig?«

Lathe wandte sich Caine zu, und dieser bemerkte erst jetzt den angespannten Gesichtsausdruck des Comsquare. »Nein, das ist nicht richtig, und wenn Sie Ihren Adrenalinausstoß einmal kurz abstellen, damit Sie klar denken können, dann werden Sie merken, daß es sich um zwei vollkommen verschiedene Fälle handelt. Die Lastwagenfahrer stehen mit keiner subversiven Gruppe in Verbindung – weder mit der Fackel noch mit uns, noch mit jemand anderem. Das wird sich bei einem einfachen Verhör ohne Anwendung von Druckmitteln herausstellen, und daraufhin wird man sie freilassen. Anne Silcox ist etwas ganz anderes: sie wird irgendwann alles, was sie über die Fackel weiß, erzählen – dafür wird Quinn schon sorgen.«

»Obwohl der Sicherheitsdienst kaum viel von ihr erfahren kann«, wandte Hawking ein. »Und das Wenige, das sie weiß, ist fünf Jahre alt.«

»Trotzdem könnte etwas Wissenswertes darunter sein.« Er sah Caine an. »Begreifen Sie den Unterschied? Sie sollen nicht das Gefühl haben, daß es sich hier um persönliche Dinge handelt.«

»Ich habe schon kapiert«, gab Caine widerwillig zu. »Wie gehen wir vor?«

»Ich habe mir verschiedenes einfallen lassen.« Lathe sah sich im Raum um. »Sie suchen Reger auf, Jensen, und holen sich zwei Kastenwagen von ihm. Colvin und Alamzad verstärken das Chassis und den Rahmen und vor allem den Kühler. Haben Sie von Reger das Gegengift gegen die Betäubungspfeile bekommen, Hawking, das er uns versprochen hat?«

Hawking nickte. »Er hat das Gegengift und auch die Pistole gestern abend geliefert. Das Zusammensetzen der Bauchbombe wird einige Stunden dauern, aber ich werde ziemlich sicher zu Mittag damit fertig sein. Die Haftminen und die Spezial-*nunchaku* liegen bereit.«

»Gut. Das sind also Ihre Aufgaben für heute.«

»Bauchbombe?« fragte Caine verständnislos. »Was ist eine Bauchbombe? Und wozu brauchen Sie Minen und Spezial-*nunchaku*?«

»Das erkläre ich Ihnen später«, wehrte Lathe ab. »Sie, Mordecai, fahren mit Caine und Braune nach Denver und besorgen eine hitzeabweisende Masse, die wir auf die Kastenwagen streichen können. Reger kann Ihnen sagen, welche Geschäfte sie führen. Inzwischen werden Skyler und ich die Einzelheiten ausarbeiten und dabei unvorhergesehene Zwischenfälle einkalkulieren. Dabei werden Sie uns helfen, Pittman.«

»Ich?« fragte Pittman erschrocken. »Warum ich?«

»Weil Sie der einzige sind, der noch übrig ist. Außerdem werden Sie einen der Kastenwagen fahren, und ich muß genau wissen, wie weit Sie diese Vehikel beherrschen.«

Pittman richtete sich auf. »Ich kann alles aus dem Wagen herausholen, was in ihm steckt«, erklärte er mit einem Anflug von Stolz.

»Gut. Dann machen wir uns jetzt an die Arbeit. Ich weiß nicht, ob die Mitglieder der Fackel eine Psychorschulung erhalten haben, aber ich bezweifle, daß Anne sehr lang durchhalten kann. Wenn wir sie befreien wollen, dann muß es heute nacht geschehen.«

Die Zellen und Verhörräume des Sicherheitsdienstes nahmen beinahe den gesamten vierten Stock des Gebäudes ein, und nur einige wenige Büroräume am nördlichen Ende dienten anderen Zwecken. Galway stieg im dritten Stock in den Fahrstuhl – der einzige Zugang zu dieser Ebene – und ging dann den Korridor entlang. Dabei überlief es ihn kalt, denn obwohl er sich am vermutlich sichersten Ort von ganz Athena befand, erinnerte er sich wider Willen an die Verhörräume in Millaire auf Argent.

Er war beinahe ums Leben gekommen, als er in einem dieser Räume gesessen hatte.

Über den Türen von zwei Verhörräumen am Ende des Korridors leuchteten die Besetzt-Lampen, aber nur vor einer Tür standen Wächter. Das war vernünftig – schon vor Stunden waren alle zu der Erkenntnis gelangt, daß die beiden Lastwagenfahrerinnen vollkommen harmlos waren. Sie wurden nur deshalb noch immer verhört, weil Quinn es befohlen hatte. Galway verzog angewidert das Gesicht, aber im Augenblick befaßte er sich mit dringenderen Angelegenheiten als Quinns Verhalten unschuldigen Zivilisten gegenüber. »Ist der General drin?« fragte er die Wächter, die ihn grüßten.

»Ja, Sir. Er wird aber bestimmt bald herauskommen, weil die Vernehmungsbeamten es bei der Arbeit nicht gern haben, wenn Außenstehende anwesend sind. Manchmal wird der Gefangene dadurch abgelenkt.«

Galway sah im Geist vor sich, wie Quinn von seinen

Untergebenen aus seinem eigenen Verhörraum hinausgeworfen wurde, doch obwohl die Vorstellung erfreulich war, war sie unwahrscheinlich. »Sagen Sie ihm, wenn er herauskommt, daß ich sofort mit ihm sprechen muß«, wies er die Sicherheitsmänner an. »Ich befinde mich im Aufenthaltsraum der Wächter.«

Den Geräuschen im Korridor entnahm Galway, daß Quinn den Verhörraum drei Minuten später verließ, doch erst nach zehn Minuten geruhte er, den Präfekten aufzusuchen. »Sie wollten mich sprechen?« fragte er, ohne sich zu setzen.

»Vor allem: wie kommen Sie mit dem Verhör weiter?«

Quinns Gesicht verfinsterte sich. »Langsam. Sie ist sehr widerstandsfähig – vermutlich irgendeine Schulung. Aber es ist nur eine Frage der Zeit. Ich hoffe, daß Sie mich nicht deshalb herbestellt haben.«

»Keineswegs.« Galway zog das Lesegerät zu sich, holte eine Kassette aus der Tasche und schob sie in den Schlitz. »Ich wollte Sie darauf aufmerksam machen, daß die Zeit, die Ihnen für Silcox zur Verfügung steht, unter Umständen beschnitten wird.«

»Wovon sprechen Sie, zum Teufel?«

»Das ist ein Telefongespräch, das ich vor fünfzehn Minuten geführt habe.« Galway betätigte den Schalter, und aus dem Lautsprecher ertönte seine Stimme.

Galway: »Hier Galway. Was ist los, Postern?«

Postern: »Ich habe nur ein paar Minuten Zeit – es ist das erste Mal, daß ich telefonieren kann, ohne daß die anderen dabei sind. Lathe und die übrigen Blackcollars wollen ...«

Galway: »Weil wir gerade von Lathe sprechen – warum haben Sie mir nicht vor Ihrem Abflug von Plinry mitgeteilt, daß er mitkommt?«

Postern: »Weil ich es nicht gewußt habe, darum. Würden Sie jetzt den Mund halten und zuhören? Lathe hat vor, die Frau von der Fackel, diese Anne Silcox, heute nacht herauszuholen.«

Quinn tastete blindlings mit der Hand nach einem Stuhl, zog ihn zu sich und setzte sich. Der Ausdruck auf seinem Gesicht konnte sowohl Zorn als auch äußerste Konzentration sein, war aber vermutlich eine Mischung aus beidem.

Galway: »Das ist lächerlich. Athena ist so gut bewacht, daß sie nicht einmal in die Stadt, geschweige denn in das Gebäude des Sicherheitsdienstes gelangen können.«

Postern: »Vielleicht. Aber Lathe wird es versuchen – und wenn ich Sie wäre, würde ich mich nicht darauf verlassen, daß er es nicht schaffen kann. Ich kenne nicht seinen gesamten Plan, aber er ist jedenfalls davon überzeugt, daß es ihm gelingt.«

Galway: »In Ordnung. Beruhigen Sie sich! Was wissen Sie genau?«

Postern: »Er rüstet zwei Kastenwagen mit Laserschutz und zusätzlicher Panzerung aus und hat mit mir darüber gesprochen, wie man Powerslide macht, ohne den Wagen dabei auf den Kopf zu stellen. Wahrscheinlich will er den Zaun beim Wächterhaus rammen und hofft, daß die Laser darauf programmiert sind, nicht zu schießen, wenn sie dadurch die eigenen Leute gefährden.«

»Da irrt er sich«, murmelte Quinn. »Jedes Fahrzeug, das das Tor rammen will ...«

Galway: »Selbst wenn er dadurch nach Athena hineinkommt ...«

Postern: »Hören Sie, Galway, streiten Sie nicht mit mir, es ist ja nicht mein Plan! Wenn Sie finden, daß er es nicht schafft – in Ordnung, lehnen Sie sich zurück und sehen Sie zu.«

Galway: »Schon gut, bleiben Sie cool, Mann! Können Sie mir sagen, wo sich Ihre Unterkunft befindet?«

Postern: »Eigentlich nicht. Ich bin in einem geschlossenen Kastenwagen dorthin gebracht worden und kenne die Adresse nicht. Außerdem würden Sie dann das Haus überfallen, und ich gehe genauso drauf wie die anderen.«

Galway: »Immer mit der Ruhe, so dumm sind wir nun wieder auch nicht. Können Sie mir die Route schildern, die Lathe nach Athena einschlägt?«

Postern: »Nicht genau, ich weiß nur, daß wir durch die New Hampden Avenue fahren werden. Jetzt muß ich Schluß machen.«

Galway: »Sie müssen mir noch sagen, wie viele Blackcollars Lathe zur Verfügung hat.«

Postern: »Ich habe nur vier gesehen: Skyler, Mordecai, Hawking und Jensen. Aber er könnte genauso gut eine ganze Kampfeinheit irgendwo versteckt haben.«

Galway: »Das bezweifle ich allerdings; es waren insgesamt vier Ausstiegsbehälter. Sie haben gesagt, daß es zwei Kastenwagen sind?«

Postern: »Richtig. Der eine ist rot und braun, der andere dunkelgelb. Aber seien Sie um Himmels willen vorsichtig, wenn Sie etwas unternehmen – ich fahre eines der verdammten Dinger.«

Galway: »Machen Sie sich keine Sorgen, wir werden versuchen, alle lebend zu bekommen. Eine letzte Frage – haben Sie schon eine Ahnung, worum es bei dieser Mission geht?«

Postern: »Caine hat angedeutet, daß wir in die Basis Aegis eindringen wollen – aber ich weiß nicht, ob ich ihm glauben kann. Jensen kommt aus dem Laden – ich muß gehen.«

Das Band war zu Ende. Quinn holte tief Luft: sein gesamter Ärger war verflogen. »Verdammt, verdammt. Haben Sie es analysieren lassen?«

»Zunächst nur flüchtig – das Labor befaßt sich jetzt eingehender damit. Er hat von einer Telefonzelle im Nordwesten von Denver angerufen. Ich habe meine Leute nicht hingeschickt, und das war vermutlich richtig. Jensen hätte sie bestimmt entdeckt, und wir hätten Postern als Informanten verloren, wenn wir uns Jensen geschnappt hätten.«

»Stress-Analyse?«

»Er ist besorgt und nervös, das merkt man auch ohne Analyse. Er hat auch gelogen, als er behauptet hat, er wüßte nicht, wo sie untergebracht sind. Alles andere scheint wahr zu sein.«

»Zumindest hält er es für wahr«, schränkte Quinn ein. »Lächerlich, vollkommen lächerlich. Lathe kann unmöglich nach Athena hineingelangen.«

»Er ist aus der Falle in der Rialto Street hinausgekommen«, wandte Galway ein. Er mußte vorsichtig sein; wenn er Quinn zu sehr drängte, geriet der General vielleicht in Wut und weigerte sich, etwas zu unternehmen – nur um Galway eins auszuwischen. Dann würde es sie teuer zu stehen kommen, wenn sie Lathe stoppen wollten. »Sie haben doch meine Berichte über die Aktionen auf Plinry und Argent gelesen ...«

»Schon gut, Sie müssen es mir nicht dauernd vorbeten. Und wenn wir zulassen, daß sie den Zaun rammen und von den Lasern verdampft werden, erfahren wir nie, was sie in der Basis Aegis suchen – falls Postern nicht auch in dieser Hinsicht gelogen hat. Oder glauben Sie, daß es den Ryqril lieber wäre, wenn die Gruppe Selbstmord begeht?«

»Um die Wahrheit zu sagen, haben die Ryqril uns bereits die Erlaubnis erteilt, die Blackcollars gefangenzunehmen. Anscheinend haben sie Ihr Kommunikationssystem angezapft.«

Quinn sah ihn finster an, und obwohl Galway den General nicht mochte, hatte er sogar ein wenig Mitgefühl mit ihm. Die Arbeit des Sicherheitsdienstes war schon schwer genug, ohne daß einem die Aliens dauernd über die Schulter guckten. »Also gut«, knurrte der General. »Sie geben wenigstens dieses idiotische Postern-Spiel auf. Ich werde sofort einige Einheiten zangenförmig an der New Hampden stationieren lassen und hoffe, daß die Schwachköpfe diesmal keinen Blödsinn machen. Kommen Sie, Sie müssen auch dabeisein!

Für den Fall, daß wir jemanden rasch identifizieren müssen.«

Und für den Fall, daß Sie jemanden brauchen, auf den Sie die Schuld abwälzen können, dachte Galway, während sie zu den Lifts gingen. Doch es spielte eigentlich keine Rolle. Diesmal hatte der Sicherheitsdienst den Überraschungseffekt auf seiner Seite ... und diesmal würde Lathe den kürzeren ziehen.

Garantiert.

»Und?« fragte Lathe, als Skyler den Raum betrat und die Tür leise hinter sich schloß.

»Er hat tatsächlich einen. Einen schönen Hochleistungs-Laser, den wir mit einem Modulator koppeln können, so daß er ein deutliches Signal zum Erkundungsschiff schicken kann. Natürlich vorausgesetzt, daß es sich noch in einer der festgelegten Positionen befindet.«

»Das ist sicher der Fall«, beruhigte ihn Lathe. »Großartig, das heißt, daß wir nicht den Laser finden müssen, den der Sicherheitsdienst mit seinem Hauptquartier in Athena gekoppelt hat. Ein Punkt weniger, der uns Kopfzerbrechen bereitet. Es wird uns doch nicht schwer fallen, den Laser zu bekommen?«

»Das hängt davon ab, wie viele von Regers Leuten Sie außer Gefecht setzen wollen. Angesichts der Tatsache, daß der Mann noch immer unser Verbündeter ist, halte ich es nicht für vernünftig, wenn wir ihn gegen uns aufbringen.«

»Mit anderen Worten, ich soll Reger um die Erlaubnis bitten, seinen Laser verwenden zu dürfen. Sie haben vermutlich recht. Aber es wird uns etwas kosten.«

»Warum? Reger verwendet den Laser nicht – ach ja, richtig. Wenn es dem Sicherheitsdienst gelingt, den Impuls aufzuspüren, ist Reger die Kanone los.«

»Nicht unbedingt, aber es ist nicht ganz auszuschließen, und das könnte ihn bedenklich stimmen. Also gut, ich rede mit ihm. Ich weiß schon, was ich ihm vorschlage.«

»Und Sie wollen natürlich nicht darüber sprechen.«

»Nicht gerade jetzt. Es stehen zwar überall Wanzenstörer herum, aber Sie wissen ja, wie ich bin.«

»Und ob.« Skyler zögerte. »Lathe, wenn wir den Laser verwenden können, dann fällt einer der Hauptgründe für das Unternehmen in Athena weg. Sind Sie sicher, daß Sie es trotzdem durchziehen wollen? Es gibt unzählige Gründe dafür, warum es schiefgehen kann, und ich weiß nicht, ob der eventuelle Gewinn das Risiko wert ist.«

»Wenn Sie Anne Silcox meinen, dann haben Sie recht. Aber wir können Bernhard nur dazu bringen, uns bei der Suche nach einem Weg in die Basis Aegis zu unterstützen, wenn wir ein Druckmittel in der Hand haben, und Athena ist eine gute Gelegenheit, zu diesem Druckmittel zu gelangen.«

»Und wenn er uns doch nicht hineinbringen kann?«

»Ganz einfach, dann haben wir eben verloren. Aber eine Ahnung sagt mir, daß er dazu imstande ist.«

»Hoffentlich haben Sie recht – damit und mit allem anderen.« Skylers Gesicht wurde finster – was für ihn ungewöhnlich war. »Wir treiben uns hier herum. Haven und Greene haben auf Plinry das idiotische Projekt Weihnachten gestartet – im Augenblick habe ich genug von Nebenoperationen.«

Lathe lächelte. »Kommen Sie, Skyler, habe ich Sie jemals enttäuscht?«

»Nein, und gerade das bereitet mir Sorgen. Bis jetzt haben Sie alles bis auf den verdammten Krieg gewonnen. Irgendwann müssen auch Sie verlieren.«

»Wer sagt das? Kommen Sie, ich lade Sie auf einen Drink aus Regers persönlichem Keller ein – das wird Sie aufmuntern. Und dann können Sie Caines Team mit Selbstvertrauen vollstopfen, während ich mich wegen Regers Lasers an ihn heranmache.«

24. Kapitel

DIE SONNE STAND IM WESTEN tief am Himmel, als die beiden Kastenwagen Regers Privatfestung verließen, die trügerisch friedliche Straße zur Autobahn entlanggfuhren und dann nach links zum Zentrum von Denver abbogen. Caine saß im ersten Fahrzeug hinten auf dem Boden, drehte seine Schleuder und seinen *nunchaku* nervös zwischen den Fingern und versuchte erfolglos, eine Sicherheit auszustrahlen, die er nicht empfand. Es war vergebliche Liebesmüh: Colvin und Alamzad, die ihm gegenüber saßen, waren selbst viel zu nervös, um auf ihn zu achten, während Mordecai, der angeblich mehr über Lathes Plan wußte als Caine, keine Beruhigungspille brauchte. Aber vielleicht war das sein Normalzustand.

Caine fuhr sich zum tausendsten Mal mit der Zunge über die Lippen, streifte die Flexarmor-Handschuhe ab und rieb sich die Augen. »Schutzbrille aufsetzen!« sagte Mordecai vom Vordersitz aus. »Und Handschuhe anziehen. Wir befinden uns in der Kampfzone.«

Caine gehorchte und fragte sich, wie, zum Teufel, Blackcollars mit dem Hinterkopf so ausgezeichnet sehen konnten.

Pittman rückte sich hinter dem Lenkrad zurecht. »Da vorn ist die New Hampdon«, erklärte er Mordecai. »Biege ich auf sie ein, oder fahre ich an den Randstein und warte auf die anderen?«

»Einbiegen! Bis zum Zaun ist es noch mindestens ein Kilometer – Lathe hat also genügend Zeit aufzuholen.«

»Okay.« Der Kastenwagen bog um die Ecke, und Caine verrenkte sich den Hals, um einen Blick durch die Windschutzscheibe zu werfen. Es war zermürbend, in die Gefahr hineinzufahren, ohne zu sehen, was einen erwartete.

Alamzad räusperte sich. »Nehmen wir an, daß wir durch den Zaun kommen, ohne daß die Laser uns erledigen – haben wir eine Ahnung, wo der Sicherheitsdienst Anne Silcox versteckt hat?«

»Natürlich im Gebäude des Sicherheitsdienstes«, warf Mordecai ein. »Machen Sie sich keine Sorgen – es sollte leicht zu finden sein.«

»Natürlich – das Gebäude, um das die Truppen herumstehen und auf uns schießen«, stellte Colvin fest.

»Außerdem hat es einen Landeplatz auf dem Dach«, erklärte Mordecai. »Sogar in Athena gibt es nicht viele solche Gebäude ...«

Er unterbrach sich, als ihre Pocher sich einschalteten: *Zu beiden Seiten Aufklärer des Sicherheitsdienstes. Operation abbrechen!*

Mordecai fluchte leise. »Biegen Sie bei der nächsten Ecke rechts ab, Pittman. Wir schlagen einen Kreis nach Norden und treffen uns mit den anderen ...«

Die Fenster des Wagens lagen unvermittelt in gleißendem Licht.

Das Fahrzeug hielt mit einem Ruck, und die drei Männer hinten wurden durchgerüttelt. Einen Augenblick lang glaubte Caine, daß sie direkt von einem Flugabwehr-Laser getroffen worden waren, doch noch während er sich in die Hocke aufrichtete, bemerkte er, daß die Wände um sie nicht schmolzen und daß die Luft im Wagen heiß, aber nicht glühend war. »Was ...?«

»Lasertreffer in Motor und Reifen«, meldete Mordecai. Er war bereits aus dem Gurt geschlüpft und kämpfte mit der durch die Hitze verzogenen Tür. »Alles raus! – draußen haben wir bessere Chancen.«

Caine stürzte zur hinteren Tür des Wagens, zog den Hebel herunter und stieß die Tür auf. Er sprang hinunter, hob die Hände, in denen er *shuriken* hielt – und erstarrte ungläubig.

Zu beiden Seiten der Straße standen hinter einem Schutzwall aus Quickschaum mindestens fünfzig Sicherheitsmänner mit angelegten Lasern. Lathes Wagen war wenige Meter hinter ihnen stehengeblieben; hinter ihm blockierte eine rasch errichtete Sperre die Straße. Instinktiv schleuderte Caine trotzdem die *shuriken*, aber der Geschmack der Niederlag stieg ihm bereits wie Erbrochenes in den Mund. Das Spiel war aus, und die Größe und Kampfbereitschaft der gegen sie eingesetzten Truppe wies darauf hin, daß sie informiert worden waren.

Reger hatte sie verraten.

»Sie können nicht entkommen«, dröhnte eine elektrisch verstärkte Stimme von irgendwo und hallte von den Gebäuden ringsum wider. »Ich bin General Quinn, Lathe. Heben Sie die Hände und ergeben Sie sich – alle – oder ich verbrenne Sie an Ort und Stelle. Schauen Sie hinauf, wenn Sie mir nicht glauben!«

Caine warf einen Blick zum Himmel. Etwa hundert Meter über ihnen schwebte ein langer, haifischförmiger Flieger, und in dem sich spiegelnden Grav-Licht erkannte man deutlich die Waffenbehälter zu beiden Seiten des Rumpfes. Das war die Feuerkraft, die ihre Fahrzeuge außer Gefecht gesetzt hatte, und das gleiche mit den Insassen tun konnte.

Taktik, Strategie, unerwartete Zwischenfälle – Caines gesammelte Ausbildung verschmolz zu einem nutzlosen Konglomerat. Colvin und Alamzad hockten noch hinter der Tür des Kastenwagens und warteten darauf, daß jemand die Führung übernahm, so daß sie sich anschließen konnten. Sie warteten darauf, daß Caine etwas unternahm.

Er konnte es einfach nicht. Ganz gleich, wofür er sich entschied, es würde ihren sofortigen Tod bedeuten.

Sein erstes Team – und er hatte versagt.

Eine ruhige Stimme durchdrang seine Verzweiflung.

»Tun Sie, was der Mann sagt, Caine!« riet ihm Mordecai. »Aber geben Sie die Hoffnung nicht auf!«

Caine schluckte schwer und hob die Hände über den Kopf.

Der Mann, der die Operation leitete, war jedenfalls kein Dummkopf. Weder die Männer hinter den Barrikaden, noch das Kampfflugzeug über ihnen rührten sich, bevor alle zehn Gefangenen im Freien standen. Erst dann trat eine neue Gruppe von Sicherheitsmännern vor, von denen einige schwere Magnetschloß-Handschellen bei sich hatten. Beim Anblick der Handschellen schnürte sich Caines Hals zusammen ... das hatte er schon einmal erlebt, doch ihm wurde schmerzlich klar, daß sich die Geschichte nicht wiederholen würde.

Dann war die Gruppe so nahe, daß man die Gesichter unterscheiden konnte ... und die Handschellen waren plötzlich vergessen. »Galway!« stieß Caine hervor.

»Caine.« Der Präfekt nickte ernst. Sein Blick überflog die Gruppe und fand Lathe, doch jemand drängte sich an ihm vorbei und trat vor den Comsquare.

»Comsquare Lathe, ich bin General Quinn«, stellte er sich mit grimmiger Befriedigung vor. »Hiermit teile ich Ihnen mit, daß das Abkommen zwischen General Lepkowski und den Ryqril, soweit es Sie und Ihre Männer betrifft, nicht mehr in Kraft ist. Sie befinden sich in offenem Aufruhr gegen das Ryqril-Imperium und seine Regierung und haben daher Gefängnis und eine entsprechende Strafe für Ihre Aktionen zu gewärtigen ...«

»Ersparen Sie uns die offizielle Rede, General«, unterbrach ihn Lathe. Seine Stimme klang ruhig, doch stählern.

Offenbar bemerkte es der General, denn sein triumphierender Gesichtsausdruck ließ ein wenig nach. Doch er erholte sich schnell. »Wie ich sehe, gehört Prahlerei noch immer zum Arsenal der Blackcollars. Ich würde vorschlagen, daß Sie aufhören, mich mit Ihrem Stoizismus beeindrucken zu wollen. Von nun an entscheide ich über Ihr Schicksal: es hat mir immer schon besondere Befriedigung bereitet, Menschen zu zerbrechen, die behauptet haben, daß man sie nicht zerbrechen kann.«

»Sie irren sich«, widersprach Mordecai.

Alle Blicke wandten sich dem kleinen Blackcollar zu. »Womit irre ich mich?« fragte Quinn.

»Damit, daß Sie über unser Schicksal entscheiden. Sie besitzen nur soviel Macht, wie wir Ihnen zugestehen. Ich habe beschlossen, Ihnen überhaupt keine zuzugestehen.«

Quinn sog die Luft scharf ein, weil er plötzlich wußte, was kommen würde. »Wächter!« befahl er.

Doch es war zu spät. Mordecais rechte Hand fuhr zu seinem Gesicht unterhalb der Schutzbrille. Licht spiegelte sich in Metall – und während die Männer des Sicherheitsdienstes vorstürzten, brach Mordecai zusammen.

»Ärzteteam!« rief Quinn zu den Barrikaden. »Wächter – legt ihnen endlich die Handschellen an! Es könnte ein Trick sein.«

Caine straffte sich, während er Lathe aus dem Augenwinkel beobachtete, weil er annahm, daß dieser das Zeichen zum Angriff geben würde. Doch das Zeichen kam nicht. Mordecais Reaktion hatte Lathe offenbar einen Schock versetzt. Als sich die massiven Handschellen um Caines Arme schlossen, wurde ihm endgültig klar, daß es sich doch nicht um eine List gehandelt hatte.

»Also?« fragte Quinn ungeduldig, während der Arzt neben Mordecais regungslosem Körper kauerte und seine Instrumente leise summten.

»Paralyt-Schock«, antwortete dieser, zog eine Spritze auf und zerrte an Mordecais Handschellen. »Nehmen Sie ihm das Zeug ab, ich muß ihm eine Injektion verabreichen.«

»Ist es vielleicht möglich, daß er es nur vortäuscht?« fragte Galway, als einer der Sicherheitsmänner mit dem Schlüssel vortrat.

»Vollkommen unmöglich. Ja, ganz abnehmen, danke.« Der Arzt zog Mordecai einen Handschuh aus und stach die Nadel in das Handgelenk. »Wir müssen ihn sofort in das Krankenhaus bringen, General – ich habe ihn stabilisiert, aber das hält nicht lange an. Er hat eine Überdosis einer Paralytdroge genommen, das entspricht mehreren Schüssen aus einer Betäubungspistole.

»Dann geben Sie ihm das Gegenmittel«, knurrte Quinn. »Wir haben es ja.«

»Aber ich kann hier nicht feststellen, welche Droge er eingenommen hat. Alle Gegenmittel sind Gifte, wenn sich das entsprechende Paralyt noch nicht im Blutkreislauf befindet. Wenn ich ihm das falsche Gegenmittel spritze, töte ich ihn beinahe augenblicklich!«

Quinn verzog das Gesicht, nickte aber. »Also gut, lassen Sie die Ambulanz kommen! Ich will verdammt sein, wenn ich ihn mir entgehen lasse.« Er wandte sich den anderen zu. »Der Rest geht zu der Barrikade hinüber, bis der Transporter einlangt.«

»Einen Augenblick«, sagte Pittman zögernd und trat zu der Gruppe um Mordecai. Die Sicherheitsmänner ließen ihn durch.

Erst jetzt merkte Caine erschrocken, daß Pittman der einzige war, der keine Handschellen trug. »Pittman?« fragte er. »Was ...?«

»Es tut mir leid, Caine.« Pittman sprach leise und blickte dabei zu Boden. »Galway, Mordecai trägt eine Kassette bei sich, die Sie brauchen können.«

»Pittman!« stieß Colvin hervor. »Du dreckiger, stinkender Verräter. Warum, zum Teufel ...?«

»Weil mir nichts anderes übrigbleibt!« Pittman kniete neben Mordecai nieder. »Überhaupt nichts anderes. Wenn du mich verfluchst, verfluche auch die Ryqril – sie sind daran schuld!« Er griff unter Mordecais Hemd, das den Flexarmor verbarg, und zog eine kleine Kassette heraus.

»Ja, ich verfluche auch die Ryqril!« Colvin trat einen Schritt vor, dann hielten ihn die Sicherheitsmänner fest. »Doch das Geld, das sie dir geboten haben, und dem du nicht widerstehen konntest ...«

»Halt den Mund!« Pittman sprang auf und wirbelte herum. Er hob die Hand mit der Kassette, um sie zu schleudern ...

Galway trat vor ihn und nahm ihm geschickt die Kassette aus der Hand. »Beruhigen Sie sich, Pittman!« Obwohl Caine durch den Schock noch betäubt war, hörte er das Mitleid in der Stimme des Präfekten. »Jetzt ist es vorüber. Alles ist vorüber.«

»Nur für den Augenblick.« Lathes Stimme klang beinahe ruhig, doch sein Blick war mörderisch. »Nur für den Augenblick, Pittman, aber ich schwöre Ihnen, daß ich mit Ihnen abrechnen werde.«

Ein Schatten glitt über sie hinweg: die fliegende Ambulanz war eingetroffen. Sie setzte neben Mordecai auf der Straße auf. Der Sanitäter, der in ihr saß, öffnete die hintere Tür und schob eine Tragbahre heraus. »Ihr drei steigt mit ihm ein«, befahl Quinn drei Wächtern, während Mordecai in das Flugzeug geschoben wurde.

»Dann habe ich aber keinen Platz mehr«, protestierte der Arzt.

»Sie haben ja gesagt, daß Sie hier draußen nichts für ihn tun können«, stellte der General fest. »Setzen Sie sich zum Piloten! Sie sind ohnehin in fünf Minuten im Krankenhaus.«

Der Arzt verzog das Gesicht, schwieg aber. Er stieg zum Piloten ein, während die Sicherheitsmänner und der Sanitäter sich zu Mordecai hineinzwängten und die Türen schlossen. Die Ambulanz stieg auf, und Quinn wandte sich wieder den anderen zu. »Ich hoffe, daß keiner von Ihnen so unvernünftig sein wird, ebenfalls etwas so Melodramatisches zu unternehmen.«

»Machen Sie sich keine Sorgen«, antwortete Lathe noch immer vollkommen ruhig. »Keiner von uns wird sterben, bevor er mit Ihnen abgerechnet hat.«

»Davon bin ich überzeugt«, sagte Quinn. »Lassen Sie den Transporter kommen, Leutnant! Und weisen Sie die Vernehmungsabteilung an, sich für neue Kunden bereitzuhalten.«

Caine ließ sich widerstandslos zur Barrikade führen. Pittman war ein Verräter, Mordecai dem Tod nahe ... und Lathe gefangen. Er wußte nicht, was noch alles über ihn hereinbrechen würde, aber es spielte beinahe keine Rolle mehr.

Caines Universum war nur noch ein Trümmerhaufen.

25. Kapitel

Es war eine seltsame Erfahrung, hilflos zu sein, fand Mordecai. Seltsam und äußerst unangenehm. Bei jeder Bewegung der Ambulanz befürchtete er, daß er von der Tragbahre hinunterfallen würde, obwohl er wußte, daß man ihn angeschnallt hatte. Das Licht in der Ambulanz war gedämpft, und darüber war er froh: Seine gelähmten Augen standen offen, und grelles Licht hätte geschmerzt. Er hätte sich gern die Stadt von oben angesehen, aber er lag auf dem Rücken und aus den Augenwinkeln erblickte er in den Seitenfenstern nur das Spiegelbild des Innenraums der Ambulanz. Das einzige, was er tun konnte, war zuzuhören. Das tat er denn auch.

»Das ist wirklich glatt gegangen«, bemerkte einer der Sicherheitsmänner neben ihm. »Wenn man weiß, daß die Blackcollars kommen, ist es gar nicht so schwer, mit ihnen fertigzuwerden.«

»Alle Guerillastreitkräfte sind so«, antwortete ein anderer. »Sie sind wagemutig, aber nicht zahlreich, und wenn man sie erst einmal festgenagelt hat, klappen sie zusammen.«

»Wenn ich an Ihrer Stelle wäre, würde ich nicht so sicher sein«, mischte sich der Sanitäter ein. »Ich war dabei, als die Verwundeten behandelt wurden, die nach dem Fiasko in der Rialto Street hereingebracht wurden ...«

»Hüten Sie Ihre Zunge!« knurrte ein Sicherheitsmann.

»Ein Fiasko bleibt ein Fiasko«, widersprach der Sanitäter. »Und das hatten die paar Blackcollars geschafft.«

»Ja, aber da konnten sie sich frei bewegen«, wandte jemand ein, und Mordecai spürte undeutlich, daß man ihm einen Rippenstoß versetzte. »Der da hat einen Schuß abbekommen ...«

»He, was ist das?« unterbrach ihn der dritte Sicherheitsmann. Eine Hand griff über Mordecais Gesicht nach seiner Brust und tauchte mit einer kleinen, flachen Scheibe wieder auf. »Habt ihr ihn denn nicht gefilzt?«

»Haben wir – ich habe sein gesamtes Zeug in der Tasche. Wie, zum Teufel, konnten wir etwas so ...«

Unter dem Druck des komprimierten Gases platzte die Bauchbombe, und eine Wolke von fliegenden Nadeln erfüllte die Kabine.

Mordecai empfand in seinen Wangen einen köstlichen Schmerz und spannte seine Muskeln an – es war das erste Mal, seit er sich Paralyt injiziert hatte, daß er sie wieder anspannen konnte. Sein ganzer Körper kribbelte, während rings um ihn die erschrockenen Flüche und Schreie abrupt verstummten. Seine Muskeln zitterten noch leicht, während es ihm gelang, die Schließen der Gurte zu öffnen, mit denen er auf die Tragbahre geschnallt war. Er holte tief Luft, setzte sich auf und sah sich um.

Seine vier Begleiter waren in ihren Sitzen zusammengesunken, und ihre Gesichter waren im Tod vor Entsetzen oder Verblüffung verzerrt, je nachdem, ob ihnen klar geworden war, was ihnen widerfahren war. Die Gegenmittel gegen Paralyt waren bewußt so zusammengestellt, daß sie absolut tödlich wirkten, wenn sich das Paralyt nicht bereits im Blutkreislauf befand; dadurch wollte man Übeltäter daran hindern, sich mit dem Gegenmittel vollzupumpen, wenn sie annahmen, daß man auf sie schießen würde. Den Erfindern dieser Taktik war vermutlich nie eingefallen, daß man sie auch gegen sie selbst verwenden konnte.

Das Zittern in Mordecais Muskeln und das Brennen in seinen Wangen ließ jetzt nach. Er schaltete die Lichter im Abteil aus und blickte zum Fenster hinaus, um sich zu orientieren. Sie befanden sich über Athena und begannen zu sinken, also blieben ihm nur noch wenige Minuten. Er drückte das Gesicht ans Fenster und suchte die Dachlandeplätze auf dem Krankenhaus, und wenn er Glück hatte, auf dem Gebäude des Sicherheitsdienstes.

Da ... da ... da ... Drei Landeplätze. Einer lag direkt vor ihnen, sicherlich das Krankenhaus, und er musterte rasch die anderen beiden Gebäude. Vermutlich gehörte das einfache neunstöckige Haus dem Sicherheitsdienst, das höhere, elegantere war wahrscheinlich das zentrale Regierungsgebäude. Ein lockendes Ziel für seine Haftminen, vielleicht sogar für ernstere Maßnahmen, wenn es ihre Zeit erlaubte. Er prägte sich den Standort der Gebäude ein, wandte sich dem toten Sicherheitsmann zu, der ihm an Größe und Statur am ähnlichsten war, und zog ihm die Uniform aus.

Die Ambulanz landete auf dem Dach des Krankenhauses, und beinahe bevor sie stand, sprang der Arzt hinaus und rannte nach hinten. Als er dort anlangte, hatte Mordecai bereits die Tür geöffnet und beugte sich über die Tragbahre. »Nehmen Sie das andere Ende«, fuhr er den Arzt an. Dieser stieg in das Abteil ...

– und knickte zusammen, als Mordecai ihm einen Schlag in die Magengrube versetzte.

Ohne die vier Krankenträger aus den Augen zu lassen, die aus dem Beobachtungskorridor geeilt kamen und mit einer fahrbaren Tragbahre auf die Ambulanz zuliefen, versetzte Mordecai dem Arzt unauffällig einen Schubs, der ihn in das Abteil beförderte. Die Krankenträger waren leicht auszuschalten, aber vielleicht beobachtete jemand vom Korridor aus, was draußen vor sich ging, und Mordecai konnte es sich nicht leisten, den Alarm zu früh auszulösen. Er bedauerte, daß Lathe diesen Teil des Planes nicht selbst übernommen hatte – der Comsquare war wesentlich geschickter, wenn es um solche Täuschungsmanöver ging.

»Beeilt euch!« rief er den Krankenträgern zu und

schob die Tragbahre halb aus der Ambulanz. »Wir brauchen sofort zusätzliche Kräfte.«

»Wieso, zum Teufel?« fragte einer von ihnen und warf einen Blick auf die reglosen Körper. »Man hat uns gesagt, daß es sich um einen Verwundeten handelt ...«

»Dann hat man Sie falsch informiert. Kommen Sie schon, etwas Bewegung!«

Drei von ihnen rannten in den Korridor zurück, um weitere Tragbahren zu holen. Der andere half Mordecai, die Tragbahre und den in eine Decke gewickelten Sicherheitsmann, den Mordecai auf sie verfrachtet hatte, auf die fahrbare Tragbahre zu verladen. Der Arzt begann sich von dem Magenhaken zu erholen; weil sich im Augenblick niemand in Sichtweite befand, benützte Mordecai die Gelegenheit, ihn mit einem Faustschlag für längere Zeit außer Gefecht zu setzen. Er war gerade damit fertig, als der Pilot endlich alle Systeme abgeschaltet hatte und nach hinten kam, um nachzusehen, was los war.

»Was, zum Teufel!« Er starrte fassungslos in das Abteil.

»Er hatte eine Gasbombe bei sich«, knurrte Mordecai. »Ich war der einzige, der rechtzeitig an den Sauerstoff gelangt ist.«

Der Mann trat ganz erschrocken einen Schritt zurück. »Verdammt – was für ein Gas – he! Sie sind doch ...«

Mordecai war mit einem einzigen Schritt bei ihm und versetzte ihm einen wilden Schwinger gegen den Kopf. Der Mann ging lautlos zu Boden. Mordecai begann gerade, den Bewußtlosen hochzuheben, als hinter ihm eine Tür aufging. »He, Sie«, rief eine Stimme. »Was war das ...?«

Mordecai wußte seit langem, daß die wenigsten Menschen darauf gefaßt sind, angegriffen zu werden, während sie sprechen, und bevor die drei Krankenträger wußten, wie ihnen geschah, war er bei ihnen. Fünf

Schwinger später lagen sie neben dem Piloten auf dem Dach.

Er suchte die Fenster des Korridors sorgfältig nach Zeugen ab, erblickte aber kein einziges Gesicht. Er joggte zum Cockpit, öffnete die Tür und betrachtete das Armaturenbrett. Es sah zum Glück genauso aus wie jenes, das Lathe und er am Vortag studiert hatten. Er blickte noch einmal zu den Korridorfenstern zurück, stieg dann ein und griff nach den Hebeln.

Zunächst überzeugte er sich davon, daß die Gravs auf Leerlauf standen, und schaltete sie dann ein. Er legte den Schalter für die automatische Steuerung um und tippte einen Hochgeschwindigkeitskurs genau nach Osten ein. Die Gravs leuchteten heller, und die Ambulanz hob vom Boden ab. Er schaltete die Positionslichter ab, sprang hinaus und schlug die Tür zu. Die dunkle Masse des Fliegers war infolge der leuchtenden Gravs kaum wahrnehmbar, als er auf die Stadt zusteuerte.

Mordecai betrat den immer noch leeren Korridor durch die Tür und sah sich nach dem Fahrstuhl um. Irgendwo auf der Straße unten mußte er einen Wagen finden, den er stehlen konnte.

Der Transporter näherte sich gerade dem Gebäude des Sicherheitsdienstes, als die Nachricht von der verschwundenen Ambulanz durchkam.

»Was soll das heißen, gestohlen?« fragte Galway. »Wie kann eine Ambulanz gestohlen werden?«

»Das weiß ich nicht, Sir«, antwortete der Copilot des Transporters. »Aber die Leute im Krankenhaus behaupten, daß sie sie nicht fortgeschickt haben, und sie meldet sich nicht über Sprechfunk. Warten Sie – es kommt gerade wieder etwas herein ... sie haben auf dem Landeplatz des Krankenhauses den bewußtlosen Piloten gefunden.«

Neben Galway fluchte Quinn lästerlich. »Zum Teufel mit diesem Idioten von Arzt! Befindet sich die Ambulanz noch in Reichweite des Lasers auf dem Green Mountain?«

»Nein, Sir. Sie hat die äußere Begrenzung von Athena längst hinter sich und fliegt über Denver nach Osten.«

»Was haben Sie gegen den Arzt?« fragte Galway.

»Das ist doch klar. Er hat wahrscheinlich das Krankenhaus eine Ferndiagnose erstellen lassen und dadurch herausbekommen, welches Gegenmittel er Mordecai spritzen muß – und dann hat er es gespritzt.«

»Was ist los?« fragte Pittman vom Cockpit aus.

»Es sieht aus, als wäre Mordecai die Flucht geglückt«, erwiderte der Präfekt. »Er hat eine Ambulanz gestohlen und ist nach Denver unterwegs.«

Pittmans Augen wurden groß, und einen Augenblick lang bewegten sich seine Lippen wortlos. »O nein«, stöhnte er endlich. »Verdammt. Galway – General Quinn – Sie müssen mich beschützen. Sie müssen es! Das habe ich mir verdient, verdammt noch mal!«

»Wovor sollen wir Sie beschützen?« mischte sich Quinn ein. »Mordecai ist längst untergetaucht und kommt bestimmt nicht wieder hierher.«

»Vielleicht.« Pittman sah sich unruhig um, als das Flugzeug auf dem Dachlandeplatz aufsetzte. »Aber vielleicht auch nicht. Vielleicht holt er nur Verstärkungen.«

»Was für Verstärkungen?« spottete Quinn, aber seine Augen waren schmal geworden. »Einen Rest der Fakkel? Oder sonst jemanden?«

»Ich weiß nicht wen, aber Lathe war sehr froh darüber, daß sie auf unsere Seite gewechselt hatten. Das sind seine eigenen Worte.«

Quinn sah Galway an. »Sie kennen diese Krötengesichter besser als ich. Mit wem könnten sie sich Ihrer Meinung nach verbünden?«

Bevor Galway antworten konnte, mischte sich Pittman ein: »Können wir uns nicht mit dem Wichtigen zuerst beschäftigen? Zum Beispiel mit meiner Sicherheit? Ich möchte irgendwo hin, wo Mordecai mich nicht erreichen kann, wenn er wiederkommt. Ich meine es ernst, Galway – Sie sind es mir schuldig!«

Quinn schnaubte verächtlich. »Ihre Blackcollarausbildung hat Ihnen jedenfalls kein Rückgrat verschafft, was?«

»Vielleicht habe ich Mordecai öfter in Aktion erlebt als Sie. Wäre ich irgendwo im Zellenblock in Sicherheit?«

»Wir können Sie in Einzelhaft sperren.« Quinn blickte zum Fenster hinaus. Aus dem Transporter quollen jetzt Gefangene und Wächter, und der General beobachtete die Reihe genau, während sie durch die Panzertür in das Gebäude verschwand. Galway hielt den Atem an, aber niemand machte Schwierigkeiten.

»Nein, keine Zelle«, protestierte Pittman. »Zumindest keine versperrte – ich möchte rauskönnen, wenn es notwendig ist.«

»Verdammt noch mal, was stellen Sie sich eigentlich vor?«

»Wie wäre es mit dem Reservebunker, General?« unterbrach ihn Galway. »Er befindet sich im zweiten unterirdischen Geschoß, hat einen einzigen Eingang und kann einem massiven feindlichen Angriff widerstehen.«

»Moment mal, Galway«, brummte Quinn, öffnete den Sicherheitsgurt und trat zur Tür des Cockpits. »Der Bunker ist nämlich kein Hotel.«

»Wie weit ist dieser Bunker von den anderen entfernt, Galway?« erkundigte sich Pittman.

»Halten Sie den Mund, Postern!« fuhr ihn Quinn an. »Ich habe Befehl, mit Ihnen zusammenzuarbeiten, aber ich bin nicht verpflichtet, Sie zu mögen – und um ehrlich zu sein, Verräter wie Sie verursachen mir Brechreiz. Deshalb sage ich Ihnen ein für allemal: Wenn Sie mir die geringste Handhabe dafür liefern, lasse ich zu, daß Lathe Ihnen für immer den Mund stopft. Sie können nicht im Bunker wohnen, aber neben dem Lageraum befindet sich ein Aufenthaltsraum, in dem Sie sich verkriechen können, wenn Sie wollen.«

Pittman wurde widerborstig. »Wenn Sie es genau wissen wollen, Quinn, ich habe auch nicht viel für Sie übrig. Aber es gibt noch sehr vieles, das ich Ihnen über Lathe und seine Männer erzählen kann – ich bin sicher, daß es Sie und die Ryqril interessieren würde. Wenn ich tot bin, kann ich es jedenfalls nicht mehr tun. Wenn Sie also den verdammten Küchenschaben erklären müssen, wieso Mordecai mich zu fassen gekriegt ...«

»In Ordnung, in Ordnung«, unterbrach ihn Quinn ungeduldig. »Mir ist alles recht, Hauptsache, ich werde Sie los. Führen Sie ihn in den Aufenthaltsraum hinunter, Galway, und bringen Sie ihn zu Bett! Wenn Sie dann noch einen Augenblick Zeit haben, werden wir die Gefangenen durchschleusen.« Ohne eine Antwort abzuwarten, öffnete er die Tür des Cockpits und sprang hinaus.

»Verstanden«, murmelte Galway sarkastisch hinter ihm her. Schließlich war nicht er an Pittmans Verfolgungswahn schuld. »Kommen Sie, Pittman, gehen wir!«

»Wie schwierig ist es überhaupt, aus dem Zellentrakt zu entkommen?« fragte Pittman, während sie auf das Dach traten. »Ich bin nicht pingelig, Galway, ich habe nur die Blackcollars in Aktion erlebt.«

»Die Gefangenen kommen in den vierten Stock, und Sie befinden sich im ersten unterirdischen Geschoß«, knurrte der Präfekt, dem Pittman allmählich auch auf die Nerven ging. »Es gibt zum vierten Stockwerk einen einzigen Fahrstuhl, der nur bis in das dritte Stockwerk führt. Die Lifts zum dritten Stock befinden sich in der anderen Hälfte des Gebäudes, und das gesamte Stockwerk wird als Kaserne für die Wächter verwendet. Trauen Sie Quinn wenigstens ein bißchen gesunden Menschenverstand zu, okay? Die Blackcollars haben keine Möglichkeit, aus ihrem Stockwerk zu entkommen, ohne getötet zu werden.«

»Okay«, murmelte Pittman und gab endlich Ruhe.

Den Rest des Fußmarsches legten sie schweigend zurück, und dieses Schweigen paßte merkwürdig gut zu der Stille im gesamten Gebäude. Nicht einmal während der Nachtschicht hatte Galway erlebt, daß das Gebäude so verlassen war, und es machte ihn etwas nervös, bis ihm klar wurde, daß praktisch alle Truppen, die Quinn zur Verfügung standen, entweder oben bei den Gefangenen eingesetzt waren, oder in Denver noch die Folgen der Operation beseitigten.

Als sie den Aufenthaltsraum erreichten, war er leer, weil das gesamte Wachpersonal anderweitig beschäftigt war. »Dort drüben ist eine Kochnische, in der Sie sich eine Kleinigkeit zu essen zurechtmachen können, und im Kühlschrank finden Sie Getränke. Es gibt keine Betten, aber wenn Sie müde genug sind, wird es auch die Couch tun. Die Tür dort drüben führt in den Lageraum. Wenn Sie nicht wollen, daß Quinn Sie wieder anbrüllt, dann halten Sie sich lieber von ihm fern.«

»Ich verstehe.« Pittman atmete tief durch. »Ich nehme an, daß Sie sich jetzt mit wichtigen Folterungen beschäftigen müssen, deshalb sollten Sie lieber gehen.«

»Danke«, antwortete Galway trocken. Er drehte sich um, verließ den Raum und ging zum Fahrstuhl.

26. Kapitel

DER NICHT GEKENNZEICHNETE Kastenwagen hielt vor dem Gebäude des Sicherheitsdienstes, und ein halbes Dutzend Männer kletterte heraus. Sie schulterten lachend und plaudernd ihre Lasergewehre und stiegen die Treppe zu der Eingangshalle mit den Glasstik-Wänden hinauf. Mordecai saß auf der anderen Straßenseite in seinem geparkten Wagen und beobachtete durch das Fenster genau, wie sie am Schreibtisch des Offiziers vom Dienst vorbeigingen und sich vor einer gepanzerten Tür am hinteren Ende der Halle anstellten. Jeder vollführte bei einem kleinen Schaltpult eine Handbewegung, und die Maschine reagierte jedesmal damit, daß sie die Tür öffnete. Innerhalb einer Minute waren alle sechs Mann verschwunden, und der Offizier saß wieder allein an seinem Schreibtisch.

Mordecai lehnte sich zurück und dachte nach. Vermutlich eine Ausweiskontrolle. Auch an einem so sicheren Ort wie Athena nicht völlig sinnlos, aber dadurch wurde alles etwas komplizierter. Er besaß natürlich einen Ausweis – er hatte in der Brusttasche des toten Sicherheitsmannes gesteckt, dessen Uniform er trug –, und wenn die Maschine sich nur um die Karte kümmerte, dann kam Mordecai ohne Schwierigkeiten hinein. Wenn sie allerdings auch die Fingerabdrücke und Netzhautmuster überprüfte ...

Mordecai durchforschte sein Gedächtnis. Nein, nein, das war nicht sehr wahrscheinlich, und wenn das Ding wirklich so gründlich war, dann arbeitete es verdammt schnell. Die Wahrscheinlichkeit, daß es nur die Ausweise überprüfte, war sehr groß, und dann war er praktisch schon drin.

Vermutlich. In einer Minute würde er es wissen.

Als Mordecai eintrat, blickte der diensthabende Offizier auf, nickte kurz und wandte seine Aufmerksamkeit wieder dem Monitor zu. Mordecai nickte ebenfalls und ging entschlossen an ihm vorbei zur Tür. Vermutlich waren bei dieser Operation Sicherheitsmänner von der Tag- und der Nachtschicht im Einsatz gewesen, und wenn Mordecai so tat, als gehöre er hierher, würde jeder, den er traf, annehmen, daß das unbekannte Gesicht zur anderen Mannschaft gehörte.

Immer vorausgesetzt, daß sie sich die Fotos nicht genau angesehen hatten, die Galway ganz bestimmt zirkulieren ließ.

Das Pult bei der Tür war tatsächlich so einfach, wie er gehofft hatte – nur ein Bildschirm und ein Rücksetzschalter. Doch man konnte Überraschungen nie ganz ausschließen. Mordecai nahm einen *shuriken* in die freie Hand, drückte den gestohlenen Ausweis gegen den Bildschirm und hielt die Luft an.

Mit einem leisen Summerton ging die Tür auf, und hinter ihr stand ein Display, den Mordecai vom Wagen aus nicht hatte sehen können. Drei Kolonnen mit Namen füllten den Bildschirm und verschoben sich jetzt leicht, weil ein weiterer Name hinzugefügt wurde.

Das hieß, daß er sich vollkommen unnötige Sorgen gemacht hatte. Die großen Tiere, die sicher, fett und frech mitten in Athena saßen, waren gar nicht auf den Gedanken gekommen, daß jemand unbefugt eindringen könnte. Sie wollten nur wissen, wer Dienst hatte und im Gebäude zur Verfügung stand, und wer nicht.

Die Tür schloß sich hinter Mordecai, und er lächelte erleichtert. Wieder ein Beispiel dafür, was von den Vorkehrungen des Sicherheitsdienstes und der übertriebenen Vorsicht der Blackcollars zu halten war.

In dem Korridor hinter der Tür war eine Handvoll Leute zielstrebig unterwegs. Mordecai warf noch einen Blick auf seine Uhr, schloß sich ihnen an und versuchte, so sachlich wie möglich auszusehen.

Der Lageraum war wesentlich größer, als Pittman erwartet hatte, und er blieb lange in der Tür stehen und sah sich um. Im Augenblick versahen vier Männer Dienst und beobachteten abwechselnd eine große Übersichtskarte von Denver, eine Reihe von Displays, die offenbar den Kontakt zu mobilen Einheiten aufrechthielten, eine lange Schalttafel, die anscheinend nur für gesprochene Mitteilungen zuständig war, und eine zweite Reihe Monitore, die nur Korridore und kleine Räume zeigten.

Korridore, Räume, und überall die Uniformen des Sicherheitsdienstes.

»Hat Ihnen der General erlaubt, sich hier aufzuhalten?« fragte einer der Männer, als Pittman zu der zweiten Reihe von Monitoren trat.

Pittman zeigte auf die Bildschirme. »Ist das der Zellenblock?«

»Ja.« Der Gefragte stand auf und ging zu Pittman hinüber. »Zeigen Sie mir erst mal Ihre Erlaubnis!«

»Ich habe keine, aber der General hat gesagt, daß ich im Aufenthaltsraum nebenan warten kann.« Pittman ließ die Monitore nicht aus den Augen. »Sie lassen doch die Blackcollars nicht aus den Augen, nicht wahr?«

Der Sicherheitsmann grinste spöttisch. »Ach ja, Sie sind Postern, der Informant.«

Pittman biß kurz die Zähne zusammen. Allmählich konnte er die verächtlichen Blicke der Männer, die ihn erkannten, nicht mehr ertragen. »Ja«, bestätigte er kurz. »Sie haben meine Frage nicht beantwortet.«

Einer der anderen Sicherheitsmänner kicherte und wandte sich Pittman zu. »Sie haben Angst, daß Ihre Freunde herunterkommen und Ihnen einen Besuch abstatten, was? Vielleicht sollten Sie in den Aufenthaltsraum zurückgehen und sich unter der Couch verkriechen.«

Pittman sah ihn kalt an, dann wandte er sich wieder dem ersten Sprecher zu. »Also?«

Der Sicherheitsmann seufzte. »Hören Sie, Junge, Sie brauchen sich wirklich keine Sorgen zu machen. Ihre Freunde sind harmlos – sie sind gefilzt worden, sie sind von Wächtern umgeben, und in ein paar Minuten sitzen sie in ihren Zellen. Es ist mir gleich, wie gut Blackcollars sind; in kleinen, stählernen Würfeln können sie kaum mehr gefährlich werden.«

»He!« rief der Mann, der vor dem ersten Monitor saß. »Sie haben die Ambulanz mittels Fernsteuerung zur Landung gezwungen – und es ist kein Mensch drin.«

»Verdammt«, murmelte jemand. »Das wird Quinn aber gar nicht gefallen.«

»Schalten Sie Marsala und Abrams zu«, befahl der Mann, der mit Pittman gesprochen hatte, trat vor die Monitore und musterte stirnrunzelnd einen der Bildschirme. »Wir müssen rasch mittels Telemetrie feststellen, ob das Ding seit dem Start auf automatische Steuerung geschaltet war, oder ob jemand unterwegs abspringen konnte.«

»Ach, hör schon auf!« meinte ein dritter. »Wir hatten es praktisch die ganze Zeit unter Beobachtung.«

Die Diskussion ging weiter, und Pittman war für den Augenblick vergessen. Er musterte noch einmal den Display des Zellenblocks und kehrte dann in den Aufenthaltsraum zurück. Dieser war noch genauso leer wie bei seinem Eintreffen; er verließ ihn durch die zweite Tür und ging durch den Korridor zu den Fahrstühlen.

Das Gebäude begann sich zu füllen, weil immer mehr Sicherheitstruppen, die an der Aktion beteiligt gewesen waren, hereinkamen. Im Fahrstuhl befanden sich außer Pittman drei Männer in Kampfausrüstung, die offensichtlich ihre schweren Waffen bereits in der Waffenkammer abgegeben hatten. Alle drei musterten Pittman kurz, und obwohl sie schwiegen, spürte er, daß sie wußten, wer er war. Er stieg zähneknirschend im Erdgeschoß aus und ließ sie allein hinauffahren.

Sechs schwerbewaffnete Männer warteten auf den

Fahrstuhl; sie hatten Lasergewehre umgehängt und waren offensichtlich zur Waffenkammer unterwegs. Pittman machte ihnen Platz, schielte sehnsüchtig nach den Gewehren und suchte dann den Vordereingang des Gebäudes. Dieser befand sich zehn Meter hinter der nächsten Ecke und war genauso abgesichert, wie Pittman es erwartet hatte. Ein kleiner Monitor an der Wand neben der Tür zeigte den Raum aus der Sicht des Wachhabenden; ein einziger Sicherheitsmann ging rasch am Schreibtisch vorbei und ins Freie. Sonst tauchte niemand auf; alles war vollkommen ruhig.

Pittman überlegte kurz, ob er in die Eingangshalle hinausgehen und mit dem Wachhabenden sprechen sollte, ließ es aber bleiben. Draußen hatte der Sicherheitsdienst offenbar alles unter Kontrolle. Das bedeutete, daß es Zeit für den eigentlichen Test war. Er mußte herausfinden, wie sicher Quinns Zellen im vierten Stock tatsächlich waren. Er drehte sich um und ging zu den Fahrstühlen zurück.

Fahrstühle sowie die Eingangshallen, in denen die Menschen auf sie warten, bilden eine ganz spezielle Geräuschkulisse, und deshalb ortete Mordecai sie mühelos. Während er sich auf den Weg zu ihnen machte, musterte er seine Umgebung aufmerksam und stellte nach den ersten Schritten fest, daß er die Kleidung des Mannes vor ihm kannte. Die Kleidung, die Gestalt und seinen Gang.

Pittman!

Der Blackcollar lächelte grimmig und ging langsamer, um den anderen nicht zu überholen. Pittman drehte sich nicht um und bog, ohne zu zögern, um die nächste Ecke. Dort wartete eine Gruppe von bewaffneten Sicherheitsmännern auf den Lift, und Mordecai überlegte, ob er über sie herfallen und sich dadurch zusätzliche Feuerkraft verschaffen sollte. Aber die Vorsicht siegte; er lehnte sich in einiger Entfernung von den anderen an die Wand und ließ nachdenklich den Kopf hängen, um zu vermeiden, daß er angesprochen wurde.

Zwei Lifts trafen beinahe gleichzeitig ein. »Fahren Sie hinauf?« rief Pittman in einen hinein. »Ich will in den dritten Stock.«

»Er fährt hinunter, Sie Blindgänger, sehen Sie den Pfeil nicht?« fuhr ihn einer der bewaffneten Sicherheitsmänner an, bevor ein Fahrstuhlinsasse antworten konnte. Er stieß Pittman zur Seite und stieg mit seinen Kollegen ein. Pittman murmelte etwas vor sich hin und nahm den zweiten Lift. Mordecai wartete, bis er unterwegs war, dann drückte er auf den »Aufwärts«-Knopf. Er wußte nicht genau, wohin Pittman wollte, nahm aber an, daß es nicht schaden konnte, wenn er ihm folgte.

Der nächste Fahrstuhl traf mit zwei Sicherheitsmännern ein, und Mordecai stieg ein. Der Knopf für den dritten Stock war gedrückt; Mordecai verzog sich in die hintere Ecke, rieb sich nachdenklich die Lippen und begann, sich psychologisch auf den Kampf vorzubereiten.

Die Tür glitt auf. Er ließ die anderen vorausgehen, dann stieg er aus, sah sich um ... und stellte fest, daß er in eine massive Falle geraten war.

Die Kampfreflexe setzten ein; doch noch während seine Hand zu dem versteckten *nunchaku* fuhr, verarbeitete sein Gehirn den ersten Eindruck, und er merkte, daß das Dutzend graugrüner Uniformen ihn nicht einkreiste – im Gegenteil, sie kümmerten sich überhaupt nicht um ihn. Er ließ die Hand wieder sinken und musterte die geschäftig herumeilenden Sicherheitsmänner genauer. Sie wechselten gelegentlich ein paar Worte, und ihre Körpersprache zeigte, wie unbekümmert sie waren.

Der dritte Stock war eine Kaserne des Sicherheitsdienstes.

Großartig. Einfach großartig. Aber es hätte auch schlimmer sein können. Mordecai sah sich unauffällig nach Pittman um. Dieser war nicht schwer zu finden, denn er marschierte rechts von Mordecai den Korridor hinunter, als gehöre ihm das ganze Gebäude. Der Blackcollar folgte ihm, achtete aber darauf, nicht zu nahe an ihn heranzukommen.

Der Korridor war lang und an seinem Ende stand ein Schreibtisch, an dem der Offizier vom Dienst saß. Dahinter befand sich überraschenderweise ein einzelner Lift. Es war klar, was das zu bedeuten hatte. Mordecai stellte beinahe erleichtert fest, daß der schwierigste Teil seiner Aufgabe vorüber war und daß endlich der Kampf begann. Der Lift war die einzige Möglichkeit, zu Lathe und den anderen zu gelangen – und der Identifizierungscomputer auf dem Schreibtisch des Wachhabenden würde sich ganz bestimmt nicht damit begnügen, nur den Namen zu überprüfen.

Er ging schneller und befand sich in Hörweite, als Pittman den Schreibtisch erreichte. »Ich möchte hinauf und mit General Quinn sprechen«, teilte der junge Mann dem Wachhabenden mit. »Kann ich einfach in den Fahrstuhl steigen oder müssen Sie mich durchchecken?«

»Keines von beiden«, lautete die Antwort. »Den Zellenblock dürfen nur dazu Befugte betreten, und Sie gehören nicht dazu.«

»Das ist doch lächerlich«, fuhr ihn Pittman an. »Galway hat gesagt, daß ich jederzeit hier hinaufkommen kann ...«

»Galway hat hier nichts zu reden, Postern«, unterbrach ihn der Wachhabende. »Wenn ich Sie wäre, würde ich nicht versuchen, an Orte zu gelangen, an denen man mich nicht haben will.«

»Also hören Sie mal ...!«

Mordecai schlüpfte unauffällig an den Streitenden vorbei und musterte rasch die Fahrstuhltür. Bestimmt gepanzert, keine Bedienungsknöpfe. Vermutlich wurde er vom Schreibtisch des Wachhabenden aus gesteuert, nachdem Ausweise und Bewilligungen genau überprüft worden waren. Der Blackcollar drehte sich um und überflog den Schreibtisch, um ein Schaltbrett oder etwas Ähnliches zu finden; neben dem rechten Knie des Offiziers entdeckte er eine Kontaktplatte ...

»He!« Der Offizier wandte sich Mordecai zu. »Was, zum Teufel, suchen Sie hier? Zeigen Sie Ihren Ausweis her!«

Dann erkannte er sein Gegenüber. »Mein Gott ...«, stieß er hervor.

Mordecai sah Pittman an.

Der Jüngere beugte sich vor und stieß dem Mann die gespreizten Finger in die Kehle.

Mit einem erstickten Laut sank der Offizier in seinem Stuhl zusammen. Mordecai trat neben den Bewußtlosen. »Ausweis«, flüsterte er Pittman zu. »Linke Brusttasche.«

»Irgendwelche Reaktionen?« fragte Pittman, während er die Karte herauszog.

»Noch nicht.« Mordecai wußte, daß dieser Zustand nicht lange anhalten würde. Im Augenblick verdeckte Pittmans Körper den Wachhabenden vor den Sicherheitsmännern am anderen Ende des Korridors; doch das würde sich in dem Augenblick ändern, in dem Mordecai und Pittman zum Lift gingen. »Ist das der einzige Weg zu den Zellen?«

Pittman nickte. Er drückte jetzt den Ausweis gegen den Schirm des Auswerters und versuchte, die Hand des Offiziers auf die Platte für die Fingerabdrücke zu schieben. »Die einzige Monitoranlage, von der ich weiß, befindet sich unten im Lageraum, und die Bedienungsmannschaft kümmert sich nicht besonders darum.«

Der Offizier hatte sich ein wenig erholt und versuchte schwach, Widerstand zu leisten. Mordecai versetzte ihm einen Schlag gegen den Hinterkopf, und er sank wieder in sich zusammen. »Wir werden die Kameras ohnehin sofort ausschalten. Haben Sie Ihre Kampfhaube und Ihre Kampfhandschuhe dabei?«

»Nein – mir ist kein triftiger Grund eingefallen, warum ich sie behalten sollte. Sie befinden sich wahrscheinlich dort, wo auch die Ausrüstung der anderen aufbewahrt wird, in einem Raum am Ende des Korridors beim Lift. Als ich unten war, habe ich auf den Monitoren beobachtet, wie das Zeug dorthin gebracht wurde.«

»Haben sie oben richtige Gewehre oder nur Betäubungspistolen?«

»Die Wächter tragen nur Pistolen, aber ich nehme an, daß der Raum hinten als kleine Waffenkammer benützt wird. Es tut mir leid, aber in die große unten bin ich nicht hineingekommen.«

»Wir hätten im Fahrstuhl ohnehin keine Laser brauchen können – Fahrstühle und Treppenhäuser sind unangenehmerweise häufig mit Resonanz-Detonatoren ausgestattet, um gestohlene Waffen zu zerstören. Okay – fertig?«

»Fertig.«

Pittman schaltete das Lesegerät ein und hielt dabei die Hand des Offiziers auf der Platte fest. Gleichzeitig hob ihn Mordecai aus seinem Stuhl, drehte seinen Kopf dem Netzhautscanner zu, zog die Augenlider mit Daumen und Zeigefinger hoch und hielt den Atem an.

Ein Pfeifton erklang, und ein Relais klickte. »Lift«, murmelte Mordecai, ließ den Offizier in den Stuhl sinken und griff nach der Kontaktplatte. Hinter ihm glitt die Fahrstuhltür auf; als sie wieder zuging, befanden sich beide Männer in ihm.

»Wie lange?« fragte Pittman. Seine Stimme zitterte leicht – es war das erste Mal, seit die Operation begonnen hatte.

»Bis sie es merken?« Mordecai zuckte die Achseln, holte seine Reservetasche mit *shuriken* heraus und drückte sie Pittman in die Hand. »Nicht sehr lang. Deshalb müssen wir oben als erstes den Fahrstuhl unbrauchbar machen. Wenn möglich unauffällig – ich möchte mich erst einige Minuten umsehen, bevor ich in Aktion trete.«

»Ich werde es versuchen.«

Die Türen gingen auf, und Mordecai stieg als erster aus. Der Lift befand sich am Ende eines langen Korridors, und der Schreibtisch des Wachhabenden war einige Meter von ihm entfernt. Eine gute Stelle, um den Lift zu verteidigen, sobald der Offizier ausgeschaltet war. Weiter vorn waren mehrere Türen; eine von ihnen war sichtlich gepanzert. Neben ihr saß ein Wächter; Mordecais Unternehmungslust war durch den Adrenalinstoß verstärkt, er ging am Schreibtisch vorbei und zu dem Sicherheitsmann bei der Waffenkammer. »Haben Sie die Ausrüstung der Blackcollars da drinnen?« fragte er scharf.

»Ja.«

»Holen Sie rasch das ganze Zeug heraus«, befahl Mordecai und blickte dabei unauffällig in den Korridor zurück. »Angeblich sind einige *nunchaku* mit Sprengstoff gefüllt – und der General will, daß sie ins Freie gebracht werden, bevor die ganze Waffenkammer in die Luft fliegt.«

»Verdammt – ist denn niemand mit Bombendetektoren darübergegangen?« murmelte der Wächter und griff unter seinen Schreibtisch. Doch während dieser Bewegung wurde ihm klar, wen er vor sich hatte ... und als seine Hand wieder auftauchte, hielt er eine Betäubungspistole in ihr. »So, Sie ...«

Mordecai wirbelte um hundertachtzig Grad herum, bückte sich tief und versetzte dem Wächter mit dem rechten Fuß einen Tritt gegen den Kopf. Die Pistole krachte, und die Nadeln streiften Mordecais Rücken und Beine. Er drehte sich wieder um und wollte nach der Pistole greifen, aber der Tritt in Verbindung mit den von Mordecais Flexarmor abgeprallten Nadeln hatte den Offizier für längere Zeit schlafengelegt.

Die Alarmsirenen begannen zu heulen.

»Verdammt«, murmelte Mordecai, während er über den Schreibtisch sprang. Aus der Fahrstuhlecke des

Korridors ertönte ein Schrei, und der Wachhabende brach über seinem Schreibtisch zusammen; in seiner Schläfe steckte ein *shuriken.* Mordecai kümmerte sich nicht um die Geräusche aus dem anderen Teil des Korridors, sondern zog Kampfhaube und Handschuhe aus der Tasche und streifte sie über; dabei studierte er die Bedienungselemente für die Tür zur Waffenkammer. Es sah aus, als wäre es das gleiche System wie unten beim Fahrstuhl, wo nur der richtige Ausweis erforderlich war.

Es sei denn, jemand in den unteren Stockwerken verriegelte die Tür mittels Fernbedienung hermetisch.

Nadeln prasselten auf seine Schutzbrille und seine Kampfhaube, und als er aufblickte, rasten vier Sicherheitsmänner wie Kamikazes auf ihn zu. »Kameras!« rief er.

»Bereits erledigt«, rief Pittman hinter ihm.

»Gut. Kommen Sie hier herüber, wenn der Weg frei ist!« Wieder hüllte ihn eine Wolke von Nadeln ein; mit einem gewaltigen Satz sprang er über den Schreibtisch und landete mit wirbelndem *nunchaku* vor seinen Angreifern.

Die Männer lagen in Sekundenschnelle auf dem Boden. Am Ende des Korridors trat jemand unvorsichtigerweise in Mordecais Blickfeld und begann zu feuern. Mordecai beförderte ihn mit einem *shuriken* ins Jenseits, während Pittman hinter dem Schreibtisch in Deckung ging. »Ich habe den Lift hier oben blockiert.« Pittman war etwas außer Atem. »Und ich habe beide Kameras ausgeschaltet, die in diese Richtung gezeigt haben.«

»Gut.« Mordecai zeigte auf die Tür zur Waffenkammer. »Funktioniert genau wie die unten – machen Sie sich an die Arbeit! Ich werde versuchen, Ihnen die Kollies vom Leib zu halten, während ich die anderen heraushole.«

»In Ordnung. Viel Glück.«

»Auch Ihnen.« Mit einsatzbereitem *nunchaku* und *shuriken* sprintete Mordecai durch den Korridor.

27. Kapitel

LATHE UND DIE ANDEREN AUSBILDER hatten ihren Schützlingen immer wieder gepredigt, daß Haß ein schleichendes Gift ist, das dem Hassenden mehr schadet als dem Gehaßten. Caine wußte es, akzeptierte auch die dieser Ansicht zugrundeliegende Philosophie ... aber wenn es darauf ankam, nützte ihm anscheinend die gesamte Logik des Universums nichts.

Er haßte General Quinn, haßte ihn leidenschaftlich; noch dazu tat es ihm gut, den General zu hassen.

Es ging nicht nur darum, daß der General sie geschlagen hatte, und nicht einmal darum, daß er ihnen eine entscheidende Niederlage zugefügt hatte. Schuld war die immer deutlicher zum Vorschein kommende Tatsache, daß der Schweinehund sich hämisch über seinen Sieg freute.

Irgendwie hatte Caine immer erwartet, daß er wenigstens mit Achtung behandelt werden würde, wenn er endlich dem Feind unterlag. Quinn war ganz offensichtlich entschlossen, ihm nicht einmal das zuzugestehen.

Er gab sich im Gegenteil besondere Mühe, ständig den Sieger hervorzukehren. Er saß Caine und drei Blackcollars gegenüber, hatte den sich sichtlich unbehaglich fühlenden Galway neben sich und befaßte sich in seinem Monolog wieder mit dem Thema, das er schon zu Tode geritten hatte: Pittman und seinen Verrat.

»Wir haben ihn nicht erst kürzlich angeworben«, stellte er triumphierend fest. »Er stand seit etwa sechs Monaten als Doppelagent auf unserer Lohnliste, nicht wahr, Galway?«

»So ungefähr«, gab Galway zu. Im Gegensatz zum

General schien er an dieser Szene kein Vergnügen zu finden.

»Er war uns sehr nützlich«, fuhr Quinn fort, »und nicht nur in bezug auf diese Mission. Sobald wir genaue Informationen von ihm erhalten haben und ein Kommandounternehmen nach Plinry in Marsch setzen können, werden wir endlich in der Lage sein, Ihre Schlangengrube auszuräuchern.«

Caine biß sich auf die Zunge, obwohl er genau wußte, daß Quinn sich über diese Reaktion freuen würde; das war ihm gleichgültig. Die Kameras im Raum zeichneten ihren Gesichtsausdruck und ihre Körpersprache für eine spätere Analyse auf, und er wußte, daß er sich eigentlich genauso passiv verhalten sollte wie Lathe, Skyler und Jensen. Aber er konnte es nicht. Er war zusammen mit Pittman ausgebildet worden, hatte Seite an Seite mit ihm gearbeitet, hatte sein Leben für ihn aufs Spiel gesetzt ... und die Erkenntnis, daß er sich in einem Kameraden so getäuscht hatte, war mehr, als er ertragen konnte.

»Natürlich«, fuhr Quinn lässig fort, »könnten sich die Ryqril entschließen, Ihre Leute eine Weile in Ruhe zu lassen, wenn Sie uns erzählen, worin Ihre Mission hier bestanden hat – damit würden sie sich nämlich den Papierkrieg ersparen. Sie hatte mit der Basis Aegis zu tun, nicht wahr?«

»Gehen Sie doch zum Teufel!« schlug Lathe freundlich vor. »Sie vergeuden nur unsere Zeit, Quinn, das wissen Sie genau. Wir schenken nichts her, und Ihre Chancen, es ohne unsere Kooperation herauszufinden, sind minimal bis nicht vorhanden.«

»Sie halten natürlich an Ihrem lächerlichen Angebot fest: Information gegen die Freilassung Ihrer Kameraden. Darüber kann ich nur lachen, Lathe.«

Der Comsquare zuckte die Achseln. »Wie Sie wollen, General. Nun, Galway, genießen Sie den Besuch auf Ihrem Heimatplaneten?«

Der Präfekt schwieg, und Caine blickte von ihm zu den drei Sicherheitsmännern hinüber, die vier Meter von ihnen entfernt an der Tür des Raumes lehnten. Sie waren nicht besonders wachsam, trugen keine Laser oder schwere Waffen, ihre Betäubungspistolen steckten in den Halftern – es war geradezu eine Aufforderung zum Ausbruch. Caine hätte am liebsten vor Frustration geheult, denn obwohl die Wächter so verletzlich wirkten, hätten sie genauso gut einen Kilometer entfernt sein können. Er und die drei Blackcollars saßen nackt auf am Boden festgeschraubten Stühlen, hatten die Hände mit Handschellen auf den Rücken gefesselt und trugen Fußfesseln, die durch eine zwanzig Zentimeter lange Kette verbunden waren – mit anderen Worten, sie waren vollkommen hilflos. Quinn hätte nur noch eines tun können: sie an ihre Stühle fesseln; doch es stellte sich allmählich heraus, daß der General diese Unterlassung und die nachlässigen Wächter dazu benutzte, um ihnen ihre Lage noch deutlicher vor Augen zu führen.

Caine wußte nicht, wie es mit den anderen stand, aber in bezug auf ihn funktionierte das Gambit. Und das führte dazu, daß er den General noch mehr haßte.

Weil er in Gedanken versunken war, erschrak er, als Galway plötzlich aufstand. »Wenn Sie mich entschuldigen wollen, General, würde ich im Lageraum nachsehen, ob eine Nachricht über Mordecai hereingekommen ist.«

»Setzen Sie sich, Galway!« sagte Quinn eisig. »Sie haben die ganze Zeit darüber geredet, daß Ihre Blackcollars nicht aufgehalten und nicht gebrochen werden können. Sie haben sich mit der ersten Feststellung geirrt, und Sie werden jetzt dabei sein, wenn ich Ihnen beweise, daß Sie sich auch mit der zweiten geirrt haben.«

Skyler rührte sich, und seine Fußfesseln klirrten. »Sie machen sich überall Freunde, Quinn, nicht wahr? Ich könnte eine Wette eingehen: wenn ich mich auf Sie stürzte und anfinge, Ihnen den Schädel einzuschlagen, würde sich die Hälfte Ihrer Untergebenen an der Tür um Tickets zu dieser Show anstellen.«

Quinn sah ihn wütend an. »Vielleicht sollten wir das Experiment unternehmen – aber mit Ihnen. Was halten Sie von ...«

Die Alarmsirene schnitt ihm das Wort ab. »Was, zum Teufel ...?« Quinn drehte sich zur Tür um. »Stellen Sie fest, Sergeant, was draußen los ist!«

»Ja, Sir.« Einer der Wächter griff nach der Klinke ...

Es ging so schnell, daß Caine es nur deshalb mitbekam, weil er bereits zu den Blackcollars hinübersah. Skyler ließ sich vom Stuhl auf den Rücken fallen und zog die Knie zur Brust hoch. Beinahe im gleichen Augenblick setzte sich Jensen in Bewegung und stürzte sich auf Skyler, als wolle er ihn angreifen. Er landete mit dem Bauch auf Skylers Füßen ...

– und Skyler schleuderte seinen Kollegen mit einem gewaltigen Stoß über seinen Kopf hinweg in die Gruppe der drei Wächter.

Die Sicherheitsmänner hatten keine Chance. Obwohl Jensen an Händen und Füßen gefesselt war und sich kaum im Gleichgewicht halten konnte, wütete er unter ihnen wie ein Tiger unter Schafen. Sein Kopf, seine Knie, seine Füße schlugen die Wächter zu Boden, und obwohl sie versuchten, sich zu wehren, tötete er sie mit kurzen, fürchterlichen Schlägen.

Rechts von Caine waren die Dinge ebenfalls in Bewegung geraten: Lathe lag auf Quinn und Galway und nagelte sie auf dem Boden fest, während Skyler ihm zu Hilfe kam. Caine riß sich aus seiner Erstarrung und hüpfte zu Jensen, der sich gerade auf die Knie aufrichtete. »Durchsuchen Sie ihre Taschen nach dem Schlüssel zu diesen Schmuckreifen«, wies ihn der Blackcollar an, der bereits eine der schlaffen Gestalten filzte. Caines Wangen brannten, weil er sich seiner Inaktivität schämte, und er gehorchte wortlos.

»Ich habe sie«, verkündete Skyler. »Genau wie erwartet – Sie haben gefunden, daß der Schlüssel nur bei Ihnen sicher ist, nicht wahr, General?«

»Hol Sie der Teufel!« stieß Quinn hervor. Sein eigener Arm lag über seinem Mund und erschwerte ihm das Reden. »Sie werden dieses Stockwerk nie lebend verlassen!«

»Wirklich? Das muß ich schon wo gehört haben.« Skyler befreite Lathe und warf die Schlüssel dann Caine zu.

»Was ist eigentlich los?« fragte Caine, während er sich mit Jensens Handschellen beschäftigte. In ihm stieg ein böser Verdacht auf. »Läuft da draußen vielleicht Mordecai Amok?«

»Mordecai und Pittman«, ergänzte Lathe, der gerade seine Fesseln Quinn anlegte. »Zumindest ...«

»Pittman?!« stieß Caine hervor, und Galway sog scharf die Luft ein. »Aber Quinn hat doch gesagt ...«

»Ach, kommen Sie schon, Caine«, neckte ihn Skyler, während er Galways Knöchel an einen Stuhl fesselte. »Sie sind doch nicht so dumm, einem Kollie aufs Wort zu glauben? Wie sieht es draußen aus, Jensen?«

Jensen hatte die Tür einen Spaltbreit geöffnet und spähte vorsichtig hinaus. »Die gesamte Aktivität konzentriert sich auf die Ecke beim Lift. Wenn wir uns beeilen, können wir den Kollies mit einem Überraschungsangriff in den Rücken fallen.« Er hockte sich hin und zog einem der Wächter die Uniform aus.

»In Ordnung«, erklärte Lathe. »Sorgen Sie nur dafür, daß Mordecai nicht aus Versehen Sie erledigt!« Er wandte sich wieder Quinn zu. »Sie müssen schon entschuldigen, wenn wir Ihre Gastfreundschaft nicht länger in Anspruch nehmen.« Er zog dem General die Betäubungspistole aus dem Halfter. »Angenehme Träume und das nächste Mal mehr Glück!«

»Sie kommen hier nicht lebend hinaus.« Quinns Gesicht war wutverzerrt ... dann trafen ihn die Betäubungsnadeln in die Brust, und er sank in sich zusammen.

Als Lathe sich zu Galway umdrehte, sagte der Präfekt: »Wenn Sie nicht lügen, Lathe, wenn Pittman wirklich auf Ihrer Seite steht ...«

»Ich weiß«, antwortete Lathe. »Aber so oder so ist alles bald vorüber.« In Galways Gesicht spiegelten sich die widersprüchlichsten Gefühle. Dann drückte Lathe auf den Abzug, und Galway sank hilflos neben Quinn zusammen.

Die ehemaligen Gefangenen stürzten in den Korridor. »Wir greifen sie an!« befahl Lathe. »Hoffentlich hat Mordecai die Waffenkammer aufgekriegt, bevor sie jemand von unten aus dicht gemacht hat. Wenn wir hier hinauskommen wollen, brauchen wir das Zeug, das sich in einigen *nunchaku* befindet.«

Caine holte tief Luft. »Was immer Sie vorhaben – ich hasse es jetzt schon.«

Der Comsquare lächelte beinahe. »Ob Sie es glauben oder nicht, Caine, der schwerste Teil ist vorüber. Sehen Sie mit mir nach, ob sämtliche Kameras und Mikrophone unbrauchbar sind, und ich erkläre Ihnen alles.«

»Und?« fragte Major O'Dae.

Der Mann an den Monitoren hob hilflos die Schultern. »Es tut mir leid, Major, aber ohne Visio und Audio kann ich unmöglich wissen, was sich oben abspielt. Ich weiß nur, daß niemand mehr herumrennt – die Leute gehen, aber sie laufen nicht mehr.«

O'Dae fluchte leise. Der Kampf war also vorbei – oder es herrschte eine Pattsituation –, und man konnte nicht erfahren, welche Partei die Oberhand hatte. Obwohl man es sich beinahe denken konnte.

Und General Quinn steckte mitten in dem Schlamassel.

»Sind Sie sicher, daß die Blackcollars in die Waffenkammer gelangt sind?« Er bereute die Frage noch während er sprach, denn er hatte sie schon mindestens dreimal gestellt, und das mußte schließlich auffallen.

Der Mann an den Monitoren sah ihn seltsam an, bevor er antwortete. »Ja, Sir, ich bin meiner Sache vollkommen sicher. Die Lasergewehre sind noch nicht abgefeuert worden, aber die Netzteilanzeigen sind ein deutlicher Hinweis darauf, daß sie aus der Waffenkammer entfernt wurden.«

»Daß die Laser nicht abgefeuert wurden, bedeutet wahrscheinlich, daß die Blackcollars die Situation unter Kontrolle haben«, murmelte jemand.

»Das habe ich mir selbst ausgerechnet, danke«, knurrte O'Dae. *Wenn man keinen hohen Offizier braucht, dann sind sie immer da*, dachte er verbittert. Oberst Poirot war angeblich hierher unterwegs, aber bis zu seinem Eintreffen trug O'Dae die Verantwortung, und er wußte genau, daß er damit überfordert war.

»Ich habe etwas, Major«, meldete der Mann am Monitor plötzlich. »Laserfeuer, etwa fünfzehn Meter von – aha! Sie versuchen, damit die Wand neben dem Lift zu durchbrechen.«

O'Dae fühlte sich sehr erleichtert. »Tatsächlich?« fragte er, und jemand kicherte. Die Verkleidung der Fahrstuhlschächte bestand aus speziell gehärtetem Panzerstahl, um jeden derartigen Versuch zu vereiteln. Die Blackcollars konnten soviel feuern, wie sie wollten, sie würden nie durchkommen.

Das bedeutete, daß O'Dae den Schwarzen Peter los war. Ganz gleich, wie lang es dauerte, bis Poirot eintraf – O'Dae konnte es sich leisten, sich zurückzulehnen und zu warten. Die Blackcollars konnten nicht entkommen ...

»Major!«

O'Dae drehte sich um und sah zu dem Mann am Audio-Kommunikationspult hinüber. »Ja, was ist los?«

»Explosion vor dem Regierungsgebäude, Sir – die

Nachtschicht meldet, daß die Eingangstür gesprengt wurde.«

»Was?« O'Dae drängte sich durch die anderen zum Pult durch. Im Regierungsgebäude wurden eine Menge Unterlagen aufbewahrt, von denen nicht wenige streng geheim waren. Ganz zu schweigen von einigen Ausrüstungsgegenständen, die praktisch unersetzlich waren. »Hat jemand versucht hineinzugelangen?«

»Noch nicht – zumindest glauben die Wächter es nicht. Aber sie brauchen rasch Verstärkung.«

»Die Lage ist ernst, Hauptmann. Schicken Sie sofort ein Doppelkommando hinüber!«

»Ja, Sir.« Der Offizier rannte aus dem Lageraum.

O'Dae holte tief Luft, aber er hatte kaum Zeit auszuatmen, weil der Mann neben ihm fluchte. »Verdammt, Major, wieder eine Explosion, diesmal in der Nähe des Aufklärerhangars.«

O'Dae traute seinen Ohren nicht. »Was, zum Teufel, soll das wieder bedeuten, Korporal? In der Nähe des Hangars, nicht in ihm?«

»Laut dem Bericht in der Nähe, Sir. Es könnte auch ein Ablenkungsmanöver sein.«

Der Major schnitt eine Grimasse, weil diese Vorstellung zwei gleich scheußliche Möglichkeiten umfaßte. Ein Ablenkungsmanöver als Vorspiel für einen Angriff auf Athenas Luftstreitkräfte? Oder eine Ablenkung, um die Truppen aus dem Gebäude des Sicherheitsdienstes abzuziehen? Es konnte sich um beides handeln, und das Verteufelte daran war, daß das keine Rolle spielte. Er *mußte* sicherheitshalber zu beiden Gebäuden Verstärkungen in Marsch setzen. Was bedeutete, daß ihm hier nur ein Stammkader zur Verfügung stand, falls die Blackcollars keine Lust mehr hatten, sich die Zähne am Lift auszubeißen, und einfach einen Ausbruchsversuch unternahmen.

Ihm fiel eine einzige Möglichkeit ein, wie er die Katastrophe vermeiden konnte. Wenn die Blackcollars sich tatsächlich darauf verließen, daß sich irgendwelche Verbündete in der Gegend herumtrieben und sie bei ihrer Flucht unterstützen würden, dann durfte er auf keinen Fall zulassen, daß sie den Zeitpunkt selbst bestimmten. »Leutnant Baker, wie sieht die Lage in bezug auf den Fahrstuhl in den vierten Stock aus?« rief er dem Mann am Monitor für den Zellenblock zu.

»Wir haben alle Systeme ausgeschaltet, Major. Die Blackcollars können ihn nicht dazu verwenden, um herunterzugelangen.«

»Ich habe eigentlich daran gedacht, mit ihm hinaufzugelangen. Befinden sich die Aufklärer in den ihnen zugewiesenen Wartestellungen?«

»An jeder Seite des Gebäudes schwebt einer. Sie können aber nicht viel sehen, weil sie den Sicherheitsabstand einhalten.«

Feiglinge! Doch wenn sie dafür sorgten, daß sich niemand aus einem Fenster abseilte, spielte es keine Rolle, wie weit sie entfernt waren. »Die Gasventile funktionieren noch immer nicht?«

»Nein, Sir. Wahrscheinlich sind sie zugleich mit den Kameras ausgeschaltet worden.«

O'Dae verzog wieder einmal das Gesicht. Er hatte gehofft, daß jemand im Kontrollraum vergessen hatte, einen Schalter umzulegen oder sowas Ähnliches, und weil somit keine der ferngesteuerten Abwehreinrichtungen mehr funktionierte, blieb ihm eine einzige Möglichkeit, um einem Ausbruchsversuch zuvorzukommen. »Befehlen Sie dem Einsatzkommando, sich fertigzumachen. Ich führe die erste Angriffswelle selbst.«

»Ja, Sir. Sollen die Ärzte gleich mitkommen?«

»Nein, ich werde Teams mit Tragbahren hinaufbeordern, sobald wir einen Teil geräumt haben, aber die Ärzte sollen sich im Krankenrevier bereithalten. Wir werden zahlreiche Verletzte versorgen müssen, und ich möchte nicht, daß sich die Ärzte zu nahe beim Kampfgeschehen befinden.«

»Ja, Sir. Das Einsatzkommando ist jederzeit bereit. Die Leute sind bewaffnet, tragen Schutzanzüge, und wir haben ihnen Fotos von allen Blackcollars gezeigt, die sich oben befinden, auch von Mordecai und Pittman.«

»Gut.« O'Dae wollte auf keinen Fall riskieren, daß einer oder mehrere Blackcollars in Uniformen des Sicherheitdienstes schlüpften und fröhlich zur Vordertür hinausmarschierten. »Wir greifen an, sobald ich oben bin!«

Der Fahrstuhl wurde langsamer und hielt. »Macht euch fertig!« befahl O'Dae. Seine Stimme klang hinter dem Gesichtsschutz hohl. Die Tür glitt auf, er warf sich nach vorn und landete drei Meter von der Tür entfernt mit schußbereitem Laser auf den Knien.

Er wurde enttäuscht. Kein Laserfeuer, niemand schleuderte einen dieser verdammten Wurfsterne gegen sie, niemand schaute zu einer der Türen heraus, um zu sehen, was los war. Wenn im Korridor nicht die Körper herumgelegen wären, hätte man ohne weiteres annehmen können, daß sich hier nichts ereignet hatte.

Die regungslosen, unnatürlich verkrümmten Körper. O'Dae warf einen Blick auf sie, dann wandte er sich rasch ab, weil ihm übel wurde. »O'Dae an Monitor«, rief er ins Mikrophon. »Noch immer Laserfeuer bei Fahrstuhlschacht?«

»Nein, Sir. Die Laser haben das Feuer eingestellt und sind verlagert worden, offenbar in die südöstliche Ecke des Stockwerks.«

Natürlich, die Waffenkammer. Die Blackcollars waren so vernünftig, sich einzuigeln, wenn sie ihren Zeitplan nicht einhalten konnten – nur dort konnten sie dem Laserfeuer längere Zeit standhalten.

Das bedeutete, daß O'Dae richtig gefolgert hatte – sie erwarteten, daß sie jemand herausholte. »Verdoppeln Sie die Wachen an den Eingängen zum Gebäude!« befahl er. »Wir müssen mit einem Angriff rechnen.«

»Ja, Sir. Können wir schon die Tragbahrenteams hinaufschicken?«

O'Dae überblickte noch einmal den Korridor. »Ja, schicken Sie das erste Team hinauf – dann kann die zweite Einsatzwelle folgen.«

»Verstanden.«

Obwohl es im Augenblick noch fraglich war, ob die Ärzte den Verwundeten überhaupt helfen konnten. »Harison, Peters, checken Sie die Gruppe nach Überlebenden! Markieren Sie jeden, der noch am Leben ist, für die Tragbahren! Die übrigen begleiten mich ans Ende des Korridors, damit wir uns davon überzeugen, daß sie keine Nachhut zurückgelassen haben, die uns überfallen soll.« Er machte sich vorsichtig mit seinen Männern auf den Weg. Die ersten beiden Räume, die sie betraten, waren leer, im nächsten lagen zwei Leichen, und im vierten stießen sie auf einen Überlebenden.

Als sie hereinkamen, richtete er sich gerade vorsichtig auf die Knie auf und hielt sich mit beiden Händen den Kopf. »Wer ...? O Gott, ihr seid wirklich hier«, krächzte er.

O'Dae faßte den Mann, der wieder zu schwanken begann, am Arm und half ihm, sich hinzusetzen. »Wie fühlen Sie sich?« fragte er und warf einen flüchtigen Blick auf den unordentlichen Verband, der den Kopf des anderen zum Teil bedeckte, und auf das darunter hervortropfende Blut.

»Elend«, stöhnte der Verwundete. »Schwindlig. Ich habe die Blutung zum Stillstand gebracht ... aber sie muß wieder begonnen haben. Kann ich mich hinsetzen?«

O'Dae wollte ihn darauf aufmerksam machen, daß er ohnehin schon saß, überlegte es sich aber. »Legen Sie sich doch hin«, schlug er vor. »Die Tragbahren müssen sofort hier sein, dann werden Sie hinuntergebracht.«

»Okay«, seufzte der Verwundete, der schon wieder begann, die Besinnung zu verlieren. Neben ihm lag das Erste-Hilfe-Kästchen – er hatte es offenbar gerade noch geschafft, es von der Wand herunterzuholen. O'Dae benützte Verbandszeug als Kissen für den Verletzten und schob es ihm unter den Kopf. Dann fiel ihm noch etwas ein, und er musterte das Gesicht seines Schützlings. Jung, glatt, beinahe weiblich – vermutlich ein neuer Rekrut oder aber jemand, dessen Familie mehr Idunin kaufen konnte, als sie brauchte oder verdiente.

O'Dae richtete sich entschlossen auf. Ganz gleich, wer es war, er war bestimmt kein Blackcollar. »Warum steht ihr hier herum?« fuhr er seine Männer an. »Machen wir uns lieber an die Arbeit!«

Sie kehrten in den Korridor zurück und gingen vorsichtig weiter. Hinter ihnen ertönte ein Geräusch, und als sich O'Dae umdrehte, verließ ein Tragbahrenteam den Aufzug und ging auf den ersten der herumliegenden Körper zu. »Hier ist auch einer drin«, rief ihnen O'Dae zu und zeigte auf den Raum, den er eben verlassen hatte. Ihr Offizier nickte bestätigend, und O'Dae wandte sich seltsam erleichtert ab. Die Jagd auf entflohene Gefangene konnte eine äußerst unangenehme Aufgabe sein, vor allem, wenn es zu Schießereien kam, aber sie war ihm wesentlich lieber als Tragbahren schleppen. Wenn man hinter Gefangenen her war, wurden wenigstens für gewöhnlich die Feinde verwundet und nicht seine Kameraden vom Sicherheitsdienst.

Einige der Feinde würden heute abend verwundet werden, dafür würde O'Dae ganz bestimmt sorgen.

Er umklammerte seinen Laser fester und beeilte sich, um seine Männer einzuholen, während hinter ihm die zweite Welle des Einsatzkommandos eintraf.

28. Kapitel

GALWAYS KOPF WAR nach vorn gesunken, so daß er die Tür nicht sehen konnte, und der erste Hinweis darauf, daß die Retter eingetroffen waren, war das Kribbeln einer Injektionsnadel in seinem Arm, als man ihm das Gegenmittel spritzte. »Wir bringen Sie sofort hinunter, Sir«, flüsterte ihm jemand ins Ohr. »Bitte seien Sie so leise wie möglich – wir glauben, daß sich die Blackcollars in der Waffenkammer verbarrikadiert haben, und sie sollen erst merken, daß wir hier sind, wenn wir angriffsbereit sind.«

Galway brummte zustimmend. Er würde ohnehin nicht sobald in der Lage sein, Lärm zu machen; seine Zunge fühlte sich an wie ein sehr totes Tier.

Quinn war offenbar aus härterem Holz geschnitzt. »Zum Teufel mit der ganzen Bande! Vor allem soll er diesen verdammten Pittman holen. Wer sind Sie – Major O'Dae? Wie sieht die Lage aus, Major?«

»Nicht schlecht, Sir, diesmal haben sie sich selbst hereingelegt.« Der Major berichtete dem General flüsternd über die Ereignisse inner- und außerhalb des Gebäudes. Galway hörte nur mit halbem Ohr zu, weil er vor allem damit beschäftigt war, seine Muskeln nach der halbstündigen Lähmung wieder zu aktivieren. Doch wenn der Major die Ereignisse richtig interpretierte, dann sah es wirklich so aus, als hätten sie die Situation zur Zeit unter Kontrolle.

Nur etwas weckte seinen Verdacht.

»... wir haben bis jetzt schon fünfzehn Leute ins Krankenrevier gebracht, hauptsächlich Kopfverletzungen, wenn ich nach den Blutflecken schließe. Ich habe noch keinen Bericht von unten erhalten, aber bei den meisten Verletzten konnte man den Herzschlag spüren, deshalb nehme ich auch an, daß alles in Ordnung ist ...«

»Na schön, fein«, unterbrach ihn Quinn, der seine Wadenmuskeln vorsichtig massierte. »Vergessen Sie jetzt die Verwundeten! Sind Sie sicher, daß sich die Blackcollars in der Waffenkammer befinden?«

»Wir haben das ganze Stockwerk durchgekämmt, General, sie können sich sonst nirgends herumtreiben.«

»Könnten sie sich als Sicherheitsmänner verkleidet haben und mit dem Tragbahrenteam hinuntergefahren sein?« Galway konnte infolge seiner immer noch geschwollenen Zunge die Worte nur mit Mühe artikulieren.

»Nein, Sir.« O'Dae klang sehr selbstsicher und ein bißchen beleidigt. »Außer den Verwundeten hat niemand das Stockwerk verlassen, dafür haben wir sehr genau gesorgt.«

»Vielleicht ...«

»Und alle waren verwundet«, fügte O'Dae hinzu. »Außer Sie sind der Ansicht, daß die Blackcollars sich selbst die Schädel eingeschlagen und sich mit Blut beschmiert haben.«

»Sie haben also Ärzte hier oben gehabt, die sich davon überzeugt haben, daß es echtes Blut ist?« Galway war nicht bereit, sich mit dieser Auskunft zufrieden zu geben.

»Ich bin sicher, daß es so war«, mischte sich Quinn ein, bevor O'Dae antworten konnte. »Wo hätten sie denn Blutimitationen hernehmen sollen? Trauen Sie meinen Männern wenigstens das zu, Galway, sie sind keine Dummköpfe. Also gut, Major, wie wollen Sie die Schweinehunde herausholen?«

»Ich lasse aus dem Reservebunker zwei Laserkanonen heraufbringen, Sir.« O'Dae klang plötzlich wesentlich weniger selbstsicher. »Sir ... wir haben eigentlich keine Ärzte hier oben gehabt, wir haben die Verwundeten nur auf die Tragbahren verladen und in das Krankenrevier gebracht. Vielleicht sollten wir uns davon überzeugen ...«

»Wovon überzeugen?« fuhr ihn Quinn an. »Daß es keine verkleideten Blackcollars waren? Sie haben gesagt, daß Sie sich ihre Gesichter angesehen haben.«

»Ja, das schon, Sir. Aber wenn sie irgendwie Blutimitationen hereingeschmuggelt hätten? Dann haben sie vielleicht auch Schminke mitgehabt.«

»O verdammt«, murmelte Galway, der Zusammenhänge ahnte. »Wir haben die gesamten Informationen für unseren Hinterhalt von Pittman erhalten, General!«

»Verdammt!« brüllte Quinn plötzlich durch die Stille. »Verdammte Scheiße! Major – Wacheteam ins Krankenrevier! *Sofort!* Und die Wachen am Ausgang sollen sich auf einen Ausbruchsversuch gefaßt machen.«

»Sir ...«

»Machen Sie schon weiter, verdammt noch mal! Begreifen Sie denn nicht? *Sie* haben diese Gefangennahme *selbst* inszeniert.«

O'Dae schluckte und sprach rasch in ein Mikrophon, wirkte aber immer noch vollkommen desorientiert.

Er kam zu spät. Als das Wacheteam im Krankenrevier einlangte, fanden sie nur eine Handvoll verwundeter Sicherheitsmänner sowie bewußtlose Ärzte vor – und die Wachen am Tor ließen nichts von sich hören, was auch nichts Gutes ahnen ließ.

Fünf Minuten nachdem die Blackcollars in den Kastenwagen des Sicherheitsdienstes gestiegen waren und mit ihm dem Zaun und der Freiheit entgegenrasten, wurde Alarm gegeben. Sie erfuhren es durch die Sprechfunkanlage. »Großartig«, murmelte Caine.

»Irgendwann mußten sie es ja merken«, erklärte Lathe, der am Steuer saß. »Um ehrlich zu sein – ich habe nicht geglaubt, daß wir soviel Vorsprung herausholen würden. Wahrscheinlich haben die von Mordecai verlegten Haftminen sie mehr durcheinandergebracht, als wir erwartet haben.«

Caine zwang sich, den Comsquare anzusehen; er konnte noch immer nicht den Anblick der schrecklichen ›Kopfverletzung‹ und des ›Blutes‹ auf seinem Gesicht ertragen. »Wahrscheinlich muß ich dafür dankbar sein, daß Sie wenigstens einigen von uns verraten haben, was Sie vorhaben«, sagte er so sarkastisch, wie es ihm möglich war. »Im Vergleich zu Argent ist es ein echter Fortschritt.«

Lathe seufzte und versuchte vergeblich, das Make-up wegzureiben. »Es tut mir leid, aber ich mußte es auf diese Art durchführen.«

»Warum? Weil Sie mir nicht zugetraut haben, daß ich bei Pittmans Verrat richtig reagieren würde? Und was war mit den übrigen? Sie hätten alle genauso wütend sein müssen wie ich.«

»Vielleicht. Aber weil Pittman zu Ihrem Team gehört, mußten Sie und die übrigen Angehörigen Ihres Teams am heftigsten reagieren. Galway hat vor allem Sie genau beobachtet – ich weiß nicht, ob es Ihnen aufgefallen ist. Außerdem mußte Pittman vollkommen aufrichtig erklären können, daß Sie ihn nicht verdächtigten, wenn er seine Telefonanrufe als Postern durchführte. Die Kollies haben beinahe sicher seine Stimmuster analysiert und hätten jede Lüge sofort entdeckt.«

Caine wandte sich ab und blickte mißmutig zur Windschutzscheibe hinaus. Lathe hatte wieder einmal seine Verbündeten auf den Arm genommen, und wieder einmal war die Tatsache, daß er damit recht behalten hatte, für Caine kein Trost.

Lathe bog um eine Ecke, und in einigen Blocks Entfernung erblickte Caine den Zaun. »Hoffentlich haben Sie auch eine Lösung dafür parat, wie wir an den Sicherheitsmännern vorbeikommen, die ganz bestimmt das Tor bewachen«, meinte er anzüglich. »Es wäre eine Schande, wenn man einen ausgezeichneten Doppelagenten verheizt, um in ein Gebäude einzudringen, aus dem man nicht wieder hinauskommt.«

»Ich habe einen Plan«, antwortete Lathe ungerührt.

»Berücksichtigt er auch die Laser auf dem Green Mountain?«

»Vielleicht ist Ihnen aufgefallen«, sagte Skyler aus dem überfüllten hinteren Abteil, »daß wir eine Route gewählt haben, auf der wir den Lasern nur minimal ausgesetzt waren.«

»Was vermutlich gar nicht notwendig war«, fügte Lathe hinzu. »Ich bezweifle, daß die Laser auf Ziele innerhalb des Zaunes schießen können – die Gefahr, daß Schüsse daneben gehen oder daß sich der Feind der Laser bemächtigt, ist zu groß. Aber es hatte keinen Sinn, ein Risiko einzugehen.«

»Was ist, wenn wir den Zaun direkt rammen?« fragte Anne Silcox, deren Stimme merklich zitterte. »Wir werden ja kaum mit einem Bluff an den Wächtern vorbeikommen.«

»Wenn schon Alarm gegeben wurde, dann auf keinen Fall«, bestätigte Lathe. »Eigentlich hoffe ich, daß die Laser darauf reagieren werden, wenn wir den Zaun rammen.«

Caine holte tief Luft, um das flaue Gefühl im Magen zu betäuben. »Sie haben hoffentlich noch nicht vergessen, daß Anne unseren gesamten Flexarmor trägt.«

»Gegen *diese* Laser?« fragte Jensen von hinten. »Der Verband über ihrem Haar schützt sie wahrscheinlich genauso gut wie der Flexarmor. Übrigens, Lathe, wir bekommen Gesellschaft. Einer der Aufklärer ist in unsere Richtung abgebogen.«

»Hat er uns erkannt?«

»Das glaube ich nicht. Es sieht so aus, als wolle er uns nur näher beschnuppern. Aber wenn wir nicht wollen, daß er unseren starken Abgang mitbekommt, sollten wir lieber gleich aussteigen.«

»Okay. An der nächsten Ecke alle raus!«

Die nächste Ecke war nur noch zwei Blocks vom Zaun und von dem, wie sich jetzt herausstellte, schwerbewachten Tor entfernt. Skyler trieb die Gruppe in die relative Deckung eines Torbogens in der Querstraße, während Lathe und Hawking sich gemeinsam an der Fahrerseite des Kastenwagens betätigten. Sie waren sehr schnell damit fertig, und als sie zurücksprangen, fuhr das Fahrzeug mit einem Ruck an und auf das Tor zu.

»Macht euch unsichtbar«, murmelte Lathe, als er und Hawking zu den anderen stießen. »Und drückt die Daumen!«

»Er kommt von der Richtung ab«, bemerkte Colvin, als der Wagen aus ihrer Sicht verschwand. »Er hat sich der Gegenfahrbahn genähert.«

»Eine kleine Richtungsänderung spielt keine Rolle«, beruhigte ihn Hawking. »Hauptsache, er trifft den Zaun – hoppla! Da kommt der Aufklärer.«

Caine fand, daß dies die Untertreibung des Abends war. Das Flugzeug brauste in der Höhe der Straßenlampen an ihnen vorbei und jagte wie eine wütende Walküre hinter dem leeren Wagen her.

»Alle auf die andere Straßenseite! Drückt euch an das gegenüberliegende Gebäude!« befahl Lathe.

Sie hatten kaum die andere Seite erreicht, als hinter der Ecke das Krachen von Metall auf Metall ertönte, als der Wagen sich durch den Zaun wühlte.

Im nächsten Augenblick erstrahlte die gesamte Umgebung hell wie eine Sonne, und sofort darauf folgte das Dröhnen einer Explosion.

Dann traten wieder Dunkelheit und unheimliche Stille ein. Lathe spähte vorsichtig um die Ecke. »Alle mitkommen!« Er setzte sich in Trab und verschwand.

Das Schauspiel am Zaun konnte zart besaiteten Menschen den Magen umdrehen. Überall lagen verbogene Metallteile herum, und bei manchen konnte man nicht mehr feststellen, ob sie vom Wagen oder vom Aufklärer stammten. Mindestens fünf Meter des Zauns waren verschwunden oder zerknittert; soweit der Zement rings um die Absturzstelle sichtbar war, warf er Blasen und war geschwärzt. Von den Wächtern, die am Tor gestanden hatten, war überhaupt nichts mehr zu sehen.

»Was ist denn geschehen?« keuchte Anne Silcox, die neben Caine lief.

»Lathe hat anscheinend wieder einmal recht gehabt. Der Kastenwagen muß die Laser ausgelöst haben, als er den Zaun rammte. Der Aufklärer war wahrscheinlich zu nahe und geriet in die Explosion – oder der Laser hat ihn direkt getroffen.«

»Mein Gott.« Sie schüttelte den Kopf, als könne sie es nicht glauben.

»Ich bin davon überzeugt, daß die Fackel genauso schmutzige Sachen gemacht hat«, bemerkte Lathe von der anderen Seite. Caine sah zu ihm hinüber, weil seine Stimme so gepreßt klang. »Das gehört zu jedem Krieg, ob mit regulären Truppen oder mit Guerilleros, und wenn man sich entschließt, daran teilzunehmen, muß man sich daran gewöhnen.«

Sie warf ihm einen Blick zu, schwieg aber. Caine zeigte auf den Zaun. »Besitzen Sie einen besonderen Zauberspruch, mit dem Sie die Laser daran hindern können, uns zu verschmoren?«

»Dazu ist kein Zauber notwendig. Ich bezweifle, daß die Dinger zur Abwehr von Menschen eingesetzt werden. Es kommt zu teuer und ist viel zu gefährlich – um so mehr, als inzwischen alle Sensoren in dem Gebiet ausgefallen sind. Die einzige interessante Frage ist, ob wir es bis zu den im nächsten Block wartenden Wagen schaffen, bevor Quinn sich soweit erholt hat, daß er weitere Truppen hinter uns herschickt.«

Quinn stand offenbar tatsächlich unter Schock, oder aber er nahm an, daß die Flüchtlinge bei der Explosion ums Leben gekommen waren. Was auch immer die Ursache war – die Wagen waren bereits weit von Athena entfernt und fuhren in mäßigem Tempo nach Norden, als neue Aufklärer am Nachthimmel auftauchten – allerdings zu spät.

29. Kapitel

DIE AUFKLÄRER SUMMTEN immer noch um die Stadt herum – größtenteils weit südlich von ihrer Beute –, als Lathe in eine Seitenstraße einbog und das Licht ausschaltete. »Was machen wir hier?« fragte Caine besorgt. Für diese Nacht war sein Bedarf an Überraschungen gedeckt.

»Ich muß rasch jemanden anrufen«, antwortete der Comsquare, während der zweite und der dritte Wagen hinter ihnen hielten. »Ich möchte, daß Sie mitkommen, Miss Silcox. Pittman, kommen Sie her und setzen Sie sich hinter das Lenkrad, falls wir schnell abhauen müssen. Sie bleiben bei ihm, Caine; die übrigen verteile ich in einer lockeren Abwehrformation.«

»Es wäre nützlich, wenn wir genau wüßten, welche Schwierigkeiten Sie hier erwarten«, sagte Caine, während die anderen ausstiegen.

»Ich erwarte überhaupt keine Schwierigkeiten. Es ist eine reine Vorsichtsmaßnahme, wirklich.«

»In Ordnung«, murmelte Caine. Er und Silcox stiegen aus, während Pittman um das Auto herumging und in den freien Fahrersitz kletterte. Caine hörte zu, wie die Schritte in der Nacht verklangen, und dann war er zum ersten Mal seit ihrer Gefangennahme mit Pittman allein.

Zunächst sprach keiner von beiden, dann holte Pittman tief Luft. »Was immer Sie mir sagen wollen, sagen Sie es endlich, damit wir es hinter uns bringen.«

»Gut.« Caine musterte Pittmans Gesicht und bemerkte, wie nervös und angespannt er wirkte – etwas, was ihm noch nie aufgefallen war. »Sie haben dieses Spiel schon seit längerer Zeit getrieben. Warum?«

»Sie meinen, womit die Ryqril mich dazu gezwungen haben?«

»Nein, ich möchte wissen, warum Sie damit zu Lathe gegangen sind, statt einfach zu tun, was die Ryqril von ihnen verlangt haben.«

Pittman wandte sich ihm zu und sah ihn verständnislos an. »Was hätte ich denn sonst tun sollen? Sie alle tatsächlich verraten?«

»Warum nicht? Was immer die Ryqril gegen Sie in der Hand hatten – es muß etwas wirklich Schwerwiegendes gewesen sein, wenn sie Ihnen so rückhaltlos vertraut haben.« Caine unterbrach sich, weil ihm plötzlich etwas einfiel. »Oder glaubten die Kollies, daß sie Sie loyalitätskonditioniert hatten?«

»Galway ist nicht so dumm, daß er so etwas versucht. Man braucht fünfzehn Tage, um jemanden wirklich gründlich zu konditionieren, und wenn sie mich so lange aus dem Verkehr gezogen hätten, so hätten sie gleich Lathe anrufen und ihm erzählen können, was sie mit mir vorhatten.«

Caine nickte. Das alles wußte er natürlich, aber er hatte einen Augenblick lang gehofft, daß Pittman eine Möglichkeit gefunden hätte, die Loyalitätskonditionierung zu brechen. »Also zurück zu Frage eins: Warum haben Sie nicht einfach getan, was Galway von Ihnen verlangt hat?«

Pittman senkte den Blick. »Weil ich es nicht konnte. Sie sind meine Freunde, meine Waffengefährten, wenn Sie es sentimental ausdrücken wollen. Ich könnte Sie nicht verraten, ganz gleich, was es mich kostet.«

Er schluckte, und seine Kiefermuskeln verkrampften sich kurz. »Und was wird es kosten?« fragte Caine.

»Wenn ich Glück habe, nichts. Das hat mir Lathe zumindest versprochen.«

»Und Sie verlassen sich darauf, daß er dieses Versprechen hält?«

Pittman blickte wieder auf. »Warum nicht? Sie vertrauen ihm ja auch.«

»Der Vergleich hinkt. Ich habe nie eine andere Wahl, als ihm zu vertrauen.«

»O doch, die haben Sie. Sie müssen sich nicht mit seinen selbstherrlichen Winkelzügen abfinden. Sie könnten jetzt zu ihm gehen, ihm erklären, daß das Maß voll ist, und sich von ihm verabschieden. Aber Sie werden es nicht tun, und das wissen wir beide genau. Warum nicht?«

»Wahrscheinlich, weil er der beste Taktiker ist, den ich je erlebt habe. Weil – verdammt, ich weiß es selbst nicht.«

»Mit anderen Worten, weil Sie davon überzeugt sind, daß er seine Arbeit gut macht und Ihre Haut soweit wie möglich schont. Außerdem ziehen Sie vor, ein paar Flecken auf Ihren Stolz abzukriegen, als zusehen zu müssen, wie Ihre Kameraden rings um Sie herum sterben.«

Pittman verstummte unvermittelt. Caine musterte sein Gesicht lange, dann gab er zu: »Ja, Sie haben vermutlich recht. Wir beide vertrauen ihm – und wir beide hassen diesen Zustand.«

»Trotzdem ziehe ich diesen Zustand einem ehrenvollen Tod vor. Ach, hören wir damit auf!« Er zeigte auf das Ende der Sackgasse. »Wen ruft er Ihrer Meinung nach an? Quinn?«

»Hoffentlich nicht. In der Stadt wird es ohnehin rundgehen, ohne daß Lathe ihn zusätzlich reizt.«

»Na ja – vielleicht ruft er nur Reger oder sonst jemand Sicheren an. Es wäre eine Abwechslung.«

»Das wäre schön«, stimmte Caine zu. »Nur zweifle ich daran.«

Kanai schob seinen leeren Teller weg und überlegte ohne echte Begeisterung, was er an diesem Abend unternehmen sollte, als das Telefon trillerte.

Er wandte sich dem Apparat zu, betrachtete ihn mißtrauisch, und seine Hand glitt unbewußt nach der Tasche mit den *shuriken*. Es gab mindestens ein Dutzend Leute, die als Anrufer in Frage kamen; die meisten von ihnen waren wütend auf ihn, aber er hatte auch keine Lust, mit einem der anderen zu sprechen. Im Geist befahl er dem Telefon, den Mund zu halten.

Aber der Anrufer war hartnäckig, und Kanai war zu lange Kontaktmann der Blackcollars gewesen, um auf einen Anruf nicht zu reagieren. Er griff seufzend nach dem Hörer. »Ja?«

»Kanai?«

Kanais Hand krampfte sich um den Hörer. *»Lathe?«*

»Richtig. Ist Ihre Leitung angezapft?«

»Ganz bestimmt nicht.« Kanai verwendete das alte Codewort der Blackcollars für ›ja‹.

»Okay. Ich möchte mit Bernhard sprechen, ihm erzählen, was heute abend los war. Können Sie das arrangieren?«

»Wahrscheinlich«, antwortete Kanai vorsichtig. *Was heute abend los war?* War das ein Rauchvorhang, um den Sicherheitsdienst abzulenken, oder hatte Bernhard hinter Kanais Rücken etwas eingefädelt? »Wann wollen Sie mit ihm sprechen?«

»Sechs Blocks nördlich von der Klappschachtel von gestern abend gibt es eine Straße – wir werden in dem Haus sein, das zwei Blocks westlich von dieser Kreuzung liegt. Haben Sie das mitgekriegt?«

»Ich glaube schon.« Klappschachtel mußte das Haus sein, in das sie aus Anne Silcox' Tunnel gelangt waren. Kanai stellte sich die Karte von Denver vor ... »Ja, ich weiß, wo es liegt. Wollen Sie, daß ich Bernhard heute nacht dorthin bringe?«

»Ja. Natürlich allein.«

»Natürlich.« Klartext: keine Beschatter des Sicherheitsdienstes. Das ließ sich machen, aber nur, wenn er schnell handelte. »Wir sind in Kürze dort.«

»Gut. Ach ja, richten Sie Bernhard aus, daß Anne Silcox auch mitkommt.«

»In Ordnung.« Kanais Magen krampfte sich zusammen.

Lathe unterbrach die Verbindung, und Kanai starrte das Telefon an, ohne es zu sehen. *Anne Silcox?* Das war unmöglich – vor nicht einmal vierundzwanzig Stunden hatte ihm Bernhard erklärt, daß er sie Quinn ausliefern würde.

»Verdammt«, zischte Kanai. Etwas Seltsames war im Gang, und was es auch war, es gefiel ihm nicht. Er suchte seine Ausrüstung zusammen, zog den Mantel an und verließ das Haus.

Der Sicherheitsmann vor den Monitoren sah Galway hilflos an. »Es tut mir leid, Präfekt Galway, aber ich kann Ihnen nicht mehr sagen. Es waren vier Hochfrequenz-Laser-Kommunikationsimpulse in jede dieser drei Richtungen, und jeder Impuls bestand nur aus dem Wort: ›Weihnachten‹. Der Sendeort befindet sich in einem nahen, eng begrenzten Gebiet in den Bergen, aber ich kann ihn erst suchen, wenn General Quinn die Aufklärer von der Suchaktion über Denver zurückbeordert.«

»Und wenn der verdammte Sender mobil ist, dann kann er inzwischen längst verpackt und in irgendeiner Garage verstaut worden sein«, meinte Galway frustriert.

»Damit dürften Sie leider recht haben«, gab der Offizier zu.

»Verdammt.« Galway starrte die von den Monitoren erfaßten Sterne an, über die drei Kreise überlagert waren. Am Ende eines dieser Vektoren befand sich das geheimnisvolle Raumschiff, das sich dort herumtrieb, seit Lathes Team auf der Erde gelandet war. Es war eindeutig der Empfänger der geheimnisvollen Botschaft; genauso eindeutig stand für Galway fest, daß Lathe der Absender war. Ein vorher festgelegtes Signal für den Beginn einer Aktion – aber welcher Aktion? *So oder so, es ist alles bald vorüber*, hatte Lathe gesagt, als er sich auf die Folgen von Pittmans Handlungsweise bezog. Was könnte er damit gemeint haben?

»Verdammt«, murmelte Galway, als ihm plötzlich etwas einfiel. Es war verrückt, vollkommen verrückt, aber genau das, was Lathe zuzutrauen war ...

»Galway!«

Der Präfekt fuhr erschrocken herum und erblickte Quinn, der mit zwei Sicherheitsmännern den Raum betrat. Er ging ihnen entgegen. »General, an das Schiff da draußen ist ein Signal abgesandt worden ...«

»Bis zu einer offiziellen Untersuchung durch die Beamten der Ryqril auf Plinry stehen Sie unter Hausarrest, Galway«, unterbrach ihn Quinn. »Ihr Plan mit dem angeblichen Doppelagenten war ein vollkommenes Fiasko und hat zu Verlusten an Menschenleben, zur Beschädigung von Regierungseigentum und zur Flucht von wertvollen Gefangenen geführt. Bringt ihn auf sein Zimmer, Männer.«

»Was?« Galway traute seinen Ohren nicht, als ihn die beiden Sicherheitsmänner in die Mitte nahmen. »Das kann doch nicht Ihr Ernst sein. Schön, Lathe und Pittman haben uns hereingelegt. Wir haben den ganzen ...«

»Was meinen Sie mit *›uns‹* hereingelegt?« knurrte Quinn. »*Sie* sind hereingelegt worden.«

»Ich und die Ryqril auf Plinry«, widersprach Galway. »Vergessen wir doch nicht, daß das Projekt von ihnen ausgearbeitet wurde.«

»Dafür haben wir nur Ihr Wort und einige womöglich gefälschten Papiere«, erwiderte Quinn eisig. »Wenn wir das Ganze näher untersuchen, werden wir vielleicht feststellen, daß Sie mehr damit zu tun hatten.«

Galway war wie vor den Kopf gestoßen. Das konnte doch nicht wahr sein, das war unmöglich. War Quinn verrückt geworden? Er sah hilfesuchend zum Mann am Monitor hinüber, doch dessen Gesicht war ausdruckslos. Er wandte sich wieder Quinn zu und zwang sich, ruhig zu bleiben. »General, an das feindliche Schiff dort draußen ist ein Signal gesandt worden, und wenn ich mich nicht irre, dann sind wir im Begriff, das letzte Druckmittel zu verlieren, das wir gegen Pittman in der Hand haben ...«

»Pittman kann der Teufel holen!« donnerte Quinn. »Er hat die Chance gehabt zu kooperieren, jetzt kann er mit den anderen braten. Und wenn wir mit ihnen fertig sind, sind Sie an der Reihe. Los, schafft ihn fort!«

Galway ballte ohnmächtig die Fäuste, als die beiden Sicherheitsmänner ihn aus dem Lageraum führten. *Es wird alles in Ordnung kommen*, sagte er sich, glaubte aber selbst nicht daran. *Es wird in Ordnung kommen. Er verständigt Plinry, das ist das einzig Wichtige. Vielleicht erreicht sie die Nachricht rechtzeitig. Bis dahin ...*

Bis dahin würde er sich in Geduld üben und hoffen müssen, daß Quinn bald wieder zur Vernunft kam. Vor allem aber mußte er hoffen, daß Lathe die Stadt bis dahin nicht schon in Stücke zerlegt hatte.

Die Stadt, und damit die Überlebenschancen von Plinry.

30. Kapitel

DREI MINUTEN NACHDEM Hawkings Pocher die Gruppe im Haus gewarnt hatte, trafen die beiden Blackcollars ein. Bernhard war mißtrauisch und grimmig wie der Tod, und Kanai, der ihm folgte, sah kaum freundlicher aus. Caine stand mit Anne Silcox etwas abseits und hatte die Hand lässig auf den *nunchaku* gelegt. Er beobachtete die beiden Blackcollars, während sie in die Mitte des Zimmers zu Lathe traten, und erkannte zum ersten Mal die offene Feindseligkeit in Bernhards Blick, als er Lathe ansah.

Caine erinnerte sich mit leiser Bitterkeit daran, daß er einmal die Hoffnung gehegt hatte, die Blackcollars von Denver als Verbündete zu gewinnen. Selten war ein Traum so gründlich zerstört worden.

Bernhard brach als erster das Schweigen. »Mir ist zu Ohren gekommen, daß Sie heute nacht beschäftigt waren.«

»Ein wenig«, erwiderte Lathe im gleichen Tonfall. »Sind Ihnen auch Einzelheiten zu Ohren gekommen?«

»Laut den Gerüchten wurde Ihr gesamtes Team gefangengenommen, als Sie versuchten, in Athena einzudringen.« Bernhard blickte zu Caine hinüber, musterte Silcox kurz und wandte sich dann wieder Lathe zu. »Wie ich sehe, war das etwas übertrieben.«

»Das stimmt. Haben die Gerüchte auch davon gesprochen, wie wir hinausgekommen sind?«

»Nicht genau, nur daß Sie einige Wächter und einen Teil des Zauns mitgenommen haben, als Sie die Stadt verließen.«

»In Athena ist es an anderen Stellen zu Explosionen gekommen, die für Ablenkung sorgten«, erläuterte Lathe. »Es handelte sich um Haftminen, die den Eindruck erwecken sollten, daß die Opposition stärker ist als angenommen, aber das weiß Quinn nicht. Er glaubt, daß wir Hilfe hatten. Helfer, denen es gelungen ist, ebenfalls nach Athena hineinzugelangen und Unruhe zu stiften. Raten Sie einmal, wen Quinn wahrscheinlich verdächtigen wird.«

Bernhards Gesichtsausdruck veränderte sich nicht, aber der Raum wirkte plötzlich kälter. »So dumm ist Quinn nicht. Er wird merken, daß das Ganze ein billiges, abgekartetes Spiel ist.«

»Vielleicht.« Lathe zuckte die Achseln. »Aber um ganz offen zu sein, ich glaube nicht, daß Sie es sich leisten können, dieses Risiko einzugehen. Jedenfalls nicht, nachdem Sie Quinn versprochen haben, ihn bei unserer Gefangennahme zu unterstützen.«

Bernhard sah wieder Silcox an. »Das wissen Sie also. Ich hatte Sie gewarnt, Lathe, sagen Sie nicht, daß ich es nicht getan habe. Ich habe Sie mindestens zweimal aufgefordert, aus Denver zu verschwinden, solange es noch möglich ist.«

»Und ich habe Ihnen gesagt, daß wir noch nicht soweit sind. Aber das ist Schnee vom vergangenen Jahr. Im Augenblick ist wichtiger, wie Sie Quinn davon überzeugen wollen, daß Sie kein doppeltes Spiel getrieben haben. Es wird Ihnen nicht leicht fallen – wir haben ihm bereits einen angeblichen Verräter geliefert, der auf unserer Seite stand.«

»Dann wird uns eben nichts anderes übrigbleiben, als Sie zu erledigen, wie wir es versprochen haben«, knurrte Bernhard. »Das wird ihn ja überzeugen, glauben Sie nicht?«

»Sehr wahrscheinlich«, stimmte Lathe zu. »Aber wie wollen Sie es anfangen? Sie wissen nicht, wo Sie uns suchen müssen, Sie wissen nicht, wo und wann wir zuschlagen werden, Sie wissen nicht einmal, warum wir hier sind. Wie wollen Sie uns also gefangennehmen?«

Bernhard sah wieder zu Caine und Silcox hinüber.

»Im Augenblick steht es zwei zu eins. Auch wenn vor der Tür Ihre Reserven warten, würden sie zu spät kommen.«

»Ich werde nicht gegen ihn kämpfen, Bernhard«, warf Kanai ein. »Das habe ich Ihnen gestern abend gesagt.«

»Ich würde auf Anhieb annehmen, daß ein großer Teil Ihrer Blackcollars auf dem gleichen Standpunkt stehen wird«, sagte Lathe. »Auf wie viele Männer können Sie sich Ihrer Meinung nach verlassen? Zwei? Drei?«

»Genügend«, antwortete Bernhard. »Es kann gar nicht so schwierig sein, Blackcollars zu erledigen, die so viele dumme Risiken eingehen wie Sie.«

Lathe schüttelte den Kopf. »Ihnen ist vollkommen entgangen, was wir mit unserer Aktion erreichen wollten. Die gesamte Operation sollte Quinn vor Augen führen, daß er nicht mit uns fertig wird. Dann mußte er nämlich Sie anheuern oder Sie dazu bringen, ihn zu unterstützen. Jetzt haben Sie diesen Job am Hals, ob es Ihnen gefällt oder nicht, und wenn Sie ihn nicht rasch in die Tat umsetzen, muß Quinn zu dem Schluß gelangen, daß Sie auf unsere Seite übergelaufen sind ... und von Ihnen weiß er, wo Sie zu finden sind.«

»Nur, wenn ich es will.«

»Er kann Sie nur dann nicht finden, wenn Sie bereit sind, gänzlich aus Denver zu verschwinden; ich nehme jedoch an, daß Sie viel lieber in Ihrer kleinen, behaglichen, einträglichen Pfründe bleiben wollen.«

»Ein Grund mehr, Sie auszuschalten«, erklärte Bernhard, aber man spürte, daß er nicht mehr ganz so selbstsicher war. »Aber okay, hören wir uns einmal an, welche Lösung Sie anzubieten haben.«

»Sie können tun, worum ich Sie bei unserer ersten Zusammenkunft gebeten habe. Helfen Sie uns bei unserer Mission.«

»Das ist wirklich eine großartige Idee«, höhnte Bernhard. »Genau das Richtige, um uns Quinn vom Hals zu schaffen.«

»Sie geben uns die Unterstützung, die wir brauchen«, fuhr Lathe fort, als hätte sein Gegenüber überhaupt nicht gesprochen, »und wir werden Ihnen einige Leichen liefern, die Sie Quinn vorzeigen können. Leichen, bei denen nicht einmal die Sachverständigen beweisen können, daß es sich nicht um uns handelt.«

»Was?« flüsterte Silcox Caine zu. »Davon hat er mir kein Wort gesagt.«

Er hatte es auch Caine gegenüber nicht erwähnt. »Bleiben Sie ruhig«, flüsterte Caine zurück. »Er weiß, was er tut.«

Falls Bernhard den Vorschlag empörend fand, zeigte er es nicht sofort. »Das ist ein verdammt großes Risiko, das wir eingehen müßten. Es ist für uns einfacher, es mit Ihnen aufzunehmen.«

»Es ist Ihre Entscheidung. Aber eines sage ich Ihnen sofort: Wenn Sie uns nicht helfen, werden Sie es sehr bald bereuen. Wir können diese Stadt auseinandernehmen – das wissen Sie, und das weiß ich. Und jeder Überfall, den wir durchführen, wird Quinn in dem Entschluß bestärken, Sie zu vernichten.«

»Und wenn ich mich bereiterkläre, Sie zu unterstützen?« fragte Kanai plötzlich. »Es ist ja nicht notwendig, daß Sie uns alle erledigen, nur weil Bernhard nicht kooperieren will.«

Bernhard sah seinen Gefährten wütend an, doch als er sprechen wollte, kam ihm Lathe zuvor. »Es tut mir leid, Kanai. Wir werden Ihre Hilfe vielleicht später brauchen können, aber zunächst brauchen wir etwas, das wir nur von Bernhard erhalten können. Also, Bernhard?«

Der blickte ihn finster an. »Ich habe nicht viel für Erpressung übrig. Oder für Drohungen.«

»Ich mag sie auch nicht«, erwiderte Lathe. »Aber im Augenblick stehen uns nicht viele Alternativen offen, und ich habe nicht genügend Zeit zur Verfügung, um diplomatischer vorzugehen.«

»Verdammt ...«

»Ich schlage vor, daß Sie darüber nachdenken – Sie haben voraussichtlich mindestens zwei Tage Zeit, bis Quinn die Geduld verliert und Ihnen der Himmel auf den Kopf fällt. Sprechen Sie mit Ihrem Team darüber, und auf jeden Fall mit Ihrem Boss Sartan. Vielleicht sollte ich mich selbst mit ihm unterhalten.«

Bernhards Augen wurden schmal. »Lassen Sie Sartan aus dem Spiel, das geht ihn nichts an!«

»Warum nicht? Er hat ja ein begründetes Interesse daran, seine Rollkommandos rauszuhalten. Aber wie Sie wollen. Wenn Sie es ihm nicht erzählen wollen, gibt es andere Möglichkeiten, ihm eine Botschaft zukommen zu lassen.«

»Tatsächlich?« Bernhards Lippen verzogen sich beinahe zu einem Lächeln. »Na schön, lassen Sie sich nicht aufhalten und rufen Sie ihn an.«

Lathe musterte ihn nachdenklich. »Es ist Ihnen tatsächlich gleichgültig, ob ich die Ereignisse aus meiner Sicht schildere, nicht wahr? Interessant. Ich glaube aber, daß Sie, wenn Sie zwischen Quinn und Sartan stehen, es sich doch noch überlegen und uns helfen werden. Wenn es soweit ist, setze ich mich mit Ihnen in Verbindung.«

»Lathe ...«, begann Bernhard.

»Nein, versuchen Sie es nicht«, unterbrach ihn der Comsquare. »Im gegenüberliegenden Hauseingang habe ich einen Mann stehen, der mit einer Scharfschützenschleuder auf Sie zielt. Es wird Ihnen bestimmt keinen Spaß machen, mit mir zu kämpfen, wenn Sie auf dem Rücken liegen.«

Bernhard sah ihn ungläubig an, doch dann lächelte er trübselig. »Ich fange an zu begreifen, warum Quinn Sie jedesmal unterschätzt. Sie sind gut, Lathe, aber auf die Dauer genügt das nicht.« Er drehte sich um und verließ den Raum. Kanai warf Lathe noch einen unergründlichen Blick zu, dann folgte er Bernhard.

Lathe wandte sich Caine zu. »Das war's, jedenfalls für den Augenblick. Nun, Anne?«

Sie nickte. »Er ist derjenige. Seltsam; die Fackelleute haben immer so positiv von den Blackcollars gesprochen. Vielleicht hat er sich verändert, nachdem sie verschwunden sind.«

»›Derjenige‹?« fragte Caine. »Derjenige was?«

»Der Blackcollar, mit dem Annes Freunde von der Fackel gelegentlich zusammengekommen sind. Wichtiger ist, daß er einen Tag, bevor sie Anne ins Shandygaff brachten und dann verschwanden, bei ihnen war.«

»Warum haben Sie das nicht schon früher erwähnt?« fragte Caine Silcox.

»Weil es Sie nichts angeht. Wenn die Fackel etwas Besonderes unternimmt, dann wollte ich nicht, daß eine Gruppe von selbsternannten Helden dazwischenfunkt und alles auf den Kopf stellt.«

»Dann ist es aber nett von Ihnen, daß Sie überhaupt etwas gesagt haben«, spottete Caine.

»Mir bleibt kaum etwas anderes übrig. Mir gefällt die Art, wie Sie in Denver Porzellan zerschlagen, ebensowenig wie Bernhard. Je früher Sie von hier verschwinden, desto besser ist es für uns alle.«

Caine sah Lathe an. »Wir machen uns doch überall, wohin wir kommen, Freunde, nicht wahr?«

Der Comsquare zuckte die Achseln. »Daran müssen Sie sich gewöhnen. Es gibt nicht viele Menschen wie die Mitglieder der Fackel, die bereit sind, ihre bequeme Existenz aufs Spiel zu setzen, um vielleicht eines Tages frei zu sein.«

Silcox stellte die Haare auf. »Wenn das auf mich gemünzt ist ...« Sie unterbrach sich, als Skyler hereinkam.

»Also?« fragte Lathe.

Der große Blackcollar nickte. »Keine Probleme. Sie befinden sich beide auf der Fährte.«

In Caine regte sich ein vertrauter Verdacht. »Wer befindet sich wo? Was haben Sie diesmal ausgeheckt, Lathe?«

Lathe preßte kurz die Lippen zusammen. »Unser örtlicher Wohltäter hat für uns eine Laser-Nachricht an ein Erkundungs-Raumschiff geschickt, das uns Lepkowski zur Verfügung gestellt hat. Als Dank dafür habe ich ihm versprochen herauszufinden, wer der geheimnisvolle Sartan ist, mit dem Bernhards Blackcollars so eng zusammenarbeiten.«

»Sie haben also zwei Männer auf Bernhard angesetzt?« fragte Silcox. »Das ist sinnlos – er wird sie innerhalb von fünf Minuten entdeckt haben.«

»Natürlich«, gab Lathe zu. »Deshalb beschatten wir Bernhard von seinem Kofferraum aus.«

Caines Mund klappte auf. »Sie machen Witze, Lathe, nicht wahr?«

»Es ist die einzige Möglichkeit, Caine«, widersprach Skyler, obwohl auch er nicht ganz glücklich aussah. »In dem Zustand, in dem sich Bernhard jetzt befindet, wird es ihm nie einfallen, seinen Kofferraum zu überprüfen, den offensichtlich niemand angerührt hat.«

»Es sei denn, daß er Warn- oder Alarmeinrichtungen eingebaut hat.«

»Das hat er. Das hat Hawking in Ordnung gebracht.«

»Großartig«, murmelte Caine. »Einfach großartig! Diese Lasernachricht muß verdammt wichtig gewesen sein, Lathe.«

»Sie war Teil des Versprechens, das ich Pittman gegeben habe. Kommt jetzt – wir ziehen die Wachtposten ein und verschwinden! – Anne?«

Sie zögerte, dann zuckte sie die Achseln. »Warum nicht? Ich kann sonst nirgends hingehen, und außerdem stecke ich bis über beide Ohren drin.«

Lathe lächelte sie an. »Willkommen daheim im Krieg.«

31. Kapitel

MORDECAI HATTE DIE IDEE von Anfang an nicht gemocht, und seither hatte sich seine Abneigung ständig verstärkt. Es gab nur eine beschränkte Zahl von Möglichkeiten, wie sich zwei Männer in voller Ausrüstung in den Kofferraum eines Autos zwängen konnten, und keine von ihnen konnte man als sehr bequem bezeichnen. Er biß die Zähne zusammen, tat sein möglichstes und hoffte, daß Bernhard nicht zum anderen Ende der Stadt unterwegs war.

In dieser Beziehung hatten sie wenigstens Glück. Nach fünfzehn Minuten hielt der Wagen, und beide Türen gingen auf. Die Schritte von zwei Personen auf Beton oder einem genauso harten Belag ... eine Tür ging auf und zu ... der Motor einer Schiebetür jaulte ... und dann Stille. Mordecai wartete drei Minuten, dann hob er vorsichtig den Kofferraumdeckel.

Wie sie erwartet hatten, befanden sie sich in einer überraschend geräumigen Garage. Eine Schiebetür führte wahrscheinlich auf die Straße; einfachere Türen befanden sich an einer Seiten- und an der Rückwand und führten wahrscheinlich in das dazugehörende Gebäude und ins Freie. Es gab keine Fenster, und bei einer raschen Überprüfung der Wände und der Decke mit einer Taschenlampe entdeckten sie keine Kameras oder andere Sicherheitseinrichtungen.

»Ein gutes Blackcollarversteck ohne zuviel Technik«, murmelte Jensen, während sie aus dem Kofferraum kletterten und ihre steifen Muskeln kneteten. »Nichts, womit man die Aufmerksamkeit des Sicherheitsdienstes erregen würde.«

Mordecai ging zu der ins Gebäude führenden Tür, zog einen Audiosensor aus seiner Werkzeugtasche und drückte ihn an die Türfüllung. Er hörte nur ein leises Summen. »Sie haben drin einen Wanzenstörer eingeschaltet«, sagte er zu Jensen, während er das Gerät wieder in die Tasche steckte. »Wir werden es auf gut Glück versuchen müssen.«

Jensen nickte und trat zur zweiten Tür. Er lauschte einen Augenblick lang, dann öffnete er sie vorsichtig einen Spalt breit. Ein wenig Licht fiel herein, und als Jensen sie weiter öffnete und hinausschlüpfte, sah Mordecai, daß sie tatsächlich ins Freie führte. Er wartete fünf Sekunden, dann folgte er Jensen.

Sie befanden sich an der Rückseite eines relativ großen Mittelstandshauses. Hinter mehreren Fenstern brannte Licht; Jensen bewegte sich bereits vorsichtig auf das größte Fenster zu, das zu einem Solarium im Erdgeschoß gehörte. Mordecai schlug die andere Richtung ein und umkreiste die Garage, um herauszubekommen, wo sie sich überhaupt befanden.

Die Straße, an der das Haus stand, paßte zu ihm: hell erleuchtet, asphaltiert, und auf dem schmalen Mittelstreifen entdeckte Mordecai sogar einige Bäume und ähnliche Verschönerungen. Die übrigen Häuser machten einen genauso wohlhabenden Eindruck wie das, vor dem er stand. Er musterte sie flüchtig, dann blickte er die Straße hinunter, suchte ein Straßenschild und entdeckte eines. Er trat gerade auf die Fahrbahn, als zwei Autos in die Straße einbogen und zwei Grundstücke entfernt stehenblieben.

Mordecai kauerte sich regungslos zusammen und versuchte, sich in den winzigen Schattenfleck zu drükken. Sein erster Gedanke war *Sicherheitsdienst;* aber als aus jedem Wagen nur eine Person stieg, atmete er erleichtert auf. Ein Wagen des Sicherheitsdienstes wäre bis unter das Dach mit bewaffneten Männern vollgestopft gewesen.

Dann fiel ihm etwas auf. Die Art, wie die Männer gingen, die katzenhafte Geschmeidigkeit, ihre gespannte

Haltung ... Es waren zwei von Bernhards Blackcollars.

Mordecai verzog das Gesicht, denn ihm war bewußt, daß jeder, der den Gehsteig heraufkam, ihn sehen würde; doch zu seiner Überraschung und Erleichterung begaben sich die Neuankömmlinge nicht zu Bernhard, sondern zu dem Haus, vor dem sie geparkt hatten. Sie blieben kurz vor der Tür stehen, als würden sie einen Schlüssel ins Schloß stecken, und traten dann ein.

Mordecai wagte wieder zu atmen und gestattete sich ein Lächeln. Sartan ging also auf Nummer sicher: zwei Häuser mit einem Tunnel dazwischen, wodurch er vermied, daß in seinem Haus zu viele Menschen aus- und eingingen. Es war kein besonders schlauer Trick, aber er funktionierte für gewöhnlich gut. Mordecai richtete sich auf und kehrte zu Jensen zurück.

Dieser lag vor dem Solarium auf dem Bauch, stützte sich auf die Ellbogen und schaute durch die unterste Glasscheibe hinein. »Die Gesellschaft beginnt einzutrudeln«, flüsterte Mordecai. »Zwei Blackcollars mit einer Neuauflage des alten Falschspielertricks.«

»Ich habe mich schon gewundert, wo sie hergekommen sind. Ich kann nicht viel sehen, aber ich habe unter den Gästen zwei neue Stimmen gehört.«

»Wie viele Leute sind bis jetzt da?«

»Es klingt wie zwei Mann plus Bernhard und Kanai. Falls Sartan dabei ist, dann verhält er sich sehr still.«

Mordecai kaute auf seiner Unterlippe herum. »Vielleicht ist es gar nicht sein Haus. Aber wir sollten es ausnutzen, daß wir da sind. Du bleibst hier und zählst weiter. Ich gehe zurück und halte nach weiteren Besuchern und Banditen Ausschau.«

»Klingt vernünftig.«

Sie blieben beinahe noch eine halbe Stunde auf ihren Posten. Während dieser Zeit trafen insgesamt drei weitere Blackcollars ein.

»Das kann nicht Bernhards ganze Streitmacht sein«,

meinte Jensen, als sie wieder zusammenkamen und ihre Aufzeichnungen verglichen. »Ich hatte den Eindruck, daß er mindestens eine Gruppe, wenn nicht zwei oder drei hat. Dabei sind nur insgesamt sieben Mann hier.«

»Vielleicht hat er nur seinen obersten Kreis zusammengerufen«, meinte Mordecai. Doch dagegen sprach zuviel. »Oder vielleicht hat er nur die Leute kommen lassen, die höchstwahrscheinlich bereit sein werden, uns auszuschalten.«

»Nein«, widersprach Jensen entschieden. »Ich kann hier draußen die Worte nicht verstehen, aber der Tonfall ist deutlich genug – es handelt sich nicht um einen netten, kleinen Kriegsrat. Sie streiten da drinnen, was das Zeug hält. Außerdem, wenn das die Kerle sind, mit denen er uns angreifen will, was sucht dann Kanai dort?«

»Damit hast du recht«, gab Mordecai zu. »Und von Sartan ist weit und breit nichts zu sehen. Denkst du dasselbe wie ich?«

»Bernhard hat knapp sechs Blackcollars, denen er vertrauen kann, auch wenn man Kanai mitzählt. Er weiß, daß wir mindestens fünf Blackcollars plus Caines Team zur Verfügung haben, und daß wir noch dazu im Vorteil sind, weil wir die Angegriffenen sind. Wenn er gegen uns überhaupt eine Chance haben will, braucht er deshalb alle Leute, die er auftreiben kann, und zu diesen Leuten sollten die Trupps gehören, die Sartan ihm zur Verfügung stellt. Wenn er nicht mit Sartan spricht ...« Er breitete die Arme aus.

»Dann hat sich Sartan entweder schon von dem Unternehmen zurückgezogen, oder Sartan existiert überhaupt nicht«, schloß Mordecai.

»Diese Schlußfolgerung drängt sich auf, nicht wahr? Was, zum Teufel, will Bernhard dann mit diesem Theater erreichen?«

»Vielleicht die Kontrolle über einen Teil der Unterwelt.« Mordecai glaubte offensichtlich selbst nicht daran. »Oder vielleicht wirbelt er nur Schlamm auf, damit der Sicherheitsdienst im Trüben fischen muß. Solche Intrigen sind Lathes Stärke, nicht meine. Wir haben genug gesehen – machen wir, daß wir hier fortkommen, damit wir berichten können.«

»Moment mal«, sagte Jensen, dessen Gesichtsausdruck Mordecai zu denken gab, »wenn das wirklich alles ist, was Bernhard vorzuweisen hat, und wenn sich Bernhards Leute ohnehin nicht um den Job reißen, dann wäre vielleicht ein sanfter Wink mit dem Zaunpfahl gar nicht so schlecht.«

»Ein sanfter *was?* Jensen ...«

»Warum nicht? Ein freundliches, zivilisiertes Gespräch mit ihnen – sie werden doch bestimmt nicht zwei Abgesandte angreifen, die nur eine Botschaft zu überbringen haben. Sie haben Bernhard offensichtlich schon unter Druck gesetzt; wenn wir noch etwas Dampf dahinter machen, dann hilft er uns vielleicht, ohne daß wir in ganz Denver Amok laufen müssen. Du kannst als Reserve draußenbleiben, aber ich versuche es auf jeden Fall.«

Ohne eine Antwort abzuwarten, ging er zur Garage zurück. Mordecai murmelte einen alten hebräischen Fluch, den er sich für besondere Gelegenheiten aufhob, und folgte ihm. Wenn Jensens unberechenbares Verhalten in den letzten Monaten auf eine Krise zusteuerte, dann würde er wenigstens nicht allein sterben.

Natürlich hörten die anderen sie kommen. Als sie durch die Garagentür in das Haus gelangten, setzte drinnen beinahe lautlose hektische Aktivität ein, die anhielt, während sie durch eine große Küche gingen; als sie endlich den Wohnraum hinter dem Solarium erreichten, saß nur noch Bernhard dort.

Doch der verblüffte Ausdruck auf seinem Gesicht, als er sie erblickte, war die Mühe wert gewesen. »Was, zum Teufel ...?« stieß er hervor und vergaß beinahe, den Mund zu schließen. »Ihr! Aber ...«

»Hallo, Bernhard!« Jensen nickte ernst. »Wir haben

uns gedacht, daß wir kurz vorbeikommen und nachsehen, wie weit Sie Ihr Team überreden konnten, uns anzugreifen.« Er sah sich im Raum um. »Eine hübsche Wohnung. Hat Sartan sie Ihnen verschafft? Ach, entschuldigen Sie, ich habe ganz vergessen, daß es Sartan gar nicht gibt. Offenbar läßt die Arbeit als Söldner auch ohne Sponsor genügend Geld in der Kasse klingeln.«

Bernhard schwieg lange, und auf seinem Gesicht lösten einander die widerstreitendsten Gefühle ab. Dann griff er seufzend nach seinem Pocher und tippte eine kurze Nachricht ein: *Alles klar; kommt zurück!* Augenblicklich trudelten seine Leute nacheinander ein, und binnen kurzem waren Jensen und Mordecai von sieben Blackcollars eingekreist.

»Eine nette Gruppe«, stellte Jensen fest. »Wollen Sie uns nicht bekanntmachen, Bernhard?«

»Eigentlich nicht. Sie wissen ja, daß ich Sie jetzt töten lassen könnte.«

Jensen schüttelte angewidert den Kopf. »Wie lange wollen Sie dieses Spielchen noch fortsetzen, Bernhard? Haben wir Ihnen nicht bewiesen, daß Ihr Team leiden wird, wenn Sie nicht mit diesem Unsinn aufhören?«

Einer der Umstehenden fluchte leise, und Mordecai machte sich zum Kampf bereit. Er begriff, was Jensen erreichen wollte, aber wenn man jemanden wie Bernhard ködern wollte, dann mußte man schon sehr geschickt vorgehen – und selbst wenn man es richtig anstellte, konnte es ins Auge gehen.

Aber entweder bemerkte Jensen die Gefahr nicht, oder sie ließ ihn kalt. »Wie kann jemand, der von sich behauptet, ein Blackcollar zu sein, umfallen und sich totstellen, nur weil es der Sicherheitsdienst von ihm verlangt?« fuhr er fort. »Haben Sie vergessen, daß wir eigentlich gegen Leute wie Quinn kämpfen sollten?«

»Wir haben es nicht vergessen«, antwortete Kanai. »Sie wissen jetzt, daß Sartan nur eine Tarnung ist, aber Sie wissen nicht, warum wir ihn vorschieben.«

»Dann erklären Sie es uns!«

»Weil wir Geld brauchen, wenn wir den Krieg weiterführen wollen. Eine Menge Geld, das regelmäßig hereinkommt. Dazu brauchen wir einen Teil des Territoriums von Denver, und um das zu bekommen, brauchen wir Sartan.«

»Genial.« Jensen war nicht sehr beeindruckt. »Und wenn Sie Ihren Notgroschen beisammen haben?«

»Dann nehmen wir den Kampf gegen die Ryqril wieder auf«, schaltete sich Bernhard ein.

Jensen sah ihn lange an und schüttelte dann den Kopf. »Nein. Dazu wird es nie kommen. Ganz gleich, wieviel Geld oder Territorium Sie besitzen, es wird nie genug sein. Vielleicht hätten Sie es noch vor einiger Zeit geschafft, als die Fackel noch existierte und Ihnen klar war, daß sie Ihre Aufgabe übernommen hatte. Aber jetzt nicht mehr. Es geht Ihnen zu gut, Bernhard. Sie sind mit der Rolle, die Sie hier spielen, zu sehr zufrieden – und Ihre Sonderregelung mit Quinn trägt entscheidend zu dieser Zufriedenheit bei. Wenn Sie sich selbst überlassen bleiben, werden Sie immer tiefer im Müll des Untergrunds versinken, bis Sie nicht besser sind als die übrigen Bosse oder Handlanger in der Stadt. Und so werden Sie sterben.«

Bernhard erhob sich langsam, ohne Jensen aus den Augen zu lassen. »Sie irren sich«, erwiderte er, und seine Stimme klang hart wie Stahl.

»Dann beweisen Sie es! Kommen Sie mit uns! Jetzt!«

Bernhards Gesichtsausdruck hatte sich nicht verändert, aber plötzlich spürte Mordecai, daß in der Atmosphäre des Raums ein neues Element vorhanden war. Zu der bereits vorhandenen Antipathie hatte sich nachdenkliche Erwartung gesellt, als hätten Jensens Feststellungen die Gedanken und Befürchtungen wiedergegeben, die auch einige der Anwesenden hegten. Gedanken, die sie vielleicht verdrängt, aber nie ganz ausgemerzt hatten.

Natürlich spürte es Bernhard ebenfalls. »Gerissen«, stellte er fest, und seine Lippen zitterten, als ließe die Spannung in seinem Körper nach. »Sehr gerissen. Ich hätte mich von Ihnen nicht in diese Ecke treiben lassen müssen, nicht einmal, wenn meine eigenen Leute Ihnen dabei helfen. Aber in einer Beziehung haben Sie recht; es bringt niemandem etwas, wenn wir Sie beide erledigen, sondern wir schwächen nur unnötigerweise beide Gruppen.« Er holte tief Luft. »Also gut, gehen wir!«

»Einfach so?« fragte Mordecai ungläubig.

»Ich habe es ja deutlich gesagt«, fuhr ihn Bernhard an.

Er stand auf und setzte sich in Bewegung, als Kanai sagte: »Ich möchte mitkommen.«

»Nein.«

»Ja«, sagte Jensen.

Bernhard fuhr herum und funkelte ihn wütend an. »Verdammt noch mal, Jensen, ich bin noch immer der Doyen dieser Gruppe. Diese Männer stehen unter meinem Befehl, und wenn ich nicht will, daß er mitkommt, dann kommt er nicht mit. Verstanden?«

»Nein. Spielt es denn eine Rolle, ob er mitkommt oder nicht? Es sei denn, Sie haben vor, uns zu verraten, und wollen keinen Zeugen.«

»Nehmen Sie das zurück!« Einer von Bernhards Männern trat einen Schritt auf Jensen zu. »Nehmen Sie es sofort zurück.«

»Immer mit der Ruhe, Pendleton«, sagte Bernhard, dann wandte er sich Jensen zu. »Hier auf der Erde nehmen wir Beleidigungen sehr ernst. Sie haben verdammtes Glück, daß wir unsere Empfindlichkeit abgebaut haben. Pendleton war früher viel impulsiver. Also gut, Kanai, wenn Sie mitkommen wollen, dann kommen Sie! Bis zu unserer Rückkehr übernehmen Sie das Kommando, Pendleton!«

»In Ordnung.« Pendleton ließ Jensen noch immer nicht aus den Augen.

»Dann wären wir wohl soweit. Gehen wir?« fragte Bernhard.

»Klar«, antwortete Jensen – und Mordecai erkannte zum ersten Mal, daß Jensens Sicherheit nur gespielt gewesen war. »Wir nehmen Ihren Wagen, Bernhard, und ich fahre.«

»Das geht in Ordnung. Darf ich annehmen, daß ich endlich den Einheimischen kennenlerne, der Sie seit Ihrem Eintreffen unterstützt?«

Jensen lächelte. »Warum nicht? Er wird Sie bestimmt auch sehr gern kennenlernen wollen.«

Kurz darauf waren sie unterwegs, und Mordecai, der neben Kanai auf dem Rücksitz saß, hatte jetzt Zeit, über Jensens letzte Bemerkung und über die Art, wie er sie gesagt hatte, nachzudenken. *Ich möchte wissen, was hier gespielt wird,* dachte er.

Er bekam es nicht heraus. Aber es gefiel ihm trotzdem nicht.

32. Kapitel

»HOFFENTLICH IST IHNEN BEWUSST, daß Sie ein unglaubliches Risiko eingegangen sind.«

Lathe unterbrach seine Tätigkeit und wandte seinen Blick vom Spiegel ab und Reger zu, der auf dem Rand der in den Boden eingelassenen Badewanne saß. »So arg war es gar nicht«, beruhigte er ihn. »Ein bißchen strategisch eingesetztes Make-up, eine Menge echtes Blut, falls sie tatsächlich die Blutgruppen bestimmen wollten, und der Rest ergab sich von selbst. Sie wären überrascht, wie wenige Leute bereit sind, ein blutverschmiertes Gesicht genauer zu mustern.«

Reger schnaubte, und Lathe wandte sich wieder der Waschmuschel und den letzten Resten des Make-ups zu, das sie bei der Flucht aus dem Gefängnis benützt hatten. Er war froh, daß er die Arbeit beinahe hinter sich hatte. Das getrocknete Blut hatte sich relativ leicht entfernen lassen, aber die vorgetäuschte Kopfwunde hatte zum Teil aus nicht wasserlöslicher Schminke bestanden, und der Geruch des Lösungsmittels erinnerte ihn an die schlimmsten Tage des Krieges.

»Ich nehme an, daß auch der Rest der Flucht geplant war, daß Sie nicht einfach improvisiert haben«, sagte Reger. »Warum mußte die Silcox Ihren gesamten Flexarmor tragen? Nur, damit sie kräftiger wirkt?«

»Zum Teil deshalb, und zum Teil, weil die übrigen wegen ihrer Kopfverletzungen angeblich bewußtlos waren.« Er bemerkte im Spiegel Regers verständnislosen Gesichtsausdruck und fuhr fort: »Wir legten uns von Anfang an darauf fest, daß sie eine Verletzung haben mußte, bei der sie von Zeit zu Zeit das Bewußtsein verlor. Das bedeutete, daß sie in Ohnmacht fallen konnte, wenn jemand begann, unangenehme Fragen zu stellen, daß sie aber auch wieder zu sich kommen konnte, wenn die Ärzte sie näher untersuchen wollten – also vom Hals abwärts.«

Reger nickte. »Ich verstehe. Weil keiner von Ihnen Flexarmor trug, konnten die Ärzte Sie nach Belieben untersuchen.«

»Richtig. Und diese Symptome ließen zu, daß sie sich selbst einen Kopfverband angelegt hatte ...«

»Was sie tun mußte, um ihre Haare zu verbergen.«

»Wieder richtig. Und indem sie ohnmächtig wurde oder wieder zu sich kam, konnte sie auch für eine Ablenkung oder einen falschen Hinweis sorgen, falls es erforderlich war. Es war allerdings nicht erforderlich – ich habe den Eindruck, daß der Major, der die Operation leitete, keine Ahnung hatte, was er tat.«

»Sie haben verdammt viel Vertrauen zu der Dame.«

Lathe wischte sich zum letzten Mal über die Stirn, warf den Wattebausch erleichtert in den Abfallkorb und wandte sich wieder Reger zu. »Bei dieser Mission müssen wir sehr oft jemandem vertrauen. Aber jetzt machen wir Schluß mit der Einleitung. Sie haben doch bestimmt die ganze Geschichte schon von Caine oder einem der anderen gehört. Warum sind Sie also wirklich hierhergekommen?«

»Caine hat erwähnt, daß er auch die beiden Lastwagenfahrerinnen herausholen wollte, wenn Sie schon in dem Gebäude waren – er hat mir eine lange Geschichte darüber erzählt, daß Sie befürchteten, die drei würden bei dem Ausbruch nicht kooperieren.«

»Er hat recht, wir konnten sie nicht befreien. Aber das Ganze ist viel einfacher. Die Dupres und Karen Lindsay standen in keiner wie immer gearteten Verbindung zu uns; wir hatten sie nur gezwungen, uns bei unwesentlichen Teilen der Operation zu unterstützen. Bei einem schnellen Verhör wird sich herausstellen, daß sie ahnungslose Statisten sind, und man wird sie freilassen. Wenn wir sie herausgeholt hätten, hätte sich der Verdacht gegen sie erhärtet, und bei ihrer nochmaligen Verhaftung wären sie nicht so billig davongekommen. Indem wir uns nicht um sie kümmerten, haben wir ihnen eigentlich einen Gefallen erwiesen, obwohl Caine das noch nicht ganz einsieht.«

»Und das sogar mit gutem Grund. Denn es hat sich herausgestellt, daß doch eine Verbindung besteht. Die Spedition, für die die beiden Frauen fahren, gehört mir.«

»Was? Warum haben Sie mir das nicht schon früher erzählt?«

»Weil ich nichts davon gewußt habe. Sie haben diese Leute heute zum ersten Mal erwähnt. Aber vielleicht ist das Problem nicht so dringend, denn die Firma gehört zwar mir, aber über verschiedene Strohmänner. Es wird Quinn Tage kosten, sich da durchzuwühlen, falls es ihm überhaupt einfällt.«

»Leider ist aber Galway auf der Erde, und falls Quinn nicht nachbohrt, wird er es sicherlich tun.«

»Caine hat mir einiges über Galway erzählt. Es hört sich an, als wäre er ein gefährlicher Gegner.«

»Wenn die Ryqril und die mit ihnen kooperierenden Schwachköpfe ihm nicht dauernd in die Quere kämen, dann hätte er uns schon längst aus dem Verkehr gezogen«, gab Lathe offen zu. »Wenn Quinn ihm freie Hand läßt, dann können wir nur versuchen, unseren Zeitplan soweit wie möglich zu straffen.«

»Indem Sie in Denver Amok laufen. Ich muß sagen, Lathe, daß mir dieser Gedanke überhaupt nicht gefällt. Obwohl Sie bei einem Überraschungsangriff im Vorteil wären, hat Quinn verdammt viele Sicherheitsmänner zur Verfügung. Ganz zu schweigen von den echten Bossen in Denver, die alles andere als erfreut sein werden, wenn in ihren Territorien herumgeballert wird.«

»Wir brauchen Bernhards Kenntnisse«, erklärte Lathe. »Und solange er nicht bereit ist, seine Stellung aufs Spiel zu setzen, müssen wir ihm beweisen, daß es für ihn noch gefährlicher ist, wenn er nichts unternimmt, und ihn so zwingen, uns zu helfen. Der kleine Zwischenfall in Athena hat uns in dieser Hinsicht bestimmt genützt – das ist der Hauptgrund, warum ich das Risiko überhaupt einging –, aber wenn er nach wie vor auf stur schaltet, müssen wir das Feuer kräftiger schüren.«

»Wenn Sie mir sagen, was Sie erfahren möchten, könnte ich es vielleicht herausfinden.«

»Tut mir leid. Ihnen traue ich zwar zu, daß Sie den Mund halten würden, aber bei Ihren Leuten bin ich keineswegs sicher. Wenn der Sicherheitsdienst davon Wind bekommt, dann wird er sehr wahrscheinlich übertrieben reagieren. Und zwar sehr.«

Das Intercom in Regers Tasche piepste, und er zog es heraus. »Ja?«

Im nächsten Augenblick riß er die Augen weit auf, sprang auf, trat zu Lathe und hielt ihm das Gerät hin, damit er mithören konnte. »... sagt, Lathe will, daß wir sie hier unterbringen, zumindest für heute nacht. Was soll ich ihm sagen?«

»Es sind Jensen und Mordecai«, zischte Reger Lathe ins Ohr, »mit Bernhard und Kanai.«

Lathe nahm Reger das Gerät aus der Hand. »Hier Lathe – geben Sie mir Jensen.«

»Ja, Sir.«

»Was, zum Teufel, ist ihm jetzt eingefallen?« knurrte Reger, während sie warteten.

»Das weiß ich nicht, es sei denn, er hat Bernhard irgendwie dazu überredet, uns zu helfen.«

Im nächsten Augenblick meldete sich Jensen. »Was ist los, Lathe?«

»Das wollte ich Sie gerade fragen. Reger und ich möchten wissen, warum Sie Bernhard hierher gebracht haben.«

»Sie wollten ja, daß er herkommt«, antwortete Jensen unschuldig. »Das wollten Sie doch mit dieser Operation erreichen, oder etwa nicht?«

»Ja, aber – eigentlich wollten wir die Tatsache, daß Reger uns unterstützt, nicht an die große Glocke hängen.«

»Aha. Aber falls Ihnen das Sorgen bereitet – wir sind nicht beschattet worden. Und bevor wir die Stadt verließen, machten wir bei unserem Schlupfwinkel Nummer drei halt und untersuchten unsere beiden Mitreisenden und den Wagen mit einem Wanzenstörer. Sie sind vollkommen sauber.«

»Das freut mich.« Lathe überlegte kurz und versuchte herauszubekommen, was Jensen vorhatte. »Wie weit sind Sie mit dem Sensorennetz und dem tödlichen Spießrutenlauf in Regers Haus?«

»Im wesentlichen fertig, zumindest die sichtbaren Teile. Ich muß noch einiges verkabeln, aber damit könnte ich heute nacht fertigwerden. Sie haben doch nicht vorgehabt, Bernhard von der neuen Sicherheitsanlage zu erzählen?«

»Auf keinen Fall. Soll ich einen entsprechenden Befehl herausgeben?«

»Das wäre eine gute Idee.«

Lathe sah Reger an. »Gibt es einen Teil des Hauses, in dem Sie Bernhard und Kanai unterbringen und rund um die Uhr überwachen lassen können?«

Reger sah ihn mißbilligend an, nickte jedoch. »Ja, wenn Sie es für notwendig halten. Und wenn Sie glauben, daß es ungefährlich ist.«

»Beides trifft zu. Da sie jetzt wissen, wo wir uns befinden, ist es mir lieber, wenn ich ein Auge auf sie haben kann.« Er bemerkte Regers Gesichtsausdruck und fügte hinzu: »Und solange sich in dem Haus fünf Blackcollars befinden, die auf Ihrer Seite stehen, ist es nicht sehr wahrscheinlich, daß er etwas gegen Sie persönlich unternimmt.«

»Hoffentlich haben Sie recht.« Reger hob das Intercom wieder an den Mund. »Lassen Sie sie rein, Barky, und vergessen Sie die übliche Eskorte; sie werden hier von einer Gruppe Blackcollars empfangen werden.«

»Ja, Mr. Reger.«

»Werden Sie einige Ihrer Männer sofort herbeordern?« erkundigte sich Reger sanft bei Lathe.

Lathe griff nach seinem Pocher.

Das Zusammentreffen auf den Stufen zu Regers Haus verlief für Caine beinahe enttäuschend.

Er hatte eigentlich nicht mit Schwierigkeiten gerechnet. Reger, Lathe, Skyler und er selbst erwarteten die Gäste, und Jensen und Mordecai folgten ihnen auf den Fersen; es wäre von den beiden selbstmörderisch gewesen, an einen Überfall auch nur zu denken. Angesichts von Bernhards Haltung bei dem vorhergegangenen Gespräch empfand Caine dessen Wendung um hundertachtzig Grad jedoch milde ausgedrückt als verdammt seltsam.

Doch es schien sich tatsächlich um eine echte Wendung zu handeln. Weder Bernhard noch Kanai wirkten irgendwie feindselig, während sie die Treppen zu dem Empfangskomitee hinaufstiegen.

»Lathe«, grüßte Bernhard, dann sah er Reger kühl an. »Also Reger. Ich hätte mir denken können, daß Sie ihren Beschützer spielen.«

»Einer der Zufälle der Geschichte«, antwortete Reger. »Aber das ist unwichtig. Sind Sie wirklich hergekommen, um ihm zu helfen, oder handelt es sich um ein kindisches Komplott, um mich auszuräuchern?«

Bernhard wandte sich ostentativ Lathe zu. »Gibt es hier einen Raum, in dem wir miteinander sprechen können? In dem uns niemand stört oder belauscht?«

»In meinem Zimmer steht ein Wanzenstörer.« Lathe trat einen Schritt zurück und forderte Bernhard mit einer Handbewegung auf, voranzugehen. »Würden Sie Kommandomann Kanai in sein Zimmer begleiten, Mordecai? Reger wird Ihnen sagen, wohin Sie ihn bringen sollen. Caine und Skyler, Sie kommen mit uns.«

Der Comsquare führte sie durch mehrere Korridore zu seinem Zimmer. »Machen Sie es sich bequem«, forderte er die anderen auf, während er einen Tisch aus der Wand klappte und dann einen Stapel Landkarten vom Bücherregal holte.

»Die Sicherheitsvorkehrungen scheinen jetzt präziser zu sein als bei meinem ersten Besuch«, bemerkte Bernhard, während er sich einen Stuhl zum Tisch zog. »Sind Sie dafür verantwortlich?«

»Wir haben ein wenig dazu beigetragen«, antwortete Lathe. »Aber jetzt können wir anfangen.« Er breitete eine Karte des Gebietes um die Basis Aegis auf dem Tisch aus und wandte sich dann Bernhard zu. »Erkennen Sie es?«

»Die Basis Aegis. Und?«

»Wir möchten, daß Sie uns hineinbringen.«

Bernhard blickte zu Lathe auf. »Das wollten Sie also? Verdammt, Lathe, ich habe Ihnen schon einmal gesagt, daß der Berg besser abgesichert war als eine Ryqril-Basis. Wie, zum Teufel ...«

»Die offizielle Version kenne ich bereits«, unterbrach ihn Lathe. »Ich weiß auch, daß sie soviel wert ist wie Fliegenscheiße. Sie waren ein Blackcollar, der dieser Basis zugeteilt war, was bedeutet, daß Sie alle Hintertüren kennen. Hören Sie also mit dem Gejammer auf und sagen Sie uns, wo sich diese Eingänge befinden!«

Die beiden Männer sahen einander lange regungslos an. Caine fuhr sich mit der Zunge erfolglos über die trockenen Lippen, während die Spannung im Raum immer drückender wurde. Er sehnte sich verzweifelt danach, zu Skyler hinüberzuschauen, um festzustellen, wie dieser auf die Pattstellung reagierte, hatte aber Angst davor, sich überhaupt zu bewegen ... und schließlich blickte Bernhard zu Boden.

»Geben Sie mir eine Karte des Gebietes im Nordwesten der Basis«, seufzte er. »Es wird Ihnen überhaupt nichts nützen, aber ich zeige Ihnen den einzigen Weg, der hineinführt.«

»Es ist einer der fünfzehn Lüftungstunnels, die in die Basis führen.« Bernhard klopfte mit dem Bleistift auf eine Stelle der Karte, an der ein periodisch auftretender Bach eingezeichnet war. »Er hat hier einen Durchmesser von zwei Metern, aber er wird später größer, wenn andere Lüftungsschächte in ihn münden. Er verläuft etwa zwölf Meter waagrecht, führt dann etwa hundert Meter senkrecht hinunter und verläuft dann wieder waagrecht zu der mehrere Kilometer entfernten Basis. Zum Glück handelte es sich um einen Belüftungstunnel; bei einem Entlüftungstunnel würde Ihnen das Grundwasser-Wärmeaustauschsystem den Weg versperren.«

»Hört sich ziemlich einfach an«, bemerkte Skyler, der Bernhard über die Schulter sah. »Wo liegt der Haken?«

»Der Haken besteht darin, daß der Eingang so deutlich als Hintertür erkennbar ist, daß nicht einmal militärische Bürokraten ihn übersehen könnten. Deshalb haben seine Erbauer dafür gesorgt, daß ihn niemand benützen kann.«

»Ist er durch Sprengladungen abgesichert?« fragte Caine.

»Das wäre die Untertreibung des Jahres. Es ist ein äußerst gemeines Abwehrsystem mit drei Stufen.« Er holte einen Notizblock und einen Bleistift vom Bücherregal und begann zu zeichnen. »Stufe eins befindet sich in den ersten zwölf Metern nach dem Tunneleingang und in den ersten Metern des senkrechten Schachts. Die Abwehreinrichtungen sind größtenteils ferngesteuert, obwohl es auch einige gibt, die auf Berührung und Körperwärme reagieren.«

»Die ferngesteuerten Waffen werden uns wenigstens keine Schwierigkeiten bereiten«, bemerkte Caine, »weil niemand da ist, der sie abfeuert.«

Bernhard überhörte die Bemerkung. »Stufe zwei«,

fuhr er fort, »befindet sich in der Mitte der Strecke, wo die kleineren Tunnels sich zu einem dreißig Meter breiten Tunnel vereinen. Dieser Teil ist mehr oder weniger auf passive Abwehr ausgelegt und besteht aus Schotts, die den Tunnel hermetisch abriegeln sollten, falls die Basis aufgegeben wurde.«

»Wurden sie aktiviert?« erkundigte sich Lathe.

»Ich weiß es nicht, aber ich würde es annehmen. Und selbst wenn Sie die Zeit und die Ausrüstung besäßen, um diese Schotts aufzuschneiden, kommt danach noch Stufe drei ... – und ich garantiere Ihnen, daß Sie diese Stufe nicht überleben werden.«

»Lassen Sie mich raten«, schaltete sich Skyler ein. »Automatische Abwehr, richtig?«

»Automatisch, selbständig und reines Gift. Laser, Partikel- und Flechettes-Waffen, Gas, Sprengstoffe, Splittergranaten und ein Mikrowellen-Flammenwerfer, der Sie in Sekundenschnelle garkocht, selbst wenn Sie einen Flexarmor tragen.«

»Mit anderen Worten ein Teil des Tunnels, durch den man vorsichtig kriechen muß«, stellte Lathe fest. »Wie lang ist er?«

»Etwa hundert Meter – aber Sie haben das Wesentliche nicht erfaßt. Sie werden nicht durch diesen Teil kriechen; Sie werden auch nicht durch ihn laufen, fliegen oder fahren. Sie gelangen in diesen Abschnitt und sind tot. Punkt.«

Einen Augenblick lang herrschte Stille im Raum. Dann beugte sich Lathe über den Tisch und bezeichnete genau nördlich von dem von Bernhard angegebenen Punkt das Paralleltal mit einem kleinen Kreuz. »Ich nehme an, daß der Eingang zum Tunnel getarnt ist. Sie müssen uns helfen, ihn zu finden.«

Bernhard blickte zu ihm auf. »Haben Sie nicht zugehört? Ich habe Ihnen gerade auseinandergesetzt, daß der Tunnel tödlich ist.«

»Das haben Sie getan«, bestätigte Lathe. »Aber Abwehrsysteme verfallen im Lauf der Zeit, und es ist möglich, daß sogar eine so ausgeklügelte Anlage soweit in Mitleidenschaft gezogen wurde, daß wir durchkommen. Aber das müssen wir an Ort und Stelle herausfinden.« Er richtete sich auf. »Wenn Sie mit mir kommen wollen, bringe ich Sie in das Zimmer, das Reger für Sie vorgesehen hat. Wir werden uns hier einige Tage lang still verhalten, bis sich der Sicherheitsdienst in Denver ausgetobt hat, dann machen wir uns auf den Weg und sehen mal nach, womit wir es dort genau zu tun haben.«

Als Bernhard aufstand, räusperte sich Caine. »Ich möchte gern einen Augenblick mit Ihnen sprechen, Lathe, wenn Sie Zeit haben.«

»Selbstverständlich.« Lathe sah Skyler an und machte eine Kopfbewegung zur Tür. »Klar«, sagte der Riese. »Kommen Sie, Bernhard, ich zeige Ihnen Ihre Unterkunft!«

Es sah aus, als wolle Bernhard noch etwas sagen, doch er überlegte es sich und verließ mit Skyler den Raum.

Sobald sich die Tür hinter ihnen geschlossen hatte, wandte sich Lathe Caine zu. »Also? Hat Bernhards Gruselgeschichte Ihnen Angst eingejagt?«

»Ein bißchen schon«, gab Caine zu. »Aber darüber wollte ich nicht mit Ihnen sprechen. Bilde ich es mir nur ein, oder werden tatsächlich alle Leute um uns plötzlich unglaublich kooperativ?«

»Das ist Ihnen also auch aufgefallen.«

»Man kann es kaum übersehen. Zuerst gab Anne Silcox zu, daß sie zumindest etwas mehr über die Fackel weiß, als sie vorher behauptet hat, dann vollzieht Bernhard eine komplette Kehrtwendung und ist bereit, uns zu helfen, und das geht soweit, daß er nicht einmal dagegen protestiert, wenn Sie ihn in die Berge schleppen wollen. Und schließlich hat Reger nichts dagegen, ihn und Kanai hier wohnen zu lassen, obwohl er ihn am liebsten umbringen möchte, was schließlich auf Gegenseitigkeit beruht. Es kommt mir einfach zu gut vor, um wahr zu sein, und ich traue keinem von ihnen.«

»Hmmm. Was Silcox betrifft, so glaube ich, daß hier kein Grund zum Mißtrauen besteht, weil sie uns ebenfalls blind vertraut hat, bis wir ihr bewiesen haben, daß wir auf ihrer Seite stehen, indem wir sie aus Athena herausholten.«

Caine lächelte spöttisch. »Sie sieht es bestimmt so. Aber im Grunde haben wir sie in dieses Schlamassel gebracht, damit Bernhard jemanden hatte, den er dem Sicherheitsdienst vorwerfen konnte. Das gab uns wieder die Möglichkeit, den Sicherheitsdienst durcheinanderzuwirbeln, indem wir sie retteten ...«

»Wer hat Ihnen das erzählt?« fragte Lathe scharf.

»Ach, kommen Sie schon, Lathe, ich bin vielleicht kein so guter Taktiker wie Sie, aber rückblickend wird mir auch verschiedenes klar. Sie hofften, daß Anne Sie zur Fackel führen würde, und als das schiefging, lockten Sie Bernhard mit ihr an, damit Sie einen Vorwand hatten, die Schau mit dem großen Ausbruch aus Athena aufzuziehen. Wollen Sie mir vielleicht widersprechen?«

Lathe starrte Caine schweigend an und schüttelte dann wehmütig den Kopf. »Sie sind tüchtiger, als ich angenommen habe. Ich habe immer gewußt, daß Sie über taktische Begabung verfügen. Tut es Ihnen gut, wenn ich Ihnen gestehe, daß ich im Grunde hoffte, Bernhard würde den Köder nicht schlucken? Ich hätte mir dann ein anderes Druckmittel gegen ihn einfallen lassen müssen.«

»Wegen Anne habe ich eigentlich kein so schlechtes Gewissen wie den Dupres und Karen Lindsay gegenüber. Schließlich hat Anne sich uns freiwillig angeschlossen – warum sollte man sie da anders behandeln als jeden einzelnen von uns?«

»Danke für Ihr Verständnis.«

»Nicht der Rede wert. Doch wir sprachen über die verdächtige Kooperationsbereitschaft.«

»Richtig. Was Bernhard betrifft ...« Lathe zögerte. »Ich habe den Verdacht, daß er seinen Gesinnungswandel als Tarnung benützt, um dabei eigene Interessen zu verfolgen. Dazu kommt ...« er unterbrach sich abrupt. »Vergessen Sie es! Es geht darum ...«

»Dazu kommt, daß Jensen Bernhard hierhergebracht hat«, ergänzte Caine.

»Sie sind eindeutig begabter, als ich geglaubt habe«, sagte Lathe grinsend. »Ja. Äußerlich sieht es wie ein sehr geschickter Schachzug aus, aber etwas in Jensens Haltung bringt mich auf die Idee, daß er einen eigenen Plan verfolgt, zu dem Bernhards Anwesenheit in diesem Haus erforderlich ist.«

»Werden Sie ihn danach fragen?«

»Nein, zumindest nicht sofort. Vielleicht sobald und falls wir in Aegis eindringen können. Aber jetzt noch nicht. Seit der Mission auf Argent haben sich Jensens Einstellung und sein Durchblick zwar etwas verändert, aber seine Fähigkeiten und seine Intelligenz sind gleich geblieben. Sie haben es vielleicht nicht bemerkt, aber als wir vorhin Bernhard hier hereingeführt haben, haben Jensen und Reger den Raum gemeinsam verlassen; vielleicht hat Jensen mit Reger etwas ausgetüftelt, das unsere Flanke schützt, während wir uns auf unsere Hauptaufgabe konzentrieren.«

»Das heißt im Klartext, Sie haben eine Ahnung, was er vorhat, aber Sie wollen es mir nicht erzählen.«

»Wenn ich recht habe, Caine, dann handelt es sich um etwas, woran ich nicht beteiligt sein möchte. Und ich bin davon überzeugt, daß auch Sie es nicht vorher wissen wollen.«

»Mit anderen Worten, ich soll Ihnen vertrauen, nur dieses eine Mal.« Caine schnitt eine Grimasse, dann seufzte er. »Ich habe ja gewußt, daß es ein Fehler war, Ihnen den Befehl zu übertragen.«

Lathe grinste, aber seine Augen blieben ernst. »Kommen Sie, gehen wir zu den anderen!« Er faltete die Karte zusammen. »Wir müssen die Aktion besprechen und entscheiden, wer daran teilnehmen wird.«

»Nur Blackcollars?«

Lathe schüttelte den Kopf. »Nein. Ihr Team hat es sich verdient, bei der Schlußphase dabeizusein.«

»Ich bin ganz Ihrer Meinung. Ich hoffe nur, daß Schluß nicht gleichbedeutend mit Ende ist.«

»Das hoffe ich auch.«

33. Kapitel

Sie blieben noch zwei Tage in Regers Haus, erholten sich von der Operation in Athena und warteten darauf, daß die hektischen Aktivitäten des Sicherheitsdienstes abklangen. Caine empfand die Verzögerung als beinahe unerträglich, gab aber zu, daß es Wahnsinn wäre, sofort weiterzumachen. Über Athena und den nahen Bergen trieben sich die Aufklärer und Kampfflugzeuge buchstäblich in Schwärmen herum, um alles irgendwie Verdächtige sofort zu entdecken. Die Berichte aus Regers Informantennetz zeigten, daß die Lage in der Stadt noch gefährlicher war; schwerbewaffnete Sicherheitstrupps patrouillierten durch die Straßen und steckten ihre Nasen in jeden Winkel, in dem sich womöglich Blackcollars verstecken könnten. Eine Zeitlang befürchtete Caine sogar, daß sie das Gebiet Haus für Haus durchkämmen würden; doch dann beruhigte ihn Skyler damit, daß selbst in diesem Fall Regers exklusives Viertel wahrscheinlich als letztes an die Reihe kommen würde.

Dennoch war er erleichtert, als Lathe am zweiten müßigen Abend erklärte, die Flugzeugüberwachung habe soweit nachgelassen, daß sie am nächsten Morgen das Haus kurz verlassen konnten. »Wir müssen draußen nichts Großartiges unternehmen«, prägte ihnen der Comsquare ein. »Wir wollen nur den Eingang ausfindig machen und vielleicht Gitter lockern, die über der Öffnung angebracht sind. Wir haben noch etwa sechs Tage zur Verfügung, bis wir das Gebiet endgültig verlassen müssen.«

»Warum sechs?« fragte Colvin.

»Weil es dann acht Tage sind, seit wir die Nachricht an das Raumschiff gesendet haben. In dieser Zeit kann der Korsar, den Quinn hoffentlich sofort nach unserem

Ausbruch losgeschickt hat, es nach Plinry und wieder zurück schaffen.«

Caine sah Pittman an, der aber seinen Gesichtsausdruck eisern unter Kontrolle hielt, und bemerkte dabei, daß auch die anderen Pittman beobachteten. Dieser war bis jetzt nicht bereit gewesen, darüber zu sprechen, welches Druckmittel man gegen ihn angewendet hatte, und niemand hatte ihn dazu gedrängt. Aber jetzt räusperte sich Braune. »Plinry und zurück – und er bringt schlechte Nachrichten mit?«

»So kann man es ausdrücken«, bestätigte Lathe. »Projekt Weihnachten muß für irgend jemand eine schlechte Nachricht sein – und wenn es sich dabei um die Ryqril handelt, dann könnten sie hier wie Berserker wüten und ernsthaft versuchen, uns zu finden.«

»Weiß Bernhard davon?« fragte Colvin.

»Nein. Warum? Glauben Sie, er hofft, daß Quinn uns findet, bevor er uns wirklich helfen muß?«

»Daran habe ich tatsächlich gedacht.«

Lathe schüttelte den Kopf. »Ich glaube, daß Bernhard seine letzte Chance verspielt hat, uns direkt an den Sicherheitsdienst zu verraten. Vergessen Sie nicht, daß er die Ryqril genauso wenig in der Basis Aegis haben will wie wir, sonst hätte er ihnen schon vor Jahren, als er mit ihnen Frieden schloß, von dem Tunnel erzählt. Wenn er uns aber nach dem morgigen Tag dem Sicherheitsdienst ausliefert, ist das Geheimnis keines mehr, und wenn Quinn nicht von uns erfahren kann, wo sich die Hintertür befindet, wird er versuchen, es aus Bernhard herauszubekommen. Nein, wenn uns Bernhard noch immer beseitigen will, dann wird er uns höchstwahrscheinlich selbst umbringen.«

»Ein ermutigender Gedanke«, brummte Hawking. »Wird er es Ihrer Meinung nach morgen auf dem Hin- oder Rückweg zu der ersten Erkundung versuchen?«

»Er wird bis zur Hauptexpedition warten«, warf Jensen ein. »Morgen wird er beinahe ausschließlich von

Blackcollars umgeben sein. Er wartet bestimmt, bis Caines Team mitkommt, weil er hofft, daß sie uns bei einem Kampf behindern werden.«

»Danke für das Kompliment«, knurrte Alamzad.

»Er hat aber recht«, bestätigte Lathe nachdenklich. »Dadurch bleibt uns nur eine Möglichkeit, und die wollte ich ohnehin schon vorschlagen. Nehmen wir an, daß wir es wie folgt machen ...«

Durch die schwere Tür drangen gedämpfte Stimmen: Vermutlich Jensen und Alamzad. »Hoffentlich wissen Sie, was Sie tun«, murmelte Pittman, als Caine nach der Türklinke griff.

»Das hoffe ich auch«, gab Caine zu. »Aber vergessen Sie nicht, daß es *unsere* Mission ist. Wir haben das Recht zu erfahren, was hier gespielt wird.«

Der Raum war wesentlich kleiner, als Caine bewußt gewesen war. Er sah mehr wie ein senkrechter Durchgang als wie ein Wohnraum aus. Alamzad und Jensen hockten an der gegenüberliegenden Wand neben irgendeinem Mechanismus und sahen den Ankömmlingen entgegen. »Sie hätten sich anmelden sollen.« Jensen schob seinen *shuriken* wieder in die Tasche.

Caine schluckte die automatische Entschuldigung hinunter, die ihm schon auf der Zunge lag. »Wir waren mit anderen Dingen beschäftigt. Um genau zu sein, mit Ihrem geheimen Plan.«

»Also hat es Lathe mitgekriegt«, stellte Jensen fest. »Ich habe gewußt, daß es irgendwann dazu kommen wird. Macht er sich wirklich solche Sorgen um mich, daß er Sie hierher geschickt hat, damit Sie die Einzelheiten herausbekommen?«

»Er weiß nicht, daß wir hier sind«, erklärte Caine. »Wir kommen aufgrund meiner Machtbefugnis als Leiter der Mission.«

Jensen sah die beiden lange schweigend an, dann nickte er bedächtig. »Also gut. Aber nicht Ihretwegen und nicht, weil Sie bei diesem Unternehmen dem Namen nach mein Kommandant sind. Ich sage es Ihnen, weil Pittman es sich verdient hat.«

»Pittman?« wiederholte Caine verständnislos.

»Richtig. Pittman ist Ihnen und uns allen gegenüber loyal geblieben, unabhängig davon, was es ihn kosten würde. Das ist das Kennzeichen eines echten Blackcollar, Caine: Loyalität. Loyalität Ihren Kameraden und anderen Blackcollars gegenüber ... und manchmal sogar Verbündeten gegenüber, mit denen man nicht einverstanden ist.«

»Sie sprechen von Reger, nicht wahr?«

»Lathe ist derjenige, der bei uns Abkommen und Bündnisse schließt«, erklärte Jensen. »Das ist die Aufgabe des Doyens, und Kommandomänner haben bei diesen Entscheidungen kaum mitzureden. In Ordnung. Aber ich habe andere Möglichkeiten, die Ereignisse zu beeinflussen.«

»Indem Sie zum Beispiel einen tödlichen Spießrutenlauf in Regers Haus einbauen?« fragte Pittman.

»Richtig. Betrachten Sie es als Loyalitätstest ... Versagen wird mit dem Tod bestraft.«

Caine sah Alamzad an. »Haben Sie gewußt, was er vorhat?«

»Ich weiß es noch immer nicht. Aber ich sollte es wissen.«

»Es wird unangenehm für Sie sein«, warnte Jensen. »Wenn ich es Ihnen erzähle, dann werde ich bei der Ausführung, die praktisch einer Hinrichtung gleichkommt, Ihre Hilfe in Anspruch nehmen.«

Caine holte tief Luft. Irgendwo in seinem Unterbewußtsein regte sich der Gedanke, daß auch das zu den Aufgaben eines Führers gehörte. »Wir werden Sie unterstützen.«

Am nächsten Morgen brachen sie vor Tagesanbruch auf: Lathe, Caine, Skyler, Bernhard, Kanai und einer von Regers Fahrern. Sie saßen eng zusammengedrängt in einem Wagen, der für mindestens zwei Personen weniger ausgelegt war.

»Warum, zum Teufel, hat Reger uns kein anständiges Fahrzeug gegeben?« wollte Bernhard wissen, als sie die Straße in die Berge einschlugen. »Sogar ein Kastenwagen wäre bequemer gewesen.«

»Das stimmt«, gab Lathe zu. »Aber wir haben in letzter Zeit sehr häufig Kastenwagen benützt, und ich habe es daher für vernünftig gehalten, den Sicherheitsdienst ein wenig hinters Licht zu führen. Er weiß, wie viele wir sind, und wird deshalb vor allem nach Kastenwagen und großen Limousinen Ausschau halten.«

Bernhard verstummte.

Ob nun Lathe recht hatte oder ob die Aufklärer des Sicherheitsdienstes einfach nicht den richtigen Ort zur richtigen Zeit beobachteten – sie schafften es jedenfalls ohne Zwischenfall bis zu dem vom Comsquare ausgewählten Ausgangspunkt. »Alles raus!« befahl Lathe, der schon zum Kofferraum unterwegs war. »Holen Sie sich Ihre Ausrüstung und machen wir uns auf den Weg – wir haben einen langen Marsch vor uns.«

Caine sah sich im Dämmerlicht um und hatte das seltsame Gefühl des *déjà vu*. Der neben der Straße dahinrieselnde Bach, ein besonders prägnanter Felsen im Süden – er hielt den Atem an, als es bei ihm funkte. »Wissen Sie, wo wir uns befinden, Lathe?«

»Ein paar Kilometer nordwestlich des Eingangs zu Basis Aegis«, antwortete dieser. »Wir können unseren Marsch genausogut hier wie an einer anderen Stelle beginnen. Warum?«

»Ach, kein besonderer Grund. Nur befinden wir uns ein Stück nordwestlich von der Stelle, die unser Ausgangspunkt war, als wir uns einen Überblick über die Basis verschafften.«

»Aha. Diesmal müssen Sie sich jedenfalls keine Sorgen machen, daß der Wagen gestohlen werden könnte.«

Er hatte noch nicht ausgesprochen, als sich der Wagen in Bewegung setzte, wendete und die Straße zurückfuhr, die sie gekommen waren. Caine schluckte, während er zusah, wie das Vehikel um die Kurve verschwand. Er wußte, daß es die beste Lösung war, aber deshalb gefiel ihm das Arrangement noch immer nicht. Ein hier geparktes Fahrzeug mußte einfach auffallen, das stimmte; aber andererseits mußten sie sich darauf verlassen, daß Reger sein Versprechen hielt und den Wagen zweimal täglich hierherschickte, bis sie wieder zurück waren.

Falls die anderen sich ebenfalls Sorgen machten, zeigten sie es nicht. »In welche Richtung?« fragte Skyler, während er die Riemen seines Rucksacks enger zog und ihn auf seinen Schultern zurechtrückte.

»Dort durch.« Lathe zeigte auf einen felsenübersäten Einschnitt zwischen zwei steilen Hügeln. »Gänsemarsch und achtet auf Flugzeuge über uns!«

Sie waren seit etwa einer Stunde unterwegs, als fünfzig Meter vor ihnen ein Sicherheitsmann aus dem Gebüsch direkt auf ihren Weg trat.

Alle sechs Männer erstarrten, weil der als erster gehende Lathe das entsprechende Handzeichen gab. Caine bemerkte besorgt, daß der Sicherheitsmann schwer bewaffnet war, und zwar mit einer im Halfter steckenden Betäubungspistole und einem Lasergewehr, das er sich über die Schulter gehängt hatte. Unter seiner Bergmütze sahen die Kopfhörer eines Sprechfunkgeräts heraus, und um den Hals trug er eine Infrarot-Verstärkungsbrille.

Caine biß sich auf die Unterlippe. Im Augenblick schaute der Soldat nicht in ihre Richtung, sondern im rechten Winkel von ihnen weg. Doch das wurde durch die Tatsache ausgeglichen, daß das Gelände und das schüttere Laubwerk in seiner Nähe es ihnen unmöglich machten, sich ihm unbemerkt zu nähern. Sie mußten ihn von ihrem jetzigen Standpunkt aus erledigen.

Aber Lathe traf keine Anstalten, seine Schleuder oder seine *shuriken* zu ziehen – er bewegte sich einfach überhaupt nicht. »Wann schalten wir ihn aus?« flüsterte Caine Skyler zu, als die Zeit verstrich.

»Entspannen Sie sich!« flüsterte der zurück, und zu Caines Verblüffung machte der Soldat kehrt und schlenderte davon.

»Wieso denn?« fragte Caine vollkommen verwirrt.

»Sie haben seine Haltung und seine Ausrüstung nicht genau beobachtet«, erklärte Skyler, während sie weitergingen. »Beide passen mehr zu einem Wachtposten als zu jemandem, der auf Erkundung aus ist. Was gibt es hier eigentlich, Bernhard, das durch Wachtposten geschützt werden müßte?«

»Keine Ahnung«, antwortete dieser. »Kanai?«

»Ich weiß es auch nicht. Vielleicht ein Hauptzufluß für die Wasserversorgung der Stadt?«

»Das stimmt – Sie haben sich ja vor einigen Tagen eine Karte des Wasserleitungsnetzes geholt«, bemerkte Skyler zu Caine. »Vielleicht glauben sie, daß wir darauf aus sind, das System zu beschädigen.«

»Das spielt keine Rolle«, mischte sich Lathe ein. »Aus seiner Position schließe ich, daß sich der Mittelpunkt des Kreises ziemlich weit südlich von hier und etwas links von uns befindet. Wir werden nach Norden ausweichen, um weitere Posten zu umgehen.«

»In Ordnung«, stimmte Caine zu und bemerkte gleichzeitig Skylers Signal. »Bernhard, Kanai, weiß einer von Ihnen, was der Wächter um den Hals getragen hat? Ich habe noch nie eine derartige Schutzbrille gesehen.«

Bernhard ließ eine herablassende Erklärung über Infrarot-Verstärkungsgeräte vom Stapel. Caine hielt das geflüsterte Gespräch in Gang, indem er Bernhard und Kanai mit naiven Fragen löcherte. Es war eine unangenehme Rolle, sie erfüllte aber ihren Zweck als Ablenkungsmanöver ausgezeichnet. Als das Gespräch endlich verstummte, war Skyler längst genauso unauffällig zur Gruppe zurückgekehrt, wie er sie verlassen hatte, und weder Bernhard noch Kanai hatten seine Abwesenheit bemerkt.

Die Sonne stieg höher und erreichte schließlich den Zenit, und sie marschierten immer noch. »Auf der Karte hat es nicht so weit ausgesehen«, beschwerte sich Caine, als sie zehn Minuten Rast einlegten, um etwas zu essen.

»Bergauf ist das immer so«, keuchte Kanai, der trotz seines Höhen-Anpassungstrainings genauso außer Atem war wie alle übrigen. »Ich schlage vor, Lathe, daß Sie bei der richtigen Expedition den Ausgangspunkt etwas näher zum Ziel verlegen. Wir liefern Reger damit bestimmt keine genauen Hinweise, ganz gleich, wo uns sein Fahrer absetzt.«

»Damit könnten Sie recht haben«, gab Lathe zu. »Das Schlimmste haben wir jedenfalls hinter uns. Wenn ich mich nicht irre, befindet sich der Eingang auf der Nordseite dieses Berges.« Er zeigte hin.

Caine seufzte. »Das sind wieder zwei oder drei Stunden.«

»Maximal eine Stunde«, versprach Lathe. »Gehen wir weiter! Ich möchte den Eingang finden, feststellen, was wir brauchen, um ihn zu knacken, und vor Einbruch der Dunkelheit wieder an der Stelle sein, an der uns der Wagen abholt.«

Natürlich stellte sich heraus, daß Lathes Schätzung zu optimistisch gewesen war, doch nicht allzu sehr. Genau eine Stunde und vierzehn Minuten später hielten sie neben einem überhängenden Felsen und dem Eingang zum Belüftungstunnel.

Caine hatte sich gefragt, wie es möglich war, daß während all dieser Jahre niemandem ein zwei Meter hohes Gitter aufgefallen war, doch jetzt erkannte er, daß das gar nicht so unwahrscheinlich war. Von oben war es durch den Überhang abgeschirmt, seine Oberfläche war mit Gras und Pflanzen getarnt, die eigentlichen Belüftungsöffnungen waren willkürlich verteilt – je länger er das Gitter betrachtete, desto klarer wurde ihm, daß sogar jemand, der das verdammte Ding suchte, an ihm vorbeigehen konnte, ohne es zu bemerken.

Lathe konnte offenbar Gedanken lesen. »Es ist ein Glück für uns, daß Sie genau wissen, wo sich das Gitter befindet«, sagte er zu Bernhard. »Nicht wahr?«

»Ja. Sollten Sie sich nicht lieber sofort an die Untersuchungen machen?«

»Wir haben es ja nicht so eilig ...«

»Schsch!« unterbrach ihn Kanai. Die Männer erstarrten und horchten.

»Hinter uns«, murmelte Bernhard und zog einen *shuriken*. »Jemand kommt.«

»Eigentlich eine Menge Jedermänner«, bemerkte Skyler und ging zu dem Gitter hinüber. »Das ist Mordecai mit dem Rest der Gruppe.«

»Was?« Kanai runzelte die Stirn. »Aber Sie haben doch gesagt ...«

»Vermutlich hat er gelogen.« Bernhard stieß den *shuriken* wieder in die Tasche. »Das ist alles. Lathe sorgt nur dafür, daß wir nicht vergessen, wer hier der Boss ist. Also schön, Comsquare, wir sind gebührend beeindruckt. Reden Sie jetzt offen mit uns?«

»Selbstverständlich.« Lathe zeigte auf das Gitter. »Wir gehen hinein. Jetzt.«

»Mit anderen Worten, Sie haben nie vorgehabt, eine erste Untersuchung vorzunehmen.« Kanais Gesicht begann rot anzulaufen. »Ich habe geglaubt, daß wir jetzt Verbündete sind – Sie hatten keinen Grund, uns anzulügen.«

»Vielleicht, vielleicht auch nicht«, warf Skyler ein, bevor Lathe antworten konnte. »Aber wir waren zumindest genauso aufrichtig wie Ihr Führer. Nicht wahr, Bernhard?«

Kanai fuhr zu ihm herum. »Und ich habe auch genug von ...«

»Dieses angeblich fest verschweißte Gitter ist bereits durchschnitten worden«, unterbrach ihn Skyler kühl.

»Was?« Kanais Zorn verwandelte sich in Verwirrung. »Das ist doch unmöglich.«

»Es ist vor relativ kurzer Zeit geschehen; ganz bestimmt erst nach dem Krieg«, fuhr Skyler fort. »Das Gitter ist an etwa einem Dutzend Stellen mit Draht festgebunden.«

»Von wo aus wurde es festgebunden?« fragte Caine.

»Von der Außenseite.«

»Na sowas.« Lathe sah Bernhard an. »Diese bemerkenswert gut versteckte Tür, und jemandem ist es doch gelungen, sie zu finden. Haben Sie eine Ahnung, wie das dem Jemand gelungen ist, Bernhard?«

Bernhards Gesicht war zu einer Maske erstarrt. »Sie haben es ja selbst gesagt: jemand muß darüber gestolpert sein.«

»Wer ist dieser Jemand?«

»Woher soll ich das wissen?«

»Richtig.« Lathe wandte Bernhard den Rücken zu und trat zu Skyler und Kanai, die bei dem Gitter standen.

Fünfzig Meter hinter ihnen bog Hawking um eine Gruppe immergrüner Bäume, und die übrigen Blackcollars sowie Caines Team folgten ihm auf den Fersen. »Irgendwelche Schwierigkeiten?« erkundigte sich Caine.

Hawking schüttelte den Kopf. »Nachdem Skyler uns gewarnt hat, haben wir noch einen dieser Wächter vom Sicherheitsdienst gesehen.«

»Haben Sie ihn erledigen müssen?« fragte Lathe.

»Nein, er saß weit südlich von uns auf einem flachen Felsen, der aus dem Berghang ragt. Aber sie bewachen ganz bestimmt etwas.«

»Ganz gleich, was es ist – es ist auf keinen Fall unser

Problem«, brummte Lathe. »Braune, Colvin, Pittman, setzen Sie die Strickleitern zusammen! Wir werden sie sofort brauchen. Hawking und Alamzad – kommen Sie her und checken Sie das Ding auf Sprengladungen und Alarmanlagen!«

Aber der Jemand, der am Gitter manipuliert hatte, hatte offensichtlich keine versteckten Abwehranlagen eingebaut. Als Caines Leute mit den Strickleitern fertig waren, hatten Hawking und Alamzad das Gitter entfernt und den ersten Teil des Tunnels vom Eingang aus in Augenschein genommen.

»Sehen Sie das Geflecht, mit dem er innen verkleidet ist?« Hawking zeigte darauf. »Es sieht wie eine elektrische Vielstufenbarriere aus, deren Potential beim Eingang mit leichten Schlägen beginnt, sich steigert und am anderen Ende tödlich ist.«

»Sensoren?« fragte Lathe.

»Zwischen den einzelnen Ringen – dort und dort. Vermutlich hauptsächlich passiver Art: Geräusch- und Bewegungsdetektoren und vielleicht Fotostrahlen- oder Laser-Reflektoren. So nahe an der Oberfläche verwendet man keine Sensoren, die viel Strom verbrauchen oder meßbare Magnetfelder erzeugen. Dieses Zeug wird uns tiefer unten erwarten.«

»Wie steht es mit den Waffen auf Stufe eins, die Bernhard erwähnt hat?«

Hawking zeigte hin. »Genau dort hinten, wo der Tunnel senkrecht hinunterführt. Mindestens ein ziemlich schwerer Laser und offenbar zwei Flechettegewehre. Wahrscheinlich sind hinter dem elektrischen Geflecht auch Gas- und Säuredüsen verborgen – ich glaube, daß ich Stellen sehe, an denen das Metall mit einem Säureschutz überzogen wurde.«

»Wie groß ist die Wahrscheinlichkeit, daß das Zeug auf Automatik geschaltet ist?« wollte Caine wissen.

»Das ist es nicht«, mischte sich Bernhard ein. »Außer dem elektrischen Drahtgeflecht wurde alles manuell gesteuert, und die Batterien für das Geflecht sind vermutlich seit Jahren leer.«

Lathe sah Hawking an. »Stimmt das?«

»Wahrscheinlich. Wir können es aber erst feststellen, wenn wir hineingehen. Das Geflecht scheint zumindest nicht mehr auf Druck anzusprechen.«

»Mit anderen Worten, wir wissen alles, was man von hier aus feststellen kann«, schloß Lathe. »Ziehen wir uns also an – voller Flexarmor einschließlich Gasfilter.« Er sah Bernhard an. »Wir lassen unseren Führer vorangehen.«

Kanai warf dem Comsquare einen scharfen Blick zu. »Ich habe geglaubt, daß wir nach Hause zurückkehren würden, sobald wir Sie hierhergebracht hatten. War das nur eine weitere Lüge?«

»Das Gitter ist geöffnet worden«, antwortete Lathe. »Bernhard war der einzige, der es finden konnte. Sie können die Schlußfolgerung selbst ziehen.«

»Ich verstehe – Sie glauben, daß ich vor fünf Jahren hierher gekommen bin, das Gitter geöffnet und neue Fallen in den Tunnel eingebaut habe, für den Fall, daß jemand von Plinry kommen und mich zwingen würde, ihn hierher zu führen«, spottete Bernhard. »Kommen Sie, Lathe, Sie machen sich lächerlich!«

»Damit haben Sie natürlich recht«, gab Lathe zu. »Sagen wir einfach, daß ich mich an Ihre Gesellschaft gewöhnt habe.« Er zögerte. »Aber wenn ich es mir richtig überlege, dann gibt es eigentlich keinen Grund, warum Sie mitkommen müßten, Kanai. Wenn Sie wollen, können Sie zurückgehen.«

Kanai überlegte kurz, dann schüttelte er den Kopf. »Danke, Comsquare, aber wenn ich schon hier bin, dann kann ich genauso gut bis zum Ende mitmachen.«

»In Ordnung.« Lathe musterte die Gruppe. »Sie bleiben oben, Mordecai, und halten Wache! Die übrigen kommen mit!«

34. Kapitel

BERNHARD GING VORAN und rollte die Strickleiter so vorsichtig vor sich auf, als wäre sie der rote Teppich für einen auf Staatsbesuch kommenden Potentaten. Doch nichts schoß auf ihn, explodierte unter ihm oder besprühte ihn mit tödlichen Flüssigkeiten, und als er endlich den Rest des Bündels in den senkrechten Schacht warf, begann Caine, wieder zu atmen.

Jedenfalls bis die sich entrollende Strickleiter auf die Splittermine aufschlug.

»Sie haben doch gesagt, daß alle Einrichtungen manuell bedient wurden«, bemerkte Skyler, nachdem sich die Splitter in die Wände des Schachtes und in die Decke gebohrt hatten, und das Echo der Explosion verklungen war.

»Ich habe Ihnen auch gesagt, daß einige Minen auf Automatik geschaltet sind«, setzte sich Bernhard zur Wehr.

»Es sieht aus, als wären wir auf eine gestoßen«, bemerkte Lathe gleichgültig. »Wir müssen beim Abstieg eben achtgeben. Vermeidet jeden Kontakt mit den Schachtwänden und berührt nichts, das vorsteht. Haben das alle mitgekriegt? Dann etwas Bewegung, Bernhard.«

Dieser holte tief Luft und begann die Leiter hinunterzuklettern. Lathe kam als nächster, und in Intervallen von zwanzig Sekunden folgten Hawking, Caine, Pittman, Braune, Colvin und Alamzad. Skyler bildete die Nachhut.

Bernhard hatte gesagt, daß der Schacht etwa hundert Meter tief war, aber Caine kam er viel länger vor. Sie kletterten in beinahe vollkommener Dunkelheit, und das schwache, an einem Armband befestigte Licht beleuchtete nur ein paar Stufen der Leiter. Allmählich ergriff eine seltsame Verwirrung von ihm Besitz, als wäre ihm sein Orientierungssinn abhanden gekommen. *Wie der Test mit dem blinden Kampf*, dachte er, nur war es hier viel schlimmer. Das Schwanken der Leiter schien stärker zu werden ...

»Alle eine Minute halt!« ertönte Lathes Stimme von unterhalb. »Bleibt stehen, wo ihr seid, umklammert die Leiter mit den Armen und holt tief Luft! Hier geht etwas Komisches vor – es fühlt sich an wie ein Ton mit niedriger Frequenz, der das Gleichgewichtsorgan im Innenohr beeinflußt. Laßt euch Zeit und orientiert euch neu!«

»Verwendet die anderen Lichter als Bezugspunkte«, schlug Hawking vor. »Es tut mir leid, Lathe, ich hätte es früher merken müssen.«

»Vergessen Sie es! Alles in Ordnung? Gehen wir weiter, aber ohne uns zu beeilen.«

Je näher sie dem Ende des Schachtes kamen, desto schlimmer wurde es, aber seit Caine wußte, daß es sich um eine Art Angriff handelte und nicht um eine innere Störung, fiel es ihm leichter, damit fertigzuwerden. Er konzentrierte sich auf die Lichter über sich, orientierte sich mit Hilfe seines Muskelgefühls und erschrak, als Lathes Gesicht mit der Schutzbrille neben ihm auftauchte und er festen Boden unter seinen Füßen spürte.

»Hoppla.« Er löste seine Finger von der Leiter. »Entschuldigen Sie – ich habe mich auf etwas anderes konzentriert.«

»Kein Problem. Gehen Sie in dem Tunnel weiter, bevor jemand auf Sie tritt.«

Caine gehorchte. Vor sich erblickte er im schwachen Licht die Tunnelöffnung, in der bereits eine schlanke Gestalt – Bernhard? – stand. Auf der anderen Seite beugte sich eine weitere Gestalt über einen Haufen Kabel und andere Bestandteile. Er ging hin. »Was ist das?«

»Unser Gleichgewichtsstörer«, antwortete Hawkings

Stimme. »Lathe hat recht gehabt. Es war eine Art Sender, der auf den Schacht gerichtet war.«

Caine blickte hinauf. »Kommt mir etwas simpel vor, wenn ich an das Arsenal da oben denke.«

»Er stammt nicht von den Erbauern des Tunnels«, erklärte Hawking. »Er sieht ganz danach aus, als wäre er der Eigenbau eines Dilettanten.«

»Ach.«

»Machen Sie sich deshalb keine Sorgen«, beruhigte ihn Lathe. »Wenn das das Schlimmste ist, das uns bevorsteht, geht es uns großartig.«

Merkwürdigerweise war das kein großer Trost. Caine trat in den eigentlichen Tunnel, und seine Finger tasteten automatisch nach seinen Waffen.

Schließlich waren alle unten und machten sich auf den Marsch durch den Tunnel. Sie gingen wieder in einer aufgelockerten langen Reihe, für den Fall, daß es Schwierigkeiten gab. Es wurde kaum gesprochen, weil jeder lieber angestrengt horchte, als sich zu unterhalten. Doch bis auf ihre eigenen Schritte war nichts zu hören.

Nichts zu hören, und nichts behinderte sie ... – nachdem sie eine halbe Stunde gegangen waren, fiel jemandem auf, wie merkwürdig das war. »Bernhard«, rief Alamzad vom Ende der Reihe, »haben Sie nicht gesagt, daß es ein Belüftungstunnel ist?«

»Ja. Warum?«

»Na ja ... sollten wir nicht allmählich auf Filter stoßen? So tief im Tunnel sollte es doch zumindest ein Sensorengitter oder eine Biokill-Anlage geben?«

Von der Spitze der Reihe kam keine Antwort. »Was sagen Sie dazu, Bernhard?« drängte Lathe. »Die Erbauer haben doch nicht das gesamte Filtersystem im innersten Abschnitt des Tunnels konzentriert?«

»Das bezweifle ich«, antwortete Bernhard. »Wir hätten mindestens auf die Sensoren stoßen müssen, und vermutlich auf ein oder zwei Filteranlagen. Ich habe mir die Wände genau angesehen, und ein paar Stellen gefunden, an denen vielleicht einmal solche Einrichtungen befestigt waren.«

»Und Sie haben nichts gesagt?« fragte Colvin drohend.

»Vielleicht hat er es für unwichtig gehalten, daß jemand uns den Gefallen getan hat, das Zeug aus dem Weg zu räumen«, warf Pittman ein.

»Warum sollte es wichtig sein?« entgegnete Bernhard. »Ich habe Ihnen doch schon erklärt, daß ich nie hier unten gewesen bin. So gesehen wäre es auch möglich, daß diese Geräte schon vor Kriegsende entfernt wurden.«

Colvin schnaubte, um zu zeigen, was er von dieser Erklärung hielt.

»Schon gut, machen Sie halblang«, beruhigte ihn Lathe. »Bernhard hat uns nie versprochen, uns an der Hand zu nehmen und uns unterwegs die Sehenswürdigkeiten zu zeigen. Es ist unsere Sache, die Augen offen zu halten.«

Die Gruppe ging schweigend weiter. Weil Caine jetzt darauf achtete, entdeckte er weitere Halterungen für Filter. Durch Hitze verzogene Metallringe, die den gesamten Umfang des Tunnels umschlossen. »Es sieht aus, als wären sie mit einem Schweißbrenner herausgeschnitten worden«, murmelte er vor sich hin.

Hawking hatte ihn gehört und wandte den Kopf. »Und beachten Sie, daß sie den ganzen Filter herausgenommen haben; sie haben nicht einfach ein Loch hineingeschnitten, um durchzukommen. Vielleicht ist es ein Hinweis darauf, daß Altmetallsammler am Werk waren, die das Zeug nach Denver geschafft haben.«

Warum haben sie dann nicht den Laser und die Flechette-Gewehre vom Eingang mitgenommen? dachte Caine, schwieg aber. Den anderen war der Widerspruch bestimmt auch aufgefallen.

Nach einem Marsch von beinahe einer Stunde erreichten sie endlich eine dreißig Meter hohe Höhle, in der ein Dutzend Tunnels zusammentrafen und sich vereinten. Zehn Meter nach dem Beginn der Höhle stießen sie auf die erste passive Verteidigungsanlage der Stufe zwei.

Das heißt auf das, was von ihr übrig war.

»Panzermetall Klasse vier«, murmelte Hawking, als er die Kanten des manngroßen Lochs musterte, das in das einen halben Meter dicke Schott geschnitten worden war. Jenseits des Lochs lag der fehlende Teil verzogen und geschwärzt am Rand des Tunnels. »Das Härteste, was es gibt. Es war ihnen wirklich ernst damit, daß sie hineinwollten.«

»Sie waren auch ein wenig verrückt«, bemerkte Alamzad und betrachtete ebenfalls die Kante des Lochs. »Alle fünf Zentimeter befindet sich eine Gasblase.«

»Wozu soll die gut sein?« fragte Pittman. »Giftgas unter Druck?«

»Oder brennbares Material, um den Mann mit dem Schneidbrenner in Brand zu stecken«, bemerkte Hawking. »Das ist ein Hinweis darauf, daß sie gewußt haben, was sie tun.«

»Oder daß sie über genügend Männer mit Schneidbrennern verfügten«, ergänzte Lathe. »Was gibt es noch für Abwehranlagen in diesem Abschnitt, Bernhard?«

»Zwei weitere Schotts«, antwortete Bernhard automatisch und spähte an dem Hindernis vorbei in die Dunkelheit, die den Rest des großen Raumes verhüllte. »Ich würde annehmen, daß sie ebenfalls verschwunden sind.«

Lathe überlegte und wandte sich dann Hawking zu. »Wenn Sie über den Daumen peilen – wie lange mag es gedauert haben, bis sie durch drei solche Schotts durch waren?«

»Mit der richtigen Ausrüstung etwa ein bis zwei Monate. Ohne sie mindestens ein Jahr.«

»War das womöglich der Grund für das kleine Schallgerät im Schacht?« fragte Skyler. »Vielleicht sollte es ihnen Rückendeckung geben, während sie arbeiteten.«

»Klingt plausibel«, gab Hawking zu. »Aber Sie haben doch gesagt, Bernhard, daß Stufe drei vollkommen unpassierbar ist.«

»Sie sollte es jedenfalls sein«, antwortete Bernhard. »Aber ich hätte nie angenommen ... wer immer es war, er hat bestimmt auch die erforderliche Geduld für Stufe drei besessen.«

»Ach, kommen Sie schon, Bernhard, hören Sie auf, den Ahnungslosen zu spielen!« sagte Jensen. »Sie wissen, wer es getan hat, wir wissen, wer es getan hat, also machen wir endlich Schluß mit der Geheimniskrämerei!«

Einen Augenblick lang glaubte Caine, daß Bernhard den Anschein bis zum Schluß wahren würde. Doch er gab auf. »Seit wann wissen Sie es?«

»Wir *wissen* es, seit wir zum Belüftungstunnel gelangt sind«, antwortete Lathe. »Vermutet haben wir es schon viel länger. Schließlich hat jeder, mit dem wir gesprochen haben, gesagt, daß die Leute von der Fackel spurlos verschwunden sind – sie konnten nirgends anders als in der Basis Aegis stecken. Und wer außer Ihnen hätte einen Zugang gekannt, den die Ryqril nicht blokkiert hatten?«

»Diese Logik ist nicht sehr stichhaltig«, wandte Bernhard ein.

»Das stimmt nicht ganz«, widersprach Lathe. »Anna Silcox erinnert sich daran, daß die Mitglieder der Fackel viel mehr Achtung vor Ihnen hatten, als man aufgrund Ihrer späteren Handlungsweise annehmen würde. Das ist ein Hinweis darauf, daß Sie der Fackel weit mehr geholfen haben, als Sie zugegeben haben.«

»Die eigentliche Frage«, fügte Skyler hinzu, »besteht darin, ob Sie der Fackel in diesem Fall wirklich geholfen haben. Mit anderen Worten, ob Sie sie über alle Verteidigungsanlagen informiert haben, oder ob Sie es ihnen überlassen haben, es selbst herauszufinden.«

Bernhard sah Skyler an. »Ich habe ihnen alles über diese Todesfalle erzählt, was ich gewußt habe. Ich habe ihnen gesagt, daß ihre Chancen nicht gut stehen, daß sie Monate brauchen würden, nur um hineinzukommen. Was soll ich noch sagen? Sie waren Fanatiker.«

»Sie haben sie also hierhergebracht und einfach hineingeschickt«, stellte Braune fest.

»Das haben sie von mir verlangt.«

»Sie hätten ja auch mit ihnen hineingehen können«, meinte Braune. »Ihnen den Weg zeigen, sie vor einigen Fallen warnen können.«

»Es sieht nicht so aus, als hätten sie mich gebraucht.« Bernhard machte eine umfassende Handbewegung. »Sie sind ohne mich genauso weit gekommen, wie sie gekommen wären, wenn ich sie an der Hand hineingeführt hätte.«

»Und Stufe drei?« fragte Alamzad.

Darauf folgte lange Stille. Caine blickte in die Dunkelheit und fragte sich, was sie dort finden würden. Am wahrscheinlichsten Leichen. Er erschauerte unwillkürlich, drehte sich um und stellte fest, daß Lathe ihn ansah. »Wir können jetzt aufgeben, wenn Sie wollen«, schlug der Comsquare vor.

Caine biß sich auf die Lippe. Der ganze Weg hierher, die Enttäuschung wegen Karen Lindsay und den Dupres, die Demütigung, weil Lathe ihn aus einer Falle des Sicherheitsdienstes herausgeholt hatte, der – wenn auch freiwillige – Verlust seines Kommandos an Lathe und der Preis, den sein Selbstbewußtsein dafür bezahlt hatte ... das alles für nichts und wieder nichts? »Machen wir weiter, vielleicht haben sie einen Weg gefunden. Wenn es ihnen allerdings nicht gelungen ist ...«

Lathe nickte verständnisvoll. »Wir werden es bald wissen.«

Innerhalb des nächsten halben Kilometers stießen sie auf die beiden Schotts, die genauso aufgeschnitten worden waren wie das erste. Nach dem zweiten Schott verengte sich der Tunnel wieder, doch nicht so sehr, daß sie im Gänsemarsch gehen mußten. Der Boden knirschte unter ihren Schritten, und Caine nahm an, daß sich irgendwo Schalldetektoren befanden, die aufgrund dieses Geräusches Eindringlinge entdecken sollten. Aber ihm fiel keine Gegenmaßnahme ein, deshalb beschloß er, doppelt auf der Hut zu sein; er hoffte nur, daß die erste Falle, in die sie der Tunnel locken würde, etwas war, womit ihr Flexarmor fertigwerden konnte.

Doch der Tunnel hatte es offenbar nicht eilig, und sie marschierten ohne Zwischenfälle einen Kilometer weiter, bis Bernhard Halt befahl. »Stufe drei liegt nur noch ein kurzes Stück vor uns«, warnte er und zeigte auf die Biegung vor ihnen. »Von nun an schlängelt sich der Tunnel weiter.«

»Wahrscheinlich deshalb, damit man die Laser erst sieht, wenn man mit der Nase darauf stößt«, meinte Lathe. »Zurück zum Gänsemarsch; Bernhard und ich gehen voran!«

»Bis wir den Leichenhaufen erreichen«, stellte Bernhard richtig. »Danach sind Sie sich selbst überlassen.«

»Gehen Sie!« drängte Lathe.

Sie verschwanden vorsichtig um die Kurve, und als ihnen Hawking folgen wollte, stieß vor ihm jemand einen erstaunten Ausruf aus.

»Lathe?« fragte Hawking.

»Alles in Ordnung«, antwortete Lathe; sein Tonfall war eine Mischung aus Erleichterung, Bewunderung und Vergnügen. »Gehen Sie alle weiter und sehen Sie sich an, wie die Fackel mit den Abwehranlagen der Stufe drei fertiggeworden ist!«

Ein gehender Panzer-Schutzanzug? war Caines erster Gedanke, denn etwas Größeres hätte man nie durch den engen Eingang des Tunnels gebracht. Er lief Hawking nach und stoppte verblüfft neben Bernhard und

Lathe, die vor einem mannsgroßen Loch in der Wand standen.

»Ein zusätzlicher Belüftungstunnel?« fragte Caine, beugte sich vor und spähte in ihn hinein. Er führte vom Haupttunnel etwa fünfzig Meter senkrecht in den Berg und bog dann in Richtung Basis ab.

»Das stimmt«, bestätigte Lathe, »aber er wurde nicht von den ursprünglichen Erbauern angelegt.«

»Die Fackel?« fragte Alamzad.

»Wer sonst hätte die Geduld gehabt, einen Tunnel durch hundertfünfzig Meter Felsen zu graben?« erwiderte Bernhard. Doch selbst er war beeindruckt. »Diese verdammten, verrückten Fanatiker!«

Caine begriff plötzlich. »Also *darauf* sind wir gegangen – sie haben den Schutt einfach auf dem Tunnelboden verteilt.«

Jensen räusperte sich. »Ja, Fanatiker. Ihnen ist doch klar, Lathe, daß sie beinahe sicher noch hier sind. Vielleicht mögen sie es nicht, wenn man sie stört.«

»Das ist der Hauptgrund, warum ich Bernhard dabei haben wollte«, erklärte Lathe. »Ich hoffe, daß die Fackel Sie noch in guter Erinnerung hat, Bernhard.« Er wandte sich der Gruppe zu. »Caine, Sie und ich begleiten Bernhard; der Rest bleibt vorläufig hier. Es hat keinen Sinn, alle in Gefahr zu bringen, bevor wir eine Ahnung haben, was vor uns liegt – der Tunnel ist zu eng für rasche Abwehraktionen, falls es zu Schwierigkeiten kommt.«

Der Tunnel war enger, als er zunächst ausgesehen hatte, und zwang sie immer wieder, sich seitlich weiterzuschieben. »Wie sieht die Wand aus, die sie durchbrechen mußten, um hineinzukommen?« fragte Lathe.

»Vier oder fünf Meter armierter Beton plus ein paar Zentimeter Blei und weiches Eisen, zum Schutz vor Strahlungen. Aber nachdem sie die Schotts und all den Felsen geschafft hatten, wird die Wand für sie nur noch eine Kleinigkeit gewesen sein«, erwiderte Bernhard.

Die drei Männer gingen schweigend weiter. Wenige

Minuten später bewahrheitete sich Bernhards Vorhersage, denn sie durchschritten am Ende des Tunnels einen Bogen aus geschwärztem Beton und halbgeschmolzenem Metall und gelangten in einen großen, dunklen Raum.

Sie standen in der Basis Aegis.

35. Kapitel

Die drei Männer blieben lange regungslos stehen, während ihnen der schwache Schein der Armbandlichter ihre Umgebung nur andeutungsweise zeigte. *Wir haben es geschafft*, dachte Caine. *Wir haben es geschafft, wir befinden uns tatsächlich in der Basis Aegis.* Er hatte das größte Hindernis auf seiner Suche überwunden, und doch stellte er überrascht fest, daß er keine Spur der Befriedigung empfand, die ein solcher Triumph eigentlich hätte hervorrufen müssen.

Er konnte es natürlich kaum als seinen persönlichen Erfolg bezeichnen. Er hatte nicht nur den Eindruck, daß das alles unwirklich war, sondern er wußte auch, daß er ohne Lathe nie so weit gekommen wäre. Ohne Lathe, seinem Blackcollarteam und den übrigen Verbündeten des Comsquare. Er erschrak fast, als ihm Jensens privater Plan und die Rolle einfiel, die er in ihm spielen mußte.

Doch das lag noch in der Zukunft. Zunächst mußten sie die Backlashformel finden. Er löste die Lampe vom Armband, stellte sie stärker ein und ließ das Licht über die Wände gleiten. In ihrer Nähe waren Kunststoffkisten aufgestapelt, und zwar auf einer Länge von mindestens fünfzig Metern. »Lagerraum für Vorräte?«

»Richtig«, bestätigte Bernhard. »Neunte Ebene. Oberhalb von uns gibt es drei Ebenen mit den Quartieren der Offiziere und der Mannschaften, dann die Erholungs- und medizinische Ebene, die Ausbildungsebene, Kommandozentrale, Munition und der Hangar für die Kampfflugzeuge. Einige dieser Ebenen sind wesentlich höher als diese hier – es gibt in ihnen freistehende Gebäude und landschaftlich gestaltete Erholungsgebiete; aber Sie werden es ja selbst sehen.«

»Wo wird die Energie erzeugt?« fragte Lathe.

»Unter uns. Zwillings-Fusionsreaktoren mit Gasturbine, Mehrfachbatterien und Kraftstoffzellen als Reserve. Wahrscheinlich funktioniert das Ganze seit langem nicht mehr oder ist abgeschaltet worden.«

Lathe sah Caine an. »Vermutlich haben die Fackelleute dort, wo sie sich niedergelassen haben, solche Einrichtungen in Betrieb genommen – sie sind bestimmt nicht fünf Jahre lang bei Taschenlampenlicht gehockt.«

»Mir genügt es, wenn die Energie für die Computeraufzeichnungen reicht«, murmelte Caine.

»Aufzeichnungen?« fragte Bernhard. »Ist das alles, was Sie hier suchen? Ich dachte, daß Sie es auf unbenützte Waffen oder elektronische Geräte abgesehen haben.«

»Machen Sie sich keine Sorgen, wenn es funktioniert, wird es bestimmt die Mühe wert sein«, versicherte ihm Caine. Inzwischen erwachte der Pocher an seinem Handgelenk zum Leben: Lathe signalisierte den anderen, nachzukommen. »Auf welcher Ebene kommt man am wahrscheinlichsten in den Computer hinein?«

»In der Befehlszentrale. Vorausgesetzt, die Fackel hat soviel Energie zustandegebracht, daß sie die Türen öffnen konnten.«

»Wenn das nicht der Fall war, dann haben sie sie wahrscheinlich gesprengt.«

»Falls sie das getan haben, können Sie dem Computer Lebewohl sagen«, brummte Bernhard. »Die gesamte Ebene ist bis zur Decke mit Sprengstoff vollgestopft.«

»Spekulationen sind sinnlos«, unterbrach sie Lathe. Hinter ihnen scharrten Füße leise über den Beton, während die übrigen den Umfahrungstunnel benützten. »Gehen wir hinauf und sehen wir nach, wo sie sich verstecken!«

Auf der Vorratsebene funktionierten weder das Licht noch die Türen oder die Lifts. Zum Glück waren bereits alle wichtigen Türen gewaltsam geöffnet worden, und die Hintertreppen waren nicht schwer zu finden. Sie zu verwenden, war allerdings nicht so einfach; es waren

Wendeltreppen ohne Geländer mit unebener Oberfläche, die sichtlich so entworfen worden waren, damit man sie leichter verteidigen konnte. Bei jeder Ebene, die sie hinaufstiegen, wurde das prickelnde Gefühl zwischen Caines Schulterblättern unangenehmer. Die Tatsache, daß die Fackel sich nicht mit ihnen in Verbindung setzte, bedeutete seiner Ansicht nach, daß die Fanatiker ihnen einen Hinterhalt gelegt hatten ... – und der beste Platz dafür war das Treppenhaus.

Doch die Gruppe erreichte unbehindert die Ebene drei, tastete sich durch die dunklen Korridore zum Hauptbefehlszentrum und stellte fest, daß es unbeschädigt war.

»Also gut.« Lathe wandte sich Bernhard zu. »Wo ist der nächstbeste Ort, an dem wir uns in den Computer einschalten können?«

»Am Ende des Korridors.« Bernhard zeigte hin. »Die Computerräume befinden sich auch auf dieser Ebene. Aber ohne Elektrizität sind sie genauso nutzlos wie die ganze Anlage.«

»Es ist also besser, wenn wir uns darauf konzentrieren, die Fackel zu finden«, bemerkte Skyler. »Falls sie noch da sind.«

Lathe nickte. »Ich gebe zu, daß die Basis anscheinend aufgegeben wurde. Aber sie sind hier gewesen – wohin sind sie also verschwunden?«

»Wieder hinaus?« schlug Colvin vor. »Vielleicht sind sie nur lang genug geblieben, um ihre Spuren zu verwischen, und sind dann mit unbekanntem Ziel abgereist.«

»Dann haben sie sich aber unheimlich viel Arbeit gemacht, nur um sich zu verstecken«, sagte Alamzad. »Es sei denn, sie sind nur für kurze Zeit verschwunden, um nicht mit uns zusammenzukommen.«

»Woher hätten sie wissen sollen, daß wir unterwegs sind?« fragte Jensen.

»Die Telefonleitungen der Basis funktionieren wahrscheinlich noch«, antwortete Bernhard. »Vielleicht weiß

Ihre Freundin Anne Silcox mehr über den Verbleib ihrer Kameraden, als sie zugibt.«

»Es gibt vielleicht eine einfachere Erklärung«, sagte Lathe nachdenklich. »Wo befinden sich die medizinischen Einrichtungen, Bernhard?«

Dort fanden sie sie auch – an verschiedenen Stellen der hell erleuchteten medizinischen Anlage. Achtunddreißig Männer und Frauen vom Jugendlichen bis zum Erwachsenen in den besten Jahren.

Und alle waren tot.

»Verdammt«, flüsterte Braune, während sie vorsichtig zwischen den Leichen herumgingen. »Verdammt!«

Hawking untersuchte die Leichen. »Was ist geschehen?« fragte Lathe, als er fertig war.

»Vail ist derjenige unter uns, der wirklich über medizinische Kenntnisse verfügt«, erwiderte Hawking. »Aber ich habe den Eindruck, daß sie vergiftet wurden. Ihnen fällt bestimmt auf, daß es keine sichtbaren Verfallserscheinungen gibt – das ist für bestimmte Arten von Gift charakteristisch. Wenn ich raten müßte, würde ich annehmen, daß sie während einer längeren Zeit etwas in niedriger Konzentration zu sich genommen haben.«

»Sie haben es nicht eingenommen«, widersprach Bernhard. »Sie haben es inhaliert.«

Alamzad fluchte leise. »Der Gasangriff hat die Basis erledigt. Und die fehlenden Filter im Tunnel.«

»Sie haben es gewußt«, fügte Skyler hinzu. »Wir werden wahrscheinlich die Filter irgendwo in den Wohnräumen finden, wo sie sie installiert haben. Sie haben gewußt, daß sie sterben würden, und haben sich zur Wehr gesetzt.«

»Und trotzdem haben sie die Basis nicht verlassen«, stellte Lathe fest. »Ich möchte wissen, was sie hier unten getan haben, das für sie so wichtig war.«

»Vergessen Sie die Fackel!« mischte sich Pittman ein. »Was ist mit uns? Genügen unsere Gasfilter als Schutz?«

»Wir bleiben nicht so lange in der Basis, daß sich in unserem Blut eine gefährliche Dosis des Giftes ansammeln kann«, beruhigte ihn Lathe. »Die medizinische Abteilung muß über einen eigenen Computer verfügen, Caine. Es ist weit hergeholt, aber vielleicht haben sie die Informationen, auf die Sie es abgesehen haben, dort gespeichert.« Er sah Skyler an. »Die übrigen verteilen sich und sehen nach, was es hier noch alles gibt.«

Es stellte sich heraus, daß sich der Computer jenseits von einem vernachlässigten Erholungsgebiet in einem Gebäude befand, in dem es auch mehrere Laboratorien und weitere Leichen gab.

»Wenigstens gibt es hier Elektrizität.« Caine rollte einen Stuhl, in dem eine Leiche saß, mit sichtlichem Unbehagen vom Steuerpult weg und probierte einige Befehle aus. »Ich will einmal sehen, ob ich hineinkomme.«

»Wenn Sie es nicht schaffen, werden wir Bernhard fragen, ob er spezielle Codeworte kennt«, sagte Lathe. »Ich werde nachsehen, ob ich in dem Gebäude etwas entdecken kann. Signalisieren Sie, wenn Sie auf etwas Brauchbares stoßen!«

Damit verschwand er. Caine holte sich einen Stuhl und setzte sich vor die Tastatur. Vor dem Krieg waren die Computer im TDE standardisiert gewesen, und seine Ausbilder im Widerstand hatten ihm die gebräuchlichsten Codeworte beigebracht. Er tippte eines ein und begann mit der Suche.

Er brauchte nur eine Stunde, um alle Codeworte auszuprobieren, die er kannte, und die Verzeichnisse abzurufen, zu denen er durch sie gelangte. Als er fertig war, lehnte er sich seufzend zurück. Nichts. Keine Erwähnung von Backlash, keine Dateien unter der Bezeichnung ›Blackcollar‹ bis auf einige wenige medizinische Berichte.

Was bedeutete, daß Lathes sorgfältig vorbereiteter Schuß sich nicht bezahlt gemacht hatte. Falls sich die

Backlashformel tatsächlich in Aegis befand, dann oben auf der Ebene drei.

Caine starrte den Bildschirm an. Um dort hineinzukommen, mußte man ein getrenntes, größeres Unternehmen starten, das noch dazu gefährlich war, wenn man Bernhard Glauben schenken konnte. Doch bei militärischen Computersystemen überschnitten sich die Dateien manchmal. Vielleicht konnte er wenigstens herausbekommen, wie er von hier aus die Befehlsebene mit Energie versorgen konnte. Er begann gerade, die Verzeichnisse zum zweiten Mal zu durchsuchen, als sich sein Pocher einschaltete. *Caine: Kommen Sie ins Labor Nummer zwei – vierte Tür im Korridor!*

Lathe erwartete ihn bei der Tür des Labors, und sein Gesichtsausdruck war seltsam. »Glück gehabt?«

»Überhaupt keins. Es sieht so aus, als müßten wir doch oben in den Hauptcomputer hineinkommen.«

»Vielleicht, vielleicht auch nicht. Kommen Sie herein und sehen Sie sich das einmal an!«

Caine betrat hinter Lathe den Raum ... und blieb überrascht stehen. Im Labor befanden sich etwa zwanzig weitere Leichen; die meisten lagen auf Feldbetten, aber einige wenige waren über den Tischen zusammengesunken. Und die Labortische selbst ...

»Was, zum Teufel, haben sie *hier* getan?« fragte Caine. »Der Raum sieht wie ein roboterloses Genetik-Fließband aus.«

»Das finde ich auch«, stimmte Lathe zu. »Ich habe erwartet, daß ich das, was von der Fackel übrig war, auf dieser Ebene finden würde, weil sie in die medizinische Abteilung kommen mußten, wenn sie gegen das Gift kämpfen wollten. Aber es hat den Anschein, als hätten sie sich von Anfang an hier niedergelassen.«

»So lang?« fragte Caine.

»Es gibt genügend Hinweise dafür. Aber machen Sie sich auf etwas gefaßt – die echte Sensation befindet sich dort drüben.«

Lathe ging um einen der langen Tische herum zu einem Schreibtisch, der zwischen zwei Assembler-Maschinen für Chemikalien gezwängt war. Ein Mann war über Papieren und Disketten zusammengesunken; er sah aus, als hätte er ein Nickerchen machen wollen und wäre nicht mehr aufgewacht. Eine Art Hauptbuch lag aufgeschlagen vor ihm, und Lathe zeigte schweigend auf die Überschrift auf der linken Seite. Caine beugte sich vor und las sie.

»PRODUKTIONSPLAN«, stand dort. »WHIPLASH-DOSEN FÜR DIE WOCHE VON ...«

»*Whiplash?*« Caine runzelte die Stirn. »Was, zum Teufel, ist ...«

Er unterbrach sich plötzlich. »Denken Sie dasselbe wie ich?«

»Ohne richtigen Test werden wir es nie mit Sicherheit wissen«, warnte Lathe. »Aber es besteht eine geringe Wahrscheinlichkeit, daß wir einen Abkürzungsweg zum Ende der Mission gefunden haben.«

»Nur, wenn man an Wunder glaubt«, widersprach Caine. »An Wunder und an den Weihnachtsmann glaube ich schon lange nicht mehr.«

»Trotzdem kann man Wunder akzeptieren, die einem in den Schoß fallen.«

Etwas in Lathes Ton veranlaßte Caine, ihn anzusehen. Das Gesicht des Comsquare war gespannt, seine Augen blickten ins Leere. »Was stimmt nicht?« fragte Caine.

»Ach, nichts. Jedenfalls nichts, das ich beeinflussen kann. Sie haben mich daran erinnert, daß auf Plinry gerade das Projekt Weihnachten in Angriff genommen wird.«

»Projekt Weihnachten? Was ist das?«

»Fragen Sie mich ein anderes Mal. Kommen Sie, gehen wir zu den anderen zurück! Vielleicht fällt uns eine ungefährliche Methode ein, mit der wir herausbekommen können, was, zum Teufel, dieses kleine Weihnachtsgeschenk der Fackel in Wirklichkeit ist.«

36. Kapitel

ES WAR DREI UHR FRÜH, und Haven trug seine Geräte für weitere Aktivitäten außerhalb des Maschinenschuppens zusammen, als das Erkundungsschiff von der Erde den Plinry-Orbit erreichte und das vereinbarte Signal aussandte. Worauf Dayle Greene von einem Außenbezirk Capstones aus das Projekt Weihnachten startete.

Haven unterbrach seine Tätigkeit und lauschte dem Geräusch der Explosionen vom östlichen, südlichen und westlichen Tor der Nabe. Damit signalisierte Greene ihm und den neun übrigen Blackcollars in ihren Verstecken, daß der entscheidende Teil der Operation begonnen hatte. Die Explosionen waren nicht besonders stark und konnten bestimmt keines der Tore beschädigen, aber wenn der Sicherheitsdienst unter Hammerschmidts Befehl stand, waren seine Reaktionen absolut vorhersehbar, und die Streitkräfte der Nabe würden innerhalb von Minuten zu den Toren rasen, um die Invasion abzuwehren.

Und damit würde der Schornstein praktisch über keine Verteidigung gegen die Blackcollars verfügen. Natürlich verfügte er immer noch über den Kader von Ryqril-Wächtern sowie über vier Multimegawatt-Laser.

Haven biß die Zähne zusammen und trat auf das Dach hinaus. Das Ganze brach ein paar Tage früher aus als vorgesehen, aber seine Leute waren bereit. Die einzige noch offene Frage war, ob die Laser wirklich außer Gefecht gesetzt worden waren – und leider gab es nur eine Möglichkeit, das herauszubekommen.

Noch während der Blackcollar sich zur Ecke des Maschinenhauses schob und seine Ausrüstung sorgfältig bereitlegte, setzte die Reaktion des Sicherheitsdienstes ein. In der Nähe wurden Wagen gestartet und brausten

Richtung Mauer los, und als Haven seine Scharfschützenschleuder bereitmachte, schoß ein Aufklärer nach Westen davon. Er wußte, daß die Aufklärer zu einem Problem werden konnten, aber damit mußten sie leben. Wenigstens würden die Reihen von Korsaren, die in dem Raumhafen auf den Startbefehl warteten, bald aus dem Weg geräumt sein, vorausgesetzt, daß der Pilot des Erkundungsschiffes seine Rolle richtig spielte.

Wenn er es tat, war die Wahrscheinlichkeit groß, daß ihn die Korsaren herunterholen würden. Diese Vorstellung schmerzte, aber Haven verdrängte sie energisch. Vermutlich würden innerhalb der nächsten Stunde etliche der in der Nähe wartenden Blackcollars ebenfalls tot sein, und es war kontraproduktiv, sich zu lange damit zu befassen.

Er hatte gerade einen großen, silberglänzenden Ball in die Schleuder eingelegt, als die Stadt in strahlend helles Licht getaucht wurde.

Er ließ sich flach auf das Dach fallen und blickte vorsichtig um die Ecke des Maschinenhauses. Im gleichen Augenblick schwenkte einer der Laser auf der Mauer sein Rohr in die Höhe und feuerte.

Haven grinste. Die ferngesteuerten Behälter, die der Pilot des Erkundungsschiffes zu Hunderten über der Stadt abwarf, waren vollkommen harmlos, aber das konnten die Ryqril nicht wissen. Der Laser korrigierte die Richtung und feuerte noch einmal; im nächsten Augenblick schlossen sich ihm die übrigen drei Laser an, als die Wolken von herabstürzenden Behältern in ihren Schußbereich gerieten. Zielen, feuern, neuerlich zielen – und das alles elektrisch gesteuert, also blitzschnell.

Das galt allerdings nur für die beiden Laser an den hinteren Ecken des Schornsteins. Die beiden an den vorderen Ecken, die er, O'Hara und Spadafora über eine Woche lang mit radioaktivem Gips beschossen hatten ...

Sie waren langsam. Unglaublich langsam. Das bedeutete, daß sie manuell auf das Ziel ausgerichtet und abgefeuert wurden.

Mit anderen Worten, Hawkings verdammter, verrückter Trick hatte tatsächlich funktioniert.

Haven holte tief Luft und stützte den Bügel seiner Schleuder auf seinen Arm. Auch wenn die Laser zu langsam waren, um ferne Punkte am Himmel zu treffen, waren sie immer noch schnell genug, um Blackcollarkommandos zu verdampfen, die versuchten, die Mauer des Schornsteins zu erklettern. Ein letzter Schuß ... und wenn er nicht perfekt war, dann war alles übrige umsonst gewesen.

Er zwang sich zur Geduld, wartete und beobachtete die Bewegungen des Lasers, um den richtigen Moment zu erwischen. Als die Waffe nach oben schwenkte und einen Augenblick innehielt, ließ er die Kugel fliegen. Durch den Feldstecher sah er, daß sie genau in der Mitte des exponierten Kardanmechanismus aufschlug.

Er schloß seine Augen, als blauweißes Licht aufflammte.

Natürlich entstand dadurch kein direkter Schaden – der Kardanring aus Panzerstahl konnte Angriffen durch Hochfrequenzlaser standhalten, und Havens einfache Thermitbombe würde die Wärmeableitung kaum überbeanspruchen. Aber Hochfrequenzlaser verspritzten kein geschmolzenes Metall in alle Richtungen – geschmolzenes Metall, das infolge der Wärmeableitung erstarren würde. Und weil die Waffe manuell gesteuert wurde, war anzunehmen, daß sie diese Stellung so lange beibehalten würde, daß das Metall erstarren konnte.

Vielleicht merkte der Mann, der den Laser bediente, erst, daß mit den Kardanringen etwas nicht stimmte, als er versuchte, tiefer zu zielen. Haven hielt die Luft an, als der Laser an den Metallkabeln zerrte, die ihn in seiner Stellung festhielten; aber der genau ausgewogene Mechanismus war für Schnelligkeit und nicht für Kraft gebaut, und er zerrte vergeblich. Ein Blick auf die nächste Ecke des Schornsteins zeigte Haven, daß der zweite Laser genauso hilflos war.

Ein Viertel der Mauer um die Enklave war plötzlich ungeschützt.

Haven griff nach seinem Pocher und tippte rasch eine Nachricht ein. Aber die wartenden Kommandos hatten schon gemerkt, daß ihr Schlüsselloch frei war, und vier weitere Seile schlängelten sich zur Mauerkrone hinauf. *Spadafora, O'Hara: Bleibt als Reserve unten!* signalisierte Haven. Er schätzte noch einmal die Situation ab und rannte dann die Treppe hinunter.

Als er die baumelnden Seile erreichte und die Wand des Schornsteins hinaufkletterte, waren die übrigen Blackcollars bereits an der Innenseite hinuntergeklettert, und nach den Geräuschen und Laserblitzen innerhalb der Enklave zu schließen, war der Kampf voll im Gange. »Lage?« fragte Haven Charles Kwon, der unter dem funktionsunfähigen Laser lag und die Scharfschützenschleuder in der Hand hielt.

»Der meiste Widerstand kommt von dem Gebäude dort drüben.« Kwon zeigte auf ein niedriges Blockhaus in der Nähe des schweren Tors. »Drei Ryqril haben es durch das Tor hinaus geschafft, aber weil sie unten nicht aufgetaucht sind, nehme ich an, daß O'Hara und Spadafora sie festgenagelt haben. Drei von unseren Leuten verhindern weitere Ausbruchsversuche; die anderen drei sind dort hinübergegangen, zur Wohneinheit.«

»Schon Korsaren gesehen?«

»Nein, aber von hier aus hatte man den Eindruck, daß das gesamte Plinry-Kontingent aufgestiegen ist, um sich mit dem Erkundungsschiff und den Behältern zu befassen. Wenn wir uns beeilen ...«

Er unterbrach sich, zielte und schoß seine Schleuder auf eine undeutlich erkennbare Gestalt ab, die unten hinter einem Gebäude hervorgekommen war. Der Ryq zuckte zusammen, und sein Laserschuß ging daneben.

Bevor er wieder anlegen konnte, schleuderte einer der halb versteckten Blackcollars einen *shuriken* über den Hof; der Alien kippte nach hinten und rührte sich nicht mehr. »Wenn wir uns beeilen«, fuhr Kwon fort, während er seine Schleuder wieder lud, »kommen wir hier vielleicht hinaus, bevor wir uns wegen der Korsaren Sorgen machen müssen.«

»Wir können nur hoffen.« Haven tippte auf seinen Pocher. *De Vries, Anderson: Lage?*

De Vries: Minimale Präsenz von Ryqril-Kriegern – alle Streitkräfte festgenagelt.

Anderson: Haben Zugang zu Unterkünften der Zivilisten erlangt; Ziel nicht in Sicht.

»Vielleicht sollten wir ein einfaches Tauschgeschäft machen«, schlug Kwon vor. »Ihre Zivilisten gegen ...«

De Vries: Ziel in Blockhaus der Krieger gesichtet.

Haven knurrte. »Schlau. Die haben sie wahrscheinlich dort hinübergebracht, als das Erkundungsschiff begann, die Behälter abzuwerfen. Hast du den Lautsprecher bei der Hand, Kwon – mach deinen Vorschlag!«

Kwon zog eine kleine Schachtel heraus und hielt sie sich an den Mund. *»Kray hresakh tlahiin Ryqril-ahz«*, rief er. Seine Stimme dröhnte aus dem winzigen Verstärker. *»Razenix ylay-kiy qhadi ...«*

Haven hörte nur mit halbem Ohr zu, weil er seine Aufmerksamkeit der Situation unten widmete. Es gab keine Garantie dafür, daß der Kommandant der Ryqril darauf eingehen würde; er konnte genauso gut beschließen zu warten, bis die Korsaren ihre Feuerkraft aus der Luft einsetzen konnten. Haven warf einen Blick auf den Kardanmechanismus des Lasers über sich; angeblich war er so konstruiert, daß er nicht in die Enklave schießen konnte, aber mit genügend Hebelzug an den richtigen Stellen war es vielleicht möglich, ihn weit genug zu schwenken. »Erinnere sie daran, daß wir hier oben zwei ihrer Verteidigungslaser zur Verfügung haben«, wies er Kwon an. »Wir können sie wahrscheinlich direkt gegen die Enklave einsetzen; wenn sie eigensinnig bleiben, können wir ganz bestimmt Löcher in ihre heimkehrenden Korsaren schießen.«

Kwon nickte und gab eine weitere lange Wortflut in zungenbrecherischem Ryqrili von sich. Haven nagte an seiner Unterlippe, weil ihm quälend bewußt war, daß die Zeit auf der Seite der Aliens stand. Wenn sie nicht rasch aufgaben, hatten die Blackcollars nicht nur die Korsaren, sondern auch den gesamten Sicherheitsdienst von Capstone am Hals.

Unvermittelt drang eine schwache Alienstimme aus dem Blockhaus. »*Tlesahae – khreena*«, sagte sie ... und Haven stieß einen erleichterten Seufzer aus.

»Warten wir ab, ob sie es ernst meinen«, warnte Kwon.

Offenbar taten sie es. Einen Augenblick später traten zwei Gestalten aus dem Blockhaus und gingen auf das Tor zu. *O'Hara,* signalisierte Haven, *Ziel zu uns unterwegs. Bestätigt Ryqril festgenagelt.*

Verstanden. Krieger noch festgenagelt.

»Ich übernehme die Rückzugsposition«, sagte Haven zu Kwon, steckte seine Schleuder ein und griff nach einem der Seile. »Zieh unsere Leute vorsichtig ab – ich will nicht, daß uns die im letzten Augenblick hereinlegen.«

»Kapiert. Gib auch draußen auf Tricks acht!«

Aber die Ryqril unternahmen keinen Versuch, ihr Wort zu brechen. Anscheinend hatte sie die Tatsache, daß jemand in ihre angeblich unbezwingbare Enklave eingedrungen war, so durcheinandergebracht, daß sie überhaupt nicht an Widerstand dachten. Was immer der Grund war – es verringerte die Zahl der Hindernisse, die sie noch zu überwinden hatten, um eines. Haven teilte seine Aufmerksamkeit zwischen dem Boden und dem Himmel, beobachtete und wartete.

Minuten später war der Austausch vollzogen. Die beiden Gestalten befanden sich außerhalb der Enklave, die Ryqril, die einen Ausfall versucht hatten, waren wieder hinter dem verschlossenen Tor. Haven lief vor, denn er wußte, daß die Gefahr eines feindlichen Vergeltungsangriffs jetzt am größten war. Inzwischen waren oben auf der Mauer die Angriffseinheiten der Blackcollars aufgetaucht, und während die ersten hinunterglitten, kamen Spadafora und O'Hara mit den Wagen in Sicht, die sie sich auf einem nahen Parkplatz angeeignet hatten. Sie fuhren ebenfalls auf die beiden Gestalten zu und trafen zur gleichen Zeit wie Haven bei ihnen ein.

»Sind Sie nicht Taurus Haven?« fragte die ältere Frau mit leicht zitternder Stimme, während sie Havens hinter der Schutzbrille halb verborgenes Gesicht betrachtete. »Es war langsam Zeit – wir haben schon geglaubt, daß Sie uns vollkommen vergessen haben.«

»Sie sind zu ungeduldig, Mrs. Pittman«, neckte Haven sie sanft, während er die beiden Frauen zu dem wartenden Wagen schob. »Gut Ding braucht Weile.«

Das Ergebnis war beeindruckend und überstieg Havens optimistischste Erwartungen: Kein Toter, ein Schwerverwundeter, und nur wenige Verwundete mit schweren Verletzungen. Ein eindeutiger und beinahe vollständiger Sieg, dachte er, während sie wendeten und sich so rasch sie konnten aus dem Staub machten.

Jetzt ging es darum, lebend aus der Nabe zu entkommen.

Über diese Phase der Operation hatte es nicht viele Diskussionen gegeben, vor allem deshalb, weil eventuelle Pläne nicht viel wert waren, wenn die Angriffseinheit sich sowohl durch Hammerschmidts Streitkräfte als auch womöglich durch Truppen der Ryquril durchkämpfen mußte. Sie mußten es einfach darauf ankommen lassen. Der Vorteil des Sicherheitsdienstes bestand in seiner zahlenmäßigen Überlegenheit, der der Blackcollars in der besseren Ausbildung und in der Tatsache, daß es ihnen immer gelang, die Initiative zu ergreifen.

Erst auf halbem Weg zum Tor fiel Haven auf, daß sich

die erwarteten Sicherheitskräfte noch nicht hatten blikken lassen.

»Wo, zum Teufel, sind sie?« murmelte er O'Hara zu, der sich über das Lenkrad beugte. »Die Ryqril müssen ihnen inzwischen mitgeteilt haben, daß wir hier sind.«

»Ja, ich habe mich auch schon darüber gewundert«, bestätigte O'Hara. »Mrs. Pittman, Davette – haben die Ryqril während der Zeit, in der Sie sich im Blockhaus befunden haben, Verbindung mit dem Sicherheitsdienst aufgenommen?«

»Wir verstehen leider kein Ryqrili«, murmelte die ältere Frau, ohne die Straße aus den Augen zu lassen.

»Sie hätten mit dem Sicherheitsdienst ja auf Anglic gesprochen, Mutter«, bemerkte das Mädchen. Ihre Haltung angesichts der Gefahr war beinahe ruhig und gelassen. Diese Härte hatte Haven schon bei ihrem Bruder bemerkt. »Während wir im Blockhaus waren, hat keiner von ihnen etwas auf Anglic gesagt, Kommandomann Haven.«

»Vielleicht haben sie Hammerschmidt tatsächlich nicht mobilisiert«, meinte O'Hara. »Vielleicht schämen sie sich so darüber, daß jemand in ihre Festung eingedrungen ist, daß sie die Angelegenheit selbst bereinigen wollen.«

»Oder aber sie hielten es für möglich, daß der Sicherheitsdienst die Bresche selbst ausnützen würde«, überlegte Haven laut.

»Alle Angehörigen des Sicherheitsdienstes sind loyalitätskonditioniert ...«

»Ja. Aber sollten Blackcollars in meine Festung eindringen, dann würde ich bestimmt den Sicherheitsdienst verdächtigen«, meinte Haven. »Oder vielleicht haben sie sich für einen einfachen, altmodischen Hinterhalt entschieden. Haltet die Augen offen!«

Haven konnte es ebensowenig glauben wie O'Hara und war genauso überrascht wie alle anderen, als die beiden Wagen in Sichtweite des Südtores anlangten und noch immer keine Reaktion erfolgt war. Als sie einen Block vom Metallzaun entfernt am Randstein hielten, bemerkte O'Hara: »Wenigstens wissen wir jetzt, wohin alle Wächter verschwunden sind. Ich habe mich schon gefragt, ob sie sich in Luft aufgelöst haben.«

Sie hatten endlich den Sicherheitsdienst gefunden, oder zumindest vier Wagenladungen Sicherheitsleute: Sie waren in einer Verteidigungsstellung um das Tor angeordnet, als erwarteten sie immer noch einen Angriff von außerhalb. »Das heißt, daß Greene und seine fröhlichen Gesellen draußen den Druck aufrechterhalten haben, um sie abzulenken«, meinte Haven.

»Ein weiterer guter Grund, warum sie uns in Ruhe gelassen haben«, stellte O'Hara fest. »Der gesunde Menschenverstand würde jedem Beteiligten sagen, daß die Ryqril ganz allein mit uns fertigwerden können.«

»Wodurch sich wieder die Frage aufdrängt, wo, zum Teufel, die Reaktion geblieben ist«, knurrte Haven. Draußen flitzten die Blackcollars aus dem zweiten Wagen wie Schatten die Straße entlang auf die Stellungen des Sicherheitsdienstes zu. Sie wußten offensichtlich, daß die anderen Blackcollars hinter dem Sicherheitsdienst standen und sie dadurch Rückendeckung hatten.

Falls der Sicherheitsdienst Posten aufgestellt hatte, dann waren sie ihrer Aufgabe keineswegs gewachsen. Minuten später war die gesamte Sicherheitsstreitmacht fachgemäß neutralisiert, und die Wagen schossen durch das Tor in die relative Sicherheit der Stadt. O'Hara bog um die erste Ecke und fuhr in eine Garage, deren Tor sich vor ihnen öffnete. Während der Wagen hineinrollte, erblickte Haven durch das Fenster hoch über ihnen ein dunkles Raumschiff.

Er lächelte. Die Ryqril hatten also doch einen oder zwei Korsaren hinter ihnen hergeschickt. Aber wenn sie den Angriff aufgeschoben hatten, um ihren Marionetten in der Nabe keinen Schaden zuzufügen, hatten sie damit ihr letzte Chance verspielt. Hier draußen unter all den Menschen und auf der von ihm und Greene ausgetüftelten labyrinthartigen Fluchtroute hatten die Aliens überhaupt keine Chance, sie in die Finger zu bekommen, ohne ganz Capstone niederzubrennen.

Wozu sie vielleicht sogar bereit waren. Doch das lag nicht mehr in seinen Händen. Seine Rolle im Projekt Weihnachten war ein Erfolg gewesen; was darauf folgte, war Sache des Universums.

37. Kapitel

»Backlash.« Colvin sprach das Wort langsam aus, als ließe er es auf der Zunge zergehen. »Backlash. Darum ist es also gegangen. Verdammt. Kein Wunder, daß Sie es geheimgehalten haben, Caine – die Ryqril hätten wahrscheinlich lieber Denver in die Luft gejagt, als zuzulassen, daß es uns in die Hände fällt.«

»Wir haben es noch nicht«, warnte Skyler. »Ich glaube es nämlich nicht, Lathe. Wenn die Fackel die Formel für Backlash rekonstruiert hat, warum haben sie ihm dann einen anderen Namen gegeben?«

»Warum nicht?« konterte Lathe. »Schließlich steht es nicht fest, daß sie den richtigen Codenamen kannten.«

»In diesem Fall«, warf Hawking trocken ein, »sind sie ihm aber zufällig sehr nahe gekommen. Ich schließe mich Skyler an, Lathe – wir sollten uns in diesem Stadium noch keine allzu großen Hoffnungen machen.«

»Einverstanden«, antwortete Lathe. »Aber ob die Droge der Fackel nun Backlash ist oder nicht, wir brauchen immer noch eine Möglichkeit, es zu testen. Vorschläge?«

Zunächst folgte Schweigen. Caine sah sich im Raum um; Colvin und Braune starrten ins Leere; Alamzad flüsterte Hawking etwas zu; auf Pittmans Gesicht spiegelte sich die Erkenntnis, warum das Drahtseil, über das er all diese Monate gegangen war, so wichtig gewesen war.

Als Caines Blick zu Skyler und Jensen wanderte, sah er, daß auch sie seine Teamkameraden beobachteten, vielleicht ihre Reaktionen und ihr Potential abschätzten. *So weit es sie betrifft, sind wir noch immer in der Schule,* dachte er leicht verbittert. *Kadetten – Rekruten – rangjüngere Mitglieder des Teams. Das wird sich jedenfalls bald ändern. Sobald wir nämlich selbst echte Blackcollars sind.*

»Was für eine Dokumentation gibt es für dieses Whiplash?« meldete sich Hawking. »Findet sich im Computer oder im Ausdruck etwas?«

»Außer den Produktionstabellen steht noch eine Menge im Buch«, antwortete Lathe, »aber ich habe es kaum verstanden. Sie und Alamzad können es durchgehen, doch ich nehme an, daß wir einen Biochemiker brauchen, um es wirklich herauszubekommen.«

»Mit anderen Worten«, mischte sich Pittman ein, »wir können es nur wirklich testen, indem wir es an jemandem ausprobieren. Wann immer Sie soweit sind, ich melde mich freiwillig.«

»Danke«, sagte Lathe, »aber von diesem Punkt sind wir noch weit entfernt. Zuerst müssen wir das Buch und den medizinischen Computer durchsehen und dann müssen wir versuchen, in den Hauptcomputer im nächsten Stock zu gelangen. Und nicht einmal dann werden wir irgend jemand ein unbekanntes Mittel injizieren.«

»Irgendwann werden Sie es aber tun müssen, wie Sie sehr genau wissen«, widersprach Pittman. »Ich wollte mich nur rechtzeitig melden.«

»Pittman ...« Skyler zögerte. »Es ist bestimmt alles in Ordnung. Projekt Weihnachten ...«

»War von Anfang an unmöglich«, unterbrach ihn der Jüngere. »Machen Sie sich nichts vor – ich habe es nicht getan. Das soll nicht heißen, daß ich für den Versuch nicht dankbar bin.«

»Pittman ...«

»Nein, es ist schon gut, Lathe.« Pittman stand auf und ging zur Tür. »Wann immer Sie mich brauchen, ich bin bereit.«

Damit verließ er den Raum. »Verdammt«, murmelte Braune.

»Er kommt schon in Ordnung«, beruhigte ihn Lathe. »Wenn er nicht so zäh wäre, hätte ich ihn nie den Doppelagenten spielen lassen. Das Beste, das wir jetzt tun können, ist, so rasch wie möglich hier fertigzuwerden und nach Plinry zurückzukehren.«

»Schön, dann fangen wir an!« Hawking stand auf. »Wir werden jedenfalls mehrere Tage fleißig arbeiten müssen. Hat jemand eine Ahnung, wo Kanai und Bernhard stecken?«

»Sie sind drüben in der Isolierabteilung und gehen dort die Aufzeichnungen durch«, antwortete Jensen. »Durch mein Fenster kann ich die einzige Tür zu der Abteilung sehen, und sie haben sie nicht verlassen.«

»Streben Sie eine zweite Laufbahn an, indem Sie sie unter Beobachtung halten?« fragte Lathe.

»Jemand muß es tun.«

»Richtig. Okay, der Posten gehört Ihnen. Die übrigen machen sich an die Arbeit.«

»Versuchen Sie es jetzt«, brummte Hawking, krabbelte über den Kabelschacht an der Decke zurück und ließ sich auf den Fußboden des medizinischen Labors fallen.

Caine tippte das Codewort ein; einen Augenblick später erschien ein neues Verzeichnis auf seinem Monitor. »Ich bin drin«, jubelte er. »Ich kann es nicht glauben, aber ich bin drin.«

Hawking trat kopfschüttelnd zu ihm. »Ich kann es auch nicht glauben, aber ich bin nicht zu stolz, um Geschenke vom Universum anzunehmen. Vielleicht war die Fackel klüger, als wir glauben.«

»Ich bin ganz Ihrer Meinung. Warum sollten sie das Risiko eingehen, in die Befehlsebene einzubrechen, wenn man die Computerdateien durch das medizinische System hier unten anzapfen kann? Ich möchte nur wissen, wie sie die oben aufbewahrten Disketten in die Lesegeräte brachten.«

»Vielleicht haben sie einen versteckten Kriechweg gefunden, den jemand verwenden konnte. Vielleicht konnten sie eine der Fernsteuerungen anwerfen. Oder vielleicht haben die letzten Überlebenden von Aegis sie in den Lesegeräten gelassen. Mir ist jedenfalls alles recht.«

Caine fand eine vielversprechende Datei und rief sie ab. »Haben wir jemals festgestellt, ob wir die Backlashformel erkennen würden, wenn wir auf sie stoßen?«

»In diesem Stadium bin ich bereit, jede Formel zu akzeptieren«, antwortete Hawking ehrlich. »Vier Tage in diesem Loch sind ungefähr alles, was ich verkraften kann. Wie, zum Teufel, hat man erwartet, daß Menschen es hier jahrelang aushalten würden?«

»Wenn man Licht und Gesellschaft hat, ist es wahrscheinlich leichter. Würden Sie sich bitte das da ansehen?«

Hawking zog sich einen Stuhl heran und musterte den Monitor. Caine seufzte müde und blickte zum Fenster des Labors hinaus. Er wollte es nicht zugeben, aber vier Tage in Aegis hatten auch ihn beinahe geschafft. Die Leere und Stille waren einfach zu unnatürlich; daß es nirgends außer in den Treppenhäusern und der medizinischen Ebene Licht gab, wirkte geradezu unheimlich. Nur draußen in dem offenen Gelände zwischen den Gebäuden ...

Seine Gedanken wurden jäh unterbrochen. Braune kam über die freie Fläche zum Laborkomplex gelaufen; er wirkte sichtlich besorgt. »Ich bin sofort wieder da«, sagte Caine zu Hawking und verließ den Raum.

Er traf Braune beim Eingang. »Was ist los?«

»Schwierigkeiten. Bernhard hat Jensen angegriffen und ist ins Treppenhaus verschwunden.«

»Er hat was? Ist Jensen in Ordnung?«

»Ich glaube schon – Colvin kümmert sich um ihn. Jensen hatte mich als Reserve eingesetzt, aber ich war zu weit weg.«

»Führen Sie mich hin!« befahl Caine. »Haben Sie Lathe verständigt?«

»Ich weiß nicht, wo er ist«, erklärte Braune, während

sie sich auf den Weg machten. »Und ich habe gedacht, daß Bernhard vielleicht Kanai als Reserve hiergelassen hat, deshalb wollte ich den Pocher nicht verwenden.«

»Aber wenn uns Bernhard entwischt ist ...?«

»Ist er nicht. Ich habe Pittman auf Bernhard angesetzt, bevor ich Sie holte.«

Pittman. Großartig. Der Mann mit dem Märtyrer-Trick. »Wir müssen sie sofort finden«, knurrte Caine.

»Ich weiß. Hier hinüber.«

Bei der Tür zum Treppenhaus blieben sie stehen. Ein paar Meter daneben kniete Colvin neben dem bewußtlosen Jensen. »Wie geht es ihm?« fragte Caine, ließ sich auf ein Knie nieder und fühlte Jensen den Puls.

»Er ist bewußtlos, aber ich glaube nicht, daß er schwer verletzt ist«, antwortete Colvin. »Ich habe vor einer Minute Alamzad hergewinkt und hinter Pittman hergeschickt, war das richtig?«

»Ja.« Caine sah sich um, aber nirgends war jemand von Lathes Team zu erblicken. »Gehen Sie ins Labor zurück, in dem Sie mich gefunden haben, Braune, und informieren Sie Hawking. Colvin und ich werden Bernhard suchen.«

»Seien Sie vorsichtig!« warnte Braune.

Im Treppenhaus herrschte Stille. »In welche Richtung?« flüsterte Colvin.

Als Antwort zeigte Caine auf den *shuriken*, der auf der zweiten nach oben führenden Treppe lag. »Ich tippe auf die Befehlsebene. Gehen wir!«

Sie stiegen so lautlos wie möglich hinauf. Caine fiel wieder auf, daß sich das Treppenhaus ideal für einen Hinterhalt eignete, aber seine Befürchtungen waren auch diesmal unbegründet. Auf jedem Treppenabsatz fanden sie einen weiteren Wurfstern, aber das war der einzige Hinweis darauf, daß jemand hier hinaufgegangen war. Ihre Schritte waren das einzige vernehmbare Geräusch; sie erblickten keine Spur von ihrer Beute oder von ihren Teamkameraden. Als sie an der Befehlsebene vorbeikamen und die *shuriken* immer noch nach oben führten, überlegte Caine, ob Bernhard vielleicht seine neuen Beschatter ausgeschaltet und selbst die Sterne als Köder zurückgelassen hatte.

Aber sie gingen weiter, und bei der Tür zur ersten Ebene wartete Alamzad mit dem *nunchaku* in der Hand. »Wo sind Lathe und die anderen?« fragte er, als Caine und Colvin zu ihm stießen.

»Braune holt sie«, antwortete Caine. »Wo sind Pittman und Bernhard?«

»Im Hangar – direkt durch den Korridor und durch die Doppeltür hinaus. Wir nehmen an, daß Bernhard zu der Hauptkontrollstelle gegangen ist. Pittman beobachtet ihn aus einiger Entfernung, aber er wird wahrscheinlich selbständig etwas unternehmen, wenn Sie nicht rasch hinterherkommen.«

»Verdammt«, flüsterte Colvin. »Im Hangar fängt der Ausgang zum Haupttunnel an, Caine. Glauben Sie ...?«

»Daß Bernhard die Ryqril hereinlassen will? Ich hoffe, daß er es nicht tut. Aber was immer er vorhat, wir müssen hinein und ihn daran hindern.« Er zog die Tür auf.

»Warten Sie«, sagte Alamzad plötzlich. »Ich glaube, daß ich auf der Treppe etwas gehört habe.«

Colvin trat an das Geländer und sah hinunter. »Ich sehe nichts. Es könnte Lathe mit Verstärkungen sein. Sollen wir warten?«

»Nein.« Caine schüttelte den Kopf. »Außerdem ist das unsere Aufgabe – Jensen hat uns als seine Reserve eingesetzt. Gehen wir!«

Sie traten in den dunklen Korridor und an seinem Ende durch die große Doppeltür in den Hangar. Bereits nach den ersten vorsichtigen Schritten in der vollkommenen Dunkelheit wußte Caine, daß sie sich in Schwierigkeiten befanden.

Der Hangar war riesig. Der Vorrats-Lagerraum, durch

den sie Aegis betreten hatten, war ungefähr gleich groß gewesen, aber weil überall Kisten und verpackte Maschinen herumstanden, hatte er mehr wie ein gemütliches Labyrinth gewirkt. Im Gegensatz dazu war der Hangar überwältigend leer, und diese Leere war zusammen mit der Dunkelheit ein ungeheurer Vorteil für Bernhard.

»Wo befindet sich die Kontrollstation, Zad?« zischte Colvin.

»Genau gegenüber auf der anderen Seite des Hangars«, flüsterte Alamzad zurück.

Caine holte tief Luft. Es war wieder der ›blinde‹ Test, aber diesmal war er Wirklichkeit. Er zwang sich, ruhig zu sprechen. »Wir werden das Code-Erkennungssystem von Plinry anwenden – versucht, euch im Kampf nicht gegenseitig auszuschalten. Wissen Sie, wo Pittman steckt, Alamzad?«

»Leider nicht.«

»Okay. Sie bleiben bei der Tür, Colvin, bis wir Bernhard lokalisiert haben. Zählen Sie bis hundert, dann signalisieren Sie Pittman mit dem Erkennungscode.«

»Mit dem Pocher? Dadurch wird Bernhard aufmerksam werden.«

»Das kann ich nicht verhindern. Außerdem müßten wir dann schon in der Lage sein, ihn anzugreifen.«

»Richtig. Viel Glück.«

Caine machte sich mit Alamzad auf den Weg. Allmählich fielen ihm Lathes alte Anweisungen ein. *Öffnen Sie Ihre Sinne! Entspannen Sie sich und überlassen Sie es Ihrem Unterbewußtsein, die Informationen zu verarbeiten, die es von Ihren Ohren, Ihrer Nase und Ihrer Haut erhält!* Er konzentrierte sich ... und während er in den entsprechenden geistigen Zustand geriet, erweiterte sich die kleine Wahrnehmungsblase um ihn allmählich. Da, rechts von ihm, etwas Großes, aus dem ein stumpfer Teil hervorragte. Eines der Kampfflugzeuge, das aus irgendeinem Grund noch sicher im Hangar stand, während die anderen ausgesperrt worden waren, als die Basis dicht machte? Wahrscheinlich. Vor ihm vernahm er immer deutlicher eine leise Stimme – sprach Bernhard mit sich selbst? Seltsam – aber es war der beste Richtungsweiser, den es gab; wenn sie Glück hatten, würden sie sich auf den Blackcollar stürzen können, bevor ihn Colvins Pochersignal darauf aufmerksam machte, daß er Gesellschaft hatte.

Caine: Bernhard am anderen Ende des Hangars am Telefon.

»Verdammt!« knurrte Caine und schlug auf seinen Pocher. Aber es war zu spät. Pittmans Nachricht im falschen Augenblick hatte die Sache platzen lassen. »Angriff!« befahl er und stürzte vor.

Er spürte, wie Alamzad einen Bogen beschrieb, um Bernhard von der Seite aus anzugreifen, und um ein undeutlicheres Ziel zu bieten. Caine zog seinen *nunchaku* und schwang ihn in einem großen, defensiven Bogen vor sich. Irgendwo in der Nähe ...

Hartholz krachte auf Hartholz, der *nunchaku* in Caines Hand ruckte und riß sich beinahe aus seinem Griff. Caine wurde gerade noch klar, daß er Bernhards *nunchaku* getroffen hatte, als ein Fuß nach seiner Brust trat.

Die Bewegung erfolgte viel zu schnell, als daß er sie abwehren konnte; aber wenn Caines Reflexe auch nicht die eines Blackcollar waren, so waren sie immer noch schnell genug. Es gelang ihm, sich soweit wegzudrehen, daß ihn der Tritt schräg traf, so daß die Stiefelspitze nur über seine Brust kratzte. Er geriet ein wenig aus dem Gleichgewicht, und deshalb war sein Abwehrtritt schwach und nicht genau gezielt, doch er traf seinen Gegner trotzdem so kräftig, daß dieser aufstöhnte. Caine warf sich zurück und gelangte mit einem Überschlag in die Hocke. »Bernhard?« rief er in die Dunkelheit. »Geben Sie auf, Bernhard – Sie kommen hier nicht raus!«

Bernhard antwortete nicht, doch plötzlich krachten

seitlich von Caine zwei Körper auf den Boden. »Ich habe ihn!« keuchte Alamzad, verschluckte jedoch das letzte Wort halb, weil ihm die Luft wegblieb. Caine machte einen Schritt auf das Geräusch zu und spürte undeutlich, daß sich jemand von hinten näherte. »Bernhard!« sagte er scharf, und als das leise Geräusch von Stoff auf Stoff den bevorstehenden Angriff des Blackcollar anzeigte, zog Caine den Kopf ein, vollführte einen flachen Überschlag und trat mit beiden Füßen nach seinem unsichtbaren Gegner.

Er hatte Bernhard genau in die Brust getroffen, denn der flog rückwärts auf den Boden. Caine hielt seinen *nunchaku* noch in der Hand; er rollte auf die Knie und schwang ihn über seinem Kopf.

Das Hartholz prallte auf dem Fußboden auf, und der Krach hallte in dem riesigen Raum wider. Caine schwang den *nunchaku* jetzt waagrecht und versuchte herauszufinden, wohin sich Bernhard gerollt hatte. »Da drüben!« rief Colvin, und Caine kam gerade wieder auf die Füße, als sich sein Pocher plötzlich einschaltete? *Achtung auf Nova!*

Nova: Plinry-Code für eine Leuchtkugel. Caine hielt mitten in der Bewegung an, preßte die Augen zu Schlitzen zusammen ... und plötzlich war der Raum von blendend hellem Licht erfüllt.

Bernhard war vollkommen überrumpelt. Noch während er den Kopf wegdrehte und versuchte zurückzuspringen, traf ihn Colvins *nunchaku* quer über den Bauch. Bernhard stieß ein ersticktes Keuchen aus, knickte zusammen und stürzte schwer zu Boden. Colvin hob den *nunchaku* zum endgültigen Schlag auf den Kopf ...

»Halt!« fuhr ihn Caine an. »Töten Sie ihn nicht! Wir müssen wissen, mit wem er telefoniert hat.«

Colvin hielt den *nunchaku* mitten in der Bewegung an, behielt ihn aber in Angriffsstellung. Caine sah sich um und entdeckte Alamzad, der sich langsam aus dem Liegen zum Sitzen hochstemmte. »Sind Sie in Ordnung?« fragte er und ging auf Alamzad zu.

Der nickte schwach und hielt sich den Magen, und erst jetzt wurde Caine bewußt, daß das Licht viel zu hell und gleichmäßig war, um von einer Leuchtkugel zu stammen.

Er drehte sich um und blinzelte in die Helligkeit. Anscheinend zwei Scheinwerfer. Er trat aus dem Lichtkegel und sah gerade noch, wie eine schattenhafte Gestalt aus einem größeren, schattenhaften Gebilde stieg.

Dem Gebilde, das er vorher als übriggebliebenen Kampfflieger identifiziert hatte. »Pittman?« rief er.

»Hier.« Pittman trat in die beleuchtete Zone. »Können Sie sich das vorstellen – der verdammte Trick hat tatsächlich funktioniert. Ich habe befürchtet, daß überhaupt nichts geschehen würde, wenn ich den Schalter umlege.«

»Bin ich froh, daß Sie nicht aus Versehen den Schalter für die Laserkanonen erwischt haben«, brummte Caine. »Es war jedenfalls eine gute Idee. Schön, Bernhard, Sie bekommen inzwischen ja wieder Luft. Wen haben Sie angerufen und was haben Sie ihm erzählt?«

Bernhards Gesicht war noch immer schmerzverzerrt, aber er grinste trotzdem. »Ich habe die Rache in Gang gesetzt«, sagte er heiser. »Sie sind erledigt, Caine, Sie und Ihr Haufen Unruhestifter. Ich habe gerade Ihre letzte Brücke verbrannt.«

38. Kapitel

»WAS, ZUM TEUFEL, soll das wieder heißen?«

»Das heißt, daß ich Ihre Operationsbasis erledigt habe.« Bernhard drückte die Hand noch immer auf seinen Magen, schob sich aber zum Sitzen hoch. »Sie wissen es wahrscheinlich nicht, aber während wir uns bei Reger befanden, war der so dumm, mir zu erzählen, daß Jensen ihm neue Sicherheitsanlagen eingerichtet hatte. Wahrscheinlich wollte der Dummkopf mich damit abschrecken. In einer Stunde ist es draußen finster; eine halbe Stunde später ist er totes Fleisch.«

Jetzt rührte sich Alamzad. »Der Dummkopf sind Sie. Ich habe mit Jensen an der Anlage gearbeitet, Bernhard – der Sicherheitsdienst wird nicht einmal auf einen halben Kilometer an Regers Haus herankommen.«

»Der Sicherheitsdienst?« Bernhard verzog verächtlich die Lippen. »Quinns ausgebildete Idioten würden nicht einmal durch einen Garten durchkommen. Nein, der Sicherheitsdienst wird erst hinzugezogen, wenn Reger tot und sein Haus eine rauchende Ruine ist. Allerdings stelle ich mir vor, daß sie genügend Hinweise auf seine Zusammenarbeit mit Ihnen finden werden, so daß sie seine Organisation endgültig ausradieren werden.«

»Sie haben also Ihre Blackcollars angerufen«, stellte Caine ruhig fest; ihn erfüllte seltsame Traurigkeit. Er hatte gehofft, daß Bernhard es nicht tun würde. »Also gut, Bernhard, legen Sie sich auf den Bauch. Lathe wird mit Ihnen sprechen wollen.«

»Tatsächlich?« Der Schmerz verschwand aus Bernhards Gesicht, und er stand mit einer einzigen Bewegung wieder auf den Füßen. »Und ich nehme an, daß ihr Anfänger mich zu ihm bringen wollt. Vergessen Sie es, Caine! Ich gehe, wohin ich will, und Sie haben nicht die geringste Chance, mich aufzuhalten.«

»Die Chance hat er wirklich nicht«, sagte eine neue Stimme aus dem Schatten hinter dem Kampfflieger. »Aber ich habe sie.«

Kanai trat ins Licht. »Sie haben von Brücken gesprochen.« Kanai machte noch ein paar Schritte, bis er Bernhard gegenüberstand. Er wußte, daß Caine und Pittman ihre *nunchaku* zum Angriff bereithielten; daß der noch auf dem Boden liegende Alamzad unauffällig einen *shuriken* gezogen hatte. Doch im Augenblick spielte das alles keine Rolle. Nur Bernhard und die Schande, die er über sie alle brachte, spielten eine Rolle. »Hier geht es um eine andere Brücke«, fuhr er fort, »um die Brücke der Freundschaft zwischen uns. Wenn Sie meine Loyalität, meine Anwesenheit in Ihrem Team schätzen, dann rufen Sie Pendleton an und nehmen den Befehl zurück.«

»Sie schließen sich also dieser Bande selbstmörderischer Narren an?« höhnte Bernhard. »Ich habe Sie für vernünftiger gehalten, Kanai.«

»Ich habe nicht die Absicht, mich ihnen anzuschließen, Bernhard, ich mag sie nicht besonders, und bei manchen von Lathes Methoden wird mir übel. Aber ob ich sie mag oder nicht, sie sind Blackcollars, und ich kann nicht einfach zusehen, wie Sie sie verraten.«

Bernhard erwiderte Kanais Blick unverwandt, und diesem wurde bewußt, daß Bernhard nicht nachgeben würde. Weder seinetwegen, noch aus einem anderen Grund. Bernhard hatte seinen Weg gewählt, und nur der Tod würde ihn davon abbringen.

»Sie regen sich wegen nichts und wieder nichts auf«, versuchte Bernhard es noch einmal. »Ich habe keine Blackcollars verraten. Aber wenn Lathe Reger nicht mehr als Basis hat, bleibt ihm nichts anderes übrig, als die Erde zu verlassen, sobald sie hier fertig sind.« Er sah Caine an. »Ich habe ihn aufgefordert, Denver zu verlassen, Caine. Das ist der Preis dafür, daß man nicht auf mich hört.«

»Sie lassen Ihren Zorn über Lathe also an Reger aus?« höhnte Alamzad. »Wie edel, die echte Blackcollar-Einstellung, wie?«

Bernhards Gesicht wurde hart. »Was wissen Sie schon über die Einstellung eines Blackcollar oder über Kriegsführung? Reger wird ein warnendes Beispiel sein; sobald er erledigt ist, wird der Rest der Unterwelt um so früher wieder spuren.«

»Damit Sie endlich zum Trog und ans große Geld kommen?« meinte Pittman verächtlich.

»Damit wir endlich die Mittel haben, den Krieg fortzusetzen.«

Kanai schüttelte den Kopf. »Nein, Bernhard. Jensen hat recht – Sie haben nicht die Absicht, uns wieder in den Kampf zu führen. Sie spielen ein Spiel und tun so, als wären Sie mehr als nur die leere Hülse des Mannes, der Sie einmal gewesen sind.«

Bernhard sah ihn zornig an. »Und Sie sind natürlich zu edel, um zuzugeben, daß Sie geschlagen sind. Stellen Sie sich der Wirklichkeit, Kanai – wir haben einander, und damit hat es sich. Entweder wir halten zusammen, oder der Sicherheitsdienst erledigt uns der Reihe nach. Wenn wir den Krieg schon nicht gewinnen können, so können wir zumindest überleben.«

»Wozu? Überleben um des Überlebens willen? Das ist nicht besser als der Tod.«

Kanai zwang sich, auf die Rede zu verzichten, die er am liebsten gehalten hätte. Es war nicht der richtige Zeitpunkt für eine philosophische Diskussion. »Rufen Sie Pendleton zurück, das ist Ihre letzte Chance!«

»Nein.«

Kanai legte die Hände auf die Enden seines *nunchaku*. »Dann werde ich es tun.«

»Sie können es versuchen, aber dazu müssen Sie zuerst an mir vorbeikommen.«

»Ich weiß«, antwortete Kanai leise und setzte sich in Bewegung. Ein Schritt ... zwei ... Bernhard hielt seinen *nunchaku* kampfbereit.

»Halt!« sagte Caine plötzlich. »Hören Sie auf, Kanai! Es lohnt sich nicht, daß Sie deshalb Ihr Leben aufs Spiel setzen. Reger befindet sich nicht in Gefahr – Bernhard hat nur seine eigenen Leute in den Tod geschickt.«

»Wegen Jensens großem, bösem Sensorensystem?« fragte Bernhard spöttisch. »Offenbar ist Ihnen der Ausdruck ›Schlüsselloch‹ nicht vertraut.«

»Sie meinen damit, daß man einen Teil des Sensorensystems von außen abschalten kann?« fragte Caine ruhig. »Natürlich gibt es ein Schlüsselloch. Deshalb haben Reger und Jensen Ihnen wahrscheinlich von der Anlage erzählt, so daß Sie das Schlüsselloch suchten, wenn Sie uns verraten wollten.«

Bernhard kniff die Augen zusammen. »Sie reden Unsinn. Reger hat den Mund nicht gehalten, und Sie versuchen einfach, sich aus dem Schlamassel herauszureden.«

Kanai drehte sich zu Caine um, und etwas im Gesicht Caines ließ ihn frösteln. »Sie irren sich«, erwiderte Caine. »Jensen hat mehr getan, als nur Regers Sensorennetz aufzumöbeln. Er hat einen tödlichen Spießrutenlauf in das Haus eingebaut.«

»Was?« Bernhards Hände umklammerten den *nunchaku*.

»Sie haben es gehört. Einen tödlichen Spießrutenlauf, der sogar Blackcollars erledigt. Lassen Sie ihn deshalb in Ruhe, Kanai. Wenn seine Leute ihm gehorchen, haben sie es sich selbst zuzuschreiben.«

Bernhard starrte Caine unverwandt und unentschlossen an. »Und Sie glauben, daß es zu spät ist, sie zu warnen?«

Er drehte sich unvermittelt um, rannte zur Wand des Hangars zurück und griff nach dem Telefon. Caine knurrte etwas, aber Bernhard hatte ihn überrumpelt, und er reagierte zu langsam. Pittman schleuderte seinen *nunchaku* nach Bernhard, traf aber nicht, und Colvin stürzte vor und griff dabei nach einem *shuriken* ...

Etwas in Kanai löste sich.

Ein *shuriken* tauchte wie durch Zauberei in seiner Hand auf; all die Frustration und die Scham der vergangenen Jahre lagen in seinem Wurf, als der schwarze Wurfstern wie ein Racheengel durch die Luft flog.

Bernhard zuckte erschrocken zurück, als der *shuriken* das Telefonkabel glatt durchschnitt und von der metallenen Wand abprallte.

»Nein«, sagte Kanai in die plötzliche Stille. »Mit Ihren Taten haben Sie das Befehlsrecht verwirkt. Caine hat recht; die anderen müssen jetzt selbst entscheiden, ob sie Ihren Verrat mitmachen wollen oder nicht.«

Bernhard legte den Telefonhörer hin und ging auf Kanai zu; in seinen Augen lag ein an Wahnsinn grenzender Haß. Kanai blickte ihm furchtlos entgegen. Er zweifelte nicht daran, daß er in diesem Kampf sterben würde. Aber der Tod war gar nicht so schrecklich. Jedenfalls nicht für einen Mann, dem man eine letzte Chance bot, seine Ehre wiederzugewinnen, die er für immer verloren geglaubt hatte.

»Versuchen Sie es nicht, Bernhard!«

Die Stimme kam aus dem Schatten hinter Kanai, und dieser glaubte zuerst, daß Bernhard ihn daraufhin sofort angreifen würde. Doch dessen Augen wurden langsam wieder klar, er richtete sich auf und ließ mit einem tiefen, schmerzlichen Seufzer die Arme sinken.

Er rührte sich nicht, als Skyler und Hawking zu ihm traten und ihn an den Armen faßten. Lathe, der ihnen folgte, blieb neben Kanai stehen. »Willkommen bei uns!«

Kanai sah ihm in die Augen. »Sie haben abgewartet, wie ich reagieren würde, nicht wahr?« Der Zorn über Lathe regte sich wieder in ihm. »Sie wollten sehen, ob ich zu ihm halte.«

»Sie haben selbst gesagt, daß jeder Mensch das Recht auf seine eigene Entscheidung hat.«

Kanai blickte zu Bernhard hinüber, dem die Hände gerade auf dem Rücken gefesselt wurden. *Warum unternimmt er keinen Fluchtversuch?* fragte er sich, aber es fiel ihm nicht schwer, die Frage zu beantworten.

Auch wenn Bernhard vor Wut halb verrückt war, blieb er zuerst und vor allem ein Überlebenskünstler.

Kanai schloß kurz die Augen und wandte sich ab ... und verstand nicht, warum ihn dieser Gedanke mit Mitleid erfüllte.

39. Kapitel

»WOHIN WERDEN SIE GEHEN?« fragte Caine, als Skyler Bernhard die Fesseln abnahm und vom Eingang zum Umgehungstunnel zurücktrat.

Bernhard rieb seine Gelenke einen Augenblick lang schweigend. »Will einer von Ihnen es wirklich wissen?« Sein Blick wanderte von Caine zu Lathe und dann zu Kanai.

»Wir wollen es alle wissen«, erwiderte Lathe. »Es ist auch jetzt noch nicht zu spät, den Kampf wieder aufzunehmen.«

»Allein?« fragte Bernhard. »Ob tot oder desertiert – ich habe den Rest meines Teams verloren.«

»Sie sind dazu ausgebildet worden, allein zu kämpfen«, erinnerte ihn Lathe. »Und es gibt überall in der Welt Organisationen wie die Fackel, denen Sie sich anschließen können. Sie sind eine wertvolle Kraft, und ich möchte nicht, daß Sie sich wegwerfen.«

»Sie sind es, der sich wegwirft, Comsquare«, widersprach Bernhard. »Sie werden diesen Planeten nie verlassen können, und wenn Quinn Sie nicht zu fassen bekommt, wird es der Leiter des Sicherheitsdienstes in der nächsten Stadt tun. Sie sind tot, Lathe – sie sind alle tot. Denken Sie daran, Kanai! Denken Sie daran, wenn die feindlichen Truppen Sie einkreisen, und denken Sie dann auch daran, daß ich über dreißig Jahre lang in feindlichem Territorium dafür gesorgt habe, daß Sie gesund und am Leben blieben!«

Kanai antwortete nicht, und Bernhard wandte sich dem Tunnel zu. »Sie werden das da brauchen.« Skyler hielt ihm ein zusammengefaltetes Stück Papier hin.

Bernhard musterte es stirnrunzelnd. »Was ist denn das?«

»Ihr Passierschein. Sie haben doch nicht vergessen, daß Mordecai den Eingang bewacht? Ohne Passierschein läßt er Sie nicht durch.«

Bernhard antwortete mit einem Fluch. »Ich würde Ihnen raten, den Passierschein mitzunehmen«, mischte sich Lathe ein. »Mordecai ist der beste Kämpfer unter uns, Sie inbegriffen, und er nimmt seine Befehle sehr ernst.« Bernhard riß Skyler das Papier aus der Hand und verschwand ohne ein weiteres Wort im Tunnel.

»Hoffentlich bringt er unterwegs keine Sprengladungen an«, meinte Caine.

»Machen Sie sich keine Sorgen«, beruhigte ihn Lathe. Er nickte Skyler zu, und dieser verschwand ebenfalls im Tunnel.

»Bernhard wird ihn entdecken«, murmelte Kanai.

»Vielleicht«, gab Lathe zu. »Aber er kann nichts dagegen tun. Kommen Sie, Gentlemen, bringen wir das Projekt zu Ende und sehen wir zu, daß wir von hier fortkommen!«

»Gibt es keine andere Schlußfolgerung?« fragte Lathe, dessen Blick zwischen Hawking und Caine hin- und herwanderte.

Caine schüttelte müde den Kopf. »Sie befindet sich in keiner der Dateien, auf die wir Zugriff haben. Das Code-Check-Programm, das Hawking entworfen hat, kann keine überlagerten Codes finden, wie es zum Beispiel auf Plinry der Fall war. Es gibt keine Ausdrucke, an die wir herankönnen. Die Backlashformel ist einfach nicht vorhanden.«

Lathe seufzte, und einen Augenblick lang herrschte Stille im Raum. »So geht es eben manchmal«, meinte er schließlich. »Das Universum garantiert uns nicht, daß es überhaupt Antworten auf die Fragen gibt, die wir stellen, geschweige denn, daß wir sie finden.«

»Ich nehme also an, daß die Droge der Fackel nicht mit Backlash identisch ist?« fragte Hawking.

»Wenn wir das nur wüßten«, antwortete Lathe. »Wir haben alle Unterlagen, die wir finden konnten, durchgecheckt. Wir kennen die berechnete Dosierung, die Formel, die Herstellungsmethode und sogar die Haltbarkeitsdauer der Droge. Aber kein Wort darüber, wozu sie dient. Offenbar hielten sie es nicht für notwendig, auch das noch festzuhalten, als müsse jeder, der die Unterlagen findet, automatisch wissen, worauf sich Whiplash bezieht.«

»Dann wird uns Anne Silcox vielleicht etwas erzählen können«, schlug Hawking hoffnungsvoll vor.

»Vielleicht«, meinte Lathe. »Vorausgesetzt, daß sie und Reger den von Bernhard ausgelösten Angriff tatsächlich überlebt haben, was keineswegs sicher ist. Ich habe mir gedacht, daß wir vielleicht einen raschen Test versuchen, bevor wir uns auf den Rückweg machen, nur um zu sehen, ob das Zeug irgendwelche offenkundige Folgen hat.«

»Nein«, widersprach Caine entschieden. »Auf gar keinen Fall! Pittman hat während dieser Mission bereits mehr mitgemacht, als für ihn gut war, und ich will nicht, daß Sie sein Leben mit einem Gebräu aufs Spiel setzen, das eine Gruppe von Fanatikern erfunden hat.«

»Ich bin ganz Ihrer Meinung«, antwortete Lathe mild. »Aber habe ich ein Wort davon gesagt, daß ich das Zeug an Pittman testen will?«

Caine starrte ihn an. »Sie meinen ... an sich selbst?«

»Halten Sie mich für verrückt? Ich ziehe vor, jemanden zu verwenden, der etwas leichter zu entbehren ist. Kommen Sie, packen wir. Wenn wir uns beeilen, können wir heute abend wieder bei Reger sein.«

Das erste, was Miro Marcovicz bemerkte, als er langsam wieder zu sich kam, war, daß sein Körper irgendwo höllisch schmerzte.

Er brauchte etwas länger, um festzustellen, daß es der Nacken war, und jetzt kehrte auch allmählich die Erinnerung wieder. Er lag auf einer rauhen Oberfläche auf dem Rücken, sein linker Arm war unerklärlicherweise nackt, und rings um sich vernahm er Schritte und gemurmelte Gespräche. *Bin ich ohnmächtig geworden?* überlegte er und versuchte, einen Hinweis darauf zu finden, was geschehen war. Aber das letzte, woran er sich erinnern konnte, war, daß er in dem Wald um Ivas Trendors Haus im Gebirge Wache gestanden hatte. Er öffnete vorsichtig die Augen ...

– und bekam beinahe einen Herzanfall. In seinem Gesichtskreis stand oder ging ein halbes Dutzend Männer herum, aber nicht in den Uniformen des Sicherheitsdienstes, die er erwartet hatte. Sie trugen Zivilkleidung, und unter den offenen Hemdkragen sahen schwarze Pullover hervor. Und ihre Gesichter ...

Seine rechte Hand griff instinktiv nach seiner Betäubungspistole, obwohl er wußte, daß das Halfter leer sein würde. Vielleicht würde der Alarmknopf an seinem Gürtel ...

»Wie fühlen Sie sich?« fragte einer der Männer und kniete neben ihm nieder.

Marcovicz seufzte enttäuscht und ließ die Hand sinken. »Mein Nacken schmerzt an der Stelle, die Ihr Schlag getroffen hat. Ich bin darüber erstaunt, daß ich noch lebe. Wenn Sie hoffen, daß Sie von mir Informationen über Trendors Haus bekommen, dann können Sie es vergessen – ich sage nichts.«

»Was ist Trendors Haus? Vergessen Sie's – wir suchen keine Informationen. Und wir werden Sie auch nicht töten. Jedenfalls nehme ich es nicht an.«

Marcovicz verzog das Gesicht. »Das ist aber wirklich beruhigend.« Sein Blick wanderte von dem Gesicht, dessen Foto er in den letzten Tagen so oft an der Wand des Wachzimmers in Trendors Haus gesehen hatte, zu seinem Lasergewehr, das an einem Baum lehnte. Sein Kommunikator und sein Alarmgerät sowie seine übrigen Waffen und seine Ausrüstung lagen daneben. Damit war dieser Punkt also erledigt. »Wann treffen Sie die endgültige Entscheidung?«

»Jetzt«, mischte sich eine andere Stimme ein.

Marcovicz wandte sich dem Sprecher zu, und im gleichen Augenblick wurde sein Arm eingesprüht. Er schnappte nach Luft, als eine unerträglich heiße Flamme durch seinen Arm zu kriechen schien. »Verdammt! Was machen Sie mit mir? Was ist das?«

»Um ganz ehrlich zu sein, wir wissen es nicht«, antwortete der zweite Mann, dessen Name – Hawking Marcovicz jetzt einfiel. Er betrachtete dabei ein medizinisches Anzeigegerät, das schon um Marcovicz' Arm geschnallt war. »Wir haben jemanden gebraucht, um es zu testen, und weil ihr Sicherheitsleute ohnehin nur in den Bergen herumlungert, ohne etwas zu tun, haben wir uns einen von euch für einige Zeit ausgeliehen.«

Das Feuer strömte langsam wie geschmolzene Lava in Marcovicz' Brust, und er sah nur noch verschwommen. Seine Muskeln zitterten heftig; er fuhr sich mit der Zunge über die trockenen Lippen und biß sich dabei beinahe in die Zungenspitze. »Wie fühlen Sie sich?« Er verstand Hawkings Worte kaum.

»Als würde ich sterben«, stieß er hervor. Er konnte sich nicht gegen sie wehren, aber er wollte verdammt sein, wenn er mit ihnen kooperieren würde. »Verschwindet und laßt mich in Frieden sterben!«

»Also?« fragte der andere Blackcollar.

Hawking schüttelte den Kopf. »Es tut mir leid, Lathe. Ich erinnere mich ziemlich genau an die Reaktion beim richtigen Medikament. Das hier ist ganz anders.«

»Verdammt.« Lathe blickte auf Marcovicz hinunter, und trotz seiner Benommenheit war dieser von der tiefen Enttäuschung berührt, die aus dem Gesicht des Blackcollar sprach. »Sind Sie sicher?«

Hawking antwortete nicht einmal, und nach einer Minute riß Lathe sich zusammen. »Schön, wie wirkt sich die Droge dann für ihn aus?«

»Keine Ahnung. Ich glaube nicht, daß er im Sterben liegt – die Lebensfunktionen sind in Ordnung – aber das ist auch schon alles, was ich weiß.«

Ein dritter Mann trat zu den beiden. »Und?« Der Eifer in seiner Stimme war unüberhörbar.

»Offenbar negativ«, antwortete Lathe. »Es tut mir leid.«

Jetzt reagierte der Neuankömmling genauso enttäuscht wie vorher Lathe. »Sind Sie sicher? Soviel ich weiß, waren mehrere Injektionen erforderlich.«

»Aber es sollte schon bei der ersten Injektion zu einer ganz bestimmten Reaktion kommen«, unterbrach ihn Hawking, »und genau die ist nicht eingetreten.«

»Außerdem werden Sie sich daran erinnern, daß in den Anweisungen ausdrücklich von einer einzigen Dosis die Rede war«, wandte Lathe ein. »Wir können allerdings noch etwas versuchen.«

Eine Faust schoß abrupt auf Marcovicz' Gesicht zu. Er wandte den Kopf ab und versuchte, seinen widerspenstigen Arm zu heben, doch bevor er soweit war, wurde der Schlag Zentimeter vor seiner Nase abgefangen. »Nein«, stellte Lathe klar fest. »Keinerlei Beschleunigung.«

Der dritte Mann holte tief Luft. »Dann sollten wir uns lieber auf den Weg machen. Irgendwann wird jemand merken, daß er nicht da ist.«

»Hawking?« fragte Lathe.

»Meiner Meinung nach kommt er zurecht«, versicherte Hawking. »Es wird noch einige Minuten dauern, bis er sich aus eigener Kraft bewegen kann, aber die erste Reaktion klingt schon wieder ab. Er wird nicht hier draußen sterben, falls Sie sich deshalb Sorgen machen.«

»Ich habe mir deswegen Sorgen gemacht.« Lathes rechte Hand griff kurz nach seinem linken Handgelenk. »In Ordnung, setzt euch in Bewegung!« Er wandte sich Marcovicz zu und hielt plötzlich eine Schnur in der Hand. »Ich werde Sie knebeln und Ihre Füße zusammenbinden. Wenn Sie soweit sind, daß Sie sich selbst befreien können, müßten wir schon weit vom Schuß sein.«

Marcovicz nickte, während die anderen beiden Blackcollars im Gebüsch verschwanden. Das Feuer in seinem Blut ließ bereits nach, und damit auch die Angst vor dem Tod. »Ich hätte nicht angenommen, daß ihr Blackcollars euch um Leute wie mich Sorgen macht«, brachte er schließlich heraus.

»Machen wir uns auch nicht«, antwortete Lathe, der Marcovicz die Schnur um die Fußgelenke band. »Jedenfalls nicht sehr. Aber wir töten nicht einmal Sicherheitsmänner ohne Grund. Obwohl ich bezweifeln würde, daß Sie ebenfalls so maßvoll wären.«

Marcovicz dachte darüber nach und fand schließlich, daß es sich nicht lohnte zu lügen. »Nein, ich wäre nicht so maßvoll«, gab er zu.

Lathe arbeitete schweigend weiter. Marcovicz versuchte, seine Arme zu bewegen, aber es war klar, daß ihm seine Muskeln noch eine gute Weile nicht gehorchen würden. Die Blackcollars würden entkommen, es sei denn, daß ...

»Übrigens, meine Leute haben die Batterien aus Ihrem Kommunikator und Ihrem Notsender entfernt.« Lathe stand auf und begutachtete sein Werk. »Das gilt auch für Ihren Laser. Ihre Freunde könnten ja auf die Idee kommen, Sie auf diese Weise aufzuspüren, sobald sie bemerken, daß Sie abhanden gekommen sind. Natürlich können Sie versuchen, zum nächsten Posten zurückzugehen und Alarm zu schlagen, aber da Sie nicht wissen, wo Sie sich befinden, würde ich es Ihnen nicht empfehlen. Ich schlage vor, Sie bleiben einfach hier liegen und genießen den Sonnenschein, bis die anderen Sie holen.«

Marcovicz knirschte mit den Zähnen, weil damit seine letzte Hoffnung dahin war. »Könnt ihr Blackcollars auch Gedanken lesen?«

Lathe lächelte. »Dadurch überleben wir ja. Danke für Ihre Unterstützung, Sicherheitsmann.«

»Ich heiße Marcovicz«, sagte er, weil er das unbestimmte Bedürfnis empfand, für sein Gegenüber mehr als nur ein Mann in einer graugrünen Uniform zu sein. »Mirco Marcovicz.«

»Danke für Ihre Hilfe, Marcovicz.« Lathe zog ein Stück Dauerklebestreifen heraus, spannte es sorgfältig über Marcovicz' Mund und führte es um seinen Nacken herum. Dann verschwand er zwischen den Bäumen.

Marcovicz war allein.

Es dauerte beinahe noch eine Stunde, bis er imstande war, die Schnur um seine Füße zu lösen. Er sah seine Ausrüstung rasch durch und stellte fest, daß ihm die Blackcollars tatsächlich keine Möglichkeit gelassen hatten, Kontakt mit dem Sicherheitskordon aufzunehmen. Dann erkundete er kurz die Gegend und mußte danach zugeben, daß er keine Ahnung hatte, wo sich Trendors Haus befand. Und er hütete sich davor, einen Dauerklebestreifen ohne das entsprechende Lösungsmittel zu entfernen.

Er fand einen flachen Felsen und lehnte sich an ihn. Irgendwann würde man einen Suchtrupp nach ihm aussenden, der ihn bestimmt finden würde. Allerdings würde er zu spät kommen, um die Blackcollars einzuholen und herauszubekommen, was sie ihm injiziert hatten.

Er spürte noch immer die Wirkung der Droge in seinem Körper, die in alle Nervensysteme eindrang, auf sie einwirkte und sein Wesen veränderte. Allmählich wurde ihm klar, daß Lathe sich geirrt hatte.

Das Zeug würde ihn tatsächlich töten.

Er lehnte sich an den Felsen, schloß die Augen und wartete auf den Suchtrupp.

40. Kapitel

ALS DIE BEIDEN WAGEN EINTRAFEN, stand Anne Silcox vor Regers Haus. »Der Wächter am Tor hat angerufen und berichtet, daß Sie zurück sind«, sagte sie, als Lathe ausstieg und mit den anderen die Stufen hinaufstapfte. »Ich habe gehofft, daß ich mit Ihnen sprechen kann – natürlich nur, falls Sie Zeit haben.«

Lathe nickte und faßte sie am Arm. »Gehen wir hinein!« Er bedeutete Skyler, mit den anderen in ihr Quartier zu gehen, und führte Anne in das leere Wohnzimmer.

»Reger hat mir erzählt, daß Sie versuchen wollten, in die Basis Aegis einzudringen«, begann sie, während sie sich setzte. »Ich...haben Sie...jemanden angetroffen?«

»Es tut mir leid, Anne, aber als wir hinkamen, fanden wir alle tot«, antwortete Lathe, »tot seit einigen Monaten.«

Sie holte tief Luft und schluckte sichtlich. »Ich habe Sie wirklich nicht angelogen. Ich hatte keine Ahnung, wohin sie verschwunden waren. Erst als Reger mir erzählte, daß Sie nach Aegis unterwegs waren, begann ich nachzudenken. Haben Sie herausbekommen, was sie dort gesucht haben?«

»Ja und nein. Sie haben eine Droge namens Whiplash erzeugt, aber wir haben nie herausgefunden, was diese Droge bewirken soll. Sagt Ihnen der Name etwas?«

Ihre Gedanken schienen aus weiter Ferne zurückzukehren. »Eigentlich nicht. Sie haben diese Bezeichnung manchmal für eine Art vom Himmel gesandtes Mittel gebraucht, das ihnen den Durchbruch ermöglichen und die Erde von den Ryqril befreien würde. Aber natürlich war alles, was sie taten, auf diese Befreiung ausgerichtet. Wie ... wie sind sie gestorben?«

»Sie wurden durch die Reste des im Krieg verwendeten Gases vergiftet.« Lathe streifte den Rucksack ab, lehnte sich zurück und schloß die Augen. Er war müde, müder als er je zuvor gewesen war. *Und ich habe daran gedacht, in den Ruhestand zu treten*, dachte er bitter. *Die letzten Blackcollars. Vielleicht hat Bernhard doch recht gehabt. Vielleicht vergeuden wir unser Leben tatsächlich für nichts und wieder nichts.*

»Ihnen ist doch hoffentlich klar, wie Sie meine Couch zurichten.«

Lathe öffnete die Augen. »Hallo, Reger. Schön, daß Sie noch am Leben sind.«

Reger nahm ihnen gegenüber in einem Stuhl Platz. »Ja, ich bin damit auch recht zufrieden.«

»Erzählen Sie!«

»Es kam beinahe genauso, wie Jensen es vorhergesagt hatte. Vor zwei Nächten sind fünf durch das Schlüsselloch hereingekommen.« Er schüttelte bei der Erinnerung den Kopf. »Ich muß sagen, Lathe, daß ich so etwas überhaupt noch nicht erlebt habe. Als würde man Katzen in einer Schachtel erschießen. Sie hatten nicht den Funken einer Chance.«

Lathe seufzte. »Wenn Sie erwarten, daß ich darauf stolz bin, dann muß ich Sie enttäuschen. Blackcollars sollten nicht so sterben.«

»Aber Sie können doch nichts dafür«, wandte Silcox ein. »Schließlich hat Jensen den tödlichen Spießrutenlauf eingerichtet, und Reger hat Bernhards Leute dorthin gelockt. Sie brauchen deshalb kein schlechtes Gewissen zu haben.«

»Ein Führer ist dafür verantwortlich, was seine Männer tun«, widersprach Lathe. »Das werden Sie eines Tages verstehen, vor allem jetzt, seit Sie die Leitung der Fackel innehaben.«

»Ich?« Sie sah ihn erschrocken an.

»Wer sonst? Jemand muß die Organisation wieder aufbauen, und Sie sind der nächstliegende Kandidat.

Aber vielleicht ist es Ihnen ein Trost, daß Sie nicht bei Null beginnen müssen, nicht wahr, Reger?«

Reger kratzte sich am Ohr. »Ich weiß nicht, Lathe. Sie gehen ein verdammt großes Risiko für einen sehr geringfügigen Gewinn ein. Ich bin in diesem Geschäft, um zu Geld und Macht zu gelangen, und habe bestimmt nicht vor, aus irgendwelchen edlen Motiven Don Quichotte zu spielen.«

»Und was ist mit der Macht, die frei wird, sobald die Ryqril von der Erde vertrieben sind?« fragte Lathe. »Sie befinden sich dann nämlich in einer ausgezeichneten Position, um wenigstens einen Teil dieser Macht an sich zu reißen.«

»Falls es jemals dazu kommt. Sie brauchen nicht alle alten Argumente wiederholen, ich habe sie nicht vergessen. Ich sehe nur überhaupt keine Anzeichen dafür, daß die Aliens ihre Koffer packen.«

»Moment mal!« mischte sich Silcox ein. »Wenn Sie davon sprechen, daß ich mich Reger und den Operationen seiner Straßenläuse anschließen soll, können Sie es sofort vergessen. Meine Standards liegen entschieden höher.«

»Sie können es sich nicht leisten, wählerisch zu sein«, wandte Lathe ein. »Glauben Sie denn, daß Sie und Kanai alles selbst machen können?«

»Kanai? Wer hat gesagt, daß ich ihn hineinnehmen will?«

»Hören Sie sich das an!« spottete Reger. »Soll das die Patriotin sein, die uns alle in die Freiheit führen wird? Man muß ihr eine Ahnentafel vorlegen, bevor man zur Revolution zugelassen wird.«

Anne funkelte ihn an. »Ich kann unter den Steinen in Ihrem Garten vertrauenswürdigere Teamkameraden als Sie finden. Ich bin zwar jung und unerfahren, aber ich werde ohne Sie sehr gut fertig, danke.«

Lathe seufzte. »Machen Sie sich nicht lächerlich, Anne! Vielleicht ist Regers jetzige Organisation wirklich nicht das Richtige, aber er besitzt die Kontakte und das Informationsnetz, um die Leute zu finden, die Sie brauchen, und um alle anderen Unterlagen aufzutreiben, die eine erfolgreiche Widerstandsgruppe braucht. Sie wissen andererseits mehr über die grundlegenden Techniken von Geheimoperationen als er, und Sie haben Zugang zu den sicheren Häusern der Fackel, in denen ganz bestimmt Kopien der Aufzeichnungen und anderes Material versteckt sind. Kanai wieder verfügt nicht nur über die Blackcollarausbildung, sondern kennt auch die Hintertür zur Basis Aegis, falls Sie diese Anlage jemals brauchen sollten.«

Reger griff wieder in das Gespräch ein. »Mit anderen Worten: Vereint sind wir ein brauchbares Team, allein sind wir nichts. Ich bin Ihrer Meinung, aber nur, wenn alle drei das gleiche Ziel verfolgen. Sie müssen mich noch davon überzeugen, daß bei dem Ganzen etwas für mich abfällt. Spektakuläre politische Morde sind zwar sehr beeindruckend, aber ich bezweifle, daß wir damit die Ryqril vom Planeten vertreiben können.«

»Wer spricht von Morden?« fragte Lathe. »Ich spreche von Operationen gegen Sicherheitskräfte und Regierungseinheiten.«

»Ja, und Sie haben bewiesen, daß das möglich ist. Aber vergessen Sie nicht, daß Ihnen eine ganze Schar Blackcollars zur Verfügung stand, um Trendors Haus zu infiltrieren ...«

»Um was zu infiltrieren? Was für ein Trendor?«

»Das ist der ehemalige Sicherheitspräfekt, den Sie heute abend ermordet haben«, erklärte Anne. »Haben Sie nicht einmal seinen Namen gekannt?«

Lathes Blick wanderte zwischen ihr und Reger hin und her. »Wovon sprechen Sie beide überhaupt? Wir haben heute abend niemanden ...«

Dann fiel es ihm wie Schuppen von den Augen. »Mein Gott«, flüsterte er. »Erzählen Sie mir die Einzelheiten, Reger! Was ist diesem Trendor zugestoßen?«

»Er ist in seinem Haus in den Bergen erschossen worden.« Regers Gesichtsausdruck besagte deutlich, daß er an Lathes Geisteszustand zweifelte. »Seine Wächter verteidigten ihn mit massivem Laserfeuer – drei von ihnen wurden dabei getötet –, aber die Eindringlinge entkamen, ohne daß sie jemand zu Gesicht bekommen hatte. Und Sie wollen behaupten, daß das nicht Sie gewesen sind?«

Lathe schüttelte den Kopf. »Ihre Leute sollen die Namen der toten Sicherheitsmänner herausfinden. Ich bin sicher, daß einer von ihnen Miro Marcovicz geheißen hat.«

»Kennen Sie ihn?« fragte Silcox.

Lathe wandte sich ihr zu. Sie musterte ihn genauso mißtrauisch, wie Reger es tat, doch sie schien allmählich zu begreifen. »Ja«, antwortete er ihr. »Wir haben ihn heute nachmittag gekidnappt, um das Whiplash an ihm zu testen – und er ist Trendors Mörder.«

»Das ist unmöglich«, widersprach Reger. »Sicherheitsmänner sind loyalitätskonditioniert und nicht fähig...« Er verstummte. »Mein Gott«, sagte er schließlich. Lathe wartete einige Sekunden lang, bevor er aufstand und nach seinem Rucksack griff. »Sie müssen mich jetzt entschuldigen, denn ich muß über diese Entwicklung mit meinen Leuten sprechen. Sie beide werden wahrscheinlich das gleiche tun wollen und sich bei dem Gespräch vielleicht darauf konzentrieren, wie man die Fackel am besten wiederbeleben kann.«

Silcox sah zu Reger hinüber. »Nicht die Fackel, sondern der Phönix. Eine lebende Fackel, die aus ihrer eigenen Asche auferstanden ist.«

Reger nickte nachdenklich. »Es ist zwar kindisch, aber wahrscheinlich ist ein solches Symbol für die Moral der Gruppe wichtig.« Er blickte zu Lathe auf. »Würden Sie so freundlich sein, Comsquare, Kommandomann Kanai zu uns zu schicken?«

»Sehr gern«, versprach Lathe lächelnd.

Epilog

ALS DER HAUSARREST endlich aufgehoben wurde, war es nicht General Quinn, der es ihm mitteilte, sondern Hauptmann Poirot – das heißt General Poirot. Galway hatte die neuen Rangabzeichen etwas überrascht zur Kenntnis genommen. »Sind Sie rechtzeitig für den Prozeß befördert worden?« fragte er mürrisch, als ihm Poirot durch den Korridor voranging.

Poirot brummte. »Das ist nicht komisch. Die gesamte verdammte Einheit ist vollkommen durcheinander, seit Trendor in seinem Haus getötet wurde. Sie haben vermutlich davon gehört?«

Galway nickte. »Einer der Wächter hat mich auf dem laufenden gehalten.«

»Wahrscheinlich hat er aber nicht erwähnt, wie die Ryqril darauf reagiert haben. In der Zentrale des Sicherheitsdienstes hat ein Ryqril den Befehl übernommen – nichts Geringeres als ein Krieger der *khassq*-Klasse. Quinn ist fortgebracht worden, Gott allein weiß, wohin, und im gesamten Oberkommando ist jeder einzelne entweder befördert oder ersetzt worden.«

Galways Kiefermuskeln verkrampften sich. Er hatte also in jedem einzelnen Punkt recht behalten ... und trotzdem konnte er es nicht recht glauben. Irgendwie paßte politischer Mord einfach nicht zu Lathe. »Wohin bringen Sie mich also?« fragte er Poirot. »Schickt man mich nach Hause oder setzt man mich zusammen mit Quinn hinter Schloß und Riegel?«

»Das weiß ich nicht. Ich weiß nur, daß von Plinry ein Ryq gekommen ist, der mit Ihnen sprechen will.«

»Ach, verdammt.« Das Erkundungsschiff hatte sofort nach dem großen Ausbruch der Blackcollars den Orbit verlassen und war mit an Sicherheit grenzender Wahrscheinlichkeit nach Plinry zurückgekehrt. Galway hatte es beinahe vergessen, aber ganz gleich, worin die Aufgabe des Schiffes bestanden hatte, er war fast sicher, daß es ihm kein Vergnügen bereiten würde, wenn er es erfuhr.

Als sie eintrafen, standen zwei Ryqril steif hinter Quinns Schreibtisch. Für menschliche Augen waren sie nicht voneinander zu unterscheiden – wenn nicht die komplizierten Muster auf ihrem Wehrgehenk gewesen wären. »›Räfekt Ga'way?« fragte der Ryqril an der linken Ecke, als Galway und Poirot an der Tür stehenblieben.

»Ich bin Galway«, stellte sich der Präfekt vor, obwohl ihm das Sprechen Mühe bereitete, weil sein Hals wie zugeschnürt war. Auf den Wehrgehenken der Aliens befanden sich die Muster der *khassq*-Krieger, der höchsten Schicht der Ryqrilgesellschaft.

»Ich 'in Taakh – *khassq*-'Rieger«, stellte sich der Ryqril vor und berührte kurz sein Wehrgehenk. Der Laser und das Schwert an seinem Gürtel schlugen bei der Bewegung klirrend aneinander, und Galway schluckte wieder.

»Andere Mann so' uns 'er'assen«, befahl der zweite Ryq. Poirot verbeugte sich und verschwand schleunigst.

Die Aliens musterten Galway einen Augenblick lang schweigend. Dann zeigte Taakh auf eine Kassette auf dem Schreibtisch. »Das re'u'äre Shutt'e hat die Erde 'er'assen. Haben sich die B'ackco'ars auf ihm be'unden?«

Galway fuhr sich mit der Zunge über die Lippen und widerstand der Versuchung zu erklären, daß er keine Ahnung habe. Doch das wußten die beiden offenbar. Sie wollten, daß er die zur Verfügung stehenden Unterlagen begutachtete und ihnen dann seine Ansicht dazu mitteilte. Eine Art Test. Er trat vor, ergriff die Kassette und steckte sie in das Lesegerät.

Es war die vollständige Aufzeichnung von dem Start des Shuttle, das Denver an diesem Morgen verlassen hatte, sowie von seiner Flugbahn über Athena. Galway studierte sie einige Minuten lang schweigend, wobei ihm die Anwesenheit der riesigen Fremden drückend bewußt war. Aber hier durfte er nichts überstürzen.

Schließlich blickte er auf. »Ich kann es nicht beweisen, aber die Blackcollars könnten sich in dem Shuttle befunden haben.«

»Erk'ären Sie!« befahl Taakh.

Galway holte tief Luft. »Hier, am Raumhafen, haben sie mehrere große Kisten an Bord genommen, von denen eine eine betriebsfertige Hochleistungswinde enthielt. Während sie die Berge überflogen«, er zeigte auf die Stelle der Aufzeichnung, »behaupteten sie, daß für kurze Zeit der Antrieb ausgesetzt habe, und sanken zwischen den Berggipfeln beinahe bis zum Boden hinunter. Sie waren so lange außer Sicht, daß sie ohne weiteres einen mit einem Haken versehenen Behälter ergreifen und an Bord ziehen konnten. Ich weiß natürlich nicht, ob sie es tatsächlich getan haben.«

»Sie haben es getan«, bestätigte Taakh. »Das Sate'iten'oto zei't es deut'ich. Es ist zu spät, um sie au'zu'a'ten. Sie sind der Mann, den 'ir brau'en.«

»Wofür brauchen?« fragte Galway vorsichtig.

Diese Frage beantwortete der zweite Ryqril. »Au' P'inry sind die B'ackco'ars in die Enk'ave ein'edrun'en und haben die 'Eise'n be'reit.«

Galway fröstelte. Die Enklave. Lathe hatte wieder einmal direkt unter der kollektiven Schnauze der Ryqril das Unmögliche geschafft, und nun hing Plinrys Schicksal am seidenen Faden. »Das habe ich nicht gewußt«, sagte er. »Ich habe angenommen, daß sie versuchen würden, Pittmans Familie zu befreien, aber ...« *Ich hatte angenommen, daß sie gut bewacht wird*, schloß er in Gedanken.

»Sie den'en wie sie.« Der Ryq nickte, und die sehr

menschliche Geste wirkte auf seinem fremdartigen Körper vollkommen fehl am Platz. »Sie 'erden uns behi'ich sein, sie ge'angenzunehmen.«

Es dauerte eine Weile, bis Galway begriffen hatte, was das bedeutete. *Gefangennehmen*, nicht vernichten – und das bedeutete keine massiven Zerstörungen auf Plinry. »Ich ... ja, natürlich – Sir, ich stehe Ihnen ganz zur Verfügung. Aber es wird äußerst schwierig, wenn nicht unmöglich sein, sie gefangenzunehmen. Wäre es nicht einfacher, sie endgültig zu erledigen?«

Die beiden Ryqril sahen einander an. »Sie haben das Unmö'iche ge'agt«, erwiderte Taakh, als erkläre dies alles.

Galway öffnete den Mund ... und klappte ihn wieder zu, als er begriff, Lathes Männer waren in die angeblich uneinnehmbare Enklave eingedrungen; Lathe war trotz der Wächter an Trendor herangekommen. Niemand konnte sich mehr einreden, daß Argent ein Zufallstreffer gewesen sei. Die Blackcollars schafften schlicht und einfach das Unmögliche ... und vielleicht standen die Ryqril im Krieg gegen die Chryselli jetzt vor unmöglichen Aufgaben. Sie hatten zweimal versucht, die Blackcollars zu überlisten und ihnen die Beute vor der Nase wegzuschnappen, und beide Male waren die Ergebnisse katastrophal gewesen. Aber die Ryqril waren offensichtlich nicht bereit aufzugeben ... und irgendwo auf höchster militärischer Ebene hatte sich der Status der Blackcollars wieder einmal geändert.

Sie waren nicht mehr Leute, die verwendbare Waren aufspürten, sondern ein Hilfsmittel im Kampf. Und da Plinry der Hauptlieferant dieses Hilfsmittels war, hatte seine unsichere Existenz wieder fester Fuß gefaßt.

Natürlich vorausgesetzt, daß Galway seine Arbeit ordentlich machte. »Es wird mir eine Ehre sein, Sie zu unterstützen«, erklärte er den Ryqril. »Und ich weiß genau, welchen Mann wir uns zuerst schnappen müssen.«

»La'e?« fragte Taakh.

»Richtig«, antwortete Galway.

»Es ist nicht gerade das von uns erhoffte Ergebnis«, sagte Lathe, während er die Wandmalerei im Aufenthaltsraum der *Novak* bewunderte. »Aber es ist auch nicht so, daß wir uns schämen müßten.«

Caine nickte stumm. *Damit endet mein erster Einsatz*, dachte er. Obwohl er sich seiner Leistung auch nicht schämen mußte, konnte er, wenn er sich an all die kleinen Fehlschläge und halben Fehlschläge erinnerte, kaum damit prahlen. Das heißt, er erinnerte sich lieber nicht daran.

General Lepkowski räusperte sich. »Seien Sie nicht zu streng mit sich selbst, Caine! Sie haben Ihr Team lebend zurückgebracht. Alles in allem ist das ein sehr gutes Ergebnis für einen ersten Einsatz.«

Caine lächelte trübselig. »Vielleicht.«

»Wenn Ihnen das nicht genügt«, schlug Lathe vor, »dann denken Sie daran, daß Whiplash nie gefunden worden wäre, wenn Sie sich nicht die Basis Aegis zum Ziel gesetzt hätten.«

»Es ist bestimmt besser als gar nichts, wenn man wenigstens die anderen zu großen Leistungen angeregt hat.« Caine schüttelte die Erinnerungen endgültig ab und richtete sich auf. »Haben Sie beide schon eine Ahnung, wie wir dieses Zeug verwenden können, um die Ryqril hinauszuwerfen?«

»Ach«, meinte Lathe beiläufig. »Wir haben ein paar Ideen. Wir verursachen in lebenswichtigen Gebieten ein Chaos, finden einige neue Verbündete – und so weiter.«

»Verbündete?« wiederholte Caine. »Wenn Sie welche suchen, kann ich Ihnen sofort jemanden nennen.«

»Der steht bereits an der Spitze unserer Liste«, beruhigte ihn Lathe. »Schließlich wollen wir mit dem klügsten und besten Mann beginnen, den die Opposition zu bieten hat.«

»Galway?«

»Richtig.«